O Grande Livro da Mitologia

Histórias de Deuses e Heróis

Thomas Bulfinch

O Grande Livro da Mitologia

Histórias de Deuses e Heróis

Tradução:
Marcelo Albuquerque

MADRAS®

Publicado originalmente em inglês sob o título *The Age of Fable*.
Direitos de tradução para todos os países de língua portuguesa.
Tradução autorizada do inglês.
© 2018, Madras Editora Ltda.

Editor:
Wagner Veneziani Costa

Produção e Capa:
Equipe Técnica Madras

Tradução:
Marcelo Albuquerque

Revisão da Tradução:
Soraya Borges de Freitas

Revisão:
Silvia Massimini Felix
Maria Cristina Scomparini
Jerônimo Feitosa

Dados Internacionais de Catalogação na Publicação (CIP)
(Câmara Brasileira do Livro, SP, Brasil)

Bulfinch, Thomas, 1796-1867
O grande livro da mitologia : histórias de deuses
e heróis / Thomas Bulfinch ; tradução Marcelo
Albuquerque. -- São Paulo : Madras, 2018.
Título original: The age of fable.
ISBN 978-85-370-1134-8

1. Deuses - Mitologia 2. Heróis - Mitologia
3. Mitologia grega 4. Mitologia romana I. Título.

18-15647   CDD-292

Índices para catálogo sistemático:
1. Mitologia clássica 292
2. Mitologia greco-romana 292
Cibele Maria Dias - Bibliotecária - CRB-8/9427

Embora esta obra seja de domínio público, o mesmo não ocorre com a sua tradução, cujos direitos pertencem à Madras Editora, assim como a adaptação e a coordenação da obra. Fica, portanto, proibida a reprodução total ou parcial desta obra, de qualquer forma ou por qualquer meio eletrônico, mecânico, inclusive por meio de processos xerográficos, incluindo ainda o uso da internet, sem a permissão expressa da Madras Editora, na pessoa de seu editor (Lei nº 9.610, de 19.2.98).

Todos os direitos desta edição, em língua portuguesa, reservados pela

MADRAS EDITORA LTDA.
Rua Paulo Gonçalves, 88 – Santana
CEP: 02403-020 – São Paulo/SP
Caixa Postal: 12183 – CEP: 02013-970
Tel.: (11) 2281-5555 – Fax: (11) 2959-3090
www.madras.com.br

"É ouro de fadas, rapaz, como o tempo o provará."
Shakespeare

*A Henry Wadsworth Longfellow,
o poeta de todos,
dedico com respeito essa tentativa
de popularizar a Mitologia.*

ÍNDICE

Prefácio do Autor 10
I. Introdução 15
II. Prometeu e Pandora 25
III. Apolo e Dafne – Píramo e Tisbe –
Céfalo e Prócris 33
IV. Juno e Suas rivais, Io e Calisto –
Diana e Actéon – Latona e os Rústicos 42
V. Faetonte 52
VI. Midas – Baucis e Filêmon 60
VII. Prosérpina – Glauco e Cila 67
VII. Pigmalião – Dríope – Vênus e Adônis –
Apolo e Jacinto 77
IX. Ceix e Alcíone: ou os Pássaros Alciônicos 84
X. Vertuno e Pomona 91
XI. Cupido e Psiquê 95
XII. Cadmo – Os Mirmidões 106
XIII. Niso e Cila – Eco e Narciso –
Clície – Hero e Leandro 113
XIV. Minerva – Níobe 122
XV. As Greias e as Górgonas – Perseu e Medusa –
Atlas – Andrômeda 130
XVI. Monstros: Gigantes – A Esfinge – Pégaso e Quimera –
Centauros – Grifos – Pigmeus 137

XVII. O Velo de Ouro – Medeia 144
XVIII. Meléagro e Atalanta 153
XIX. Hércules – Hebe e Ganimedes 159
XX. Teseu – Dédalo – Castor e Pólux 166
XXI. Baco e Ariadne 175
XXII. As Divindades Rurais – Erisictão – Reco – As divindades
Aquáticas – As Camenas – Os Ventos 181
XXIII. Aqueloo e Hércules – Admeto e Alceste –
Antígona – Penélope 192
XXIV. Orfeu e Eurídice – Aristeu – Anfião –
Lino – Tamiris – Mársias – Melampo – Museu 200
XXV. Árion – Íbico – Simônides – Safo 209
XXVI. Endimião – Órion – Aurora e Titono –
Ácis e Galateia 218
XXVII. A Guerra de Troia 225
XXVIII. A Queda de Troia – O Retorno dos Gregos –
Orestes e Electra 240
XXIX. As Aventuras de Ulisses – Os Comedores de Lótus –
Ciclopes – Circe – As Sereias – Cila
e Caríbdis – Calipso 249
XXX. Os Feácios – O Destino dos Pretendentes 259
XXXI. As aventuras de Eneias – As Harpias –
Dido – Palinuro 269
XXXII. As Regiões Infernais – A Sibila 277
XXXIII. Camila – Evandro – Niso e Euríalo 287
XXXIV. Pitágoras – Divindades Egípcias – Oráculos 298
XXXV. Origem da Mitologia – Estátuas de Deuses
e Deusas – Poetas da Mitologia 310
XXXVI. Monstros Modernos – A Fênix –
O Basilisco – O Unicórnio – A Salamandra 320

XXXVII. Mitologia Oriental – Zoroastro – Mitologia Hindu –
Castas – Buda – O Grande Lama 328
XXXVIII. Mitologia Nórdica – Valhala – As Valquírias 338
XXXIX. A Visita de Thor a Jotunheim 346
XL. A Morte de Baldur – Os Elfos – As Letras Rúnicas –
Os Escaldos – A Islândia 352
XLI. Os Druidas – Iona 360
Expressões Proverbiais 368
Índice Onomástico 370

PREFÁCIO DO AUTOR

Se apenas aquele conhecimento que auxilia a engrandecer nossas posses ou elevar nosso *status* na sociedade merece ser considerado útil, então a mitologia não pode reivindicar esse título. Mas, se aquilo que nos torna mais felizes e melhores pode ser chamado de útil, então podemos reivindicar esse epíteto para nosso tema. Pois a Mitologia é criada da literatura, e esta é uma das melhores aliadas da virtude e promotoras da felicidade.

Sem o conhecimento da mitologia, muito da elegante literatura em nosso idioma não poderia ser compreendido e apreciado. Quando Byron chama Roma de "Níobe das nações", ou diz que Veneza parece "uma Cibele marinha que do oceano se ergue", ele evoca na mente daqueles familiarizados com nosso tema ilustrações mais nítidas e impressionantes do que um lápis poderia fornecer, mas que não serão compreendidas pelo leitor ignorante em mitologia. Há abundantes alusões semelhantes em Milton. O curto poema "Comus" contém mais de 30 alusões, e a ode "Na Manhã da Natividade" tem metade disso. Ao longo de "Paraíso Perdido", elas se espalham profusamente. Essa é uma das razões por que ouvimos com frequência pessoas nada ignorantes dizerem que não apreciam Milton. Mas, se essas pessoas adicionassem aos seus conhecimentos mais sólidos o fácil aprendizado deste pequeno volume, muito da poesia de Milton que lhes parecia "dissonante e confusa" seria considerada "tão musical quanto o alaúde de Apolo". Nossas citações, extraídas de mais de 25 poetas, de Spenser a Longfellow, mostrarão como é frequente a prática de pegar ilustrações emprestadas da mitologia. Os escritores de prosa também tiram proveito da mesma fonte de ilustrações elegantes e sugestivas. Não se lê uma edição do *Edimburgo* ou da *Edição Trimestral* sem se deparar com tais casos. No artigo de Macaulay sobre Milton há 20 exemplos.

Mas como ensinar mitologia àqueles que não a aprendem por meio dos idiomas da Grécia e de Roma? Dedicar o estudo a um tipo de aprendizado relacionado inteiramente a falsas maravilhas e fés obsoletas não deve ser esperado do leitor em geral em uma era prática como esta. Mesmo o tempo do novo é reivindicado por tantas ciências de fatos e coisas que pouco pode ser poupado para estabelecer tratados sobre uma ciência de pura fantasia.

Mas o conhecimento necessário sobre o tema não pode ser adquirido por meio da leitura de poetas antigos em traduções? Nossa resposta é que o campo é muito extenso para um curso preparatório, e essas mesmas traduções exigem algum conhecimento prévio do tema para serem compreendidas. Qualquer um que duvide, que leia a primeira página da *Eneida* e veja o que compreende do "ódio de Juno", do "decreto das Parcas", do "julgamento de Páris" e "das honras de Ganimedes" sem esse conhecimento.

Devemos acreditar que respostas a tais questões podem ser encontradas em notas ou em alguma referência de Dicionários Clássicos? Nossa resposta é que a interrupção da leitura por tais processos é tão irritante que a maioria dos leitores prefere deixar uma alusão passar sem ser compreendida a se submeter a tais meios. Além disso, essas fontes nos fornecem apenas fatos enxutos sem qualquer charme da narrativa original, e o que é um mito poético quando desprovido de sua poesia? A história de Ceix e Alcíone, que preenche um capítulo de nosso livro, ocupa apenas oito linhas no melhor dos dicionários clássicos (Smith's), e o mesmo cabe aos outros.

Nosso livro é uma tentativa de resolver esse problema contando as histórias da mitologia de tal forma que as torne uma fonte de entretenimento. Empenhamo-nos para contá-las da forma correta, de acordo com as fontes antigas; assim, quando encontrar alguma referência a elas, o leitor não se sentirá perdido em reconhecê-las. Dessa forma, esperamos ensinar mitologia não como uma matéria, mas como uma forma de relaxamento dos estudos, dando ao nosso trabalho o charme de um livro de histórias e, por meio dele, partilhar o conhecimento de um ramo importante da educação. O índice onomástico no final será adaptado para o propósito de referências, transformando a obra em um dicionário clássico para salas de estar.

A maioria das lendas clássicas deste livro provém de Ovídio e Virgílio. Não são traduções literais pois, na opinião do autor, a poesia traduzida em prosa literal é uma leitura muito pouco atraente. Elas também não estão em verso, por outras razões assim como a convicção de que traduzir de maneira fiel sob todos os embaraços da rima e métrica é impossível. Foi feita a tentativa de contar as histórias em prosa preservando o tanto de poesia que reside nos pensamentos e é separada da própria língua, e omitindo as amplificações que não sejam adequadas à forma alterada.

As histórias da mitologia nórdica são copiadas com alguma condensação das *Antiguidades Nórdicas* de Mallet. Esses capítulos, assim como os que tratam das mitologias oriental e egípcia, pareceram necessários para complementar o tema, embora se acredite que esses tópicos não costumem aparecer no mesmo volume das fábulas clássicas.

Esperamos que as citações poéticas apresentadas tão livremente respondam a vários propósitos valiosos. Elas tentarão fixar na memória o fato principal de cada história, ajudarão na conquista da pronúncia correta dos nomes próprios e enriquecerão a memória com muitas pérolas da poesia, algumas delas citadas com frequência ou mencionadas em leituras e conversas.

Ao escolher *mitologia ligada à literatura* como nosso ramo, esforçamo-nos para não omitir nada que o leitor de literatura elegante possa encontrar. Tais histórias e partes de histórias que ofendam ao bom gosto e à boa moral não são apresentadas. Mas essas histórias não são mencionadas com frequência e, se ocasionalmente deveriam ser, o leitor não deve sentir nenhuma humilhação ao confessar sua ignorância.

Nosso livro não é para o erudito, para o teólogo ou para o filósofo, mas, sim, para o leitor de literatura de qualquer sexo que deseja compreender as alusões utilizadas com tanta frequência por oradores, palestrantes, ensaístas, poetas e aqueles que se encontram em conversas educadas. Acreditamos que nossos jovens leitores encontrarão uma fonte de entretenimento, os leitores mais avançados encontrarão um companheiro útil em suas leituras, aqueles que viajam e visitam museus e galerias de arte encontrarão um intérprete de pinturas e esculturas, os frequentadores de sociedades refinadas terão uma chave para alusões feitas com frequência e, por último, os mais maduros que apreciam retraçar um caminho da literatura que os transporte aos dias de sua infância e revivem a cada passo as associações da aurora de suas vidas.

A permanência dessas associações é expressa lindamente nas bem conhecidas linhas de Coleridge, no "Piccolomini", ato II, cena 4:

"As formas inteligíveis dos poetas antigos,
As humanidades justas de religiões antigas,
O Poder, a Beleza e a Majestade
Que tiveram seus refúgios em vales ou montanhas de pinheiros,
Ou florestas, perto de riachos vagarosos ou fontes rodeadas de seixos,
Ou abismos e profundezas aquosas; tudo isso desapareceu;
Já não sobrevivem na fé da razão;
Mas o coração ainda necessita de uma linguagem; ainda
O instinto ancestral evoca nomes antigos;
Espíritos ou deuses que conviviam nesta Terra
Tendo o homem como seu amigo; e nesse dia
É Júpiter que traz tudo que é grande,
E Vênus traz tudo que é justo."

CAPÍTULO I

INTRODUÇÃO

As religiões da Grécia e da Roma antigas estão extintas. As assim chamadas divindades do Olimpo não possuem nenhum seguidor entre os homens vivos. Elas agora não pertencem ao departamento de teologia, mas aos da literatura e do bom gosto. Lá elas ainda conservam seu lugar e continuarão a fazê-lo, pois estão intimamente ligadas ao que de melhor se produz em arte e poesia, seja antiga ou moderna, e não cairão no esquecimento.

Nós propomos contar as histórias relacionadas a essas divindades que nos foram apresentadas pelos antepassados e às quais os poetas, ensaístas e oradores modernos aludem. Assim, nossos leitores poderão ao mesmo tempo se distrair com as mais charmosas ficções que a imaginação jamais concebeu e ter acesso a informação indispensável a todos que leriam com inteligência a elegante literatura contemporânea.

Para compreender essas histórias será necessário nos familiarizarmos com as ideias da estrutura do universo que predominavam entre os gregos – o povo de quem os romanos, e outras nações por meio deles, receberam sua ciência e religião.

Os gregos acreditavam que a Terra era plana e circular, e que seu país estava no meio, sendo o ponto central o Monte Olimpo, a morada dos deuses, ou Delfos, tão famosa por seu oráculo.

O disco circular da Terra era atravessado de leste a oeste e dividido em duas partes iguais pelo *Mar*, como eles chamavam o Mediterrâneo, e sua continuação, o Euxino (atual Mar Negro), os únicos mares que conheciam.

Em torno da Terra corria o *Rio Oceano*, sendo seu curso de sul a norte pela parte ocidental da Terra e na direção contrária no lado oriental. Ele fluía de forma contínua e constante, sem ser importunado por temporais ou tempestades. O mar e todos os rios da Terra recebiam suas águas do Rio Oceano.

A parte norte da Terra deveria ser habitada por uma raça feliz chamada Hiperbóreos, que vivia em alegria e primavera perpétuas além das altas montanhas, cujas cavernas enviavam as intensas rajadas do vento do norte, que gelavam o povo de Helas (Grécia). Seu país era inacessível por terra ou mar. Eles viviam livres de doenças ou velhice, da labuta e da guerra. Moore nos legou a "Canção do Hiperbóreo", que começa assim:

"Venho de um país das profundezas do sol brilhante,
Onde reluzem jardins dourados,
Onde os ventos do norte, tranquilizados pelo sono,
A casca de suas conchas nunca explodirão."

No lado sul da Terra, perto da corrente do Oceano, vivia um povo feliz e virtuoso como os hiperbóreos. Chamavam-se etíopes. Os deuses os favoreciam tanto que tinham o hábito de, em certas ocasiões, deixar sua morada no Olimpo e ir partilhar seus sacrifícios e banquetes.

Na margem ocidental da Terra, na corrente do Oceano, jazia um lugar feliz chamado Planície Elisiana, aonde mortais enfraquecidos e favorecidos pelos deuses eram levados, sem provar a morte, para desfrutar da felicidade e da imortalidade. Essa região feliz também era chamada de "Campos Afortunados" e de "Ilhas dos Abençoados".

Vemos, portanto, que os gregos antigos sabiam pouco de outros povos reais além daqueles que viviam a leste e a sul de seu próprio país, ou perto da costa do Mediterrâneo. Entretanto, sua imaginação povoava a parte ocidental desse mar com gigantes, monstros e feiticeiras, enquanto eles colocavam ao redor do disco terrestre, que provavelmente viam como não sendo muito extenso, nações que desfrutavam das gentilezas peculiares dos deuses e eram abençoadas com felicidade e longevidade.

A Aurora, o Sol e a Lua deveriam nascer do Oceano, na parte ocidental, e seguir pelo ar, iluminando deuses e homens. Também as estrelas, com exceção daquelas que formam o Carro ou Ursa Maior, e outras próximas a ela, nasciam e se punham no leito do Oceano. Era lá que o deus Sol embarcava em um navio alado que o conduzia em torno da parte norte da Terra, de volta ao seu local de nascimento no leste. Milton faz uma alusão a isso em seu poema "Comus":

"Agora o carro do dia, reluzente,
Seu eixo dourado desacelera
Na profunda corrente do Atlântico,
Enquanto o Sol poente seu raio ascendente
Lança contra o sombrio polo,
Rumando para o outro ponto,
Seu descanso no oriente."

A morada dos deuses ficava no cume do Monte Olimpo, na Tessália. Um pórtico de nuvens, guardado por um grupo de deusas chamadas Estações, abria-se para permitir a passagem dos seres celestes em direção à Terra e para recebê-los em seu retorno. Os deuses possuíam moradas distintas, mas todos, quando convocados, dirigiam-se ao palácio de Júpiter, assim como faziam as divindades cuja morada habitual era a Terra, os Oceanos ou o submundo. Também era no grande salão do palácio do rei olimpiano que os deuses se deleitavam diariamente com ambrosia e néctar, seu alimento e bebida, sendo esta última oferecida em mãos pela adorável deusa Hebe. Era nesse local que conversavam sobre os assuntos do Céu e da Terra; e, enquanto apreciavam seu néctar, Apolo, o deus da música, encantava-os com o som de sua lira, ao qual as Musas respondiam cantando. Quando o sol se punha, os deuses retiravam-se para dormir em suas respectivas moradas.

Os seguintes versos da *Odisseia* mostram como Homero concebia o Olimpo:

"Assim dizendo, Minerva, a deusa de olhos azuis,
Subiu ao Olimpo, a eterna e renomada
Sede dos deuses, que nunca é perturbada
Por tempestades, encharcada por chuvas,
Ou invadida por neve, mas é calma!
O firmamento sem nuvens brilha com o mais puro dos dias.
Ali os habitantes divinos regozijam-se eternamente."

Os mantos e outras partes das indumentárias das deusas eram tecidos por Minerva e pelas Graças e tudo que possuía uma natureza mais sólida era composto por vários metais. Vulcano era arquiteto, ferreiro, armeiro, construtor de carruagens e o artista de todos os trabalhos do Olimpo. Ele construiu as moradas dos deuses com cobre, fez para eles sandálias douradas com as quais eles caminhavam pelo ar e pelos oceanos e moviam-se de um lugar a outro com a velocidade do vento ou mesmo do pensamento. Ele também forjou em cobre os corcéis celestiais, que conduziam as carruagens dos deuses pelo ar ou ao longo da superfície do mar. Ele era capaz de conceder movimento próprio ao seu trabalho, assim as trípodes (cadeiras e mesas) podiam mover-se sozinhas para dentro e fora do salão celestial. Ele até dotou de inteligência as aias douradas que criou para servi-lo.

Júpiter ou Jove (Zeus),[1] embora fosse chamado de pai dos deuses e homens, teve um início. Saturno (Cronos) era seu pai e Reia (Ops), sua mãe. Saturno e Reia eram da raça dos Titãs, os filhos da Terra e do Céu, que nasceram do Caos, de quem falaremos mais no próximo capítulo.

Há outra cosmogonia, ou relato da criação, segundo o qual a Terra, Érebo e o Amor foram os primeiros seres. O Amor (Eros) descende do ovo da Noite que flutuava no Caos. Com suas flechas e archotes, ele perfurava e dava a vida a todas as coisas, produzindo vida e prazer.

Saturno e Reia não eram os únicos Titãs. Havia outros cujos nomes eram Oceano, Hiperião, Jápeto e Ófion, homens; e Têmis, Mnemósine e Eurínome, mulheres. Eles são chamados de deuses anciães, cujo domínio foi transferido depois a outros. Saturno deu lugar a Júpiter; Oceano, a Netuno; Hiperião, a Apolo. Hiperião era pai do Sol, da Lua e da Aurora. Portanto, ele é o deus Sol original e é representado com o esplendor e a beleza que subsequentemente foram conferidos a Apolo.

"Os cachos de Hiperião, a fronte do próprio Jove."

Shakespeare

---

1. Os nomes incluídos em parênteses são gregos, e os outros, respectivamente romano e latino.

Ófion e Eurínome regiam o Olimpo até serem destronados por Saturo e Reia. Milton faz uma alusão a eles em "Paraíso Perdido". Ele diz que os pagãos pareciam ter algum conhecimento a respeito da tentação e queda do homem.

"E contaram como a serpente, a quem chamaram
Ófion com Eurínome (talvez a tentadora Eva)
Foram as que primeiro governaram o Elevado Olimpo, de onde foram expulsas por Saturno."

As representações que temos de Saturno não são muito consistentes, pois, por um lado, dizem que seu reinado foi a era dourada da pureza e da inocência e, por outro, ele é descrito como um monstro que devorava seus filhos.[2] No entanto, Júpiter escapou a esse destino e, quando adulto, desposou Métis (Prudência), que ofereceu uma poção a Saturno e o fez vomitar seus filhos. Júpiter, seus irmãos e irmãs, então, rebelaram-se contra o pai, Saturno, e os irmãos deste, os Titãs; derrotaram-nos e aprisionaram alguns deles no Tártaro, infligindo outros castigos aos demais. Atlas foi condenado a carregar o mundo sobre os ombros.

Depois de destronar Saturno, Júpiter e seus irmãos Netuno (Poseidon) e Plutão (Dis) dividiram seus domínios. A Júpiter coube os céus, Netuno ficou com os oceanos e Plutão, com o reino dos mortos. A Terra e o Olimpo eram propriedades comuns. Júpiter era rei dos deuses e dos homens. O trovão era sua arma e ele portava um escudo chamado Égide, feito por Vulcano. A águia era sua ave favorita e carregava seus raios.

Juno (Hera) era esposa de Júpiter e rainha dos deuses. Íris, a deusa do arco-íris, era sua aia e mensageira. O pavão era sua ave favorita.

Vulcano (Hefesto), o artista celestial, era filho de Júpiter e Juno. Ele nasceu deficiente e sua mãe ficou tão insatisfeita ao vê-lo que o atirou ao céu. Outros relatos dizem que Júpiter o expulsou por tomar partido de sua mãe em uma disputa entre o casal. A deficiência de Vulcano, de acordo com esse relato, foi a consequência de sua queda. Ele caiu durante um dia inteiro e pousou, finalmente, na Ilha de

---

2. Essa inconsistência surge de considerar o Saturno dos romanos o mesmo que a divindade grega Cronos (Tempo), que, ao trazer um final a tudo que teve um início, pode devorar seus próprios descendentes.

Lemnos que, desde então, se tornou sagrada para ele. Milton alude a essa história em "Paraíso Perdido", Livro I:

"... De manhã
até a tarde ele caiu, da tarde até a noite orvalhada,
todo um dia de verão, e ao pôr do sol despencou-se do zênite,
como uma estrela cadente, em Lemnos, a ilha egeia."

Marte (Ares), deus da guerra, era filho de Júpiter e Juno.

Febo (Apolo), deus do arco e flecha, da profecia e da música, era filho de Júpiter e Latona, e irmão de Diana (Artêmis). Ele era deus do Sol e Diana, sua irmã, deusa da Lua.

Vênus (Afrodite), a deusa do amor e da beleza, era filha de Júpiter e Dione. Outros dizem que Vênus surgiu da espuma do mar. O zéfiro flutuou-a pelas ondas até a Ilha de Chipre, onde foi recebida e vestida pelas Estações e, então, levada para a assembleia dos deuses. Todos ficaram encantados com sua beleza e cada um deles exigiu-a em casamento. Júpiter a ofereceu a Vulcano em gratidão pelo serviço prestado ao forjar raios. Foi assim que a mais bela das deusas tornou-se esposa do menos favorecido dos deuses. Vênus possuía um cinto bordado chamado "Cesto", que tinha o poder de inspirar o amor. Suas aves favoritas eram cisnes e pombos, e as plantas sagradas para ela eram a rosa e o mirto.

Cupido (Eros), o deus do amor, era filho de Vênus. Ele era seu constante companheiro e, armado de arco e flechas, disparava os dardos do desejo no peito de deuses e homens. Havia uma divindade chamada Antero, que às vezes era representado como o vingador do amor desprezado e, em outras, como o símbolo do afeto correspondido. Sobre ele, conta-se a seguinte lenda:

Vênus, ao queixar-se a Têmis que seu filho Eros ainda permanecia uma criança, ouviu desta que a razão era por ele ser solitário, e caso ele tivesse um irmão cresceria de forma acelerada. Logo em seguida nasceu Antero, e Eros de imediato cresceria tanto em tamanho quanto em força.

Minerva (Palas Atena), deusa da sabedoria, era filha de Júpiter, sem mãe. Ela saiu da cabeça de Júpiter totalmente armada. Sua ave preferida era a coruja e sua planta sagrada, a oliveira.

Byron, em "Childe Harold", faz a seguinte alusão ao nascimento de Minerva:

"Serão os tiranos vencidos apenas por tiranos,
E a Liberdade não encontrará nenhum campeão ou criança,
Como Colúmbia viu nascer,
quando irrompeu como Palas,
Armada e imaculada?
Ou devem tais mentes ser nutridas nos ermos,
Nas profundezas das matas virgens, no meio do rugido
Das cataratas, onde a Natureza sorridente alimenta o pequeno
Washington? Será que a Terra não possui mais tais sementes
Em seu seio, ou a Europa tais praias?"

Mercúrio (Hermes) era filho de Júpiter e Maia. Ele presidia o comércio, a luta e outros tipos de ginástica, até o roubo, em suma, tudo que requeira habilidade e destreza. Era o mensageiro de Júpiter e usava chapéu e sandálias aladas. Ele portava um bastão com duas serpentes entrelaçadas chamado de caduceu.

Mercúrio é considerado o inventor da lira. Um dia ele encontrou uma tartaruga, de quem tirou o casco, fez furos nas beiradas opostas e passou cordas de linho por eles, completando o instrumento. As cordas eram nove, em homenagem às nove Musas. Mercúrio ofereceu a lira a Apolo, que em troca lhe deu o caduceu.[3]

Ceres (Deméter) era filha de Saturno e Reia. Ela tinha uma filha chamada Prosérpina (Perséfone), que casou com Plutão e se tornou rainha do reino dos mortos. Ceres presidia a agricultura.

Baco (Dionísio), o deus do vinho, era filho de Júpiter e Sêmele. Ele não representa apenas o poder intoxicante do vinho, mas também suas influências sociais e benéficas; por isso Baco era visto como promotor da civilização, legislador e amante da paz.

As Musas eram filhas de Júpiter e Mnemósine (Memória). Regiam as canções e instigavam a memória. Eram nove no total e a

---

3. Pela origem do instrumento, a palavra " casco" é usada com frequência como sinônimo de "lira" e, de forma figurativa, para música e poesia. Assim Gray, em sua ode ao "Progresso da Poesia", diz:
"Ó Soberano da Alma determinada,
Criador de ventos doces e solenes,
Casco encantador! Os Cuidados taciturnos
E Paixões desvairadas escutam seu suave controle."

cada uma delas foi designada à presidência de um determinado departamento de literatura, arte ou ciência. Calíope era musa da poesia épica; Clio, da história; Euterpe, da poesia lírica; Melpomene, da tragédia; Terpsícore, da canção e dança de corais; Erato, da poesia amorosa; Polínia, da poesia sacra; Urânia, da astronomia; e Talia, da comédia.

As Graças eram deusas do banquete, da dança e de todo o prazer social e artes elegantes. Eram três no total. Chamavam-se Eufrosina, Aglaia e Talia.

Spenser descreve o ofício das Graças desta forma:

"Essas três aos homens todos os dons graciosos concederam
Que enfeitam o corpo ou adornam a mente,
Tornando-os atraentes e com imagem bem favorecida;
Dá-lhes um porte gracioso, e diversão,
Concede-lhes beleza, um bom ofício duradouro,
E todos os complementos da cortesia;
Elas nos ensinam até que ponto e grau
Devemos nos rebaixar, muito ou pouco,
Aos amigos e inimigos,
Habilidade que os homens aptos chamam Civilidade."

As Moiras também eram três – Cloto, Láquesis e Átropos. Seu ofício era tecer o destino humano e tinham como armas tesouras com as quais cortavam o fio do destino quando queriam. Eram filhas de Têmis (Lei), que se senta ao lado do trono de Jove para aconselhá-lo.

As Erínias, ou Fúrias, eram três deusas que puniam com tormentos secretos aqueles que escapavam ou desafiavam a justiça pública. Usavam guirlandas de serpentes nas cabeças e sua aparência era terrível e estarrecedora. Chamavam-se Aleto, Tisífone e Megera. Também eram chamadas de Eumênides.

Nêmesis também era uma deusa da vingança. Ela representa a fúria justa dos deuses, principalmente em relação ao orgulhoso e insolente.

Pã era deus dos rebanhos e pastores. Sua residência favorita ficava na Arcádia.

Os Sátiros eram divindades dos bosques e dos campos. Foram concebidos com um cabelo eriçado, e suas cabeças eram decoradas com chifres curtos como se estivessem crescendo, e seus pés eram como de cabra.

Momo era o deus da risada e Plutão, deus da fortuna.

DIVINDADES ROMANAS

As divindades anteriores são gregas, embora fossem reconhecidas também pelos romanos. As seguintes são específicas da mitologia romana:

Saturno era uma antiga divindade italiana. Houve uma tentativa de identificá-lo com o deus grego Cronos e dizia-se que, após seu destronamento por Júpiter, Saturno fugiu para Itália, onde reinou durante a chamada Idade de Ouro. Em memória ao seu reinado benfeitor, o festival da Saturnália acontecia todos os anos no inverno. Durante a ocasião, todo serviço público era suspenso, declarações de guerra e execuções criminais eram adiadas, amigos presenteavam-se e os escravos eram mimados com grandes liberdades. Era-lhes oferecida uma festa na qual eles se sentavam à mesa e seus amos os serviam para mostrar a igualdade natural dos homens e que todas as coisas pertenciam de igual forma a todos no reino de Saturno.

Fauno,[4] neto de Saturno, era venerado como deus dos campos e pastores, e também como um deus profético. Faunos, seu nome no plural, expressava uma classe das divindades dos jogos e brincadeiras, como o Sátiros dos gregos.

Quirino era um deus da guerra, que dizem ser o mesmo que Rômulo, o fundador de Roma que, após sua morte, foi elevado a um lugar entre os deuses.

Belona era deusa da guerra.

Término, deus dos pontos de referência. Sua estátua era uma pedra grosseira ou um poste enterrado no chão para demarcar as fronteiras dos campos.

Pales era a deusa que regia o gado e os pastos.
Pormona presidia sobre as árvores frutíferas.
Flora, deusa das flores.
Lucina, deusa do parto.

---

4. Também havia uma deusa chamada Fauna, ou Bona Dea.

Vesta (a Héstia dos gregos) era uma divindade que regia as lareiras privadas e públicas. Um fogo sagrado, cuidado pelas seis sacerdotisas virgens chamadas Vestais, ardia em seu templo. Como a segurança da cidade estava ligada à sua preservação, a negligência das virgens, caso deixassem o fogo se apagar, era punida de forma severa, e o fogo era reanimado pelos raios do sol.

Líber é o nome latino de Baco, e Mulcíber, de Vulcano.

Jano era o porteiro do céu. Ele abre o ano, pois o primeiro mês recebeu esse nome em sua homenagem. Jano é o deus guardião dos portões, sendo em geral representado com duas cabeças, porque cada porta tem sempre duas direções. Seus templos em Roma eram numerosos. Em tempos de guerra, os portões do templo principal estavam sempre abertos. Em tempos de paz, eram fechados, o que ocorreu apenas uma vez entre o reinado de Numa e o de Augusto.

Penates eram os deuses que deviam cuidar do bem-estar e prosperidade da família. Seu nome deriva de Penus, a despensa, que era sagrada para eles. Cada chefe de família era sacerdote do Penates de sua própria casa.

Os Lares, ou Lars, também eram deuses domésticos, mas diferiam dos Penates por serem vistos como espíritos deificados dos mortais. Os Lares familiares eram considerados as almas dos ancestrais que cuidavam e protegiam seus descendentes. As palavras Lêmure e Larva correspondem de forma mais aproximada à nossa palavra Fantasma.

Os romanos acreditavam que cada homem possuía seu Gênio e cada mulher, sua Juno, isto é, um espírito que lhes dera vida e era visto como seu protetor ao longo da vida. Em seu aniversário, homens faziam oferendas aos Gênios e as mulheres a Juno.

Um poeta moderno faz a seguinte alusão aos deuses romanos:

"Pomona adora o pomar,
E Líber ama o vinho,
E Pales ama o barracão de palha
Aquecido pelo bafo das vacas;
E Vênus ama o suspiro
De jovens e donzelas em apuros,
No luar de abril cor de marfim,
À sombra da castanheira."

Macaulay, "Profecia de Cápis"

CAPÍTULO II

PROMETEU E PANDORA

A criação do mundo é um problema que estimula naturalmente o interesse dos homens, seus habitantes. Os antigos pagãos, por não possuírem informação sobre o assunto que provinha das páginas da Escritura, tinham sua própria maneira de narrar a história, que é a seguinte:

Antes da criação do céu, da Terra e do mar, todas as coisas tinham o mesmo aspecto, que chamamos de Caos – uma massa confusa e disforme; nada além de peso morto, no qual, no entanto, as sementes das coisas permaneciam adormecidas. Terra, mar e ar estavam todos misturados, portanto a Terra não era sólida, o mar não era fluido e o ar não era transparente. Deus e a Natureza, finalmente, intervieram, pondo fim a um desacordo, separando a Terra do mar e o céu, de ambos. A parte flamejante, por ser a mais leve, saltou e formou os céus; o ar foi o próximo em peso e lugar. A Terra, pesada, afundou; a água tomou a posição mais baixa e fez a Terra flutuar.

Nesse momento algum deus – não se sabe qual – deu-se ao trabalho de organizar e acomodar a Terra. Determinou o local para rios e baías, ergueu as montanhas, moldou os vales, distribuiu as florestas, fontes, campos férteis e planícies pedregosas. O ar, ao ser limpo, revelou as estrelas; os peixes tomaram posse do mar; os pássaros, do ar; e os animais de quatro patas ficaram com a terra.

Entretanto, um animal mais nobre era necessário, e o Homem foi criado. Não se sabe se o criador o moldou com materiais divinos ou se na Terra, tão tardiamente separada do céu, ainda se escondiam sementes celestiais. Prometeu tomou parte da Terra e, ao misturá-la com a água, criou o homem à semelhança dos deuses. Deu-lhe uma estatura ereta, e, assim, enquanto os outros animais olhavam para baixo e viam o solo, ele erguia a cabeça, via o céu e contemplava as estrelas.

Prometeu era um dos Titãs, uma raça de gigantes que viveu na Terra antes da criação do homem. A tarefa de criar o homem foi confiada a Prometeu e a seu irmão, Epimeteu. Eles deviam prover o homem e todos os outros animais com as faculdades necessárias à sua preservação. Epimeteu assumiu a tarefa e Prometeu deveria supervisionar seu trabalho, quando terminasse. Epimeteu agiu de acordo para conceder a cada animal os vários dons da coragem, força, agilidade e sagacidade. Asas para um, garras para outro, um casco para um terceiro, e assim por diante. Porém quando chegou o momento do homem, que deveria ser superior aos outros animais, Epimeteu havia sido tão pródigo com seus recursos que não restara nada para oferecer. Perplexo, ele recorreu ao irmão, Prometeu, que com a ajuda de Minerva foi ao céu e acendeu sua tocha na carruagem do Sol e trouxe o fogo para o homem. Com esse dom, o homem ficava acima de todos os outros animais. O fogo permitia que ele forjasse armas para subjugá-los, ferramentas para cultivar a terra, para aquecer sua morada, para ser, de forma relativa, independente do clima e, finalmente, iniciar as artes de cunhar moeda e dinheiro, recursos para o comércio.

Todavia, a mulher ainda não fora criada. A história (bastante absurda!) é que Júpiter criou a mulher e enviou-a a Prometeu e seu irmão, para puni-los por sua audácia em roubar o fogo do céu e também punir o homem por aceitá-lo como presente. A primeira mulher chamava-se Pandora. Ela foi criada no céu e todos os deuses contribuíram com algo para torná-la perfeita. Vênus deu-lhe beleza; Mercúrio, persuasão; Apolo, música, etc. Assim preparada, ela foi enviada para a Terra e apresentada a Epimeteu, que a aceitou com satisfação, embora tenha sido prevenido por seu irmão para ser cauteloso com Júpiter e seus presentes. Epimeteu tinha em casa uma jarra onde mantinha alguns artigos nocivos, dos quais, ao ajustar o homem em sua nova morada, ele não tivera necessidade. Pandora foi tomada por uma ávida curiosidade em saber o que aquela jarra continha e, um dia, abriu a tampa e analisou o interior. De imediato escaparam uma quantidade de pragas para o homem desafortunado

– tais como gota, reumatismo e cólicas para o corpo e inveja, mágoa e vingança para sua mente – que se espalharam por todo o lado. Pandora apressou-se em fechar a tampa. Mas que pena! Todo o conteúdo da jarra escapara, com apenas uma exceção, que ficara no fundo e chamava-se *esperança*. Por isso vemos que até hoje, seja qual for o mal disseminado, a esperança nunca nos abandona completamente, e, enquanto tivermos *isso*, nenhum outro mal nos destruirá completamente.

Outro relato diz que Pandora foi enviada de boa-fé, por Júpiter, para abençoar o homem, e que ela portava uma caixa que continha seus presentes de casamento, na qual cada deus havia colocado uma bênção. Ela abriu a caixa de forma descuidada e todas as bênçãos escaparam, exceto a *esperança*. Essa história parece mais provável que a anterior, pois como poderia a *esperança*, joia tão preciosa, ser mantida em uma jarra repleta de todos os tipos de mal, como diz o relato anterior?

Depois de o mundo ser assim provido de habitantes, a primeira era foi de inocência e felicidade e chamou-se *Idade do Ouro*. A verdade e a justiça prevaleciam, embora sem serem impostas pela lei, e também não havia magistrados para ameaçar ou punir. A floresta ainda não havia sido desprovida de suas árvores para fornecer madeira para embarcações, nem o homem tinha erguido fortalezas em volta de suas cidades. Não havia tais coisas como espadas, lanças ou capacetes. A terra fornecia tudo de que o homem necessitava sem o trabalho de lavrar ou semear. A primavera perpétua reinava, flores brotavam sem sementes, os rios corriam com leite e vinho e o mel dourado escorria dos carvalhos.

Então veio a *Idade da Prata*, inferior à dourada, mas melhor que a de Bronze. Júpiter encurtou a primavera e dividiu o ano em estações. Então, primeiro, o homem tinha de sobreviver ao calor e ao frio extremos e as casas tornaram-se necessárias. As cavernas e os abrigos frondosos das florestas e choupanas feitas de galhos foram as primeiras moradas. As colheitas já não cresceriam sem ser plantadas. O fazendeiro seria obrigado a semear e o boi trabalhador, a puxar o arado.

Em seguida, veio a *Idade do Bronze*, com um temperamento mais selvagem e mais disposta a pegar em armas, todavia não inteiramente perversa. A mais dura e mais difícil foi a *Idade do Ferro*. O crime surgiu com força; a modéstia, a verdade e a honra fugiram. Em seus lugares vieram a fraude, a esperteza, a violência e o terrível amor à vantagem. Então os marinheiros içaram velas ao vento, as árvores foram arrancadas das montanhas para servirem de quilhas para os barcos e atormentar o oceano. A terra, que até agora havia sido cultivada de forma comunitária, passou a ser dividida em propriedades. Os homens não ficaram satisfeitos com o que a superfície produzia e cavaram em suas entranhas, dando início à extração de minérios. O nocivo *ferro* e o mais nocivo *ouro* foram produzidos. Surgiu a guerra, utilizando esses dois metais como arma. O hóspede já não estava seguro na casa de seu amigo. Genros e sogros, irmãos e irmãs, maridos e mulheres já não confiavam uns nos outros. Filhos queriam ver os pais mortos para tomar posse da herança, o amor familiar foi arruinado. A terra ficou úmida com a matança e os deuses, um a um, abandonaram-na, até Astreia[5] ser deixada só e, finalmente, ela também partiu.

Júpiter, ao ver o estado das coisas, ardeu de raiva. Convocou um conselho dos deuses. Eles atenderam ao chamado e tomaram o caminho para o palácio do céu. A estrada, que poderia ser vista em uma noite clara, estende-se por toda a face do céu e é chamada de Via Láctea. Ao longo da estrada ficam os palácios dos deuses ilustres; os residentes comuns dos céus viviam à parte, em ambos os lados. Júpiter dirigiu-se à assembleia. Ele mostrou as condições repugnantes na Terra e terminou anunciando sua intenção de exterminar seus habitantes e criar uma nova raça, diferente da primeira, que seria mais digna da vida e muito mais veneradora dos deuses. Em seguida, tomou um raio e preparou-se para atirá-lo ao mundo e queimá-lo. Mas, lembrando-se do perigo de que tal conflagração pudesse incendiar o próprio céu, mudou de planos e resolveu inundar a Terra. O

---

5. Deusa da inocência e da pureza. Após abandonar a Terra, ela foi colocada entre as estrelas, onde se tornou a constelação Virgem. Têmis (Justiça) era mãe de Astreia. Ela é representada segurando no alto uma balança na qual pesam as reivindicações das partes opostas. Uma ideia favorita dos antigos poetas era que essas deusas um dia retornassem, trazendo consigo a Idade do Ouro. Até em um hino cristão, o "Messias" do papa, essa ideia surge:
"Todos os crimes acabarão e toda fraude antiga se anulará,
E a Justiça elevará sua balança às alturas,
A paz por toda a Terra sua varinha de oliveira espalhará
E a Inocência vestida de branco descerá dos céus."
Ver também o "Hino à Natividade", de Milton.

vento do norte, que dispersa as nuvens, foi acorrentado; o vento do sul foi enviado e logo cobriu toda a superfície do céu com um manto de completa escuridão. As nuvens, amontoadas, ressoaram com um estrondo. Caiu um temporal, as plantações foram destruídas, um ano de trabalho de um fazendeiro foi perdido em apenas uma hora. Júpiter, não satisfeito com suas próprias águas, pede a ajuda de seu irmão Netuno. Este liberta os rios e os derrama sobre a Terra. Ao mesmo tempo, Netuno desloca as placas tectônicas da Terra com um terremoto e traz o refluxo do oceano para as margens. Rebanhos, manadas, homens e casas são varridos; os templos, com seus muros sagrados, são profanados. Se sobrou algum edifício de pé, ele foi esmagado e suas torres sumiram debaixo das ondas. Agora tudo era mar, mar sem costa. Aqui e ali um indivíduo permanecera em um topo de colina saliente e poucos, em barcos, remavam em áreas onde antes conduziam o arado. Os peixes nadavam nas copas das árvores, uma âncora era lançada em um jardim. Onde antes brincavam cordeiros graciosos, agora desajeitados leões marinhos saltavam. O lobo nada entre as ovelhas, tigres e leões amarelos lutavam na água. A força do javali selvagem já não lhe servia, nem a velocidade era útil ao veado. Os pássaros caíam na água com asas exaustas, sem encontrar terra para repousar. Os seres vivos que a água poupou tornaram-se presa da fome.

Apenas Parnaso, dentre todas as montanhas, conseguiu ficar acima das ondas. Ali, Deucalião e sua esposa, Pirra, da raça de Prometeu, encontraram refúgio – ele um homem justo e ela uma fiel veneradora dos deuses. Júpiter, quando viu que nada sobrevivera além desse casal, lembrou-se de suas vidas inofensivas e sua conduta devota e ordenou ao vento do norte que afastasse as nuvens e revelasse os céus à Terra e esta aos céus. Netuno também orientou Tritão a soprar em sua concha e entoar uma retirada às águas. Estas obedeceram e o mar retornou à margem e os rios, aos seus canais. Então, Deucalião dirigiu-se a Pirra: "Ó esposa, única mulher sobrevivente, unida a mim, primeiro, pelos laços de parentesco e matrimônio, e agora por um perigo comum, se possuíssemos o poder de nosso antepassado Prometeu, poderíamos renovar a raça como ele fez no início! Mas, como não podemos, vamos à busca de um templo longínquo indagar aos deuses o que nos resta fazer". Eles adentraram o templo deformado pelo lodo e se aproximaram do altar, onde nenhum fogo ardia. Caíram prostrados ao solo e suplicaram à deusa que lhes informasse como recuperar seus pertences destruídos. O oráculo respondeu: "Saiam do templo com a cabeça coberta e vestimentas soltas e levem consigo os ossos de suas mães". Eles ouviram as palavras com espanto. Pirra foi a primeira a quebrar o silêncio: "Não podemos obedecer, não nos atreveremos a profanar os restos mortais de nossos pais". Buscaram a sombra mais frondosa na floresta e ponderaram a mensagem do oráculo. Afinal, Deucalião falou: "Ou minha sagacidade me engana, ou a ordem deve ser obedecida sem impiedade. A Terra é mãe de todas as coisas, as pedras são seus ossos, é isso que devemos deixar para trás, e acho que é isso que o oráculo quis dizer. Ao menos, não fará mal algum se tentarmos". Cobriram os rostos, abriram suas vestimentas, pegaram algumas pedras e atiraram-nas para trás. As pedras (algo lindo de relatar) começaram a amolecer e a tomar forma. Pouco a pouco, assumiam uma semelhança grosseira com a forma humana, como um bloco de pedra ainda não terminado nas mãos de um escultor. A umidade e o lodo que estavam à sua volta tornaram-se carne, a parte pedregosa tornou-se ossos, as veias permaneceram veias, mantendo seu nome, apenas modificando seu uso. As pedras que foram atiradas pela mão do homem tornaram-se homens, as que foram arremessadas pela mulher tornaram-se mulheres. Era uma raça endurecida e bem adaptada ao trabalho, como nos encontramos nos dias de hoje, dando provas claras de nossas origens.

A comparação entre Eva e Pandora é muito óbvia para ter escapado a Milton, que a introduz no Livro IV de "Paraíso Perdido":

"Mais adorável que Pandora, a quem os deuses
Concederam todos os dons; e oh, muito semelhante
Em triste acontecimento, quando o imprudente filho
De Jafé, trazido por Hermes, ela ludibriou
A Humanidade com sua bela aparência, para se vingar
Dele por ter roubado o fogo autêntico de Jove."

Prometeu e Epimeteu eram filhos de Jápeto, que Milton alterou para Jafé.

Prometeu é um personagem favorito dos poetas. É representado como o amigo da humanidade que por ela intercedeu quando Jove estava enfurecido com os homens e que lhes ensinou cultura e artes. Mas, ao fazer isso, ele transgrediu a vontade de Júpiter, tornando-se ele mesmo vítima da fúria do governante dos deuses e homens. Júpiter mandou acorrentá-lo a uma rocha no Monte Cáucaso, onde um abutre comia seu fígado, que era renovado ao mesmo tempo em que era devorado. Prometeu poderia acabar a qualquer momento com esse tormento, se estivesse disposto a se submeter ao seu opressor, já que possuía um segredo que envolvia a estabilidade do trono de Jove. E, caso optasse por revelar o segredo, seria favorecido de imediato. Mas ele desprezou essa possibilidade. Portanto, ele se tornou o símbolo da resistência magnânima ao sofrimento injusto e da força de vontade na resistência ao opressor.

Shelley e Byron abordaram esse tema. Os versos seguintes são de Shelley:

"Titã! A cujos olhos imortais
Os sofrimentos da mortalidade,
Vistos em sua triste realidade,
Não eram coisas que os deuses desprezavam;
Qual foi a recompensa de sua compaixão?
Um sofrimento calado e intenso;
A rocha, o abutre e a corrente;
Tudo que o orgulhoso pode temer;
A angústia que não demonstram;
A sufocante sensação de infortúnio.

Teu crime divino foi ter sido clemente;
Favorecer menos com teus preceitos
A soma da miséria humana,
E fortalecer o homem com sua própria mente.
E, desorientado como tu estavas na altura,
Ainda com tua paciência e energia
Na resistência e repulsa
De teu espírito impenetrável,
Que o céu e a Terra não podiam convulsionar,
Uma poderosa lição herdamos."

Byron também emprega a mesma alusão em sua "Ode a Napoleão Bonaparte":
"Ou, assim como o ladrão do fogo celestial,
Resistirá ao choque?
E partilhará com ele – o não perdoado –
Seu abutre e sua rocha?"

CAPÍTULO III

APOLO E DAFNE – PÍRAMO E TISBE – CÉFALO E PRÓCRIS

O lodo resultante da inundação que cobriu a Terra produziu uma fertilidade excessiva, criando grande variedade de coisas, boas e ruins. Entre elas surgiu a Píton, uma enorme serpente que aterrorizava o povo e escondia-se nas cavernas do Monte Parnaso. Apolo assassinou-a com suas flechas – armas que ele apenas havia usado antes contra animais delicados, lebres, cabras selvagens, esse tipo de caça. Em comemoração a essa ilustre conquista, ele instituiu os Jogos Píticos, nos quais o vencedor em proezas de força, velocidade ou na corrida de bigas era coroado com uma guirlanda de folhas de faia, uma vez que o louro ainda não tinha sido adotado por Apolo como sua árvore.

A famosa estátua de Apolo chamada Belvedere representa o deus após sua vitória contra a serpente Píton. Byron faz uma alusão ao tema em seu "Childe Harold":

"... O senhor do arco infalível,
O deus da vida, da poesia e da luz
O Sol, em membros humanos disposto, a fronte
Radiante por seu triunfo na luta.
A seta acabou de ser disparada; a flecha brilhante
Com vingança imoral; em seus olhos
E narinas, o belo desdém, a força
E a majestade espalharam seus relâmpagos,
Desenvolvendo naquele olhar a Divindade.

APOLO E DAFNE

Dafne foi o primeiro amor de Apolo. E não aconteceu por acidente, e sim pela malícia de Cupido. Apolo viu o menino brincando com seu arco e flecha e, estando ele mesmo exultante com sua recente vitória sobre a Píton, disse a Cupido: "O que você faz com armas belicosas, menino atrevido? Deixe-as para mãos mais dignas. Contemple minha vitória com elas sobre a enorme serpente que estendeu seu corpo venenoso por uma grande área da planície! Contente-se com sua tocha, criança, e acenda aquilo que você chama de chamas onde quiser, mas não se atreva a mexer nas minhas armas". O filho de Vênus ouviu aquelas palavras e retorquiu: "Suas flechas podem atingir todas as coisas, Apolo, mas as minhas o atingirão". Dito isso, Cupido posicionou-se em uma rocha do Parnaso e sacou de sua aljava duas flechas de feitios distintos, uma para atrair o amor e outra para o repelir. A primeira era aguda e de ouro, a segunda era cega e com chumbo na ponta. Com a flecha de chumbo, Cupido acertou a ninfa Dafne, filha do deus rio Peneu, e com a flecha dourada atingiu o coração de Apolo. De imediato, o deus ficou apaixonado pela donzela, que tinha repulsa pela ideia de amar. Seu prazer eram os esportes florestais e espólios da caça. Muitos amantes a perseguiram e ela rechaçou a todos, correndo pela mata sem pensar em Cupido ou Himeneu. Com frequência, seu pai lhe dizia: "Filha, você tem de me dar um genro e, em seguida, netos". Ela, odiando a ideia do casamento como se fosse um crime, e com seu lindo rosto ruborizado, colocou os braços à volta do pescoço do pai e disse: "Meu adorado pai, conceda-me esse favor, de que eu permaneça solteira para sempre, como Diana". Ele consentiu, mas disse ao mesmo tempo: "Seu próprio rosto não consentirá isso".

Apolo a amava e ansiava por tê-la e aquele que possuía um oráculo e ministrava previsões ao mundo inteiro não era sábio o suficiente para ver sua sina. Ele via os cabelos desalinhados sobre os ombros de Dafne e dizia: "Se têm tanto charme assim desarrumados, imagine arranjados?". Via os olhos da ninfa brilharem como estrelas, via seus lábios e não se contentava em apenas vê-los. Admirava suas mãos e braços, despidos até os cotovelos, e o que quer que estivesse escondido, ele imaginava ainda mais belo. Apolo a seguia e ela fugia, mais rápida que o vento, sem lhe dar o mínimo de confiança.

"Fique", dizia ele, "filha de Peneu, não sou um inimigo. Não fuja de mim como um cordeiro foge do lobo ou um pombo, do falcão. Persigo-a por amor. Você me deixa apavorado de medo caso caia e se machuque naquelas pedras e eu seja a causa da queda. Imploro que corra mais devagar e eu a seguirei também mais devagar. Não sou palhaço nem um camponês rude. Júpiter é meu pai e sou o senhor de Delfos e Tenedos. Sou conhecedor de todas as coisas presentes e futuras. Sou deus da canção e da lira. Minhas flechas acertam direto no alvo, mas ai de mim! Uma flecha mais fatal que a minha atingiu meu coração! Sou o deus da medicina e conheço as virtudes de todas as plantas curadoras. Ai! Sofro de um mal que nenhum bálsamo pode curar!".

A ninfa continuou em fuga, sem ouvir por completo os argumentos de Apolo. E mesmo quando fugia ela o deixava encantado. O vento inflava suas vestimentas e seus cabelos soltos esvoaçavam. O deus ficou impaciente ao ver seus galanteios desperdiçados e, ajudado por Cupido, alcançou-a na fuga. Parecia um cão de caça perseguindo uma lebre com as mandíbulas em posição para agarrar, enquanto o animal mais frágil avançava disparado, escapando do alcance do outro. Assim voavam o deus e a virgem – ele nas asas do amor e ela nas asas do medo. No entanto, o perseguidor é mais rápido e a alcança, arfando em seus cabelos. A força de Dafne começa a falhar e, pronta para sucumbir, ela suplica a seu pai, o deus do rio: "Ajuda-me, Peneu! Abre a terra para me envolver ou muda minha aparência, que me colocou neste perigo!". Mal acabou de proferir essas palavras, uma rigidez tomou conta de seus membros. Seu peito começou a ser encoberto por uma delicada casca de árvore, seus cabelos transformaram-se em folhas, seus braços tornaram-se galhos, seus pés ficaram presos no solo, como uma raiz. Seu rosto tornou-se um topo de árvore, sem guardar nada de sua forma anterior a não ser a beleza. Apolo ficou admirado. Tocou o tronco e sentiu a carne tremular por baixo da casca. Ele abraçou os galhos e deu beijos generosos na madeira. Os ramos encolhiam-se com o contato de seus lábios. "Já que não pode ser minha esposa", disse ele, "com certeza será minha árvore. Eu a usarei como minha coroa. Vou decorar minha harpa e minha aljava e, quando os grandes conquistadores romanos levarem o triunfo para o Capitólio, você será transformada em guirlandas para suas frontes. E, como a eterna juventude é minha, você será sempre verde e suas folhas jamais perecerão". A ninfa, transformada em loureiro, fez uma reverência em agradecimento.

Que Apolo seja reconhecido como deus da música e da poesia não parecerá estranho, mas que a medicina também deva ser designada a ele, sim. O poeta Armstrong, ele mesmo médico, faz o seguinte relato:

"A música louva a alegria, alivia os pesares,
Afasta as doenças, abranda as dores;
E era assim que os sábios antigos apreciavam
O poder da medicina, melodia e canção."

A história de Apolo e Dafne é muito mencionada pelos poetas. Waller a aplica a um caso de versos amadores que não abrandaram o coração da amada, mas trouxeram fama ao poeta:

"Mas o que ele cantou com seu empenho imortal,
Embora malsucedido, não foi cantado em vão.
Apenas a ninfa poderia retificar seu erro,
Corresponder à sua paixão e aprovar sua canção.
Como Febo que conquistou elogios sem buscá-los,
Ele foi apanhado pelo amor e encheu os braços de louros."

A seguinte estrofe do "Adonais" de Shelley alude às primeiras batalhas com os críticos da época:

"A alcateia de lobos, audaciosos apenas no ataque;
Os corvos obscenos, clamorosos sobre os mortos;
Os abutres fiéis à bandeira dos vencedores,
Que se alimentam onde primeiro comeu a Desolação,
E cujas asas espalham infecções: como escaparam,
Quando como Apolo, de seu arco dourado,
A Píton da primeira era recebeu a flecha
E sorriu! Os estraga-prazeres não tentam uma segunda vez;
Eles adulam os pés orgulhosos que os rejeitam em seu caminho."

PÍRAMO E TISBE

Píramo era o mais belo dos jovens e Tisbe, a donzela mais encantadora de toda a Babilônia, onde reinava Semíramis. Seus pais ocupavam casas vizinhas e a vizinhança aproximou os dois jovens e transformou um sentimento familiar em amor. Eles teriam casado com alegria, mas seus pais os proibiram. No entanto, uma coisa eles não podiam proibir – que o amor brilhasse com igual intensidade em seus corações. Eles conversavam por sinais e olhares e o fogo ardia com mais intensidade ao tentar ser extinto. Havia uma rachadura no muro que separava as duas casas, causada por uma falha na estrutura. Ninguém tinha notado antes, mas os amantes a descobriram. E o que o amor não descobre! A fenda permitia uma passagem para a voz e mensagens carinhosas eram trocadas por esse vão. Píramo de um lado e Tisbe do outro da parede, suas respirações misturavam-se. "Muro cruel", eles diziam, "por que mantém dois amantes afastados? Mas não seremos ingratos. Confessamos que devemos a você o privilégio de transmitir palavras de amor a ouvidos afeitos". Eles proferiam tais palavras de cada lado do muro e, quando a noite caía e deveriam se despedir, pressionavam os lábios contra a parede, cada um de seu lado, uma vez que não podiam estar juntos.

Na manhã seguinte, quando a Aurora retirou as estrelas e o sol derreteu a geada da relva, Píramo e Tisbe encontraram-se no local de costume. Então, depois de lamentar seu destino, eles concordaram que, na noite seguinte, quando tudo estaria calmo, fugiriam dos olhares vigilantes, deixando suas casas em direção aos campos. Para assegurar o encontro, iriam para um edifício bem conhecido que ficava fora dos limites da cidade, chamado Túmulo de Nino. Aquele que chegasse primeiro deveria esperar o outro ao pé de uma determinada árvore. Era uma amoreira branca que ficava próxima a uma fonte fresca. Tudo estava combinado e ambos esperaram com impaciência o pôr do sol por trás dos rios e a chegada da noite. Então, com cautela, Tisbe saiu, sem ser observada pela família, com a cabeça coberta por um véu. Ela seguiu em direção ao monumento e sentou-se debaixo da amoreira. Enquanto estava sentada sozinha, na vaga luz noturna, ela distinguiu uma leoa com as mandíbulas ainda com o cheiro da presa recente, aproximando-se da fonte para saciar a sede. Tisbe fugiu e procurou refúgio na fenda de uma rocha. Enquanto corria, deixou cair o véu. A leoa, após beber água na fonte, retirou-se para a floresta e, ao notar o véu no chão, revirou e rasgou-o com sua boca ensanguentada.

Píramo atrasou-se, mas nesse momento chegava ao ponto de encontro. Observou na areia as pegadas da leoa e ficou lívido com a visão. Em seguida, encontrou o véu todo rasgado e ensanguentado. "Ó menina desafortunada", disse ele, "fui eu a causa de tua morte! Tu, mais digna da vida que eu, foste a primeira vítima. Serei o próximo, pois fui o culpado ao instigar-te a vir a um local tão perigoso e não estar à tua espera para te proteger. Leões, saí das rochas e rasgai este corpo culpado com vossos dentes". Ele pegou o véu, levou-o consigo para a amoreira indicada e cobriu-o de beijos e lágrimas. "Meu sangue também manchará tua textura", disse ele. E, sacando a espada, enterrou-a no coração. Sangue jorrou da ferida e tingiu as amoreiras brancas de vermelho, escorrendo pela terra até atingir a raiz, fazendo com que o vermelho subisse pelo tronco até a fruta.

Enquanto isso, Tisbe, ainda tremendo de medo, mas sem querer desapontar seu amado, avançou com cuidado, procurando com ansiedade pelo jovem, desejosa de contar-lhe sobre o perigo do qual escapara. Quando chegou ao local combinado e notou a cor alterada das amoreiras, teve dúvidas se aquele seria o mesmo local. Enquanto hesitava, ela percebeu a forma de alguém lutando com as agonias da morte. Ela deu um passo para trás, um arrepio percorreu-lhe o corpo como uma marola na superfície das águas calmas quando sopra uma brisa repentina. Mas, assim que ela reconheceu o amante, gritou e bateu no próprio peito, abraçando depois o corpo sem vida, derramando lágrimas em suas feridas e imprimindo beijos nos lábios frios. "Oh Píramo", gritou ela, "quem fez isso? Responde-me, Píramo; é a tua Tisbe que fala. Ouve, meu amor, e ergue tua cabeça desfalecida!". Ao ouvir o nome de Tisbe, Píramo abriu os olhos e fechou-os outra vez. Ela viu o véu manchado de sangue e a bainha de Píramo sem a espada. "Tua própria mão te matou, e por minha causa", disse ela. "Também eu posso ser corajosa pelo menos uma vez, e meu amor é tão forte quanto o teu. Eu te seguirei na morte, pois fui a causa dela; e, sendo a morte a única que pode nos separar, ela não me impedirá de me juntar a ti. E vós, nossos pais infelizes, não negueis nosso pedido. Como o amor e a morte nos uniram, que apenas um túmulo seja suficiente para ambos. E tu, árvore, guarda as marcas da matança. Que teus frutos sirvam de memória para nosso sangue." Ao proferir essas palavras, Tisbe mergulhou a espada no peito. Seus pais ratificaram seu desejo, assim como os deuses. Os dois corpos foram enterrados em um mesmo sepulcro, e a amoreira sempre produziu frutos vermelhos, como faz até hoje.

Moore, em "Baile da Sílfide", citando a Lâmpada de Segurança de Davy, lembra a parede que separava Tisbe de seu amante:

"Oh, a gaze metálica daquela lâmpada,
Aquela cortina de arame protetor,
Que Davy deposita com delicadeza
À volta do fogo ilícito e perigoso!

A parede que ele coloca entre Chama e Ar
(Como aquela que evitou a felicidade da jovem Tisbe)
Através de pequenos buracos este perigoso par
Pode se ver, mas não se beijar."

Na tradução de Mickle de *Os Lusíadas,* surge a seguinte alusão à história de Píramo e Tisbe e a metamorfose das amoreiras. O poeta descreve a Ilha do Amor:

"... aqui cada dom a mão de Pomona concede
Em jardim cultivado, flui o livre inculto,
O sabor mais doce e o tom mais claro
Que alguma vez foi criado por mãos cuidadosas.
Aqui, a cerejeira reluz o seu carmim,
E manchada com o sangue dos amantes, em fileiras,
As amoreiras curvam-se em galhos carregados."

Se algum dos nossos jovens leitores tiver o coração tão endurecido a ponto de rir à custa dos pobres Píramo e Tisbe, pode achar uma oportunidade de consultar a peça de Shakespeare *Sonhos de uma Noite de Verão,* onde encontrarão um espetáculo divertido.

CÉFALO E PRÓCRIS

Céfalo era um jovem belo, amante dos esportes masculinos. Levantava-se antes de o dia nascer para caçar. Aurora o viu e logo se apaixonou por ele, e o raptou. Mas Céfalo acabara de se casar com uma jovem charmosa a quem dedicava todo o seu amor. Ela se chamava Prócris; era favorita de Diana, deusa da caça, que havia lhe dado de presente um cão que ultrapassava qualquer rival, e um dardo que nunca falhava o alvo. Prócris ofereceu esses presentes ao marido. Céfalo era tão feliz com sua esposa que resistia a todas as súplicas de Aurora, e esta terminou por mandá-lo embora descontente, dizendo: "Vá, mortal ingrato, fica com tua esposa que, caso eu não esteja enganada, um dia lamentará de jamais te ver novamente".

Céfalo retornou e continuou feliz como sempre com sua esposa e seus esportes silvestres. Aconteceu que algumas divindades furiosas haviam enviado uma raposa voraz para incomodar a Terra, e os caçadores tentaram com todas as forças capturá-la. Seus esforços foram todos em vão, nenhum cão conseguia alcançá-la; por fim, foram a Céfalo pedir seu famoso cão emprestado, cujo nome era Lelaps. Assim que o cão foi solto, desatou a correr tanto que os olhos humanos não conseguiam segui-lo. Se eles não tivessem visto suas pegadas na areia, poderiam pensar que ele voara. A raposa tentou todas as artes, girava e depois voltava pela mesma trilha; o cão aproximava-se dela com as mandíbulas abertas, tentando abocanhar seus calcanhares, mas mordendo apenas o ar. Céfalo estava prestes a usar seu dardo quando, de repente, viu o cão e a caça pararem de imediato. Os poderes celestes concedidos a ambos não desejavam que nenhum vencesse. Em plena atitude de vida e ação, tornaram-se pedra. Pareciam tão naturais que, caso olhassem para eles, poderiam pensar que um ia latir e o outro saltar.

Céfalo, embora tenha perdido seu cão, ainda apreciava a caça. Saía bem cedo pela manhã, percorrendo os campos e colinas, desacompanhado e sem necessitar de ajuda, pois seu dardo era arma certeira em qualquer caso. Fatigado pela caça, quando o sol subia ele buscava um recanto à sombra, onde corria um riacho fresco, e, estendido na relva, com suas vestes jogadas ao lado, ele apreciava a brisa. Às vezes, dizia em voz alta: "Venha, doce brisa, venha e abane meu peito, venha e alivie o calor que me queima". Um dia, alguém que passava perto o ouviu proferir essas palavras para o ar e, pensando levianamente que ele falava com alguma donzela, contou o segredo à Prócris, esposa de Céfalo. O amor é crédulo. Prócris, com o choque inesperado, caiu desmaiada. Ao voltar a si, disse: "Não pode ser verdade; não acreditarei a menos que eu mesma seja testemunha do fato". Então, ela esperou, com o coração ansioso, até a manhã seguinte, quando Céfalo saiu para caçar como de costume. Prócris saiu logo atrás dele e se escondeu no local indicado pelo informante. Céfalo surgiu como sempre no momento em que ficava cansado com o esporte e esticou-se na relva verde dizendo: "Venha, doce brisa, venha me abanar; você sabe que eu a amo! Você torna o bosque e meus passeios solitários deliciosos". Continuava com sua conversa quando ouviu, ou pensou ouvir, um som como um soluço vindo dos arbustos. Pensando ser um animal, ele atirou seu dardo no local. Um grito de sua amada Prócris disse-lhe que a arma atingira seguramente o alvo. Ele correu para lá e encontrou-a sangrando; com a força falhando, ela se esforçava por tirar o dardo da ferida, seu próprio presente. Céfalo ergueu-a do solo, tentou estancar o sangue, pedindo-lhe que despertasse e não o abandonasse desolado para se repreender por sua morte. Prócris abriu os olhos cansados e esforçou-se para pronunciar algumas poucas palavras: "Eu lhe imploro, se você me amou, se alguma vez fui merecedora da bondade de suas mãos, meu marido, conceda-me este último desejo: não case com aquela detestável Brisa!". Essa frase revelou o mistério: mas oh! Qual a vantagem de expô-lo agora? Prócris morreu, mas seu rosto mantinha uma expressão tranquila, e ela olhava seu marido com pena e perdão quando este a fez compreender a verdade.

Moore, em sua "Baladas Lendárias", fala sobre Céfalo e Prócris começando assim:

> "Uma vez, um caçador em um pomar reclinado,
> Esquivando-se do sol forte do meio-dia,
> Cortejava com frequência os ventos errantes
> Para que refrescassem sua fronte com seu suspiro.
> Quando até o zumbido da abelha selvagem calava,
> Nem um sopro agitava as folhas do álamo,
> Ele repetia a mesma cantiga: 'Doce Ar, venha',
> E o eco respondia. 'Venha, doce ar!'"

CAPÍTULO IV

JUNO E SUAS RIVAIS, IO E CALISTO - DIANA E ACTEON - LATONA E OS RÚSTICOS

Um dia, Juno notou que de repente ficou escuro e logo suspeitou que seu marido erguera uma nuvem para esconder algumas de suas ações que não toleravam a luz. Ela afastou a nuvem e avistou seu marido nas margens de um rio calmo, com uma bela vitela de pé ao seu lado. Juno suspeitou que a forma de vitela ocultasse alguma bela ninfa mortal – como era, de fato, o caso. Tratava-se de Io, a filha do deus rio Ínaco, com quem Júpiter flertara. Ele, ao perceber que sua esposa se aproximava, deu-lhe aquela forma.

Juno juntou-se ao marido e, ao notar a vitela, elogiou sua beleza e perguntou de quem era, e de qual rebanho. Júpiter, para evitar perguntas, disse que se tratava de uma nova criação da Terra. Juno pediu-a como presente. O que Júpiter poderia fazer? Abominava ter de oferecer a amante à sua esposa; no entanto, como recusar presente tão trivial como uma vitela? Não podia recusar sem levantar suspeitas, por isso consentiu. A deusa ainda não estava aliviada de suas suspeitas, por isso entregou a vitela a Argos, para que fosse observada com atenção.

Argos possuía cem olhos em sua cabeça e jamais fechava mais de dois olhos ao mesmo tempo a cada vez que dormia, assim podia observar Io constantemente. Ele a alimentava mal ao longo do dia e, à noite, amarrava-a com uma corda repugnante à volta do pescoço. Ela estenderia os braços para implorar liberdade a Argos, mas não tinha braços para estender, e sua voz era um mugido que aterrorizava até ela mesma. Io viu o pai e as irmãs se aproximarem e acariciar seu pelo e elogiar sua beleza. Seu pai ofereceu-lhe um maço de capim e ela lambeu a mão estendida. Ela desejava revelar-se a ele e teria pronunciado seu desejo, mas ai! Faltavam palavras! Por fim, pensou em escrever e gravou seu nome – que era curto – com um casco na areia. Ínaco o reconheceu e ao descobrir que sua filha, que ele buscara por tanto tempo em vão, estava escondida sob esse disfarce, lamentou-se e abraçou-se ao pescoço branco, exclamando: "Ai de mim! Minha filha, teria sido menos doloroso perdê-la completamente!". Enquanto se lamentava, Argos, observando, aproximou-se, tirou Io dali e sentou-se em um banco alto, de onde podia ver tudo à volta, em todas as direções.

Júpiter ficou incomodado ao contemplar o sofrimento de sua amante. Chamou Mercúrio e disse-lhe para matar Argos. Mercúrio apressou-se, calçou as sandálias aladas, colocou o chapéu, pegou sua varinha indutora do sono e saltou das torres celestiais para a Terra. Ao chegar, desfez-se das asas e manteve apenas a varinha, com a qual ele se apresentou como um pastor que conduzia seu rebanho. Ao caminhar, tocava sua flauta, conhecida como Siringe ou Flauta de Pã. Argos ouviu com prazer, pois nunca vira tal instrumento antes. "Jovem", disse ele, "venha e sente-se ao meu lado nessa pedra. Não há melhor lugar para seu rebanho pastar nestas redondezas, e aqui está uma sombra agradável tão apreciada por pastores". Mercúrio sentou-se, falou e contou histórias até tarde. Tocou sua flauta com desejo de tranquilizar, na esperança de embalar aqueles olhos atentos até o sono, mas foi tudo em vão. Argos ainda mantinha alguns olhos abertos, embora fechasse os demais.

Entre outras histórias, Mercúrio contou como o instrumento que ele tocava foi criado. "Havia certa ninfa cujo nome era Siringe, adorada pelos sátiros e espíritos da floresta. Entretanto, ela não queria nenhum deles, pois era fiel adoradora de Diana e perseguia a caça. Você pensaria ser a própria Diana caso a visse em seu vestido de caça, a única diferença é que o arco dela era de chifre e o de Diana era de prata. Um dia, quando retornava da caça, Pã a encontrou e disse-lhe isso e muito mais. Ela fugiu sem parar para ouvir os elogios, ele a perseguiu até as margens do rio. Ele a ultrapassou e ela teve tempo apenas de pedir ajuda às suas amigas, as ninfas da água. Elas ouviram e atenderam. Pã estendeu os braços à volta do que pensava ser a forma de uma ninfa e viu que abraçara uma moita de juncos! Ao suspirar, o ar soou entre os juncos e produziu uma melodia melancólica. O deus, encantado com a novidade e a doçura da música disse: 'Assim, então, pelo menos você será minha'. Ele apanhou alguns juncos e juntando-os em tamanhos desiguais, lado a lado, construiu um instrumento chamado Siringe, em homenagem à ninfa." Antes de terminar a história, Mercúrio viu todos os olhos de Argos fechados. Quando a cabeça de Argos caiu sobre o peito, Mercúrio cortou seu pescoço com um golpe, e esta caiu pelas rochas. Oh, desafortunado Argos! A luz de seus cem olhos foi extinguida para sempre! Juno levou-os para utilizar como ornamento no rabo de seu pavão, onde permanecem até os dias de hoje.

Mas a vingança de Juno ainda não tinha terminado. Ela enviou um moscardo para atormentar Io, que fugiu de sua perseguição por todo o mundo. Ela nadou pelo Mar Jônico, que recebeu esse nome em razão dela (Iônico). Em seguida, vagou pelas planícies da Ilíria, ascendeu ao Monte Hemo e atravessou o estreito da Trácia, a partir de então chamado de Bósforo (travessia da vaca), perambulou pela Cítia e pelo país dos cimérios até, afinal, chegar às margens do Nilo. Finalmente, Júpiter intercedeu por ela e, após prometer nunca mais lhe dar atenção, Juno consentiu em restabelecer sua antiga forma. Foi curioso presenciar a recuperação gradual até seu semblante normal. Os pelos ásperos caíram do corpo, os chifres encolheram, os olhos ficaram mais estreitos, a boca menor, mãos e dedos surgiram no lugar dos cascos dianteiros. Logo já não havia nenhum sinal da vitela, exceto sua beleza. A princípio, ela tinha medo de falar, temendo mugir, mas de forma gradual recuperou sua confiança e foi restituída a seu pai e irmãs.

Em um poema de Keats dedicado a Leigh Hunt, surge a seguinte alusão à história de Pã e Siringe:

"Assim ele se sentiu quando afastou o galho,
Para que pudéssemos observar o interior de uma ampla floresta,

Contando-nos como a bela e trêmula Siringe fugia
Do arcadiano Pã, aterrorizada.
Pobre ninfa – pobre Pã – como ele chorou até
Encontrar nada além de um suspiro do vento
Ao longo do riacho juncoso; um esforço desperdiçado,
Repleto de doce desolação, dor leniente."

CALISTO

Calisto era outra donzela que provocou o ciúme de Juno, e a deusa transformou-a em uma ursa. "Eliminarei", disse ela, "a beleza com a qual você cativou meu marido". Calisto caiu de joelhos; tentou estender os braços em súplica – mas eles já começavam a ser cobertos por pelos pretos. Suas mãos ficaram arredondadas, tornando-se garras retorcidas e servindo como pés. Sua boca, cuja beleza Júpiter costumava elogiar, tornou-se um horrendo par de mandíbulas; sua voz, que se ficasse inalterada levaria um coração a compadecer-se, tornou-se um rugido mais apropriado a inspirar terror. Entretanto, sua disposição anterior continuou inalterada e, com um gemido contínuo, Calisto lamentava seu destino e levantava-se o mais que podia, erguendo suas patas para implorar misericórdia, e sentia que Júpiter era inclemente, embora não pudesse dizê-lo. Ah, tantas vezes, com medo de ficar sozinha toda a noite na floresta, ela vagou pelo bairro de seu antigo refúgio. Tantas vezes, amedrontada pelos cães, ela, que fora uma caçadora, fugia com terror dos caçadores! Fugia muitas vezes dos animais selvagens, esquecendo-se de que agora também era um deles; e, mesmo sendo uma ursa, tinha medo de ursos.

Um dia, um jovem a espiava enquanto ela caçava. Avistou-o e reconheceu seu próprio filho, agora um homem crescido. Ela parou e sentiu vontade de abraçá-lo. Quando ela estava prestes a se aproximar, ele, alarmado, erguia sua lança de caça e estava a ponto de trespassá-la quando Júpiter, observando, evitou o crime, sequestrando ambos e colocando-os nos céus como Ursas Maior e Menor.

Juno ficou furiosa ao ver sua rival receber tal honraria e correu aos antepassados Tétis e Oceano, os poderes dos oceanos, e em resposta às suas indagações relatou desta forma a causa de sua presença: "Perguntais-me por que eu, a rainha dos deuses, saí das planícies celestiais e busquei suas profundezas? Sabeis que eu fui suplantada nos céus – meu lugar foi oferecido a outra. Talvez vós não me acrediteis, mas observai quando a noite escurecer o mundo e verão os dois de quem tenho razões de queixas glorificando os céus, naquela parte em que o círculo é menor, nas vizinhanças do polo. Por que deveria alguém daqui por diante tremer ao pensar em ofender Juno quando tais recompensas são a consequência de meu desagrado? Vede o que eu fui capaz de causar! Eu a proibi de usar a forma humana – ela é colocada entre as estrelas! Esse é o resultado de meus castigos – tal é a extensão do meu poder! Seria melhor que ela tivesse voltado à sua forma anterior, como permiti a Io. Talvez ele pretendesse casar-se com ela e se livrar de mim! Mas vós, meus pais adotivos, caso tenhais algum sentimento por mim e vejais com desagrado o tratamento indigno que recebi, demonstrai-o, eu vos suplico, e proibi que esse casal culpado entre em vossas águas". Os poderes dos oceanos assentiram e, por conseguinte, as duas constelações, Ursas Maior e Menor, davam voltas no céu, mas nunca caíam, como fazem as estrelas, por trás dos oceanos.

Milton alude ao fato de a constelação da Ursa Maior nunca se pôr quando diz:

"Que a minha luz da meia-noite
Seja vista em alguma torre alta e solitária
Onde eu possa com frequência contemplar a Ursa", etc.

E Prometeu diz, no poema de J. R. Lowell:

"Uma após a outra as estrelas erguem e se põem,
Brilhando sobre a geada de minha corrente;
A Ursa, que perambulava a noite toda envolvendo
A estrela do Norte, recolheu-se em seu refúgio,
Ardendo com os passos displicentes da Aurora."

A última estrela na cauda da Ursa Menor é a Estrela Polar, também chamada de Cinosura. Milton diz:

"Logo meus olhos avistaram novos prazeres
Enquanto a paisagem em torno aprecia.

Torres e muralhas contemplam
Por cima das árvores altas,
Onde talvez encontra-se alguma beleza
A Cinosura de olhos próximos."

Aqui, a referência é tanto à Estrela Polar como guia dos marinheiros quanto à atração magnética do Norte. Ele também a chama de "Estrela da Arcádia", porque o filho de Calisto chamava-se Arcas e eles viviam na Arcádia. Em "Comus", o irmão, oculto na mata, diz:

"... uma luminosidade suave!
Embora vela tosca, através da fresta
De alguma habitação de barro, visita-nos
Com teu jato de luz brilhante, longo e nivelado,
E serás nossa estrela da Arcádia,
Ou Tíria Cinosura."

DIANA E ACTEON

Assim, em duas ocasiões, observamos o rigor de Juno com suas rivais. Agora veremos como uma deusa virgem puniu o invasor de sua privacidade.

Era meio-dia, e o sol estava bem no meio do céu quando o jovem Acteon, filho do rei Cadmo, assim se dirigiu aos rapazes que com ele caçavam um cervo nas montanhas:

"Amigos, nossas redes e armas estão encharcadas com o sangue das vítimas, tivemos divertimento suficiente para um dia, e amanhã podemos restabelecer os trabalhos. Agora, enquanto Febo resseca o solo, coloquemos de lado nossas ferramentas e vamos descansar."

Havia um vale denso cercado por ciprestes e pinheiros, consagrados à deusa da caça, Diana. Na extremidade do vale havia uma caverna, não adornada com arte, mas a natureza forjara a arte em sua construção, pois decorara os arcos do teto com pedras encaixadas de forma tão delicada, que pareciam o trabalho de mãos humanas. Uma fonte irrompia de um lado cuja bacia aberta era limitada por uma margem verdejante. Aqui a deusa das florestas costumava repousar quando fatigada da caça e banhar seus membros virgens na água cintilante.

Um dia, ao se dirigir para lá com suas ninfas, entregou seu dardo, sua aljava e o arco a uma delas, sua vestimenta a outra, enquanto uma terceira tirava as sandálias de seus pés. Então, Crócale, a mais habilidosa de todas, arrumou seu cabelo; Néfele, Híale e as restantes transportaram água em amplas urnas. Enquanto a deusa assim se empregava nos afazeres da toalete, contemplaram Acteon que, ao deixar seus companheiros e vagando sem nenhum objetivo em especial, chegou ao local, levado até ali pelo destino. Ao aparecer na entrada da caverna, as ninfas, vendo um homem, gritaram e correram em direção à deusa para escondê-la com seus corpos. Mas Diana era mais alta do que as outras e suplantava-as com a cabeça. Cores tais quais as que tingem as nuvens ao entardecer ou na aurora se apossaram do semblante de Diana, tomada pela surpresa. Cercada como estava pelas ninfas, ela ainda conseguiu se virar e buscou, com impulso repentino, suas flechas. Como não estavam à mão, ela jogou água no rosto do invasor, acrescentando estas palavras: "Agora vá e diga, caso possa, que viu Diana sem suas vestimentas". De imediato, um par de chifres de cervo com ramos cresceram em sua cabeça, seu pescoço encompridou-se, suas orelhas ficaram pontiagudas, suas mãos tornaram-se patas, os braços, pernas longas, e seu corpo foi coberto por um pelo manchado. O medo tomou o lugar de sua prévia ousadia e o herói fugiu. Ficou admirado com sua própria velocidade, mas quando viu seus chifres refletidos na água, "Ah, pobre de mim!", ele teria dito, porém nenhum som surgiu de seu esforço. Ele gemeu e lágrimas rolaram pelo rosto que tomara o lugar do seu. No entanto, sua consciência permanecera. O que deveria fazer? Ir para o palácio ou se esconder na floresta? A última opção causou-lhe medo, e a primeira deu-lhe vergonha. Enquanto hesitava, os cães o avistaram. Primeiro Melampo, um cão espartano, deu o alarme com seu latido. Em seguida Panfago, Dorceu, Lelaps, Teron, Nape, Tigre e todos os outros correram atrás dele mais rápidos que o vento. Sobre rochas e penhascos, ao longo de desfiladeiros que pareciam impraticáveis, Acteon fugia e eles seguiam. Onde, com frequência, ele caçara cervos e encorajava sua matilha, que, agora, o perseguia incitada por seus caçadores. Ele ansiava por gritar: "Eu sou Acteon, reconheçam seu dono!", mas as palavras não saíam como ele queria. O ar ressoou com o latido dos cães. Em um instante, um agarrou-se às suas costas, outro pegou seu ombro. Enquanto seguravam seu dono, o resto da matilha chegou e cravou os dentes em sua carne. Ele gemeu – não com voz humana e, decerto, não com voz de cervo – e, caindo de joelhos, ergueu os olhos e teria erguido os braços em súplica, caso os tivesse. Seus amigos e companheiros de caça incitavam os cães e procuraram Acteon por toda a parte, chamando-o para se juntar à diversão. Ao ouvir seu nome, ele virou a cabeça e os ouviu lamentarem por ele estar distante. Sinceramente desejava estar longe. Teria ficado bastante satisfeito em presenciar as proezas de seus cães, mas senti-las era demais. Estavam todos em volta dele, arrancando e rasgando sua carne, e foi apenas quando acabaram com sua vida que a ira de Diana ficou satisfeita.

Em "Adonais", poema de Shelley, surge a seguinte alusão à história de Acteon:

"Em meio a outros menos notáveis surge uma forma frágil,
Um fantasma entre homens: desacompanhado
Como a última nuvem de uma tempestade moribunda,
Cujo trovão é um dobre fúnebre; ele, julgo eu,
Contemplara a delicada nudez da Natureza,
Como Acteon, e agora ele fugia
Com passos frágeis pelo mundo selvagem;
E seus próprios Pensamentos, por lugares acidentados,
Perseguiam como cães de caça seu pai e sua presa."
Estrofe 31.

A alusão descreve, provavelmente, o próprio Shelley.

LATONA E OS RÚSTICOS

Alguns pensaram que a deusa nesse exemplo fora mais severa que justa, enquanto outros elogiaram sua conduta por estar estritamente de acordo com sua dignidade de virgem. Como de costume, um acontecimento recente trouxe outros, antigos, à mente e um dos espectadores contou esta história: "Certa vez, alguns habitantes da Lícia insultaram a deusa Latona, mas não sem castigo. Quando eu era jovem, meu pai, que ficara muito velho para trabalhos ativos, enviou-me a Lícia para buscar uns bois, e lá vi o mesmo lago e pântano onde a maravilha aconteceu. Perto dali ficava um antigo altar, enegrecido com a fumaça de sacrifícios e quase soterrado entre juncos. Perguntei de quem seria aquele altar, se dos Faunos ou das Náiades ou de algum deus das montanhas adjacentes. Um dos aldeões respondeu: 'Nenhum deus das montanhas ou dos rios possui esse altar, mas, sim, aquela que a majestosa Juno perseguiu de país em país, negando-lhe um lugar na Terra para criar seus gêmeos". Segurando nos braços as divindades infantis, Latona chegou a este país, exausta e sedenta. Por acaso, ela descobriu no fundo do vale um lago de águas cristalinas onde os habitantes trabalhavam juntando salgueiros e vimes. A deusa aproximou-se e, ajoelhando na margem, teria saciado sua sede, mas os rústicos proibiram-na. 'Por que se recusam a me fornecer água?', disse ela. 'A água é acessível a todos. A Natureza não permite a ninguém reivindicar o brilho do sol, o ar ou a água como sua propriedade. Venho em busca de minha parte da bênção comum. No entanto, peço a vocês como um favor. Não tenho intenção de lavar meus membros nessa água, por mais exaustos que estejam. Quero apenas saciar minha sede. Minha boca está tão seca que mal posso falar. Um gole de água será como néctar para mim, pois me reviveria e eu teria uma dívida para convosco que seria minha própria vida. Tende dó dessas crianças, que estendem os braços como se suplicassem.' E as crianças realmente estenderam os braços.

Quem não teria sido tocado pelas suaves palavras da deusa? Mas esses palhaços persistiam em sua indelicadeza. Inclusive acrescentaram zombarias e ameaças de violência caso ela não abandonasse o local. E isso não foi tudo. Eles entraram na água e agitaram a lama com os pés para tornar a água imprópria para consumo. Latona ficou tão furiosa que deixou de pensar na sede. Não suplicou mais aos palhaços, mas levantou as mãos aos céus exclamando: 'Que eles nunca mais saiam deste lago e passem suas vidas nele!'. E assim aconteceu. Eles agora vivem na água, às vezes totalmente submersos e erguendo as cabeças acima da superfície ou nadando. De vez em quando vão até a margem, mas logo saltam de volta. Ainda utilizam suas vozes antigas em protesto e, embora tenham a água só para si, não têm vergonha em coaxar no meio dela. Suas vozes são ásperas, as gargantas inchadas, as bocas esticaram-se em constante protesto, os pescoços encolheram e desapareceram e suas cabeças juntaram-se aos corpos. As costas são verdes, as barrigas desproporcionais são brancas, ou seja, agora são sapos e vivem no lago lamacento."

Essa história explica a alusão em um dos poemas de Milton, "Sobre as difamações que se seguiram após ter escrito alguns tratados".

"Instiguei a velhice a desistir dos impedimentos
Através das conhecidas leis da antiga liberdade,
Quando logo um ruído bárbaro me cerca
De corujas, cucos, asnos, macacos e cães.
Como aqueles camponeses transformados em sapos
Protestaram perante os gêmeos de Latona,
Que em seguida se apossaram do sol e da lua."

A perseguição que Latona sofreu por Juno é citada na história. A tradição dizia que a futura mãe de Apolo e Diana, fugindo da ira de Juno, suplicou a todas as ilhas do Mar Egeu por um local de descanso, mas todos temiam muito a poderosa rainha do céu para auxiliar sua rival. Apenas Delos consentiu em se tornar o local de nascimento das futuras divindades. Delos era então uma ilha flutuante, mas, quando Latona ali chegou, Júpiter prendeu a ilha ao fundo do mar com correntes vigorosas para que esta se tornasse um local de descanso seguro para sua amada. Byron alude a Delos em seu poema "Dom Juan":

"As ilhas da Grécia! As ilhas da Grécia!
Onde a ardente Safo amou e cantou,
Onde cresceram as artes da guerra e da paz,
Onde Delos ergueu-se e Febo surgiu!"

CAPÍTULO V

FAETONTE

Faetonte era filho de Apolo e da ninfa Climene. Um dia, um colega de escola riu da ideia de Faetonte ser filho do deus, e o rapaz, irado e envergonhado, relatou o fato à sua mãe. "Se", disse ele, "eu tiver mesmo ascendência celeste, dê-me alguma prova disso, mãe, e estabeleça minha reivindicação a tal honra". Climene estendeu as mãos em direção aos céus e disse: "Tenho o Sol, que nos observa, como testemunha de que eu lhe disse a verdade. Se falo erroneamente, que esta seja a última vez que contemplo a luz. Mas você não terá muito trabalho em ir e perguntar por si mesmo. A terra onde o Sol se ergue fica ao lado da nossa. Vá e pergunte se ele o reconhece como filho". Faetonte ouviu com prazer. Viajou para a Índia, que fica diretamente nas regiões do nascer do sol, e, cheio de esperança e orgulho, aproximou-se do ponto onde seu pai inicia seu curso.

O palácio do Sol estava edificado sobre altas colunas, brilhando com o ouro e pedras preciosas, enquanto marfim polido formava as abóbadas e prata decorava as portas. O acabamento ultrapassava o material,[6] pois nas paredes Vulcano representara a Terra, o mar, os céus e seus habitantes. No mar estavam as ninfas, algumas brincando entre as ondas, outras montando peixes, enquanto outras estavam nas pedras secando seus cabelos verdes. Seus rostos não eram totalmente similares nem diferentes, mas deviam ser como os semblantes de irmãs.[7] A Terra possuía suas cidades, florestas, rios e as divindades rústicas. Sobre tudo estava esculpida a imagem do glorioso céu, e nas portas prateadas estavam os 12 signos do zodíaco, seis de cada lado.

---

6. Ver Expressões Proverbiais.
7. Ver Expressões Proverbiais.

O filho de Climene avançou sobre a íngreme subida e adentrou os salões de seu controverso pai. Aproximou-se da presença paterna, mas parou a certa distância, pois a luz era muito forte e não podia suportá-la. Febo, usando vestes púrpuras, estava sentado em um trono que brilhava como diamante. Ao seu lado direito e esquerdo estavam o Dia, o Mês e o Ano e, em intervalos regulares, as Horas. A Primavera tinha na cabeça uma coroa de flores; o Verão, nu, e com uma guirlanda formada de lanças de grãos maduros; o Outono, com seus pés tingidos com suco de uvas; e o Inverno gelado tinha os cabelos enrijecidos por uma geada. Cercado por esses servos, o Sol, com o olho que tudo vê, contemplou o jovem encantado com a novidade e o esplendor da cena e inquiriu o propósito de sua presença. O jovem respondeu: "Oh luz do mundo ilimitado, Febo, meu pai – se me permite usar essa palavra –, dá-me uma prova, eu suplico, pela qual eu possa ser reconhecido como teu filho". Ele parou e seu pai, colocando de lado os feixes de luz que brilhavam em volta de sua cabeça, disse a Faetonte que se aproximasse e abraçou-o dizendo: "Meu filho, você não merece ser rejeitado e eu confirmo o que sua mãe lhe disse. Para terminar com suas dúvidas, peça o que quiser e seu pedido será satisfeito. Invoco como testemunha o terrível lago que nunca vislumbrei, mas que nós, deuses, professamos em nossos compromissos mais solenes". De imediato, Faetonte pediu permissão para conduzir por um dia a carruagem do sol. O pai arrependeu-se de sua promessa e por três, quatro vezes, sacudiu sua cabeça brilhante em advertência. "Falei de forma precipitada", disse ele. "Este é o único pedido que recuso com satisfação. Imploro que o retire. Não é um favor seguro, nem é, meu Faetonte, apropriado à sua juventude e força. Você é mortal e pede o que está além dos poderes de um mortal. Em sua ignorância, você aspira fazer o que nem mesmo os próprios deuses podem fazer. Ninguém além de mim pode conduzir a carruagem flamejante do dia. Nem mesmo Júpiter, cujo terrível braço direito arremessa os raios. A primeira parte do caminho é íngreme de tal forma que os cavalos, revigorados pela manhã, sobem com dificuldade. A segunda parte fica bem alto nos céus, onde eu mesmo mal posso olhar para baixo sem ficar alarmado e vislumbrar a Terra e o mar estendendo-se abaixo. A última parte da estrada declina de forma abrupta e requer mais cuidado na condução. Tétis, que espera para me receber, em geral teme por mim caso eu caia de forma precipitada. Além disso tudo, o céu gira o tempo todo carregando as estrelas com ele. Tenho de estar sempre de guarda caso esse movimento, que arrebata tudo consigo, também me leve. Se lhe emprestasse a carruagem, o que você faria? Conseguiria manter o curso enquanto a esfera gira por baixo? Talvez você pense que haja florestas e cidades, as moradas dos deuses, palácios e templos ao longo do trajeto. Pelo contrário, a estrada passa em meio a monstros repugnantes. Você passa pelos chifres do Touro, diante de Sagitário, perto das mandíbulas do Leão e onde o Escorpião estende os braços em uma direção e Câncer na outra. Nem você achará fácil conduzir esses cavalos com os peitos repletos de fogo que soltam pela boca e narinas. Mal posso governá-los eu mesmo quando ficam indomáveis e resistem às rédeas. Tenha cuidado, meu filho, caso seja eu doador de um presente fatal. Repense seu pedido enquanto ainda pode. Você pede uma prova de que é descendente de meu sangue? Dou-lhe a prova com meus temores por você. Olhe-me no rosto – desejo que pudesse olhar dentro de meu peito e ver toda a ansiedade digna de um pai. Finalmente", Febo continuou, "olhe à volta do mundo e escolha o que quiser de mais precioso em qualquer país ou mar – peça e não tema a recusa. Apenas imploro que não peça isso. Não é honra que você busca, mas destruição. Por que se pendura à volta de meu pescoço e ainda suplica? Terá o que quer, caso persista – a promessa é feita e deve ser mantida –, mas imploro que escolha com mais sabedoria".

Febo terminou, mas o jovem rejeitou todas as reprimendas e manteve seu pedido. Assim, tendo resistido o máximo que pôde, Febo finalmente liderou o caminho até o local onde ficava a carruagem celestial.

Era feita de ouro, um presente de Vulcano. O eixo, a lança e as rodas eram de ouro, os raios das rodas eram de prata. Por todo o assento havia fileiras de crisólitas e diamantes que refletiam por toda a parte o brilho do sol. Enquanto o audacioso jovem observava admirado, a prematura Aurora abriu as portas púrpuras do leste e apresentou um caminho repleto de rosas. As estrelas se retiraram recrutadas pela Estrela da Manhã que, por último, também se retirou. O pai, quando viu a Terra começar a reluzir e a Lua preparando-se para se retirar, ordenou que as Horas arreassem os cavalos. Elas obedeceram e retiraram dos estábulos celestes os corcéis bem alimentados com ambrosia e afixaram as rédeas. Em seguida, o pai banhou o rosto do filho com um poderoso unguento, tornando-o capaz de enfrentar o brilho das chamas. Ele colocou os raios em sua cabeça e, com um suspiro que continha um presságio, disse: "Se, meu filho, você pelo menos ouvir meu conselho, não use o chicote e segure bem as rédeas. Eles vão rápidos o bastante por vontade própria, o trabalho consiste em dominá-los. Você não deve tomar a estrada que passa diretamente entre os cinco círculos, vire à esquerda. Mantenha-se dentro dos limites da zona do meio e evite tanto o norte quando o sul. Você verá as marcas das rodas e elas servirão como guia. Para que os céus e a Terra recebam sua quantidade justa de calor, não suba muito ou queimará as moradas celestiais; nem muito baixo ou incendiará a Terra. O percurso do meio é o melhor e o mais seguro.[8] Agora, deixo-lhe à sua sorte, que espero tenha melhores planos do que aqueles que você mesmo preparou. A noite aproxima-se dos portões ocidentais e não podemos nos atrasar mais. Pegue as rédeas, mas, se seu coração por fim ceder e você decidir tirar proveito de meu conselho, fique onde está em segurança e permita que eu ilumine e aqueça a Terra". O ágil jovem saltou na carruagem, ficou ereto e agarrou as rédeas com prazer, despejando agradecimentos em seu relutante pai.

Enquanto isso, os cavalos preenchiam o ar com seus relinchos, respiração feroz, e davam patadas impacientes no chão. A cancela foi levantada e a planície ilimitada do universo estendia-se desimpedida perante eles. Dispararam adiante e dividiram as nuvens oponentes, ultrapassando as brisas da manhã que nasciam do mesmo ponto a ocidente. Logo os corcéis perceberam que a carga que transportavam era mais leve do que a habitual, e, como um navio sem lastro que é lançado de um lado ao outro no mar, também a carruagem, sem seu peso habitual, era atirada como se estivesse vazia. Os cavalos seguiram precipitados e abandonaram a estrada. Faetonte ficou alarmado, pois não sabia como conduzi-los e, caso soubesse, não tinha poder para fazê-lo. Então, pela primeira vez, as Ursas Maior e Menor foram chamuscadas pelo calor e, alegremente, se fosse possível, teriam

---

8. Veja Expressões Proverbiais.

mergulhado na água. A Serpente que fica enrolada em volta do Polo Norte, letárgica e inofensiva, aqueceu, e com o calor sentiu sua ira reviver. O Boieiro, dizem, fugiu apesar de sobrecarregado com seu arado e totalmente desabituado ao movimento rápido.

Quando o desafortunado Faetonte olhou para a Terra, agora se estendendo em vastas extensões por baixo dele, ficou pálido e seus joelhos tremeram de terror. Apesar da luminosidade à sua volta, seus olhos turvaram-se. Ele desejou nunca ter tocado nos cavalos de seu pai, nunca ter descoberto sua ascendência, nunca ter insistido em seu desejo. Ele é carregado adiante como uma embarcação que voa diante de uma tempestade quando o comandante não pode fazer mais nada e recorre a preces. O que Faetonte poderia fazer? A maior parte da estrada celestial ficara para trás, mas boa parte ainda faltava. Ele olhava de uma direção a outra, ora para o ponto de partida de sua viagem, ora para os domínios do poente, que ele não estava destinado a atingir. Ele perde o autocontrole e não sabe o que fazer – se puxa bem as rédeas ou as afrouxa. Ele esquece os nomes dos cavalos. Vislumbra com terror as formas monstruosas espalhadas pela superfície celeste. Aqui, Escorpião estende seus grandes braços, com a cauda e as garras retorcidas estendendo-se sobre dois signos do zodíaco. Quando o rapaz as viu, fedendo a veneno e ameaçando com seus ferrões, sua coragem falhou e as rédeas caíram de suas mãos. Os cavalos, quando se sentiram soltos, cavalgaram adiante e seguiram desenfreados pelas regiões desconhecidas do céu, por entre as estrelas, arremessando a carruagem sobre locais sem trilha, ora bem alto no céu, ora bem perto da Terra. A Lua viu com assombro a carruagem de seu irmão atravessando por baixo dela. As nuvens ficaram esfumaçadas e o cume das montanhas ardeu; os campos foram chamuscados pelo calor, as plantas murcharam, as árvores com seus galhos ramosos queimaram, a colheita foi incendiada! Mas essas são pequenas coisas. Grandes cidades pereceram com suas muralhas e torres; nações inteiras com seu povo foram consumidas até as cinzas! As montanhas frondosas arderam: Atos, Tauro, Tmolo, Ete e Ida, esta antes célebre pelas fontes, agora seca. O monte das muscas, Hélicon, e Hemo. Etna, com fogos por dentro e por fora. Parnaso com seus dois cumes, e Ródope, forçado finalmente a partir com sua coroa coberta de neve. Seu clima frio não era proteção para Cítia. O Cáucaso ardeu. Ossa e Pindo e, maior do que ambos, o Olimpo. Os Alpes erguidos no ar, os Apeninos coroados de nuvens.

Então, Faetonte viu o mundo em chamas e sentiu o calor intolerável. O ar que respirava era como o ar de um forno repleto de cinzas queimando e a fumaça era negra como a escuridão. Em seguida, acredita-se, o povo da Etiópia tornou-se negro com o sangue sendo forçado de forma tão repentina à superfície. O deserto da Líbia foi seco até chegar à condição em que se encontra nos dias de hoje. As ninfas das fontes, com os cabelos desgrenhados, lamentaram suas águas. Nem os rios ficaram seguros por baixo de suas margens. O Tánais fumevaga, assim como o Caico, o Xantos e o Meadro. O Eufrates da Babilônia, o Ganges, o Tejo com suas areias douradas, o Caister onde os cisnes se reuniam. O Nilo fugiu e enterrou a cabeça na areia do deserto, onde permanece escondido. Onde costumava desaguar por meio de sete bocas em direção ao oceano restaram apenas sete canais secos. A Terra abriu e por entre as fissuras a luz penetrou no Tártaro, assustando o rei das sombras e sua rainha. O mar encolheu. Onde antes havia água tornou-se uma planície árida. As montanhas que jaziam por baixo das ondas ergueram-se e tornaram-se ilhas. Os peixes buscaram as cavernas mais profundas como refúgio e os golfinhos não mais se aventuraram como de costume para brincar na superfície. Até Nereu e sua esposa, Dóris, com as Nereidas, suas filhas, buscaram as cavernas mais profundas como abrigo. Por três vezes, Netuno tentou erguer sua cabeça acima da superfície, e por três vezes foi repelido pelo calor. A Terra, como era circundada por água, embora com a cabeça e ombros descobertos, protegendo o rosto com a mão, olhou para o céu e com uma voz rouca clamou por Júpiter:

"Oh senhor dos deuses, caso eu tenha merecido esse tratamento e seja sua vontade que eu pereça no fogo, por que reter seus raios? Permita que ao menos eu caia por suas mãos. É essa a recompensa pela minha fertilidade, por meus serviços obedientes? Foi para isso que eu forneci capim para o gado, frutas para os homens e incenso para seus altares? Mas. se eu não for digna de consideração, o que fez meu irmão Oceano para merecer tal destino? Se nenhum de nós pode provocar sua piedade, pense, eu imploro, em seu próprio céu e contemple como ambos os polos que sustentam seu palácio estão queimando e cairão caso sejam destruídos. Atlas enfraquece e mal pode segurar sua carga. Se o mar, a Terra e o céu perecerem, cairemos no antigo Caos. Salve o que ainda resta das chamas devoradoras. Ó, pense em nossa libertação neste momento terrível!"

Assim falou a Terra e, ao ser dominada pelo calor e pela sede, não pôde dizer mais nada. Então Júpiter, onipotente, convocando como testemunhas todos os deuses, inclusive ele mesmo que havia emprestado a carruagem, mostrou-lhes que tudo estava perdido a não ser que um remédio rápido fosse ministrado. Subiu pelas altas torres de onde dispersa as nuvens em direção à Terra e arremessou os raios bifurcados. Mas ao mesmo tempo nenhuma nuvem se encontrava para se interpor como proteção para a Terra. Nem havia nenhuma chuva que pudesse ser descarregada. Júpiter trovejou e, ostentando um raio na mão direita, lançou-o contra o condutor da carruagem, removendo-o ao mesmo tempo de seu assento e de sua existência! Faetonte, com o cabelo em chamas, saltou de cabeça para baixo como uma estrela cadente que marca os céus com seu brilho enquanto se precipita, e Eridano, o grande rio, recebeu-o e resfriou seu corpo ardente. As Náiades italianas fizeram uma sepultura para ele e inscreveram as seguintes palavras sobre a lápide:

"Condutor da carruagem de Febo, Faetonte,
Atingido pelo raio de Júpiter, jaz por baixo desta lápide.
Não conseguiu dominar o carro de fogo de seu pai,
No entanto, foi nobre o suficiente para tentar."

Suas irmãs, as Helíades, conforme lamentavam seu destino, foram transformadas em álamos às margens do rio. Suas lágrimas, que continuaram a cair, tornaram-se âmbar ao cair no leito do rio.

Milman, em seu poema "Samor", faz a seguinte alusão à história de Faetonte:

"Assim como quando o mundo paralisado e horrorizado,
Jaz... mudo e imóvel,
Quando, cantam os poetas, o jovem filho do Sol conduziu
Tortuoso pelos signos do Céu assustados
a carruagem emprestada por seu pai. A Ele, o Trovejador
atirou do alto do Empíreo com força para o golfo
do crestado Erídano, onde ainda choram
as irmãs árvores suas lágrimas de âmbar
pela morte prematura de Faetonte."

Nas belas linhas de Walter Savage Landor, que descreviam a concha marinha, há uma alusão ao palácio do Sol e à carruagem. A ninfa da água diz:

"... Possuo conchas sinuosas de tons perolados
Por dentro, e coisas que brilham estão embebidas
Pelo pórtico do palácio do sol, onde, desatrelado,
A roda de sua carruagem jaz a meio caminho na ondulação.
Agite e ela desperta; então coloca
O seu lábio polido no ouvido atento,
E faz lembrar suas moradas augustas,
E murmura assim como o oceano."
Gebir, Livro I

CAPÍTULO VI

MIDAS - BAUCIS E FILÊMON

Em certa ocasião, Baco notou que seu antigo professor e pai adotivo, Sileno, havia desaparecido. O velho bebera e, embriagado, perambulou e foi encontrado por alguns camponeses que o transportaram até seu rei, Midas. Este reconheceu Sileno e o tratou com hospitalidade, entretendo-o por dez dias e dez noites com incessantes diversões. No 11º dia, ele levou Sileno de volta para casa e o entregou em segurança ao seu pupilo. Depois disso, Baco ofereceu a Midas a escolha de uma recompensa, qualquer coisa que desejasse. Ele pediu que qualquer coisa que tocasse deveria ser transformada em *ouro*. Baco consentiu, embora pesaroso por ele não ter feito escolha melhor. Midas seguiu seu caminho, feliz com seu novo poder, que se apressou em testar. Mal pôde acreditar quando viu o ramo de um carvalho que arrancou do galho e se transformou em ouro em sua mão. Pegou uma pedra e ela se tornou ouro. Tocou em um gramado, aconteceu o mesmo. Arrancou uma maçã da árvore, parecia que havia roubado o jardim das Hespérides. Sua alegria não tinha limites e assim que chegou em casa ordenou aos criados que servissem um esplêndido repasto. Então descobriu com tristeza que, assim que tocava o pão, este endurecia em sua mão. E, quando punha um pedaço na boca, contrariava seus dentes. Apanhou um cálice de vinho e o líquido desceu por sua garganta como ouro derretido.

Consternado com a aflição sem precedentes, Midas lutou para se desfazer de tal poder; odiava o dom que cobiçara. Mas tudo em vão. A inanição parecia esperá-lo. Ergueu os braços, brilhantes com ouro, em prece a Baco, implorando para ser resgatado de sua destruição cintilante. Baco, divindade misericordiosa, ouviu e consentiu. "Vá", disse ele, "ao Rio Pactolo, acompanhe-o até a sua nascente, mergulhe ali corpo e cabeça e lave-se de sua culpa e castigo." Midas assim o fez. Mal tocou as águas e o poder de transformar tudo em ouro passou para elas e as areias do rio tornaram-se *ouro*, como permanecem até hoje.

A partir de então, Midas, odiando riqueza e esplendor, mudou-se para o campo e tornou-se adorador de Pã, deus dos bosques. Em certa ocasião, Pã teve a ousadia de comparar sua música à de Apolo e desafiou o deus da lira a uma prova de habilidade. O desafio foi aceito e Tmolo, deus da montanha, foi escolhido como árbitro. O veterano tomou seu assento e tirou as árvores dos ouvidos para escutar. Ao sinal dado, Pã soprou a flauta e sua melodia rústica proporcionou grande satisfação a ele e a seu fiel seguidor, Midas, que estava presente. Em seguida, Tmolo virou-se para o deus Sol e todas suas árvores tremeram com ele. Apolo levantou-se, com uma guirlanda de louros parnasianos na testa, enquanto suas vestes de púrpura tíria se arrastavam pelo chão. Com a mão esquerda ele segurava a lira e com a direita tocou as cordas. Arrebatado pela harmonia, Tmolo de imediato concedeu a vitória ao deus da lira; todos consentiram, exceto Midas. Ele discordou e questionou a justiça do prêmio. Apolo não permitira que um par de ouvidos tão degenerados continuasse a usar a forma humana e fê-los ganhar comprimento, pelos por dentro e por fora e movimentos a partir de suas raízes. Em suma, o modelo perfeito de um burro.

O rei Midas ficou mortificado o suficiente com esse contratempo, mas consolou-se com o pensamento de que talvez fosse possível esconder esse infortúnio; algo que tentou fazer ao usar um amplo turbante ou toucado. Mas claro que seu cabeleireiro sabia do segredo. Foi encarregado de não mencioná-lo e ameaçado com um castigo horrível se desobedecesse. Mas foi demais para a sua discrição guardar tamanho segredo; assim, o cabeleireiro foi ao campo, cavou um buraco no solo e inclinando-se nele sussurrou a história, fechando em seguida o orifício. Não passou muito tempo e uma grossa camada de juncos nasceu no campo e, assim que cresceu, começou a sussurrar a história e continuou a fazê-lo até os dias de hoje, sempre que uma brisa passa pelo local.

A história do rei Midas foi contada por outros com algumas variações. Dryden, em seu poema "O Conto da Mulher de Bath", diz que a rainha de Midas é quem trai o segredo:

"Isso Midas sabia, e não se atreveu a comunicar
A ninguém, apenas a sua esposa, a condição de seus ouvidos."

Midas era rei da Frígia. Ele era o filho de Górdio, um pobre homem camponês que foi arrebatado pelo povo e transformado em rei por obediência ao comando do oráculo, que dissera que seu futuro rei viria em uma carroça. Enquanto o povo deliberava, Górdio surgiu com sua mulher e filho conduzindo a carroça em direção à praça pública.

Ao ser coroado rei, Górdio dedicou sua carroça à divindade do oráculo, atando-a em seu lugar com um nó apertado. Este se tornou o célebre *nó górdio* que, disseram em outros tempos, quem conseguisse desfazer se tornaria senhor de toda Ásia. Muitos tentaram desfazer o nó, mas ninguém teve sucesso, até Alexandre, o Grande, chegar à Frígia, em sua carreira de conquistas. Ele utilizou suas habilidades sem sucesso, como os outros. Ficou impaciente, sacou a espada e cortou o nó. Quando, depois disso, teve sucesso em submeter toda a Ásia ao seu poder, os povos pensaram que ele cumprira os termos do oráculo, seguindo seu verdadeiro propósito.

BAUCIS E FILÊMON

Em determinada colina da Frígia há uma tília e um carvalho, cercados por um muro baixo. Não longe do local, há um pântano, onde antes era uma terra boa e habitável, mas agora recortada por poças, refúgio de aves do brejo e cormorões. Certa vez, Júpiter, na forma humana, visitou essa terra com seu filho Mercúrio (aquele do Caduceu) sem suas asas. Eles se apresentaram como viajantes cansados em várias portas, em busca de abrigo e descanso, mas encontraram todas as portas fechadas, pois era tarde e os habitantes inóspitos não se levantariam para fazer as honras da casa. Finalmente, uma residência humilde os recebeu. Uma pequena casa de campo com telhado de palha onde Baucis, uma devota senhora de idade, e seu marido, Filêmon, unidos na juventude, viveram até a velhice. Sem ter vergonha de sua pobreza, eles tornavam a vida suportável por meio de desejos moderados e boa disposição. Não havia necessidade de procurar ali um senhor e um criado. Ambos completavam a casa, sendo tanto mestre como servo. Quando os dois convidados celestiais atravessaram o pobre limiar e baixaram a cabeça para passar pela porta baixa, o velho trouxe um banco, sobre o qual Baucis, agitada e atenta, estendeu um pano e pediu-lhes que se sentassem. Em seguida, ela atiçou os carvões e acendeu o fogo, alimentando-o com folhas e casca de árvore seca; e com seu pouco fôlego assoprou até fazer uma chama. Tirou de um canto ramos secos e gravetos partidos, quebrou-os e colocou-os sob uma pequena chaleira. Seu marido colheu algumas ervas no jardim, que Baucis arrancou do caule, preparando-as para a panela. Ele alcançou com um graveto bifurcado um pedaço de toucinho pendurado na chaminé, cortou uma lasca pequena e colocou-a no tacho para ferver com as ervas, guardando o resto para outra ocasião. Encheram uma tigela de faia com água para que seus convidados se lavassem. Enquanto tudo era preparado, passavam o tempo com conversas.

No banco preparado para os convidados foi colocada uma almofada estofada com alga marinha e uma toalha, utilizada apenas em grandes ocasiões, mas velha e áspera, foi estendida. A velha, de avental, com as mãos trêmulas, pôs a mesa, que tinha uma perna mais curta que as outras. Uma pedra foi colocada por baixo para restabelecer o equilíbrio. Com a mesa fixa, a velha espalhou sobre ela algumas ervas de cheiro doce. Sobre ela colocou algumas azeitonas da casta Minerva, frutas vermelhas em conserva e acrescentou rabanetes e queijo, com ovos levemente cozidos nas cinzas. Tudo foi servido em pratos de barro e um jarro de barro com canecas de madeira ficava ao lado. Quando tudo estava pronto, o cozido quente foi colocado sobre a mesa. Um pouco de vinho, não tão velho, foi acrescentado. Para sobremesa, maçãs e mel selvagem. E, acima de tudo, rostos amigáveis com uma acolhida simples e cordial.

Enquanto o repasto procedia, os velhos ficaram surpresos ao ver que, quanto mais serviam o vinho, mais rapidamente o jarro ficava cheio por conta própria. Aterrorizados, Baucis e Filêmon reconheceram os convidados celestes, caíram de joelhos e, com as mãos unidas, imploraram perdão pela pobre recepção. Havia um velho ganso, que eles mantinham como guardião de sua humilde palhoça. Consideraram utilizá-lo como sacrifício em homenagem aos seus convidados.

Mas o ganso, muito ágil, com a ajuda de pés e asas, esquivava-se da perseguição de seus donos idosos, conseguindo, por fim, esconder-se entre os próprios deuses. Estes proibiram que o animal fosse sacrificado e disseram: "Somos deuses. Esta vila inóspita pagará o preço por sua impiedade, apenas vocês sairão ilesos do castigo. Abandonem sua casa e venham conosco para o cume da colina longínqua". Apressaram-se em obedecer e, com seus cajados, esforçaram-se pela íngreme colina. Alcançaram a distância do voo de uma flecha até o topo quando, ao olhar para baixo, vislumbraram a aldeia afundada em um lago e apenas sua casa de pé. Enquanto olhavam, espantados com a visão, e lamentavam o destino dos vizinhos, sua velha casa foi transformada em um *templo*. Colunas tomaram o lugar dos postes laterais, o sapé ficou amarelo, parecendo um telhado de ouro. O piso tornou-se mármore, as portas foram enriquecidas com entalhes e ornamentos de ouro. Então, Júpiter disse com tom bondoso: "Excelente senhor, e senhora merecedora de tal marido, falem, contem-nos seus desejos. Que favores têm a nos pedir?". Filêmon aconselhou-se com Baucis alguns momentos e declarou: "Pedimos para ser sacerdotes e guardiões deste templo. E, uma vez que aqui passamos nossas vidas em amor e consonância, pedimos para sermos os dois levados desta vida juntos. Que eu não viva para ver a sepultura de Baucis, nem ser colocado por ela na minha". Seu desejo foi concedido. Foram guardiões do templo enquanto viveram. Quando já muito velhos, um dia em que estavam à frente dos degraus do edifício sagrado e contavam a história do lugar, Baucis viu folhas crescerem em Filêmon, e este viu Baucis se transformar da mesma maneira. Uma coroa frondosa crescera em suas cabeças enquanto trocavam palavras de despedida e ainda podiam falar. "Adeus, querido consorte", disseram em uníssono e ao mesmo tempo em que cascas de árvore cobriram suas bocas. O pastor tianeano ainda mostra as duas árvores, lado a lado, feitas dos dois velhos bondosos.

A história de Baucis e Filêmon foi imitada por Swift em um estilo burlesco. Os atores no momento da transformação eram dois santos errantes, a casa foi transformada em igreja, da qual Filêmon é feito pároco. Segue uma amostra do texto:

> "Mal falaram quando, claro e suave,
> O teto começou a subir;
> Subiram todas as vigas e traves;

A parede pesada seguiu-lhes, lentamente.
A chaminé ficou mais larga e alta,
Tornou-se um campanário com um pináculo.
A chaleira ao alto foi içada,
E lá ficou presa a uma trave,
Mas de cabeça para baixo, para mostrar
Sua inclinação pelo inverso;
Em vão, pois uma força superior,
Aplicada por baixo, interrompe seu curso;
Fadado a demorar-se em suspense,
Já não é uma chaleira, e sim um sino.
Um espeto de madeira que quase
Perdera a utilidade da arte de assar,
 Sente uma alteração repentina.
Incrementado com rodas internas;
E, exaltando ainda mais o espanto,
O número tornou o movimento mais lento;
O atiçador, embora tivesse pés de chumbo,
Virou-se tão rapidamente que mal podia ser visto;
Mas, enfraquecido por algum poder secreto,
Agora mal se movia um centímetro por hora.
O espeto e a chaminé, quase alinhados,
Nunca deixaram de estar juntos;
A chaminé no campanário,
E o espeto não ficaria sozinho;
Mas acima, contra as traseiras do campanário,
Tornou-se um relógio e ainda grudado;
E ainda seu amor aos cuidados da casa
Com uma voz estridente ao meio-dia anuncia
Alertando a cozinheira para não queimar
A carne assada que não consegue girar.
A cadeira rangente pôs-se a rastejar,
Como um enorme caramujo ao longo da parede;
Empacado ali no alto à vista de todos,
E com poucas mudanças, um púlpito ergueu-se.
Uma cabeceira à moda antiga,

De madeira pesada e compacta.
Como as que nossos ancestrais usavam,
Foi transformada em banco de igreja,
E ainda conservam sua antiga natureza
Acomodando pessoas dispostas a dormir."

CAPÍTULO VII

PROSÉRPINA - GLAUCO E CILA

Quando Júpiter e seus irmãos derrotaram os Titãs e os baniram para o Tártaro, um novo inimigo ergueu-se contra os deuses. Eram os gigantes Tifão, Briareu, Encélado e outros. Alguns deles possuíam cem olhos, outros exalavam fogo. Foram enfim subjugados e enterrados vivos sob o Monte Etna, onde às vezes ainda se debatem para se soltar e balançam toda a ilha com terremotos. Sua respiração sai das montanhas, sendo o que os homens chamam de erupção do vulcão.

A queda desses monstros estremeceu a Terra, tanto que Plutão ficou alarmado e temeu que seu reino fosse exposto à luz do dia. Com essa apreensão, ele subiu em seu carro, puxado por cavalos negros, e fez um circuito de inspeção para convencer-se da extensão do estrago. Enquanto se ocupava com essa tarefa, Vênus, que estava sentada no Monte Erix brincando com seu filho Cupido, espiou-o e disse: "Meu filho, pegue os dardos com os quais você conquista tudo, mesmo o próprio Júpiter, e lance um no peito do monarca sombrio e longínquo, que governa o reino do Tártaro. Por que apenas ele deveria escapar? Aproveite a oportunidade para expandir seu império e o meu. Você não vê que até mesmo no céu alguns desprezam nosso poder? Minerva, a sábia, e Diana, a caçadora, nos desafiam; e há a filha de Ceres que ameaça seguir o exemplo delas. Agora, você, caso tenha alguma consideração pelos seus interesses e pelos meus, junte essas duas em uma só pessoa". O menino abriu sua aljava e selecionou a flecha mais afiada e certeira; em seguida, estirando o arco contra o joelho, prendeu a corda, preparou-se e disparou a flecha pontiaguda diretamente no coração de Plutão.

No Vale do Ena, há um lago encoberto por uma floresta que o protege dos raios quentes do sol enquanto umedece o solo coberto de flores, e onde a Primavera reina de forma perpétua. Prosérpina estava ali brincando com suas companheiras, colhendo lírios e violetas, enchendo sua cesta e o avental com as flores quando Plutão a viu, apaixonou-se e raptou-a. Ela gritou socorro à mãe e às companheiras e, quando no susto as flores caíram pelos cantos do avental, ela sentiu a perda delas como uma criança, além de seu pesar. O sequestrador instigou seus corcéis, chamando cada um por seu nome e lançando sobre suas cabeças e pescoços as rédeas cor de ferro. Quando atingiu o Rio Ciano, que se opôs à sua passagem, Plutão atacou as margens do rio com seu tridente e a terra se abriu e cedeu passagem para o Tártaro.

Ceres buscou a filha pelo mundo todo. A Aurora de cabelos claros, quando surgia pela manhã, e Héspero, quando conduzia as estrelas à noite, viram-na ocupada com a busca. Mas foi tudo em vão. Por fim, cansada e triste, ela sentou-se em uma pedra e permaneceu sentada por nove dias e nove noites, ao ar livre, sob a luz do sol e da lua e debaixo de chuva. Foi onde hoje fica a cidade de Elêusis, então morada de um velho chamado Celeus. Ele estava no campo, colhendo bolotas, amoras e gravetos para o fogo. Sua filha pequena levava duas cabras para casa e, conforme passou pela deusa, que apareceu disfarçada de velha, disse-lhe: "Mãe", e a palavra foi agradável aos ouvidos de Ceres , "por que está sentada aqui sozinha nestas pedras?". O velho também parou, apesar de sua carga pesada, e implorou que ela o acompanhasse até sua cabana. Ela declinou o convite e ele insistiu. "Vá em paz", ela respondeu, "e seja feliz com sua filha; eu perdi a minha". Conforme falava, lágrimas – ou algo parecido com isso, pois os deuses nunca choram – caíam-lhe das faces sobre o peito. O velho piedoso e sua filha choraram com Ceres. Então, ele disse: "Venha conosco e não despreze nossa humilde morada; que sua filha lhe seja entregue sã e salva". "Sigam na frente", disse ela, "não posso resistir a tal apelo!". Assim, Ceres ergueu-se da pedra e acompanhou-os. Enquanto caminhavam, o velho disse-lhe que seu único filho, um menino pequeno, estava muito doente, com febre e insone. Ela se inclinou e colheu algumas papoulas. Ao entrarem na cabana, encontraram uma grande angústia, pois o menino parecia não ter mais esperança de recuperação. Metanira, mãe dele, recebeu Ceres com gentileza, e a deusa reclinou-se e beijou os lábios da criança doente. No mesmo instante, a palidez deixou seu rosto e o vigor saudável retornou ao seu corpo. Toda a família ficou encantada – isto é, o pai, a mãe e a menina, pois havia apenas eles; não tinham criados. Puseram a mesa, colocando sobre ela coalhadas e creme, maçãs e favo de mel. Enquanto comiam, Ceres misturou suco de papoula ao leite do menino. Quando a noite chegou e tudo estava tranquilo, Ceres levantou-se, pegou o menino adormecido, esfregou sus pernas com as mãos e pronunciou três vezes sobre ele um feitiço solene. Em seguida, deitou-o sobre as cinzas da lareira. A mãe, que observava o que a convidada fazia, levantou-se em um pulo, gritando, e tirou a criança do fogo. Ceres assumiu sua própria forma e um esplendor divino brilhou à sua volta. Enquanto estavam dominados pelo assombro, ela disse: "Mãe, você foi cruel em sua afeição por seu filho. Iria torná-lo imortal, mas você frustrou minha tentativa. No entanto, ele será grandioso e útil. Ele ensinará aos homens o uso do arado e as recompensas que o trabalho pode oferecer ao solo cultivado". Ao dizer isso, uma nuvem envolveu Ceres, ela subiu em sua carruagem e partiu.

    Ceres continuou a procurar por sua filha, passando de terra em terra, atravessando mares e rios até, por fim, retornar à Sicília, de onde partira, parando às margens do Rio Ciano, onde Plutão abriu passagem, tendo como recompensa seu próprio domínio. A ninfa do rio teria dito tudo que testemunhou à deusa, mas não se atrevera com medo de Plutão. Ela apenas ousou pegar a cinta que Prosérpina deixara cair durante a fuga e soprou-a para os pés da mãe. Ao ver essa cena, Ceres não duvidou mais de sua perda, embora ainda não compreendesse a causa, e culpou a terra inocente. "Solo ingrato", disse ela, "a quem concedi fertilidade e vesti com vegetação e grãos nutritivos, você não mais desfrutará de meus favores". Então, o gado morreu, o arado quebrou no sulco, a semente não vingou; havia muito calor, muita chuva, os pássaros roubavam as sementes – cardos e espinheiros eram a única vegetação. Ao ver isso, a fonte Aretusa intercedeu pela Terra. "Deusa", disse ela, "não culpe a terra, ela se abriu a contragosto para ceder passagem à sua filha. Posso lhe falar de seu destino, pois eu a vi. Esta não é minha terra natal, venho de Elis. Eu era uma ninfa da floresta e me deleitava com a caça. Enalteciam minha beleza, mas eu não me importava com isso e preferia me gabar de minhas proezas na caça. Um dia, voltando da floresta, aquecida pelo exercício, cheguei a um riacho que fluía de forma silenciosa, uma água tão cristalina que era possível contar os seixos no fundo. Os salgueiros criavam sombra e a margem coberta de relva ia até a beira da água. Aproximei-me e toquei a água com o pé. Entrei até a altura dos joelhos e, não contente, deixei minhas vestimentas nos salgueiros e fui em frente. Enquanto me divertia, ouvi um murmúrio indistinto surgir como que das profundezas do riacho. Apressei-me e escapei para a margem mais próxima. A voz disse: 'Por que você foge, Aretusa? Sou Alfeu, deus deste riacho'. Corri e ele me perseguiu. Não era mais rápido, mas era mais forte e alcançou-me, pois minha resistência falhou. Por fim, exausta, gritei pela ajuda de Diana. 'Ajudai-me, deusa! Ajudai sua devota!' A deusa ouviu e, de súbito, envolveu-me em uma grossa nuvem. O deus do rio olhou para um lado, depois para o outro e, duas vezes, aproximou-se de mim mas não pôde me ver. 'Aretusa, Aretusa!', gritou ele. Oh, como eu tremia – como um cordeiro que ouve o lobo uivar do outro lado da cerca. Um suor frio tomou conta de mim, meus cabelos pingavam, onde meus pés estavam havia uma poça. Em suma, em menos tempo que levo para contar o relato, tornei-me uma fonte. Mas Alfeu conheceu-me dessa forma e tentou misturar seu riacho com minha água. Diana partiu o solo e eu, esforçando-me para me livrar dele, mergulhei em uma caverna e através das entranhas da Terra saí aqui, na Sicília. Enquanto passava pelas partes inferiores da Terra, avistei Prosérpina. Estava triste, mas já não mostrava susto em seu semblante. Seu aspecto era de uma rainha – a rainha de Érebo, a poderosa noiva do monarca do reino dos mortos."

Quando Ceres ouviu o relato, ela ficou espantada durante um tempo; então posicionou sua carruagem na direção do céu e se apressou para se apresentar diante do trono de Júpiter. Contou a história de sua perda e implorou a Júpiter que intercedesse para obter a restituição de sua filha. Júpiter consentiu, com uma condição: que Prosérpina, durante sua estadia no mundo inferior, não deveria comer nada. Caso contrário, as Parcas proibiriam a sua libertação. Assim, Mercúrio foi enviado, acompanhado pela Primavera, para exigir que Plutão entregasse Prosérpina. O monarca ardiloso consentiu; mas, oh, a donzela aceitara uma romã oferecida por Plutão e sugara a polpa doce de algumas sementes. Foi o suficiente para impedir sua libertação completa, mas foi estabelecido um compromisso que lhe permitia passar metade do tempo com sua mãe e o restante com seu marido, Plutão.

Ceres permitiu-se ficar aliviada com esse arranjo e restabeleceu a Terra a seu favor. Relembrara agora Celeu e sua família, a promessa que fizera ao filho deste, Triptólemo. Quando o menino cresceu, Ceres ensinou-lhe a utilizar o arado e semear. Levou-o em sua carruagem, conduzida por dragões alados, a todos os países do mundo, partilhando com a humanidade grãos valiosos e o conhecimento da agricultura. Após seu retorno, Triptólemo ergueu um templo magnífico para Ceres em Elêusis e estabeleceu o culto à deusa sob o nome de mistérios eleusinos, que no esplendor e na solenidade de sua prática superaram todas as outras celebrações religiosas entre os gregos.

Há poucas dúvidas de que a história de Ceres e Prosérpina seja uma alegoria. Prosérpina significa a semente do milho que, ao ser depositada no solo, ali fica escondida – ou seja, ela foi sequestrada pelo deus do submundo. Ela reaparece – quer dizer, Prosérpina é devolvida à mãe. A Primavera a conduz de volta à luz do dia.

Milton faz uma alusão à história de Prosérpina em "Paraíso Perdido", Livro IV:

"... Não era aquele belo campo
De Ena onde Prosérpina, colhendo flores,
Ela própria uma flor mais bela, pelo sombrio Dis
foi colhida, o que causou a Ceres toda essa dor
Procurando-a pelo mundo –
... poderá com esse Paraíso
do Éden lutar."

Hood, em sua "Ode à Melancolia", usa a mesma referência de forma muito bonita:

"Perdoa, se com o infortúnio futuro esqueço a presente alegria;
Como a aterrorizada Prosérpina deixou cair
Sua flores ao ver Dis."

De fato, o Rio Alfeu desaparece debaixo da terra durante seu curso, encontrando seu caminho ao longo de canais subterrâneos até reaparecer novamente na superfície. Dizia-se que a fonte siciliana Aretusa era o mesmo rio que, após passar por baixo do mar, ressurgia na Sicília. Daí vem a história de que uma taça lançada no Alfeu surge no Aretusa. É essa fábula do curso subterrâneo de Alfeu que Coleridge cita em seu poema "Kubla Khan":

"Em Xanadu, Kubla Khan
Um majestoso domo de prazer decretou,
Onde Alfeu, o rio sagrado, fluía
Por cavernas não conhecidas pelo homem,
Em direção ao mar sem sol."

Em um de seus poemas juvenis, Moore cita a mesma história e a prática de lançar grinaldas ou outros objetos leves ao rio para serem arrastados para baixo e, depois, emergir:

"Oh, minha amada, como é doce e divina
A pura alegria quando almas gêmeas se encontram!
Como o deus rio, cujas águas fluem,
Com amor sua luz, ao longo das cavernas subterrâneas,
Levando em triunfo todas as tranças floridas
E anéis de festa com os quais as donzelas do Olimpo
Adornaram o rio como oferenda
Aos pés reluzentes de Aretusa.
Pensa, quando ele finalmente encontrar sua noiva, fonte adorada,
Que amor perfeito excitará a corrente mesclada!
Perdidos um no outro até se tornarem um só,
Sua sina a mesma seja na sombra ou sob o sol,
Um amor verdadeiro que flui para as profundezas."

O seguinte excerto de "Rimas na Estrada", de Moore, oferece um relato de uma célebre imagem de Albano, em Milão, chamada *Dança dos Amantes*:

"É pelo roubo das flores da terra de Ena
Que esses garotos celebram a dança da alegria,
Em volta da árvore verde, como fadas sobre um urzal;
Os mais próximos estão ligados, na ordem de brilho,
Um após o outro, como botões de rosa em uma guirlanda;
E os mais distantes que surgem por baixo,

Das asas dos outros seus pequenos olhos de luz.
E enquanto, vê! entre as nuvens seu irmão mais velho,
Que acaba de alçar voo, contam com um sorriso alegre,
A peça que Plutão pregou em sua encantada mãe,
Que se vira para saudar as ondas com um beijo."

GLAUCO E CILA

Glauco era um pescador. Um dia, ele arrastou suas redes para a terra carregadas de peixes de várias espécies. Esvaziou as redes e separou os peixes na relva. Ele estava em uma bela ilha do rio, um local solitário, desabitado e não utilizado como pastagem para o gado; nem mesmo visitado por ninguém a não ser ele mesmo. De repente, os peixes que estavam expostos sobre a relva começaram a reviver, movendo suas barbatanas como se estivessem na água. Glauco olhava impressionado os peixes moverem-se até a água, mergulharem e irem embora. Ele não sabia o que pensar, se aquilo fora obra de algum deus ou de algum poder secreto da vegetação. "Qual erva tem tal poder?", ele exclamou e, pegando um punhado delas, provou-as. Mal os sucos da planta alcançaram seu palato, Glauco sentiu-se agitado e com grande desejo de água. Não pôde mais se conter e, dizendo adeus à terra, mergulhou na correnteza. Os deuses da água o receberam com cortesia e concederam-lhe a honra de fazer parte de sua sociedade. Eles obtiveram o consentimento de Oceano e Tétis, os soberanos do mar, de que tudo que fosse mortal em Glauco deveria desaparecer. Cem rios derramaram suas águas sobre ele, que perdeu toda a consciência e percepção de sua forma anterior. Quando se recuperou, encontrou-se com outra forma e mente. Seu cabelo era verde como o mar e arrastava-se por trás dele na água. Seus ombros ficaram mais largos e o que antes eram coxas e pernas assumiram a forma de um rabo de peixe. Os deuses do mar elogiaram sua aparência e Glauco achou-se um personagem bastante atraente.

Um dia, Glauco avistou a bela donzela Cila, a favorita das ninfas aquáticas, passeando pela praia; observou quando ela encontrou um abrigo e banhou-se na água cristalina. Glauco apaixonou-se e, apresentando-se na superfície, falou com ela e disse coisas que achou que poderiam convencê-la a ficar, pois ela se virou para fugir assim que o viu. Ela correu até chegar a uma falésia voltada para o mar. Há, Cila parou e voltou-se para ver se se era um deus ou um animal marinho e observou com assombro sua forma e cor. Glauco, emergindo de forma parcial da água e apoiando-se sobre uma rocha, disse: "Donzela, eu não sou um monstro nem um animal marinho. Sou um deus. Já fui mortal e ganhava a vida no mar, e agora pertenço inteiramente a ele". Em seguida, contou a história de sua metamorfose e como foi promovido à sua atual dignidade e acrescentou: "Mas que vantagem tem isso tudo se não consigo tocar seu coração?". Continuou a empenhar-se, mas Cila virou-se e escapuliu.

Glauco estava desesperado e ocorreu-lhe consultar a feiticeira Circe. No mesmo instante, dirigiu-se à sua ilha – a mesma em que Ulisses, mais tarde, desembarcou, como veremos em uma de nossas próximas histórias. Após mútuas saudações, ele disse: "Deusa, suplico sua piedade; apenas você pode me aliviar desse sofrimento. O poder das ervas, sei como qualquer um, pois é a ele que devo a minha mudança de forma. Amo Cila. Tenho vergonha de lhe contar como a cortejei e fiz promessas, e como ela me desprezou. Imploro que use sua magia, ou ervas potentes, caso sejam mais persuasivas, não para me curar de meu amor – pois isso eu não desejo –, mas para fazer com que ela o sinta e retribua o meu amor". Circe respondeu, pois não era insensível às atrações da divindade verde da cor do mar. "Seria melhor perseguir alguém que o queira, você é digno de ser amado, em vez de amar em vão. Não seja modesto, saiba seu valor. Confesso que mesmo eu, sendo deusa e versada nas virtudes das plantas e feitiços, não saberia como recusá-lo. Se ela o despreza, despreze-a também; encontre alguém preparado para encontrá-lo no meio do caminho e assim ambos serão recompensados de uma vez." A essas palavras, Glauco replicou: "É mais fácil crescerem árvores no fundo do oceano e algas no topo das montanhas do que eu deixar de amar Cila, e apenas ela".

A deusa ficou indignada, mas não podia puni-lo, nem desejava fazê-lo, pois gostava muito dele. Sendo assim, dirigiu toda a sua fúria à rival, a pobre Cila. A feiticeira procurou plantas com poderes venenosos e misturou-as com encantamentos e magias. Em seguida, passou pelo meio de uma multidão de animais saltitantes, vítimas de suas artes, e seguiu em direção à costa da Sicília, onde vivia Cila.

Havia uma pequena baía na costa, para qual Cila costumava ir, no calor do dia, para respirar o ar marítimo e banhar-se em suas águas. Aqui, a deusa derramou sua mistura venenosa e murmurou sobre ela encantamentos poderosos. Cila surgiu, como de costume, e mergulhou na água até a cintura. Ficou horrorizada quando percebeu um ninho de serpentes e monstros alucinados à sua volta! De início, não conseguia imaginar que eram parte dela mesma e tentou fugir e espantá-los; mas, conforme corria, carregava-os consigo, quando tentou tocar os próprios membros, viu que suas mãos tocavam apenas as mandíbulas escancaradas dos monstros. Cila ficou enraizada no lugar. Seu temperamento ficou tão feio quanto sua forma, e seu prazer tornou-se devorar marinheiros desafortunados que surgiam ao seu alcance. Foi assim que ela destruiu seis companheiros de Ulisses e tentou afundar os navios de Eneias até, por fim, transformar-se em rocha, continuando até hoje a ser um terror para os marinheiros.

Keats, em seu poema "Endimião", oferece uma nova versão para o final de "Glauco e Cila". Glauco consente com os galanteios de Circe até ser, por acaso, testemunha de suas transações com os animais.[9] Enojado com sua traição e crueldade, ele tenta escapar dela, mas é arrebatado e trazido de volta quando, perante repreensões, ele é banido e sua sentença é passar mil anos em decrepitude e dor. Ele retorna para o mar e encontra o corpo de Cila, a quem a deusa não transformara, e sim afogara. Glauco compreende que seu destino é que, se ele passar seus mil anos recolhendo todos os corpos de amantes afogados, um jovem querido pelos deuses surgirá para ajudá-lo. Endímião cumpre sua profecia e ajuda a restaurar Glauco à sua juventude, assim como traz Cila e todos os amantes afogados de volta à vida.

O trecho seguinte é o relato de Glauco sobre seus sentimentos após a "transformação marítima":

"Mergulhei, para a vida ou para a morte. Entrelaçar
Os sentidos com uma uma matéria respiratória tão densa
Pode parecer tarefa dolorosa; portanto
Não me canso de admirar como pareceu
Suave, cristalino e flutuante em torno de meus membros.

---

[9]. Veja Capítulo XXIX.

A princípio passei dias e dias em total assombro;
Totalmente esquecido de minhas intenções,
Movendo-me apenas com as poderosas marés.
Então, como um pássaro novo que mostra pela primeira vez
Sua plumagem aberta na manhã fria.
Testei, com receio, as asas da minha vontade.
Era liberdade! E de imediato visitei
As infinitas maravilhas do leito oceânico".

Keats

CAPÍTULO VIII

PIGMALIÃO - DRÍOPE - VÊNUS E ADÔNIS - APOLO E JACINTO

Pigmalião via tantas falhas nas mulheres que passou a abominar o sexo feminino e resolveu viver solteiro. Ele era escultor e produziu, com bastante habilidade, uma estátua de marfim tão bela que nenhuma mulher viva se comparava a ela. Era, de fato, a imagem perfeita de uma donzela que parecia viva e era apenas impedida de se mover por recato. Sua arte era tão perfeita que se ocultava e o resultado parecia o trabalho da própria natureza. Pigmalião admirava o próprio trabalho e, por fim, apaixonou-se por uma de suas criações. Com frequência, passava a mão sobre ela como para se certificar de que estava viva ou não e mesmo assim não podia acreditar que era apenas marfim. Acariciava e dava-lhe presentes que as meninas adoram – conchas brilhantes e pedras polidas, pequenos pássaros e flores de várias tonalidades, contas e âmbar. Colocava vestimentas sobre seu corpo, joias nos dedos e um colar à volta do pescoço. Pendurou brincos nas orelhas e colares de pérolas sobre o peito. Seu vestido tornou-se ela, que não parecia menos charmosa quando nua. Deitou-a sobre um divã coberto com tecidos brilhantes e chamou-a de sua esposa, colocando sua cabeça em um travesseiro feito com as mais suaves plumas, como se ela pudesse apreciar a maciez.

O festival de Vênus se aproximava – uma celebração com grande pompa realizada em Chipre. Vítimas eram oferecidas, os altares fumegavam e o odor de incenso impregnava o ar. Quando Pigmalião realizou sua parte nas solenidades, parou diante do altar e disse de forma tímida: "Vocês, deuses, que tudo podem, concedam-me, suplico, como minha esposa" – ele não se atreveu a dizer "minha virgem de marfim", mas disse – "alguém como minha virgem de marfim". Vênus, que participava do festival, ouviu-o e compreendeu o pensamento que ele não pronunciara; e como presságio de sua graça fez com que a chama do altar subisse três vezes como um ponto flamejante no ar. Quando voltou para casa, Pigmalião foi ver a estátua e, reclinando-se sobre o divã, beijou-lhe na boca. Ela parecia quente. Ele pressionou os lábios outra vez, colocou a mão sobre os braços. O marfim parecia suave ao toque e cedeu aos seus dedos como a cera de Himeto. Ao mesmo tempo em que estava perplexo e feliz, duvidando e temendo estar enganado, ele tocava sem cessar, com o ardor de um amante, o objeto de suas esperanças. Ela realmente estava viva! Quando pressionadas, as veias sucumbiam aos dedos e, em seguida, retomavam sua forma. Então, afinal, o devoto de Vênus encontrou palavras para agradecer à deusa e pressionou seus lábios contra lábios tão reais como os seus. A virgem sentiu os beijos e enrubesceu, abrindo os olhos tímidos à luz, fixando-os ao mesmo tempo em seu amante. Vênus abençoou as núpcias que formara e dessa união nasceu Pafos, de quem a cidade, sagrada para Vênus, recebeu o nome.

Schiller, em seu poema "Os Ideais", aplica essa lenda de Pigmalião ao amor pela natureza em um coração jovem. A seguinte tradução é fornecida por um amigo:

"Uma vez com orações com paixão fluindo,
Pigmalião abraçou a pedra,
Até do marfim congelado brilhar
A luz dos sentimentos sobre ele,
Assim agarro com jovem devoção
A natureza brilhante ao coração do poeta;
Até que a respiração, o calor e o movimento vital
Pareciam percorrer a forma da estátua.

"E, então, compartilhando todo o meu ardor,
A forma silenciosa encontrou expressão;
Correspondeu aos meus beijos de jovem atrevido,
E compreendeu o rápido batimento de meu coração.
Assim tomou vida para mim a brilhante criação,

O regato prateado repleto de canções;
As árvores e as rosas partilharam sensações,
Um eco de minha ilimitada vida."
S G B.

DRÍOPE

Dríope e Iole eram irmãs. A primeira era esposa de Andrêmon, amada por seu marido e feliz com o nascimento de seu primeiro filho. Um dia, as irmãs caminharam até as margens de um rio que se inclinava gradativamente até a beira da água, enquanto o planalto era coberto de murtas. Elas queriam colher flores para fazer guirlandas para os altares das ninfas. Dríope levava seu bebê nos braços, carga preciosa, e o amamentava enquanto caminhava. Perto da água crescia uma planta de lótus, repleta de flores púrpuras. Dríope colheu algumas e ofereceu-as ao bebê. Iole estava a ponto de fazer o mesmo quando notou sangue a escorrer nos locais em que sua irmã quebrara as flores do caule. A planta não era outra senão a ninfa Lótis que, fugindo de um vulgar perseguidor, fora assim transformada. Isso as irmãs souberam por meio dos camponeses, quando já era tarde demais.

Dríope, horrorizada quando percebeu o que fizera, teria saído do lugar correndo, mas viu que seus pés estavam enraizados no solo. Tentou puxá-los, mas nada se movia além de seus membros superiores. A madeira subia-lhe pelo corpo e, pouco a pouco, envolveu-a toda. Angustiada, tentou arrancar os cabelos e suas mãos ficaram cheias de folhas. A criança sentiu o peito da mãe endurecer e o leite deixou de fluir. Iole observou o triste destino da irmã sem poder oferecer ajuda. Ela abraçou o tronco que crescia como se pudesse conter o avanço da madeira. Estava disposta a se deixar ser envolvida pela mesma casca de árvore. Nesse momento, Andrêmon, marido de Dríope, aproximou-se com o pai dela; quando perguntaram por Dríope, Iole apontou para a recém-formada lótus. Eles abraçaram a árvore ainda quente e encheram suas folhas de beijos.

Já não restara nada de Dríope a não ser seu rosto. As lágrimas ainda rolavam e caíam sobre as folhas e, enquanto ainda podia falar, disse: "Eu não sou culpada. Não mereço este destino, não feri ninguém. Se minto, que minha folhagem pereça com a seca e meu tronco seja cortado e queimado. Pegue esse bebê e leve-o a uma ama.

Faça com que ele seja trazido com frequência e amamentado sob meus ramos e brinque sob minha sombra. E, quando ele for grande o suficiente para falar, ensine-o a chamar-me de mãe e dizer, com tristeza: minha mãe jaz escondida sob esse tronco de árvore. Mas diga a ele para tomar cuidado com as margens do rio e ser cauteloso ao arrancar flores, lembrando-se de que cada arbusto que vê pode ser uma deusa disfarçada. Adeus, caros marido, irmã e pai. Se guardam algum amor por mim, não permitam que um machado me machuque, nem que os rebanhos mordam e arranquem meus ramos. Uma vez que não posso me inclinar sobre vocês, subam até aqui e me beijem. E, enquanto meus lábios ainda sentem, ergam meu filho para que eu possa beijá-lo. Não posso falar mais, pois a casca da árvore avança sobre meu pescoço e em breve me cobrirá. Não é necessário fechar meus olhos, a casca os fechará sem vossa ajuda". Então, os lábios pararam de se mover e a vida se extinguiu; mas os ramos retiveram por mais um tempo o calor vital.

Keats, em "Endimião", faz a seguinte referência a Dríope:

"Ela apanhou um alaúde de onde emanou a pulsação
Um prelúdio alegre que moldou a forma
Na qual sua voz deveria vaguear. Era uma balada
Com uma cadência mais sutil, mais selvagem como a floresta
Do que Dríope embalando seu bebê."

VÊNUS E ADÔNIS

Um dia, Vênus estava brincando com seu filho Cupido quando feriu o próprio peito com uma de suas flechas. Ela o empurrou para longe, mas a ferida era mais profunda do que pensara. Antes de cicatrizar, ela viu Adônis e ficou fascinada. Já não se interessava mais por seus locais favoritos – Pafos, Cnidos e Amatos, ricos em metais. Ela se ausentou até mesmo do céu, pois Adônis era mais adorado por ela que o céu. Seguia e fazia companhia para ele. Ela, que amava reclinar-se à sombra, sem nenhuma preocupação a não ser cultivar seus encantos, agora perambulava pelas florestas e colinas vestida como a caçadora Diana. Chamava seus cães e perseguia lebres e cervos ou outro animal que era seguro caçar, mas mantinha distância de lobos e ursos, que tresandavam a sangue de rebanho. Ordenou a Adônis que também tivesse cuidado com animais perigosos. "Seja bravo diante do tímido", disse ela. "Coragem contra o corajoso não é seguro. Cuidado como se expõe ao perigo, arriscando minha felicidade. Não ataque os animais a quem a natureza deu armas. Não estimo tanto sua glória a ponto de consentir que a compre com tamanha exposição. Sua juventude e a beleza, que encantam Vênus, não tocarão os corações de leões e javalis eriçados. Pense em suas mandíbulas terríveis e força prodigiosa! Detesto a raça deles. Pergunte-me por quê?" Então, ela lhe contou a história de Atalanta e Hipomene, que foram transformados em leões por causa de sua ingratidão a ela.

Após adverti-lo, Vênus subiu em seu carro conduzido por cisnes e saiu pelo ar. Entretanto, Adônis era imponente demais para dar atenção aos seus conselhos. Os cães provocaram um javali selvagem em sua toca e o jovem arremessou a lança ferindo o animal com um golpe lateral. O animal arrancou a arma com os dentes e correu atrás de Adônis, que se virou e correu. Mas o javali o ultrapassou e enterrou suas presas no flanco do jovem, esticando seu corpo moribundo na planície.

Vênus, em seu carro puxado por cisnes, ainda não havia chegado a Chipre quando ouviu, em pleno voo, os grunhidos de seu amado. Ela conduziu seus corredores de asas brancas de volta para a Terra. Conforme se aproximava, viu do alto o corpo sem vida de Adônis, banhado em sangue. Pousou e debruçou-se sobre ele, batendo em seu próprio peito e arrancando os cabelos. Repreendendo as Parcas, disse: "No entanto, eles terão apenas parte do triunfo. A memória de meu desgosto perdurará; e o espetáculo de sua morte, meu Adônis, e de minha lamentação será renovado a cada ano. Seu sangue será transformado em flor; esse consolo ninguém me negará". Assim falando, Vênus espargiu néctar no sangue e, conforme se misturavam, bolhas subiam como em uma poça onde caem gotas da chuva. Em uma hora nasceu uma flor cor de sangue, como a da romã. Mas teve vida curta. Diz-se que o vento soprou, ela desabrochou e, em seguida, expulsou as pétalas. Assim, chama-se Anêmona ou Flor do Vento, o acusador tanto de seu nascimento como de seu declínio.

Milton menciona a história de Vênus e Adônis em "Comus":

"Canteiros de jacintos e rosas
Onde o jovem Adônis com frequência descansa,

Cuidando de sua profunda ferida
Em um sono leve, e no solo,
Tristemente repousa a rainha assíria."

APOLO E JACINTO

Apolo nutria uma paixão ardente por um jovem chamado Jacinto. Acompanhava-o nos esportes, carregava as redes quando o rapaz ia pescar, conduzia os cães durante a caça, seguia-o em suas excursões pelas montanhas e, por ele, negligenciava sua lira e flechas. Certo dia, jogando *quoit*, um esporte que envolve o lançamento de argolas, Apolo arremessou o disco com força e habilidade, enviando-o para o alto e bem longe. Jacinto observou o voo da argola e, empolgado com o esporte, correu para apanhá-la, ansioso por fazer seu próprio arremesso, quando a argola caiu do céu, atingindo-o na testa. Jacinto caiu desmaiado. O deus ficou pálido, ergueu-o e tentou com toda a sua destreza estancar a ferida e reter a vida que esmorecia, mas foi tudo em vão. O ferimento estava além dos poderes da medicina. Como quando alguém arranca o caule de um lírio no jardim e a planta fica pendurada com as flores voltadas para o chão, assim ficou a cabeça do menino moribundo, como se ela estivesse muito pesada para o pescoço, caída sobre o ombro. "Você está morrendo, Jacinto", disse Apolo, "privado de sua juventude por mim. O sofrimento é seu, a culpa é minha. Se eu pudesse morrer em seu lugar! Já que assim não pode ser, você viverá comigo em memória e em canção. Minha lira irá celebrá-lo, minha canção falará de seu destino, e você se tornará uma flor marcada por meus lamentos". Enquanto falava, Apolo observou que o sangue derramado no solo manchou a vegetação e deixou de ser sangue. Uma flor de uma tonalidade mais bela que a Tíria desabrochou, parecendo um lírio, embora aquela fosse púrpura e o lírio seja de um branco prateado.[10] Isso não foi suficiente para Apolo. Para conferir grandeza ainda maior à sua homenagem, ele marcou as pétalas com sua tristeza e gravou "Ah, ah!" sobre elas; como vemos até hoje. A flor leva o nome de Jacinto e, a cada primavera que nasce, revive a memória de seu destino.

---

10. É evidente que aqui não se trata de nosso jacinto moderno. Talvez seja uma espécie de íris, espora ou amor-perfeito.

Foi dito que Zéfiro (o vento Oeste), que também era apaixonado por Jacinto e tinha ciúmes de sua preferência por Apolo, soprou a argola para fora de seu curso, fazendo com que ela atingisse Jacinto. Keats faz uma alusão ao tema em "Endimião", no qual descreve os espectadores do jogo de argolas:

"Ou podem observar os jogadores, determinados
De ambos os lados, compadecendo a própria morte
De Jacinto, quando o cruel sopro de Zéfiro o matou;
Zéfiro arrependido, que antes de Febo subir
Para o firmamento, afaga a flor enquanto chora a chuva."

Uma alusão a Jacinto também pode ser observada no "Lícidas", de Milton:

"Como aquela flor sanguínea marcada pelo infortúnio."

CAPÍTULO IX

CEIX E ALCÍONE: OU OS PÁSSAROS ALCIÔNICOS

Ceix era rei da Tessália, onde reinava em paz, sem violência ou equívocos. Ele era filho de Héspero, a estrela do dia, e o brilho de sua beleza lembrava seu pai. Alcíone, filha de Éolo, era sua esposa, ligada e dedicada a ele. Ceix estava em uma aflição profunda com a perda de seu irmão, e acontecimentos terríveis depois dessa morte fizeram-no sentir como se os deuses lhe fossem hostis. Portanto, ele achou melhor realizar uma viagem a Carlos, na Jônia, para consultar o oráculo de Apolo. Mas, assim que revelou sua intenção à esposa, Alcíone, um calafrio percorreu-lhe o corpo e o rosto dela ficou extremamente pálido. "Que erro cometi, querido marido, para que queira afastar seu afeto de mim? Onde está aquele amor por mim que estava no topo de seus pensamentos? Você passou a se sentir à vontade com a ausência de Alcíone? Prefere que eu me afaste?" Ela também tentou dissuadi-lo ao descrever a violência dos ventos que era familiar a ela quando viveu na casa de seu pai – Éolo, deus dos ventos que possuía capacidades para refreá-los. "Eles correm juntos", disse ela, "com tanta fúria que o fogo surge do conflito. Porém se deve mesmo ir", ela acrescentou, "caro marido, permita que eu vá com você, caso contrário sofrerei não apenas os males reais que você deve enfrentar, mas também aqueles que meus temores sugerem".

Tais palavras pesaram na mente do rei Ceix, e seu desejo não era diferente do dela, levá-la consigo, mas ele não suportaria expô-la aos perigos do mar. Portanto, ele respondeu, consolando-a da melhor forma possível, e terminou com estas palavras: "Prometo, pelos raios de meu pai, a Estrela do Dia, que, se o destino permitir, retornarei antes que a lua tenha dado duas voltas em sua órbita". Após proferir tais palavras, ordenou que o navio fosse retirado do estaleiro e que os remos e velas fossem levados a bordo. Quando presenciou esses preparativos, Alcíone estremeceu como se tivera um mau presságio. Com lágrimas e soluços, ela despediu-se e desfaleceu.

Ceix teria se demorado mais, porém os rapazes agarraram os remos e avançaram com vigor por entre as ondas, com braçadas alongadas e rítmicas. Alcíone ergueu os olhos lacrimejantes e viu o marido de pé no convés, acenando. Ela correspondeu ao aceno até a embarcação estar tão distante a ponto de não distinguir sua forma do resto. Quando o navio já não podia mais ser visto, Alcíone apertou os olhos para tentar um último vislumbre da vela, até que esta também desapareceu. Então, retirando-se aos seus aposentos, Alcíone jogou-se no divã solitário.

Enquanto isso, eles abandonavam o porto e a brisa deslizava pelas cordas. Os marinheiros puxaram os remos e içaram as velas. Quando alcançaram metade, ou menos, de seu curso, conforme a noite se aproximava, o mar começou a empalidecer com ondas avolumadas e o vento leste tornou-se tempestuoso. O mestre deu ordens para que recolhessem as velas, mas a tempestade impedia que os marinheiros obedecessem; a força dos ventos e ondas era tal que as ordens do capitão não eram ouvidas. Os homens, de comum acordo, ocuparam-se tentando segurar os remos para fortalecer o navio e enrizar as velas. Enquanto faziam o que cada um achava melhor, a tempestade aumentou. Os gritos dos homens, o estrondo dos mastros e a força das ondas misturavam-se com o rugido do trovão. O mar, repleto de ondas, parecia querer ascender aos céus e espalhar sua espuma entre as nuvens; e ao retroceder assumia a cor do banco de areia – uma escuridão como do Estige.

O navio compartilha todas essas mudanças. Parece um animal selvagem que corre para a lança do caçador. A chuva torrencial cai como se os céus quisessem se unir ao mar. Quando os raios cessam por um instante, a noite parece acrescentar sua própria escuridão à da tempestade. Então, vem o relâmpago, removendo a escuridão e iluminando tudo com um clarão. A destreza falha, a coragem desaparece e a morte parece emergir em cada onda. Os homens estão entorpecidos de terror. A lembrança de pais e parentes e eles se lembram das promessas deixadas em casa. Ceix pensa em Alcíone. Nenhum nome, apenas o dela, surge em seus lábios, e, embora a deseje, regozija-se com sua ausência. De repente, o mastro é destruído por um raio, o timão é quebrado e uma onda triunfante se avoluma na frente do navio e em seguida cai, deixando-o em pedaços. Alguns dos marinheiros, atordoados com o golpe, mergulham e não emergem mais. Outros se agarram aos destroços do navio. Ceix, com a mão que costumava segurar o cetro, agarra com força uma prancha e grita pela ajuda – oh, em vão – de seu pai e seu sogro. Mas o nome que mais surge em seus lábios é o de Alcíone. Seus pensamentos se apegam a ela. Suplica para que as ondas levem seu corpo até ela, para que possa ser enterrado por ela. De súbito, as ondas o engolem e Ceix se afoga. A Estrela do Dia parecia enfraquecida aquela noite. Uma vez que não podia deixar os céus, envolveu seu rosto em nuvens.

Enquanto isso, Alcíone, alheia a todos esses horrores, contava os dias até o prometido retorno do marido. Preparou as vestimentas que ele deveria usar e também as que ela usaria em sua chegada. Com frequência, oferecia incenso a todos os deuses, mas, acima de todos, a Juno. Rezava de forma incessante para que o marido, já morto, estivesse seguro e pudesse retornar a casa; e que não visse, em sua ausência, ninguém que pudesse amar mais do que ela própria. Mas de todas essas preces, a última seria a única a ser atendida. Por fim, a deusa já não podia suportar ser rogada para auxiliar alguém já morto e ter mãos erguidas em seus altares quando deveriam estar cumprindo rituais fúnebres. Então, chamou Íris: "Íris, minha fiel mensageira, vá até a soporífera morada de Sono e diga-lhe para enviar uma visão a Alcíone na forma de Ceix para que ela saiba do acontecimento".

Íris vestiu sua túnica multicolorida e, tingindo o céu com seu arco, buscou o palácio do rei do Sono. Perto do país dos cimérios, a caverna de uma montanha é a morada do sombrio rei Sono. Ali, Febo não ousa entrar seja durante a aurora, meio-dia ou ao entardecer. Nuvens e sombras emanam do solo e a luz brilha com pouca intensidade. O pássaro da alvorada, com sua crista, nunca clama pela Aurora, nem um cão atento ou o ganso arguto perturba o silêncio. Nenhum animal selvagem, gado ou ramo que se move com o vento nem o som de conversa atrapalham a tranquilidade. Ali reina o silêncio. Todavia, do fundo da rocha flui o Rio Lete e seu murmúrio convida ao sono. Papoulas crescem em abundância diante da entrada da caverna, assim como outras ervas, das quais a Noite extrai o sono que espalha pela Terra escurecida. Não há portão diante da mansão para ranger as dobradiças, nem guarda noturno; mas no centro há um divã de ébano negro enfeitado com plumas negras e cortinas do mesmo tom. Ali o deus descansa, seus braços e pernas relaxados pelo sono. À sua volta estão sonhos de várias formas, tantos quanto os talos de uma colheita, as folhas da floresta ou os grãos de areia na praia.

Assim que a deusa entrou e espantou os sonhos que pairavam em volta, seu brilho iluminou toda a caverna. O deus, mal abrindo os olhos, e ocasionalmente deixando o queixo cair sobre o peito, despertou enfim; e, apoiando-se sobre um braço, sondou a mensageira – pois sabia de quem se tratava. Ela respondeu: "Sono, o mais gentil dos deuses, tranquilizador de mentes e aplacador de corações preocupados, Juno envia-lhe a ordem para despachar um sonho a Alcíone, na cidade de Traquine, representando seu marido morto e todos os acontecimentos do naufrágio".

Após entregar a mensagem, Íris afastou-se depressa, pois já não suportava mais o ar estagnado e, ao sentir a sonolência tomando conta dela, fugiu e retornou, por seu arco, pelo mesmo caminho por que viera. Então, Sono chamou um de seus inúmeros filhos, Morfeu, o especialista em formas falsas e em imitar a maneira de andar, falar, o semblante e até as roupas e atitudes mais características de cada um. Mas ele apenas imita homens, deixando a outro a tarefa de reproduzir pássaros, animais e serpentes. Este se chama Ícelo, e um terceiro, Fantasos, se transforma em rochas, águas, madeira e outras coisas inanimadas. Eles servem a reis e grandes personagens em suas horas de sono, enquanto outros se movem entre pessoas comuns. Sonos selecionou, dentre todos os irmãos, Morfeu para realizar o pedido de Íris; em seguida, deitou a cabeça no travesseiro e sucumbiu ao aprazível repouso.

Morfeu voou sem fazer ruído com as asas e logo chegou à cidade hemoniana onde as deixou de lado e assumiu a forma de Ceix. Sob esse disfarce, mas pálido como um cadáver, despido, parou diante do divã da pobre esposa. Sua barba parecia encharcada de água e as tranças pingavam. Inclinando-se sobre o divã, com lágrimas escorrendo pelo rosto, ele disse: "Você reconhece seu Ceix, esposa infeliz, ou a morte alterou muito o meu semblante? Contemple e reconheça-me, a sombra de seu marido em vez dele mesmo. Suas preces, Alcíone, foram inúteis. Estou morto. Os ventos tempestuosos naufragaram meu navio no Mar Egeu, ondas encheram minha boca enquanto eu clamava por você. Não é um mensageiro desconhecido que lhe conta isso, nenhum vago rumor chegou aos seus ouvidos. Venho em pessoa, um náufrago, contar-lhe meu destino. Levante-se! Ofereça-me lágrimas, dê-me lamentações. Não permita que eu desça ao Tártaro sem ser lastimado". Às palavras, Morfeu acrescentou a voz, que se assemelhava à do marido; ele parecia derramar lágrimas genuínas. Suas mãos possuíam os gestos de Ceix.

Alcíone, chorando, gemeu e estendeu os braços em seu sono, tentando abraçar o corpo do marido, mas agarrando apenas o ar. "Fique", gritou ela, "para onde você voa? Deixe-me ir junto". Ela despertou com a própria voz. Saltando, olhou à volta de maneira ansiosa para ver se ele ainda estava presente, pois os criados, alarmados com seus gritos, trouxeram luz. Quando não encontrou Ceix, golpeou o peito e rasgou as vestimentas. Não se preocupou em desatar os cabelos, arrancava-os de forma selvagem. Sua ama perguntou qual a causa da tristeza. "Alcíone já não existe", ela respondeu, "ela pereceu com Ceix. Não pronuncie palavras de conforto, ele naufragou e está morto. Eu vi e o reconheci. Estiquei as mãos para tocar e detê-lo. Sua sombra desapareceu, mas era a sombra verdadeira de meu marido. Não com as características costumeiras, não com sua beleza, mas pálido, nu e os cabelos molhados de água do mar; ele apareceu para mim, desgraçada que sou. Aqui, neste mesmo lugar, encontrava-se a triste visão". Alcíone observou o chão procurando marcas de pegadas. "Era isso, era isso que minha mente pressagiava quando eu implorei para que ele não me deixasse e confiasse nas ondas. Ah, como eu desejei que você não tivesse partido, ou que me levasse junto! Teria sido muito melhor. Assim não teria dias remanescentes para viver sem você, nem morte separada. Se pudesse suportar a vida e resistir, seria mais cruel comigo do que foi o mar. Mas não lutarei, não vou me separar de você, infeliz marido. Pelo menos desta vez lhe farei companhia. Na morte, se um túmulo não servir para os dois, um epitáfio servirá. Se não posso conservar minha cinzas com as suas, pelo menos meu nome não estará separado." Sua dor não permitiu mais palavras, que foram interrompidas por lágrimas e soluços.

A manhã chegou. Alcíone foi até a costa e procurou o lugar onde viu Ceix pela última vez, durante a partida. "Enquanto ele se demorava aqui e arrematava os equipamentos, deu-me o último beijo." Enquanto revia cada objeto e esforçava-se por relembrar cada incidente, olhando para o mar, ela distinguiu um objeto na água. A princípio teve dúvidas sobre o que era, mas de forma gradual as ondas foram arrastando-o para a costa. Tratava-se claramente do corpo de um homem. Embora não soubesse ainda de quem era, de qual naufrágio, Alcíone ficou muito abalada e começou a chorar, dizendo: "Ah, pobre infeliz, e desventurada, caso você tenha esposa!". Carregado pelas ondas, o corpo aproximava-se. Ao vê-lo mais de perto, Alcíone tremia cada vez mais. Agora ele se aproximou da costa. Agora sinais que ela reconhecia surgiram. Era o seu marido! Estendendo as mãos trêmulas, Alcíone exclamou: "Oh, querido marido, é assim que você retorna a mim?".

Havia um dique saliente na costa, construído para bloquear as agressões do mar e impedir sua entrada violenta. Alcíone saltou para essa barreira e (era maravilhoso que pudesse fazê-lo) voou, e golpeando o ar com asas produzidas naquele instante, flutuou sobre a superfície da água; um pássaro infeliz. Conforme voava, sua garganta emitia sons carregados de mágoa, como uma voz se lamentando. Quando tocou o corpo mudo e sem vida, envolveu seus adorados membros com suas asas recém-formadas e tentou beijá-lo com seu bico. Se Ceix sentiu os beijos ou se foi apenas o movimento das ondas, quem via de longe ficava em dúvida, mas o corpo parecia erguer a cabeça. De fato, ele sentiu e os deuses misericordiosos transformaram ambos em pássaros. Eles acasalaram e tiveram filhotes. Ao longo de sete dias plácidos, durante o inverno, Alcíone chocou o ninho que flutuava sobre o mar. Então, a rota tornou-se segura para os marinheiros. Éolo guarda os ventos e evita que eles perturbem as profundezas. O mar é doado, durante esse tempo, a seus netos.

Os seguintes versos da "Noiva de Abidos", de Byron, parecem ter sido emprestados da parte conclusiva dessa descrição, se não se afirmasse que o autor obteve a sugestão ao observar o movimento de um cadáver boiando:

"Tão inquieta como em seu travesseiro,
Sua cabeça sobe e desce com o vagalhão;
Aquela mão, cujo movimento não representa a vida,
Mesmo assim parece fracamente ameaçar
Ora era arremessada ao alto pela onda agitada,
Ora ficava no mesmo nível que a onda..."

Milton, em seu "Hino à Natividade", faz a seguinte alusão à fábula de Alcíone:

"Mas pacífica estava a noite
Na qual o Príncipe da luz
Iniciou seu reino de paz na Terra;
Os ventos, maravilhados, sopraram
Beijaram suavemente a água
Sussurrando novas alegrias ao oceano ameno,
Que agora se esquecera de esbravejar
Enquanto aves calmas chocam sobre a onda encantada."

Keats também diz, no "Endymion":

"Oh sono mágico! Ó pássaro tranquilo
Que chova sobre o mar turbulento da mente
Até que ele fique calmo e suave."

CAPÍTULO X

VERTUNO E POMONA

As Hamadríades eram ninfas da floresta. Pomona pertencia a essa classe e ninguém a excedia no amor pelo jardim e pelo cultivo de frutas. Ela não se importava com as florestas e os rios, mas amava a terra cultivada e macieiras que produziam belas maçãs. Sua mão direita tinha como arma não o dardo, mas uma faca de poda. Com essa arma, ela pôs-se a trabalhar certa vez para conter os crescimentos exuberantes demais e podar os ramos que cresciam fora do lugar. Outra vez, usou a faca para partir um galho e inserir um enxerto, fazendo com que o ramo adotasse uma espécie que não era a sua. Também cuidava para que as suas favoritas não sofressem com a seca e levava jatos de água até elas, para que as raízes sedentas fossem saciadas. Essa ocupação era sua vocação, sua paixão; e estava livre das inspirações de Vênus. Não deixava de ter medo dos camponeses, mantinha seu pomar fechado e não permitia a entrada a nenhum homem. Os Faunos e Sátiros teriam dado tudo o que possuem para conquistá-la. O velho Silvano, que parece jovem para a sua idade, teria feito o mesmo, assim como Pã, que usa uma guirlanda de folhas de pinheiro em volta da cabeça. Entretanto, Vertuno a amava mais que todos, porém não tinha mais sucesso que seus concorrentes. Com que frequência, disfarçado de ceifador, ele lhe ofereceu cestos de milho, e parecia mesmo um ceifador! Com uma faixa de feno amarrada às costas, alguém pensaria que ele acabara de voltar da lida. Às vezes tinha um aguilhão na mão e poder-se-ia dizer que ele acabara de desatrelar seus bois cansados. Outras vezes tinha um gancho de poda e fazia-se passar por vinhateiro ou, ainda, com uma escada no ombro, parecia que ia colher maçãs. Às vezes passava pelo local como se fosse um soldado dispensado, e mais uma vez carregava uma vara de pescar, como se fosse à pesca. Dessa forma, ia ganhando a confiança de Pomona e alimentava sua paixão ao vê-la.

Um dia, surgiu disfarçado de velha, com os cabelos grisalhos cobertos por um chapéu e segurando um cajado. Ela entrou no pomar e admirou as frutas. "Você merece crédito, minha querida", ela disse, beijando-a não exatamente da forma como beijaria uma senhora. Sentou-se em um banco e admirou os galhos carregados de frutas que pendiam sobre ela. À frente, havia um olmo entrelaçado a uma videira repleta de cachos de uva. Ela elogiou a árvore, assim como sua videira associada. "Mas", disse ela, "se a árvore estivesse sozinha e não possuísse uma videira agarrada a si, não teria nada para nos atrair ou oferecer além de suas folhas inúteis. Da mesma forma a videira, se não estivesse enroscada em volta do olmo, estaria prostrada ao chão. Por que você não aprende a lição da árvore e da videira e não consente em se unir a alguém? Gostaria que o fizesse. A própria Helena não tinha pretendentes tão numerosos, nem Penélope, esposa do astuto Ulisses. Mesmo quando os rejeita, eles a cortejam – divindades rurais e outras de qualquer espécie que frequentam essas montanhas. Mas, se for prudente e quiser formar uma boa aliança, permita que uma velha a aconselhe – que a ama mais do que você pode imaginar –, mande todos os outros embora e aceite Vertuno, sob minha recomendação. Conheço-o como ele conhece a si mesmo. Ele não é uma divindade errante, pertence a essas montanhas. Nem é como muitos amantes de hoje em dia, que se apaixonam por qualquer uma que encontrar. Ele ama você, e apenas você. Além disso, ele é jovem, belo e possui a arte de assumir a forma que lhe agrada e pode se tornar aquilo que você ordenar. Ademais, ele ama as mesmas coisas que você, gosta de jardinagem e segura suas maçãs com admiração. Mas *agora* ele não se importa com frutas nem flores, nem outra coisa qualquer, mas apenas com você. Tenha pena dele e o imagine falando agora com minha boca. Lembre-se de que os deuses punem a crueldade, Vênus abomina um coração embrutecido e repreende tais ofensas mais cedo ou mais tarde. Para provar, deixe-me contar uma história bastante conhecida em Chipre e tida lá como verdade. E espero que tenha o efeito de torná-la mais misericordiosa.

Ífis era um jovem de origem humilde que se apaixonou por Anaxarete quando a viu. Ela era uma nobre dama de uma antiga família de Téucria. Ele lutou muito contra essa paixão, mas, quando percebeu que não poderia contê-la, procurou sua mansão como solicitante. Primeiro, contou sua paixão à ama de Ífis e implorou, como ela amava a filha adotiva, para que fosse a favor de sua intenção. Em seguida, tentou conquistar os empregados da casa. Às vezes, escrevia seus votos em tábuas e, com frequência, pendurava na porta de Ífis guirlandas, que ele umedecia com suas lágrimas. Ele deitava na soleira da porta e pronunciava suas queixas aos cruéis parafusos e vergalhões. Ela era mais surda que as vagas que surgem nos vendavais de novembro; mais dura que o aço das ferrarias germânicas, ou uma rocha que ainda se agarra ao seu rochedo nativo. Ela zombava e ria dele, acrescentando palavras cruéis ao tratamento indelicado. Nunca ofereceu a menor possibilidade de esperança.

Ífis já não suportava mais os tormentos desse amor desesperançado e, diante das portas dela, pronunciou estas últimas palavras: 'Anaxarete, você venceu e não terá de suportar mais minhas importunações. Desfrute de seu triunfo! Cante canções alegres e orne sua testa com louros, você venceu! Eu morro; coração de pedra, regozije-se! Ao menos isso posso fazer para gratificá-la e forçá-la a me elogiar. E assim poderei provar que meu amor por você só me abandonará com a vida. Também não deixarei que rumores lhe informem sobre minha morte. Virei eu mesmo e você me verá morrer e encherá seus olhos com o espetáculo. Entretanto, ó deuses que desprezam infortúnios mortais, observem meu destino! Peço apenas isso: que eu seja lembrado em tempos vindouros e acrescentem esses anos que furtaram de minha vida à minha reputação'. Assim ele disse e, virando o rosto pálido e os olhos lacrimejantes em direção à mansão, atou uma corda ao portão no qual com frequência atara guirlandas e, colocando o pescoço no laço, murmurou: 'Ao menos esta guirlanda lhe agradará, menina cruel!, e caiu suspenso com o pescoço quebrado. Ao bater contra o portão, o som foi como um gemido. Os criados abriram a porta e viram-no morto, e com exclamações de pena o ergueram e levaram para a casa de sua mãe, pois seu pai já não vivia. Ela recebeu o corpo sem vida do filho e abraçou-o junto ao peito, enquanto pronunciava as palavras tristes que as mães desoladas dizem. O triste funeral passou pela cidade e o cadáver pálido foi transportado em um carro até o local da pira funerária. Por acaso, a casa de Anaxarete ficava em uma rua por onde passava a procissão, e o pranto dos enlutados chegou aos seus ouvidos, a quem a divindade vingadora já marcara para o castigo.

'Vejamos essa triste procissão', disse ela e subiu em um torreão e, por uma janela aberta, assistiu ao funeral. Mal seus olhos pousaram sobre a forma de Ífis pousada sobre o carro funerário e começaram a enrijecer, e o sangue morno em seu corpo tornou-se frio. Ao tentar dar um passo para trás, Anaxarete não podia mover os pés; tentou desviar o rosto, mas foi em vão e, de forma gradual, todos os seus membros ficaram petrificados como seu coração. Não duvide do fato, pois a estátua ainda permanece no templo de Vênus e Salamina na forma exata de uma dama. Agora, reflita sobre essas coisas, minha querida, e deixe de lado seu desprezo e demora e aceite um amante. Para que nem a geada primaveril flagele seus frutos jovens nem os ventos furiosos espalhem suas flores!"

Quando Vertuno assim falou, deixou cair o disfarce de velha e parou diante de Pomona em sua própria pessoa, como um jovem gracioso. Para ela foi como se o sol saísse de trás das nuvens. Ele teria renovado suas súplicas, mas não houve necessidade. Seus argumentos e a visão de sua verdadeira forma prevaleceram e a Ninfa não resistiu mais, pois possuía o mesmo ardor.

Pomona era a patrona especial do Pomar e, como tal, foi invocada por Phillips, autor de um poema sobre a Cidra, em versos brancos. Thomson, nas "Estações", alude a ele:

"Phillips, o bardo de Pomona, o segundo que
Tão nobremente se atreveu, em versos livres de rima,
Com liberdade, a cantar a canção britânica."

Mas Pomona também era vista como autoridade das frutas e, como tal, é invocada por Thomson:

"Leva-me, Pomona, ao teu pomar de cítricos,
Aonde o limão e a intensa lima,
Com a forte laranja, brilhando entre o verde,
Suas glórias mesclam. Deita-me
Debaixo do extenso tamarindo que balança,
Movido pela brisa, sua fruta que aplaca a febre."

CAPÍTULO XI

CUPIDO E PSIQUÊ

Certos rei e rainha tinham três filhas. Os charmes das duas mais velhas eram mais que comuns, mas a beleza da mais nova era tão fascinante que a pobreza da linguagem é incapaz de expressar devido louvor. A fama de sua beleza era tamanha que estranhos de terras vizinhas vinham em multidões apreciar a visão e olhavam-na com espanto, oferecendo homenagens que seriam devidas apenas à própria Vênus. De fato, Vênus encontrara seus altares desertos, enquanto os homens voltavam sua devoção à jovem virgem. Enquanto ela passava, o povo cantava-lhe elogios e jogava grinaldas e flores em seu caminho.

Essa deturpação de homenagem devida apenas a poderes imortais para a exaltação de um mortal ofendeu muito a Vênus real. Mexendo seus cachos ambrosianos com indignação, ela exclamou: "Devo então ser ofuscada em minhas homenagens por uma menina mortal? Então foi em vão que o pastor real, cujo julgamento foi aprovado pelo próprio Jove, concedeu-me a palma da beleza sobre minhas ilustres rivais, Palas e Juno. Mas ela não usurpará minhas honras de forma tão silenciosa. Eu lhe darei um motivo para se arrepender de beleza tão ilícita".

Em seguida, invocou seu filho alado, Cupido, malicioso o suficiente em sua própria natureza, incitou e provocou-o ainda mais com suas reclamações. Apontou Psiquê e disse: "Meu caro filho, puna aquela beldade contumaz; dê à sua mãe uma vingança tão doce quanto é grande sua ofensa; introduza no peito daquela menina arrogante a paixão por um ser baixo, mau e indigno, para que possa colher uma mortificação tão grande quanto seu triunfo e exultação atuais".

Cupido preparou-se para obedecer aos comandos da mãe. Há duas fontes no jardim de Vênus, uma de água doce e outra de água amarga. Cupido encheu dois vasos de âmbar, um de cada fonte, colocou-os em sua aljava e precipitou-se para os aposentos de Psiquê, que encontrou adormecida. Ele derramou algumas gotas da água amarga em seus lábios, apesar da visão dela quase lhe causar piedade. Em seguida, tocou seu flanco com a ponta de uma flecha. Ela despertou com o toque e abriu os olhos na direção de Cupido (que estava invisível). Ele ficou tão assustado que em sua confusão feriu-se com sua própria flecha. Sem dar atenção à ferida, toda a sua mente estava agora concentrada em reparar o mal que fizera, e derramou as gotas balsâmicas de alegria nos cachos sedosos de Psiquê.

Ela, doravante depreciada por Vênus, não obteve nenhum benefício com todos os seus encantos. É verdade que todos os olhares estavam voltados para ela de forma ávida, e todas as bocas a elogiavam. Mas nenhum rei, príncipe ou plebeu apresentou-se para pedi-la em casamento. Suas duas irmãs mais velhas, que possuíam certo charme, há tempos estavam casadas com príncipes; mas Psiquê, em seu aposento solitário, deplorava a solidão, cansada de sua beleza que era alvo de muita bajulação e incapaz de despertar o amor.

Seus pais, temerosos de que tivessem de forma involuntária despertado a fúria dos deuses, consultaram o oráculo de Apolo e receberam a seguinte resposta: "A virgem não está destinada a ser noiva de um mortal. Seu futuro marido espera por ela no topo da montanha. Ele é um monstro a quem nem deuses nem homens podem resistir".

Esse decreto pavoroso do oráculo deixou todos tristes, e seus pais abandonaram-se ao desgosto. Mas Psiquê disse: "Por que, queridos pais, me lamentam agora? Deveriam ter sofrido quando me sobrecarregaram com honrarias imerecidas e, a uma voz, chamavam-me Vênus. Agora percebo que fui vítima desse nome. Rendo-me. Levem-me para aquela rocha que minha triste sina destinou". Assim, depois de tudo ser preparado, a donzela real tomou seu lugar na procissão que mais parecia um funeral, e não uma cerimônia nupcial. Com seus pais, em meio às lamentações do povo, Psiquê subiu a montanha e, ao chegar ao cume, deixaram-na sozinha, retornando para casa com os corações pesarosos.

Enquanto Psiquê estava no cimo da montanha, ofegante de medo e com os olhos lacrimejantes, o gentil Zéfiro ergueu-a do chão e levou-a com um movimento fácil para um vale florido. Aos poucos, sua mente se recompôs e Psiquê deitou-se no gramado para dormir. Quando despertou, refeita pelo sono, olhou à volta e avistou um bosque agradável com árvores altas e imponentes. Ela entrou e, no meio, descobriu uma fonte emanando água cristalina e, mais à frente, um palácio magnífico cuja augusta entrada impressionava o espectador, pois não era trabalho realizado por mãos mortais, mas a feliz morada de algum deus. Levada pela surpresa e admiração, Psiquê aproximou-se do edifício e ousou entrar. Cada objeto que encontrou a encheu de prazer e espanto. Pilares de ouro sustentavam o teto abobadado e as paredes eram enriquecidas com esculturas e pinturas representando animais de caça e cenas rurais, feitos para encantar os olhos do observador. Seguindo adiante, Psiquê notou que além dos aposentos majestosos havia outros repletos de toda espécie de tesouros; e belas e preciosas criações da natureza e da arte.

Enquanto seus olhos estavam ocupados, uma voz dirigiu-se a ela, embora não visse ninguém pronunciando tais palavras: "Dama soberana, tudo que vê é seu. As vozes que ouve pertencem aos seus criados que obedecerão aos seus comandos com o máximo de cuidado e diligência. Retire-se, portanto, aos seus aposentos e repouse; quando achar propício, encaminhe-se ao banho. A ceia a aguarda na alcova adjacente, quando achar conveniente ali se sentar".

Psiquê seguiu os conselhos dos atendentes vocais e, após repousar e se refrescar com um banho, sentou-se na alcova, onde de imediato surgiu uma mesa, sem nenhuma ajuda visível de empregados e coberta com as melhores iguarias e os vinhos mais saborosos. Também seus ouvidos foram agradados com a música de artistas invisíveis: um cantava, outro tocava alaúde e todos integravam a maravilhosa harmonia de um coro completo.

Ela ainda não vira o marido que lhe fora destinado. Ele vinha apenas nas horas de escuridão e fugia antes da aurora, mas suas práticas eram repletas de amor e inspiraram semelhante paixão nela. Com frequência, implorava para que ele ficasse e ela o pudesse ver, mas ele não permitia. Ao contrário, ele ordenava que ela não tentasse vê-lo, pois era seu prazer, pela melhor das razões, manter-se incógnito. "Por que desejaria ver-me?", disse ele. "Tem alguma dúvida de meu amor? Algum desejo não satisfeito? Se me visse, talvez me temesse, talvez me adorasse, mas tudo que peço é que me ame. Prefiro que me ame como semelhante em vez de me adorar como um deus."

Esse raciocínio de certa forma sossegou Psiquê por um tempo, e enquanto a novidade durou, ela se sentiu feliz. Mas com o passar do tempo, a lembrança de seus pais, ignorantes de seu destino, e de suas irmãs, impedidas de partilhar com ela os encantos de sua situação, ficou em sua mente e fez com que sentisse que seu palácio era apenas uma esplêndida prisão. Uma noite, quando seu marido apareceu, ela lhe contou sua angústia e, afinal, conseguiu dele um consentimento relutante para que suas irmãs pudessem visitá-la.

Assim, chamando Zéfiro, transmitiu-lhe as ordens do marido e este, rápido e obediente, foi logo buscar as irmãs do outro lado da montanha e as levou ao vale de Psiquê. Elas a abraçaram e Psiquê retribuiu o carinho. "Venham", disse Psiquê, "entrem em minha casa e refresquem-se com o que esta sua irmã tem para lhes oferecer". Então, conduziu-as pela mão para dentro de seu palácio dourado e submeteu-as aos cuidados de várias vozes de criados. Elas se refrescaram em banhos, ocuparam sua mesa e Psiquê apresentou a elas todos os seus tesouros. A visão desses encantos celestiais causou inveja nos corações das irmãs, pois viram Psiquê, a irmã mais nova, possuidora de tantos bens e esplendor; muito mais do que elas possuíam.

Fizeram-lhe inúmeras perguntas, entre elas que tipo de pessoa era seu marido. Psiquê respondeu dizendo que ele era um jovem belo que, em geral, passava os dias caçando nas montanhas. As irmãs, não satisfeitas com a resposta, logo a fizeram confessar que nunca o tinha visto. E continuaram enchendo seu coração com suspeitas lúgubres. "Lembre-se", disseram, "de que o oráculo pitiano declarou que você estava destinada a se casar com um monstro medonho e enorme. Os habitantes deste vale dizem que seu marido é uma serpente terrível e monstruosa que acalenta durante um tempo com delicadezas, mas que pode devorá-la aos poucos. Ouça nosso conselho. Arme-se com uma lamparina e uma faca afiada. Esconda-as em um local que seu marido não descubra e, quando ele estiver adormecido, saia da cama, pegue a lamparina e veja por si mesma se o que eles dizem é verdade. Se for, não hesite e corte a cabeça do monstro e assim recuperará sua liberdade".

Psiquê resistiu às persuasões das irmãs o máximo que pode, mas elas não deixaram de fazer efeito em sua mente; e quando suas irmãs partiram, as palavras e a curiosidade que deixaram eram muito fortes para Psiquê resistir. Por isso, ela preparou uma lamparina e uma faca afiada e escondeu-as do marido. Quando ele caiu no primeiro sono, Psiquê se levantou em silêncio, pegou a lamparina e viu não um monstro horrível, e sim o mais belo e charmoso dos deuses, com cachos dourados caindo-lhe pelo pescoço alvo, bochechas rosadas e duas asas orvalhadas nos ombros, mais brancas que a neve e com plumas reluzentes como as jovens flores da primavera. Ao aproximar a lamparina para ter uma visão melhor, uma gota de óleo caiu no ombro do deus que, alarmado, abriu os olhos fixando-os nela; então, sem pronunciar uma palavra, ele abriu suas asas brancas e voou pela janela. Psiquê, tentando em vão segui-lo, caiu pela janela. Cupido, ao vê-la no chão, parou no ar por um instante e disse: "Ó tola Psiquê, é assim que você retribui meu amor? Depois de desobedecer às ordens de minha mãe e fazer de você minha esposa, acha que eu seria um monstro e cortaria minha cabeça? Vá, retorne para suas irmãs, cujo conselho você preferiu ao meu. Meu único castigo será deixá-la para sempre. O amor não pode conviver com suspeitas". Assim dizendo, Cupido voou, deixando a pobre Psiquê prostrada no chão, enchendo o local com lamentos pesarosos.

Quando recobrou um pouco sua compostura, Psiquê olhou em volta, mas o palácio e seus jardins haviam desaparecido. Ela se viu em um campo aberto não longe da cidade onde viviam suas irmãs. Dirigiu-se para lá e lhes contou toda a história de seu infortúnio. Fingindo-se pesarosas, aquelas criaturas rancorosas ficaram felizes por dentro. "Agora", disseram, "talvez ele escolha uma de nós". Com essa ideia e sem dizer uma palavra sobre suas intenções, todas se levantaram cedo na manhã seguinte e subiram a montanha. Ao chegar ao topo, invocaram Zéfiro para recebê-las e conduzi-las ao seu senhor. Em seguida, saltaram, mas não foram sustentadas por Zéfiro e caíram no precipício, despedaçando-se.

Enquanto isso, Psiquê vagava dia e noite, sem alimento ou repouso, em busca de seu marido. Ao avistar em uma montanha altiva um templo magnífico, suspirou e disse a si mesma: "Talvez meu amor e senhor viva ali", e dirigiu-se para o local.

Mal adentrou, e viu pilhas de milho, alguns em espigas e outros em feixes misturados com espigas de cevada. Havia ancinhos e foices espalhados pelo chão e todos os instrumentos para plantação, desordenados, como se tivessem sido atirados pelas exaustas mãos do ceifeiro nas horas mais quentes do dia.

Psiquê pôs fim a essa confusão inconveniente separando e colocando tudo em seu devido lugar, acreditando que não deveria negligenciar nenhum dos deuses, e sim empenhar-se em sua piedade para envolver a todos eles em sua causa. A santa Ceres, proprietária daquele templo, ao vê-la aplicada de forma tão diligente, disse: "Ó Psiquê, realmente digna de nossa piedade; embora eu não possa protegê-la da ira de Vênus, posso ensiná-la como aliviar seu desagrado. Então vá e se entregue de forma voluntária à sua senhora e soberana; tente, com modéstia e submissão, conquistar seu perdão e, quem sabe, com o auxílio dela você consiga seu marido de volta".

Psiquê obedeceu aos comandos de Ceres e encaminhou-se para o templo de Vênus, tentando fortalecer sua mente e ruminando sobre o que deveria dizer e qual seria a forma mais oportuna de satisfazer a deusa furiosa. Ela sentia que o caso era complicado e talvez fatal.

Vênus recebeu-a com o semblante irritado. "A mais desobediente e infiel de minhas servas", disse ela, "você enfim se lembrou de que realmente tem uma senhora? Ou veio ver seu marido enfermo, ainda acamado em razão da ferida que recebeu de sua adorável esposa? Você é tão ofensiva e desagradável que a única forma de merecer seu amado será por meio de empenho e diligência. Farei um teste de suas habilidades como dona de casa". Em seguida, ordenou que Psiquê fosse ao depósito do templo, onde havia grande quantidade de trigo, cevada, painço, ervilhaca, feijão e lentilhas preparados para alimentar pombos, e disse: "Apanhe e separe todos esses grãos, coloque cada espécie em sacos separados e trate de acabar tudo antes do anoitecer". Então, Vênus partiu e deixou-a com sua tarefa.

Mas Psiquê, em uma perfeita consternação com o trabalho enorme, sentou-se estupefata e calada, sem colocar um dedo na inextricável pilha de cereais.

Enquanto estava ali sentada e desesperada, Cupido estimulou a pequena formiga, uma nativa dos campos, para que tivesse compaixão de Psiquê. A líder do formigueiro, seguida por hordas inteiras de suas súditas de seis patas, aproximou-se da pilha e com a máxima diligência apanharam grão por grão, separaram em montes e colocaram cada tipo em seu lote. Quando tudo estava feito, sumiram de vista em um instante.

Com a chegada do crepúsculo, Vênus retornou do banquete dos deuses exalando perfumes e coroada de flores. Ao ver a tarefa realizada, exclamou: "Isso não é trabalho seu, trapaceira, e sim dele, que você seduziu para a desgraça de ambos". Assim dizendo, atirou-lhe um pedaço de pão preto para a ceia e partiu.

Na manhã seguinte, Vênus mandou chamar Psiquê e lhe disse: "Veja aquele pomar longínquo que se estende às margens da água. Lá, você encontrará ovelhas pastando sem pastor, com lã brilhante como o ouro nas costas. Vá e traga-me uma amostra daquela lã preciosa de cada um dos animais".

Psiquê obedeceu e foi para a beira do rio, preparada para executar a tarefa da melhor maneira. Mas o deus do rio inspirou os juncos com murmúrios harmoniosos que pareciam dizer: "Ó donzela, testada de forma tão severa, não desafie a perigosa cheia do rio nem se aventure entre os formidáveis carneiros do outro lado, pois, enquanto estiverem sob a influência do sol nascente, ardem com uma fúria cruel para destruir mortais com seus chifres afiados ou seus dentes grosseiros. Mas, quando o sol do meio-dia deixa o gado à sombra e o espírito sereno da corrente os acalentou, você poderá, então, atravessar em segurança. Encontrará o ouro lanoso preso aos arbustos e troncos de árvores".

Assim, o compassivo deus do rio instruiu Psiquê como realizar a tarefa e, ao seguir suas instruções, ela logo retornou a Vênus com os braços cheios de lã dourada. Entretanto, não recebeu a aprovação de sua implacável senhora, que disse: "Sei muito bem que não foi por mérito próprio que você teve sucesso nessa tarefa, e ainda não estou satisfeita de que tenha capacidade para se tornar útil. Entretanto, tenho outra tarefa para você. Aqui, pegue esta caixa e siga o trajeto para as sombras infernais, dê esta caixa a Prosérpina e diga: 'Minha senhora, Vênus, deseja que envie um pouco de sua beleza a ela, pois ao cuidar de seu filho enfermo perdera um pouco de sua própria beleza'. Não se demore na incumbência, pois preciso me pintar para comparecer ao círculo dos deuses e deusas desta noite".

Psiquê estava convencida de que agora sua destruição era iminente e sentiu-se obrigada a ir com seus próprios pés diretamente ao Érebo. Por conseguinte, para não protelar o que não podia ser evitado, ela sobe ao topo de uma torre alta para se atirar de lá de cima, utilizando assim o caminho mais curto para as sombras subterrâneas. Mas uma voz da torre disse-lhe: "Por que, pobre menina desafortunada, planeja pôr fim aos seus dias de forma tão horrível? E que covardia a faz ceder neste último perigo quando nos anteriores recebeu tão milagroso apoio?". Então a voz contou-lhe como, por certa caverna, ela poderia chegar ao reino de Plutão e como evitar todos os perigos na estrada, passar por Cérbero, o cão de três cabeças, e persuadir Caronte, o barqueiro, a atravessá-la pelo rio negro e trazê-la de volta. Mas a voz acrescentou: "Quando Prosérpina lhe entregar a caixa com sua beleza, entre todas as coisas esta é a que você deverá seguir com mais atenção, nunca abra ou olhe dentro da caixa nem permita que sua curiosidade se intrometa no tesouro da beleza das deusas".

Psiquê, encorajada por esse conselho, obedeceu-o acima de tudo, e tomando cuidado viajou de forma segura ao reino de Plutão. Foi recebida no palácio de Prosérpina e, sem aceitar a cadeira delicada ou o delicioso banquete que lhe foram oferecidos, mas contentando-se com pão integral, entregou a mensagem de Vênus. Logo a caixa lhe foi entregue, fechada e repleta de artigos preciosos. Então, ela retornou pelo mesmo caminho e sentiu-se feliz por mais uma vez emergir a luz do dia.

Porém, como até agora tinha sido bem-sucedida em sua perigosa tarefa, um desejo enorme apoderou-se dela para examinar o conteúdo da caixa. "Por que", disse ela, "eu, a portadora dessa beleza divina, não poderia pegar nem um pouquinho para usar em minhas faces e parecer mais bela aos olhos do meu amado marido?". Então, abriu a caixa com cuidado, mas não encontrou beleza alguma, e sim um sono infernal e verdadeiramente estigiano que, livre de sua prisão, tomou conta dela, e Psiquê caiu no meio da estrada como um cadáver sonolento, sem sentido ou movimento.

Mas Cupido, agora recuperado do ferimento e incapaz de suportar a ausência de sua amada Psiquê, deslizando pela menor rachadura da janela de seu aposento, que por acaso estava aberta, voou para o local onde jazia Psiquê. Ele recolheu o sono de seu corpo, fechou-o de volta na caixa e despertou-a com um leve toque de uma de suas flechas. "Outra vez", disse ele, "você quase pereceu pela mesma curiosidade. Mas desta vez cumpra a tarefa imposta por minha mãe, e eu cuidarei do resto".

Então Cupido, tão rápido quanto um raio penetrando o cume do céu, apresentou-se diante de Júpiter com sua súplica. Este ouviu com atenção e advogou a causa dos amantes de forma tão sincera a Vênus que acabou por conquistar seu consentimento. Em seguida, ele mandou Mercúrio trazer Psiquê à assembleia celestial e, quando chegou, ofereceu-lhe uma taça de ambrosia dizendo: "Beba, Psiquê, e torne-se imortal. Cupido jamais romperá o nó no qual se atou, e essas núpcias serão perpétuas".

Assim, Psiquê finalmente uniu-se a Cupido e no tempo devido tiveram uma filha cujo nome era Prazer.

Em geral, a fábula de Cupido e Psiquê é considerada alegórica. O nome grego para *borboleta* é Psiquê, e a mesma palavra significa *alma*. Não há ilustração da imortalidade da alma que seja tão bela e impressionante quanto uma borboleta irrompendo em asas cintilantes da tumba na qual jazia, após ter uma existência enfadonha e rastejante como lagarta. Ela flutua no brilho do dia e se alimenta das criações mais perfumadas e delicadas da primavera. Psiquê, então, adquire a alma humana que é purificada com sofrimentos e desventuras, estando assim preparada para apreciar a pura e verdadeira felicidade.

Em obras de arte, Psiquê é representada como uma donzela com asas de borboleta ao lado de Cupido nas diferentes situações descritas na alegoria.

Milton faz uma alusão à história de Cupido e Psiquê na conclusão de seu "Comus":

"Celestial Cupido, seu famoso filho, avançou,
Segura sua doce e querida Psiquê, extasiada
Após errar e trabalhar durante tanto tempo,

Até que o consentimento entre os deuses
Faz dela sua eterna noiva;
E de belo e imaculado lado
Nascerão gêmeos bem aventurados,
Juventude e Alegria; assim jurou Jove."

A alegoria da história de Cupido e Psiquê é bem apresentada nos belos versos de T. K. Harvey:

"Teceram belas fábulas em tempos remotos,
Quando a razão pediu emprestadas asas coloridas à imaginação;
Quando o rio cristalino da verdade fluiu sobre a areia dourada,
E cantou suas criações grandes e místicas!
E tal era seu doce e solene conto
O coração peregrino a quem um sonho foi oferecido,
Que a levou pelo mundo – veneradora do Amor –
Para buscar na terra por ele cuja morada eram os céus!

Na cidade populosa – perto da fonte visitada –
No turvo arabesco da gruta,
Em meio a templos de pinheiros no monte enluarado,
Onde o silêncio senta-se para ouvir as estrelas;
Na clareira profunda onde vive a pomba taciturna,
No vale variegado, e no ar perfumado,
Ela ouviu ecos distantes da voz do Amor,
E encontrou suas pegadas em toda a parte.

Mas nunca mais eles se encontraram! Desde que dúvidas e medos,
Essas formas fantasmagóricas que assombram e flagelam a Terra,
Vieram com ela, filha do pecado e lágrimas,
E o espírito reluzente de origem imortal;
Até que sua alma lastimosa e olhos lacrimejantes
Aprenderam a buscá-lo apenas nos céus;
Até que asas ao coração exaurido foram concedidas,
E ela tornou-se a noiva angelical do Amor no céu!"

A história de Cupido e Psiquê surgiu pela primeira vez nas obras de Apuleio, escritor do segundo século de nossa era. Trata-se, portanto, de uma lenda muito mais recente do que as outras da Era das Fábulas. É da seguinte forma que Keats faz sua alusão à história em sua "Ode a Psiquê":

"Oh mais bela e recém-nascida das visões
De todos da esmaecida hierarquia do Olimpo!
Mais bela que a estrela de Febo da região de safira
Ou Vésper, o amoroso vagalume do céu;
Mais bela do que estes, embora não possua seu templo,
Nem altar coberto de flores;
Nem coro de virgens para entoar deliciosos lamentos
Em horas tardias;
Sem voz, alaúde, flauta ou incenso doce,
Do turíbulo fumegante balançado por correntes;
Sem santuário, pomar, oráculo ou ardor
Do sonho de algum profeta de lábios pálidos."

Em "Festa de Verão", Moore descreve um baile sofisticado no qual um dos personagens é Psiquê:

"... hoje, nem com disfarce sombrio
Nossa jovem heroína dissimulou sua luz;
Pois veja, ela caminha pela Terra, a amada do Amor.
 Sua noiva, por voto sagrado
Jurado no Olimpo e anunciados
Aos mortais por esse símbolo que agora
Está pendurado em sua fronte alva,
Aquela borboleta, adorno misterioso,
Que representa a alma (embora poucos acreditem)
E assim reluzindo em face tão branca
Diz-nos que temos Psiquê aqui, esta noite."

CAPÍTULO XII

CADMO - OS MIRMIDÕES

Júpiter, disfarçado de touro, raptou Europa, filha de Agenor, rei da Fenícia. Agenor enviou seu filho Cadmo em busca da irmã, com a ordem de que não voltasse sem ela. Cadmo partiu e procurou por muito tempo em um lugar longínquo pela irmã, mas não conseguia encontrá-la e, sem se atrever a retornar malsucedido, consultou o oráculo de Apolo para saber em que país poderia se instalar. O oráculo informou-o de que deveria encontrar uma vaca no campo e segui-la por onde quer que fosse e, onde ela parasse, ele deveria construir uma cidade e chamá-la Tebas. Cadmo mal deixara a caverna na Castália, onde recebeu o oráculo, quando avistou uma jovem vaca caminhando de forma vagarosa à sua frente. Seguiu-a de perto, oferecendo ao mesmo tempo orações a Febo. A vaca continuou até passar o raso canal de Céfiso e sair na planície de Panope. Ali, ela parou, ergueu a larga testa para o céu e encheu o ar com seus mugidos. Cadmo agradeceu e, inclinando-se, beijou o solo estrangeiro, ergueu os olhos e saudou as montanhas vizinhas. Desejando oferecer um sacrifício a Júpiter, enviou seus servos em busca de água pura para a libação. Perto, havia um antigo pomar que nunca fora profanado pelo machado, no centro do qual ficava uma caverna coberta por espessos arbustos cujo teto formava uma abóbada baixa; abaixo dela irrompia uma fonte com a mais pura água. Na caverna, vivia uma serpente horrenda com uma crista e escamas brilhantes como ouro. Seus olhos reluziam como fogo, o corpo inchado de veneno, ela vibrava uma língua tripla mostrando três fileiras de dentes. Assim que os tírios mergulharam seus jarros na fonte e a água jorrou para dentro fazendo um ruído, a serpente reluzente esticou a cabeça para fora da caverna e emitiu um sibilo assustador. As vasilhas caíram-lhe das mãos, o sangue deixou suas faces e eles tremiam por todo o corpo. A serpente, torcendo seu corpo escamoso em uma gigante espiral, ergueu a cabeça para ultrapassar as mais altas árvores. Como os tírios, aterrorizados, não podiam fugir nem voar, ela assassinou alguns com suas presas, outros com seu enlace e outros com sua respiração venenosa.

 Cadmo, depois de esperar até o meio-dia pelo retorno dos homens, foi em busca deles. Vestia uma pele de leão e, além dos dardos, levava na mão uma lança e, no peito, um coração audacioso; a convicção mais forte de todas. Quando penetrou na floresta e viu os corpos sem vida dos homens e o monstro com as mandíbulas cheias de sangue, exclamou: "Oh amigos fiéis, vingarei vocês ou partilharei sua morte". Assim dizendo, Cadmo ergueu uma pedra enorme e lançou-a com toda a sua força contra a serpente. Tal bloco teria abalado as paredes de uma fortaleza, mas não surtiu o menor efeito no monstro. Em seguida, Cadmo lançou seu dardo, que teve mais sucesso, pois penetrou as escamas da serpente, perfurando suas entranhas. Feroz com a dor, o monstro olhou para trás para observar a ferida e tentou arrancar a arma com a boca, mas partiu-a, deixando a ponta de ferro encravada na carne. Seu pescoço avolumou-se de raiva, uma espuma sanguinolenta cobriu as mandíbulas e a respiração das narinas envenenou o ar ao redor. A serpente se contorceu em um círculo, esticando-se em seguida no chão como o tronco de uma árvore caída. Quando o réptil se aproximou, Cadmo recuou, levantando sua lança contra as mandíbulas abertas do monstro. A serpente tentou abocanhar e morder sua ponta de ferro. Afinal, Cadmo viu sua oportunidade e arremessou a lança no momento em que a cabeça do animal se voltou para trás, contra o tronco de uma árvore, e conseguiu prendê-la de lado. Seu peso curvou a árvore enquanto se debatia nas agonias da morte.

 Enquanto Cadmo avaliava o inimigo conquistado, contemplando seu enorme tamanho, ouviu uma voz (de onde vinha ele não sabia, mas ouviu-a de forma distinta) ordenando que arrancasse os dentes do dragão e os plantasse. Ele obedeceu, cavou um sulco na terra e plantou os dentes destinados a produzir uma safra de homens. Mal terminou a tarefa quando os torrões começaram a mover-se e as pontas das lanças surgiram na superfície. Em seguida, capacetes com plumas balançando apareceram, depois os ombros, peitos e membros dos homens armados e, no devido tempo, uma colheita de guerreiros armados. Cadmo, alarmado, preparou-se para enfrentar o inimigo, mas um deles lhe disse: "Não se intrometa em nossa guerra civil". Ao proferir essas palavras, o homem golpeou um de seus compatriotas com uma espada, sendo ele mesmo atingido pela flecha de outro. Este último foi vítima de um quarto homem, e dessa maneira toda a multidão lutou até todos caírem assassinados por feridas mútuas; com a exceção de cinco sobreviventes. Um deles desprezou as armas e disse: "Irmãos, vivamos em paz!". Os cinco juntaram-se a Cadmo e construíram a cidade, à qual deram o nome de Tebas.

Cadmo contraiu matrimônio com Harmonia, filha de Vênus. Os deuses saíram do Olimpo para honrar a ocasião com sua presença, e Vulcano ofereceu à noiva um colar de esplendor insuperável, trabalho de suas próprias mãos. Mas uma fatalidade pendia sobre a família de Cadmo, por ele ter assassinado a serpente sagrada de Marte. Sêmele e Ino, suas filhas, e Acteon e Penteu, seus netos, pereceram de forma infeliz; Cadmo e Harmonia abandonaram Tebas, que passaram a odiar, emigrando para o país dos enquelianos, que os receberam com honrarias, tornando Cadmo seu rei. Mas a fatalidade de seus filhos ainda pesava em suas mentes e, um dia, Cadmo exclamou: "Se a vida de uma serpente é tão importante para os deuses, também eu desejo ser uma delas". Mal acabara de proferir essas palavras, Cadmo começou a mudar de forma. Harmonia viu e suplicou aos deuses para que pudesse partilhar o destino do marido. Ambos se tornaram serpentes, vivem nas florestas conscientes de sua origem, não evitam a presença do homem nem ferem nenhum.

Há uma tradição na Grécia de que Cadmo introduziu as letras do alfabeto que foram inventadas pelos fenícios. Byron faz uma alusão a isso em um trecho onde, dirigindo-se aos gregos modernos, diz:

"Vocês possuem as letras concedidas por Cadmo,
Acham que ele as pensou para um escravo?"

Milton, descrevendo a serpente que seduziu Eva, lembra-se das serpentes das histórias clássicas e diz:

"...Sua forma era agradável,
E adorável, mais do que qualquer outra serpente;
Não aquelas que na Ilíria transformaram Hermíone e Cadmo,
Nem o deus de Epidauro."

Para explicação sobre a última alusão, veja Epidauro.

OS MIRMIDÕES

Os mirmidões eram os soldados de Aquiles na Guerra de Troia. Por causa deles, todos os seguidores zelosos e inescrupulosos de um chefe político recebem esse nome, até os dias de hoje. Mas a origem dos mirmidões não passa a ideia de uma raça violenta e cruel, e sim de um povo trabalhador e pacífico.

Céfalo, rei de Atenas, chegou à Ilha de Egina em busca de ajuda de seu velho amigo e aliado, o rei Éaco, para a guerra com Minos, rei de Creta. Céfalo foi cordialmente recebido e o auxílio desejado foi logo oferecido. "Tenho pessoas o suficiente", disse Éaco, "para me proteger e ainda oferecer a força que você precisa". "Alegro-me em vê-lo", retorquiu Céfalo, "e confesso que fiquei maravilhado ao ver tantos jovens à minha volta. Todos aparentam a mesma idade, no entanto há muitos indivíduos que eu já conhecia, e agora procuro em vão. O que aconteceu com eles?". Éaco suspirou e respondeu com voz pesarosa: "Tencionava contar-lhe e o farei agora, sem demoras, para que veja como de um início triste pode surgir um final feliz. Aqueles que você conhecia agora são pó e cinzas! Uma praga enviada pela cruel Juno devastou o país. Ela o odiava porque tinha o mesmo nome de uma das mulheres favoritas de seu marido. Enquanto a doença parecia surgir de causas naturais, resistimos da melhor forma possível com remédios naturais, mas logo descobrimos que a praga era muito poderosa para nossos esforços e sucumbimos. No início, o céu parecia sossegado sobre a Terra, e as nuvens pesadas ficavam confinadas pelo ar aquecido. Durante quatro meses um vento mortal vindo do Sul prevaleceu. A desordem afetou os poços e as nascentes; milhares de serpentes arrastaram-se pelo país, espalhando seu veneno pelas fontes. A força da doença atingiu, primeiro, os animais inferiores – cães, gado, ovelhas e pássaros. O fazendeiro sem sorte assombrava-se ao ver os bois desfalecerem no meio do trabalho, indefesos no sulco inacabado. A lã caía dos carneiros queixosos e seus corpos se consumiam. O cavalo, outrora na dianteira da corrida, já não disputava a palma, mas gemia no estábulo e morria de forma inglória. O javali selvagem esquecera sua ira; o cervo, sua rapidez; os ursos não atacavam mais os rebanhos. Tudo definhava. Cadáveres jaziam nas estradas, nos campos e nas florestas, envenenando o ar. Digo-lhe o que parece pouco crível, mas nem cães ou pássaros tocavam neles, nem os lobos famintos. Sua putrefação espalhou a infecção. Em seguida, a doença atacou os camponeses, e então os moradores da cidade. De início, as faces ficavam ruborizadas e a respiração difícil. A língua ficava áspera e inchada, e a boca seca ficava aberta com as veias dilatadas, ofegante. Os homens não conseguiam suportar o calor das roupas ou da cama, preferiam deitar-se no chão. E o chão não os refrescava, ao contrário, eles esquentavam o local onde deitavam. Os médicos também não podiam ajudar, pois eles também foram atacados pela enfermidade, e o contato com os doentes passava-lhes a infecção. Assim, os mais leais foram as primeiras vítimas. Por fim, toda esperança de auxílio desapareceu e os homens passaram a olhar para a morte como a única libertação da doença. Então, os homens cederam a todas as inclinações e não se importavam em perguntar o que era aconselhável, pois nada era. Toda contenção fora colocada de lado, eles se arrastavam em volta dos poços e fontes e bebiam até morrer, sem saciar a sede. Muitos nem tinham força para se afastar da água e morriam no meio do rio e, no entanto, outros continuavam a beber. Tamanho era o enfado de ficarem deitados doentes em suas camas que alguns se arrastavam, caso não tivessem força para andar, e morriam no chão. Pareciam odiar os amigos e saíam de suas casas como se, não sabendo a causa de sua doença, fosse culpa do lugar onde moravam. Alguns foram vistos cambaleando pela estrada enquanto conseguiam ficar de pé, e outros caíam ao chão e viravam os olhos moribundos ao redor para uma última olhada, fechando-os em seguida, mortos.

"Que alento me sobrou, ou o que poderia fazer, exceto odiar a vida e desejar ficar com meus súditos mortos? Meu povo jazia por todo o lado espalhado como maçãs apodrecidas debaixo da árvore ou como bolotas debaixo do carvalho abalado pela tempestade. Veja ao longe um templo bem alto. É consagrado a Júpiter. Oh, quantos rezavam ali, maridos pelas esposas, pais pelos filhos, e morreram bem no ato da súplica! Com que frequência, enquanto o sacerdote se preparava para o sacrifício, a vítima desfalecia aniquilada pela doença sem aguardar pelo golpe fatal! Com o tempo, toda a reverência pelas coisas sagradas se dissipou. Corpos eram descartados sem sepultamento, faltava lenha para as piras funerárias e os homens brigavam entre si por ela. Por fim, não sobrou ninguém para lamentar os mortos; filhos e maridos, velhos e jovens pereceram da mesma forma, sem pranto.

 Diante do altar, ergui os olhos para o céu. 'Oh Júpiter', disse eu, 'se você é realmente meu pai e não se envergonha de seus descendentes, devolva-me meu povo ou leve-me também!'. Após essas palavras, ouviu-se um trovão. 'Aceito o presságio', gritei; 'Oh, que ele seja um sinal de boa disposição para comigo!'. Por acaso, havia no mesmo lugar onde eu estava um carvalho com galhos frondosos, sagrado para Júpiter. Observei um exército de formigas ocupadas em sua labuta, transportando grãos insignificantes com a boca e seguindo umas às outras em uma fila que subia pelo tronco da árvore. Verificando a quantidade delas com admiração, disse: 'Dê-me, ó pai, cidadãos tão numerosos quanto estes e reabasteça minha cidade vazia'. A árvore balançou, farfalhando os galhos, sem nenhum vento para agitá-las. Tremi pelo corpo todo, no entanto beijei o solo e a árvore. Não confessaria a mim mesmo que tive esperança, pois tive. A noite veio e o sono tomou conta de meu corpo oprimido pelas preocupações. A árvore surgiu em meus sonhos, com inúmeros galhos, todos cobertos por criaturas vivas que se mexiam. Ela parecia mover os ramos e atirar para o chão uma multidão desses animais laboriosos que juntavam grãos e pareciam crescer e ficar cada vez maiores, até ficarem eretos, deixar de lado suas pernas supérfluas e sua cor negra e, por fim, assumir a forma humana. Então eu despertei e meu primeiro impulso foi repreender os deuses que me privaram de uma visão doce e não me proporcionaram outra realidade em seu lugar. Ainda no templo, minha atenção voltou-se para o som de muitas vozes; um som até pouco tempo incomum aos meus ouvidos. Enquanto pensava que ainda sonhava, meu filho Télamo escancarou os portões do templo exclamando: 'Pai, aproxime-se e veja coisas que ultrapassam até mesmo suas esperanças!'. Avancei e vi uma multidão de homens como a que vira em meu sonho. Eles passsavam em procissão, da mesma maneira. Enquanto olhava fascinado e encantado, eles aproximaram e ajoelharam, saudando-me como seu rei. Prestei meus votos a Jove e comecei a destinar a cidade vazia à raça recém-nascida e distribuir os campos entre eles. Chamei-os mirmidões, por causa da formiga (myrmex) da qual eles descendem. Você já viu essas pessoas; suas compleições são semelhantes àquelas que tinham em sua forma original. São uma raça diligente e trabalhadora, ansiosa por ganhar e apegada aos seus lucros. Dentre eles, você poderá recrutar a força que necessita. Eles o seguirão para a guerra, são jovens e audaciosos".

A descrição dessa peste é copiada por Ovídio dos relatos que Tucídides, o historiador grego, fornece sobre a epidemia de Atenas. O historiador baseou-se na vida, e todos os poetas e escritores de ficção, desde esse dia, quando têm a ocasião de descrever cena semelhante, pegam emprestado seus pormenores.

CAPÍTULO XIII

NISO E CILA - ECO E NARCISO - CLÍCIE - HERO E LEANDRO

NISO E CILA

Minos, rei de Creta, declarou guerra a Mégara. Niso era o rei de Mégara, e Cila era sua filha. O cerco durou seis meses e a cidade ainda resistia, pois o destino determinou que ela não deveria ser tomada enquanto um cacho púrpura, que brilhava entre os cabelos do rei Niso, permanecesse em sua cabeça. Havia uma torre nos muros da cidade voltada para a planície onde Minos e seu exército estavam acampados. Cila costumava dirigir-se a essa torre e avistou as barracas do exército hostil. O cerco durou tanto tempo que ela aprendera a distinguir os soldados dos líderes. Minos, em particular, provocava sua admiração. Trajando capacete e portando seu escudo, ela admirava seu comportamento elegante: se lançasse o dardo, a habilidade parecia combinada com a força no momento do disparo; se puxasse o arco, o próprio Apolo não o teria feito de forma mais graciosa. Mas, quando tirava o capacete e em suas vestes púpuras montava o cavalo branco com um jaez vistoso e rédeas em sua boca espumante, a filha de Niso mal era dona de si mesma. Ficava quase frenética de admiração. Ela invejava a arma que ele pegava, as rédeas que segurava. Sentia como se pudesse, se fosse possível, ir até ele pelas linhas hostis. Sentia um impulso de se atirar da torre no meio de seu campo, ou abrir os portões para ele, ou fazer qualquer coisa para que Minos ficasse grato. Sentada na torre, dizia a si mesma: "Não sei se devo alegrar-me ou sofrer com essa guerra triste. Sofro por Minos ser nosso inimigo, mas alegro-me com qualquer motivo que o traga diante de meus olhos. Talvez ele esteja disposto a nos conceder a paz e tomar-me como refém. Voaria até lá, se pudesse, pousaria em seu campo e diria que nos rendemos à sua misericórdia. Mas assim trairia meu pai! Não! Melhor nunca mais ver Minos. E, no entanto, às vezes, o melhor para uma cidade é ser conquistada, quando o conquistador é clemente e generoso. Com certeza, Minos tem a justiça ao seu lado. Acho que devemos ser conquistados; e, caso isso seja o fim de tudo, por que não deveria o amor abrir as cancelas para ele, em vez de permitir que isso seja feito por meio da guerra? Melhor poupar tempo e matança, se pudermos. Ai, se alguém ferir ou matar Minos! Com certeza, ninguém teria coragem de fazê-lo; no entanto, de forma ignorante, sem conhecê-lo, poderia acontecer. Sim, sim, eu me renderei a ele e meu país será o dote, colocando fim à guerra. Mas como? Os portões são vigiados e meu pai guarda as chaves. Ele está em meu caminho. Ai, se os deuses quisessem levá-lo! Mas por que pedir aos deuses que o façam? Outra mulher que ama como eu removeria com suas próprias mãos qualquer coisa que se pusesse no caminho que conduz ao seu amor. E pode outra mulher se atrever mais que eu? Desafio fogo e espada para alcançar meu objetivo; mas nesse caso não há necessidade de fogo e espada. Preciso apenas do cacho púrpura de meu pai. Para mim mais precioso do que ouro, porém me dará tudo que desejo".

Enquanto assim argumentava, veio a noite e logo todo o palácio estava coberto pelo sono. Ela entrou nos aposentos do pai e cortou o cacho fatal. Em seguida, atravessou a cidade e entrou no campo do inimigo. Exigiu ser levada ao rei e assim se dirigiu a ele: "Sou Cila, filha de Niso. Entrego a você meu país e a casa de meu pai. Não peço recompensa além de você. Por amá-lo, faço isso. Veja aqui o cacho púrpura! Com isso, entrego-lhe meu pai e seu reino". Ela estendeu a mão que continha o espólio fatal. Minos afastou-se e recusou a tocá-lo. "Os deuses a destruirão, mulher infame", ele exclamou. "Desgraça do nosso tempo! Que nem a Terra nem o mar lhe concedam um local de descanso! Com certeza, minha Creta, onde o próprio Jove foi embalado, não deverá ser contaminada por tal monstro!" Assim ele disse, e deu ordens para que termos justos fossem concedidos à cidade conquistada, e que a frota deveria zarpar da ilha de imediato.

Cila ficou desvairada. "Homem ingrato", exclamou, "é assim que me deixa? Eu que lhe concedi a vitória, sacrifiquei meu pai e meu país por você! Sou culpada, confesso, e mereço morrer, mas não por suas mãos". Conforme os navios deixavam a costa, Cila atirou-se na água e agarrou o timão daquele que transportava Minos e foi levada como companheira indesejada durante a viagem. Uma águia marinha voava a grande altura – era seu pai que tomara aquela forma – e, ao vê-la, lançou-se sobre ela e atacou-a com bico e garras. Em terror, ela largou o navio e teria caído na água, mas alguma divindade piedosa a transformou em um pássaro. A águia marinha ainda nutre a antiga animosidade e, sempre que ela espia Cila em seu voo, você pode vê-la lançar-se contra ela com bico e garras para se vingar do crime antigo.

ECO E NARCISO

Eco era uma bela ninfa. Apreciadora das florestas e montanhas, onde se dedicava a esportes silvestres. Era favorita de Diana e a acompanhava na caça. Entretanto, Eco tinha um defeito: gostava de falar e, fosse em conversas ou discussões, gostava de ter a última palavra. Um dia, Juno procurava pelo marido, que, ela tinha motivos de receio, estava se divertindo com as ninfas. Eco, com sua conversa, conseguiu deter a deusa até as ninfas escaparem. Quando Juno descobriu, emitiu uma sentença para Eco com as seguintes palavras: "Você perderá o uso desta língua com a qual me enganou; ela só servirá para o propósito que você tanto aprecia – *responder*. Ainda terá a última palavra, mas nenhum poder para falar primeiro".

Essa ninfa viu Narciso, um belo rapaz, quando este perseguia a caça nas montanhas. Apaixonou-se e seguiu seus passos. Oh, como desejou dirigir-se a ele com a mais suave das vozes e conquistá-lo pela conversa! Mas não tinha esse poder. Esperou, de forma impaciente, que ele falasse primeiro, e tinha as respostas prontas. Um dia, o jovem estava distante de seus companheiros e gritou: "Quem está aí?". Eco respondeu: "Aí". Narciso olhou em volta e, sem ver ninguém gritou: "Venha". Eco respondeu: "Venha". Como ninguém veio, Narciso gritou outra vez: "Por que você me evita?". Eco fez a mesma pergunta. "Vamos nos encontrar", disse Narciso. A donzela respondeu com todo o seu coração com as mesmas palavras e correu para o local, pronta para lançar os braços em volta do pescoço do rapaz. Ele recuou exclamando: "Não me encoste! Prefiro morrer a me entregar a você!". Eco disse: "Possua-me"; mas foi tudo em vão. Ele a deixou e ela foi esconder sua vergonha no interior da floresta. Desde então, Eco vive em cavernas e entre despenhadeiros. Sua forma esmaeceu-se com a mágoa até que, por fim, toda a sua carne desapareceu. Seus ossos transformaram-se em rochas e não sobrou nada dela além da voz. Ela ainda é capaz de responder a qualquer um que a chame e mantém seu antigo hábito de ter a última palavra.

Esta não foi a única vez em que Narciso mostrou sua crueldade. Ele repudiou todas as outras ninfas, como fizera com a pobre Eco. Um dia, uma donzela que tentara em vão atraí-lo pronunciou uma oração em que ele poderia, vez ou outra, sentir o que era o amor sem ter a retribuição de seu carinho. A deusa vingadora a ouviu e concedeu-lhe a graça.

Havia uma fonte clara, com água que parecia prata, aonde os pastores nunca levavam seus rebanhos nem as cabras de montanha utilizavam, assim como nenhum animal da floresta. Nem era alterada por folhas ou ramos caídos, mas em volta dela a relva crescia fresca e as rochas a protegiam do sol. Um dia, o jovem Narciso, cansado da caça, com calor e sede, para lá se dirigiu. Agachou-se para beber a água e viu sua própria imagem nela. Acreditou ser algum belo espírito aquático que vivia na fonte. Admirou aqueles olhos brilhantes, cachos como os de Baco ou Apolo, as bochechas redondas, o pescoço de marfim, os lábios entreabertos e o brilho saudável do exercício por todo ele. Apaixonou-se por si mesmo. Aproximou os lábios para dar um beijo, mergulhou os braços para envolver o objeto amado. A imagem fugiu ao toque, mas retornou após um instante e renovou a fascinação. Ele não conseguia se afastar. Não pensou mais em comida ou descanso enquanto rodeava a beira da fonte, fitando sua própria imagem. Narciso falou com o suposto espírito: "Por que, ser belo, você me evita? Decerto meu rosto não o deve repelir. As ninfas me amam e você também não me é indiferente. Quando estendo os braços, você faz o mesmo. Você sorri para mim e responde aos meus acenos". Suas lágrimas caíram na água e agitaram a imagem. Quando a viu partir, Narciso exclamou: "Fique, eu suplico! Deixe-me ao menos fitá-lo, já que não posso tocá-lo". Com esse pedido e muitos outros, ele nutriu a chama que o consumia e, aos poucos, perdeu a cor, seu vigor e a beleza que outrora tanto encantaram a ninfa Eco. Contudo, ela se manteve próxima a ele, que exclamou: "Ai, ai!". Ela respondeu-lhe com as mesmas palavras. Ele enfraqueceu e morreu; e, quando sua sombra passou pelo Rio Estige, Narciso debruçou-se no barco para olhar a si mesmo nas águas. As ninfas o lamentaram, em especial as ninfas aquáticas. E, quando golpearam o peito, Eco fez o mesmo. Prepararam uma pira funerária e teriam cremado o corpo, mas ele não foi encontrado. Em seu lugar, uma flor púrpura por dentro e rodeada de folhas brancas que carregam o nome e preservam a memória de Narciso.

Milton faz uma alusão à história de Eco e Narciso na canção da Dama em "Comus". Ela procura os irmãos na floresta e canta para atrair sua atenção:

"Doce Eco, dulcíssima ninfa, que vives oculta
Na concha etérea
Na margem suave e verde do Meandro,
E no vale coberto de violetas,
Onde o rouxinol perdido de amor
Todas as noites te lamenta com sua triste canção;
Nada podes me dizer de um casal amável
Bem parecido com o teu Narciso?
Ou se por acaso
Os escondeste em alguma gruta florida,
Só me dize onde,
Doce rainha da fala, filha da esfera
Para que sejas transportada para os céus
E ressoas graças a todas as harmonias celestes."

Milton imitou a história de Narciso no relato em que faz Eva observar, pela primeira vez, seu reflexo na fonte:

"Muitas vezes me lembro daquele dia quando do sono
Despertei e vi-me repousando
Sob uma sombra, e flores, refletindo onde estaria e
Quem eu era, por que fui ali parar e como.
Não muito distante dali um murmúrio soou

Das águas de uma gruta e espalhou-se
Em uma planície líquida, e ficou imóvel
Pura como a amplidão celeste; segui
Com pensamento inexperiente, e deitei-me
Na margem verdejante para olhar no límpido
E calmo lago que para mim parecia outro firmamento.
Ao inclinar-me para olhar, do outro lado
Uma forma surgiu de dentro do brilho aquoso,
Debruçando-se para me observar. Recuei;
Ela recuou; mas contente logo retornei,
Alegre ela retornou com olhar retrucador
De simpatia e amor. Ali teria meus olhos
Fixos até agora, e definharia por vão desejo,
Não fosse uma voz me alertar: "O que você vê,
O que vê ali, bela criatura, é você mesma."
"Paraíso Perdido", Livro IV

Nenhuma das fábulas da Antiguidade é mencionada com tanta frequência pelos poetas como a de Narciso. Seguem dois epigramas que a tratam de formas distintas. O primeiro é de Goldsmith:

"SOBRE UM BELO JOVEM QUE FICOU CEGO POR UM RAIO"

"Por certo foi obra da Providência,
Mais por piedade que por ódio,
Que ele fosse como Cupido tornado cego,
Para se salvar do destino de Narciso."

Este é de Cowper:

"SOBRE UM HOMEM FEIO"

"Cuidado, meu amigo, com algum riacho cristalino
Ou fonte, para que esse hediondo anzol,
Teu nariz, Por acaso não vejas;
Senão o destino de Narciso seria o teu,
E te odiarias até definhar
Assim como ele amava a si mesmo."

CLÍCIE

Clície era uma ninfa aquática apaixonada por Apolo, que não lhe correspondia. Por isso, ela definhou, sentada todo o dia no chão frio com os cabelos soltos caindo-lhe pelos ombros. Durante nove dias ela ficou sentada, sem comer e beber. Suas lágrimas e o orvalho fresco eram seu único alimento. Contemplava o sol quando se erguia e, conforme ele seguia seu curso diário até o entardecer, ela não via nada mais, seu rosto o tempo todo voltado para ele. Dizem que por fim seus membros criaram raízes no solo e seu rosto tornou-se uma flor[11] que gira seu caule para ficar sempre voltada para o sol durante seu curso diário, pois ele retém o sentimento da ninfa que lhe deu origem.

Hood, em seu poema "Flores", faz a seguinte referência a Clície:

"Não aceitarei a desatinada Clície,
Cujo rosto vira com o sol;
A tulipa é uma rainha cortês,
Que portanto evitarei;
A primavera é uma mocinha do campo,
A violeta é uma freira;
Mas cortejarei a delicada rosa,
A rainha de todas."

O girassol é o símbolo favorito da constância. Moore utiliza-o da seguinte maneira:

"O coração que amou de verdade jamais esquece,
Mas ama de maneira sincera até o fim;
Como o girassol volta para seu deus quando ele se põe
O mesmo olhar que tinha quando ele nasceu."

HERO E LEANDRO

Leandro era um jovem de Abidos, uma cidade do lado oriental do estreito que separa a Ásia da Europa. Na margem oposta, na cidade de Sestos, vivia a donzela Hero, sacerdotisa de Vênus. Leandro a amava e costumava atravessar o estreito a nado todas as noites para desfrutar da companhia da amada. Ele se guiava por uma tocha que ela pendurava na torre para esse propósito. Certa noite, formou-se uma tempestade e o zmar estava agitado, a força do rapaz falhou e ele se afogou. As ondas arrastaram seu corpo para a costa europeia, onde Hero ficou ciente de sua morte e, desesperada, atirou-se da torre para o mar e pereceu.

---

11. O girassol.

O seguinte soneto é de Keats:

SOBRE A IMAGEM DE LEANDRO

"Vinde aqui todas as jovens donzelas, sensatas,
Olhando para baixo e com uma luz fraca
Escondida nas franjas de vossas brancas pálpebras,
E com meiguice juntai as mãos,
Como se tão suave que não pudésseis ver,
Intocada, uma vítima de sua beleza reluzente,
Naufragando na noite seu jovem espírito,
Afogando-se desnorteado no mar tempestuoso
Até que o jovem Leandro, aproximando-se da morte,
Quase desfalecendo, juntou os lábios exaustos
Às faces de Hero e sorriu ao vê-la sorrir.
Ó sonho horrendo! Vede como seu corpo mergulha
Com o peso da morte; braços e ombros brilham por um tempo;
Ele partiu; bolhas saíam de sua respiração amorosa!"

A história de Leandro atravessando o Helesponto a nado era vista como fabulosa e o feito considerado impossível, até Lord Byron provar o contrário realizando ele mesmo o percurso. Na "Noiva de Abidos" ele diz:

"Estes membros que as ondas flutuantes transportaram."

A distância na parte mais estreita é de quase 1,6 quilômetro e há uma corrente constante que vem do Mar de Mármara para o Arquipélago. Desde os tempos de Byron, a proeza tem sido realizada por outros; mas ainda permanece como um teste de força e habilidade na arte da natação, capaz de proporcionar fama duradoura a qualquer um de nossos leitores que se atreva a tentar a travessia com sucesso.

No início do segundo canto do mesmo poema, Byron assim alude à história:

"Os ventos estão fortes sobre as ondas de Hele,
Como naquela noite de águas tempestuosas,
Quando o Amor, que as enviara, esqueceu-se de salvar
O jovem, o belo, o bravo,
A única esperança da filha de Sesto.
Oh, quando sozinha no céu

A tocha na torre com força ardia,
Por entre rajadas de vento e ondas violentas,
E aves marinhas gritando o aconselham a voltar;
E nuvens acima e marés abaixo,
Com sons e sinais o proíbem de partir,
Ele não podia ver, não podia ouvir
Sons ou visões que provocavam um medo agourento.
Seus olhos viam apenas a luz do amor,
A única estrela aclamada no firmamento;
Seus ouvidos ressoavam a canção de Hero,
'Ondas, não separem os amantes'.
Essa história é antiga, mas o amor renasce
Que corações jovens e bravos sejam prova dessa verdade."

CAPÍTULO XIV

MINERVA - NÍOBE

MINERVA

Minerva, deusa da sabedoria, era filha de Júpiter. Dizem que ela saiu de seu cérebro madura e trajando armadura completa. Ela presidia as artes úteis e ornamentais, tanto as masculinas – agricultura e navegação – como as femininas – fiação, tecelagem e bordado. Também era uma divindade belicosa, mas era padroeira apenas da guerra defensiva e não nutria simpatia pelo selvagem amor de Marte pela violência e pelo derramamento de sangue. Atenas era sua sede eleita, sua própria cidade concedida a ela como prêmio de uma competição com Netuno, que também desejava a cidade. Contava-se que no reino de Cécrope, o primeiro rei de Atenas, as duas divindades disputaram pela posse da cidade. Os deuses decretaram que ela deveria ser entregue àquele que produzisse o melhor legado para os mortais. Netuno ofereceu o cavalo; Minerva produziu a oliveira. Os deuses deliberaram que a oliveira seria mais útil e outorgaram a cidade à deusa. E assim a cidade recebeu seu nome, Atenas ou Atena, em grego.

Houve outra competição, na qual uma mortal se atreveu a competir com Minerva. Tratava-se de Aracne, uma donzela que desenvolvera tamanha habilidade na arte de tecer e bordar que as próprias ninfas deixavam os bosques e fontes para apreciar seu trabalho. Não era apenas belo quando estava pronto, mas também no processo de criação. Aracne pegava a lã em seu estado bruto e formava novelos, ou a separava com os dedos, e a cardava até torná-la leve e macia como uma nuvem; então, manejava o fuso com um toque hábil, ou tecia a rede, ou, em seguida, a adornava com sua agulha. Ao observá-la, parecia que a própria Minerva tinha lhe ensinado. Mas isso ela negava e não suportava a ideia de ser aluna mesmo de uma deusa. "Deixe que Minerva tente comparar sua técnica com a minha", disse ela, "se for vencida, pagarei o preço". Minerva ouviu isso e ficou descontente. Assumiu a forma de uma velha e foi oferecer um conselho amigo a Aracne. "Tenho muita experiência", disse ela, "e espero que não despreze meu conselho. Desafie suas colegas mortais da forma que quiser, mas não confronte uma deusa. Ao contrário, eu a aconselho a pedir perdão pelo que disse, e, como é misericordiosa, talvez ela a perdoe". Aracne parou a costura e olhou para a velha com raiva em seu semblante. "Guarde seu conselho", disse ela, "para suas filhas ou amas; da minha parte sei o que digo e posso provar. Não tenho medo da deusa. Deixe que ela mostre sua habilidade, caso se atreva". "Ela já vem", disse Minerva, e deixando cair seu disfarce mostrou a verdade. As ninfas curvaram-se em homenagem e todos os observadores fizeram reverências. Apenas Aracne não estava aterrorizada. Na verdade, ela corou; uma cor súbita pintou suas faces e, em seguida, ela ficou pálida. Mas parecia determinada e, com uma presunção tola só sua, precipitou seu destino. Minerva não se conteve mais nem contrapôs nenhum conselho. Seguiram para o campeonato. Cada uma toma sua posição e prende o tecido no cilindro. Em seguida, a lançadeira alongada passa entre as linhas. A palheta, com seus dentes finos, puxa a trama para seu lugar e a comprime. As duas trabalham com agilidade, suas mãos hábeis movem-se com rapidez e a emoção do campeonato torna o trabalho leve. A lã púrpura contrasta com outras cores, com tonalidades que se misturam de maneira tão engenhosa que os encaixes enganam os olhos. Como o arco-íris, cuja longa abóbada colore os céus, formada por raios de sol refletidos pela chuva,[12] nos quais, no ponto onde as cores se encontram, elas parecem uma; mas a curta distância do ponto de contato são totalmente diferentes.

Minerva bordou em sua trama a cena da disputa com Netuno. Doze poderes celestes estão representados: Júpiter, com gravidade augusta, senta-se no meio. Netuno, senhor do mar, segura seu tridente e parece ter investido contra a Terra, da qual salta um cavalo. Minerva representou a si mesma com o elmo na cabeça e a égide

---

12. A correta descrição do arco-íris é traduzida de forma literal por Ovídio.

protegendo o peito. Assim era o círculo central, e nos quatro cantos estavam representados incidentes ilustrando o desagrado dos deuses com mortais presunçosos que se atreviam a competir com eles. Isso exprimia uma advertência à sua rival para que desistisse da competição antes que fosse tarde demais.

Aracne preencheu sua trama com temas escolhidos com o propósito de revelar as falhas e erros dos deuses. Uma cena representava Leda acariciando um cisne, em cuja forma Júpiter se disfarçara; em outra, Dânae, na torre insolente em que seu pai a encerrara, mas onde o deus conseguiu entrar na forma de chuva dourada. Outra ainda mostrava Europa enganada por Júpiter disfarçado de touro. Encorajada pela mansidão do animal, Europa atreveu-se a montá-lo, quando Júpiter avançou para o mar e nadou com ela até Creta. Parecia um touro real, estava forjado de forma tão natural e a água na qual nadava parecia natural. Ela parecia olhar com saudade para a costa que deixava e parecia pedir ajuda às companheiras. Aparentava estremecer de terror ao ver as ondas agitadas e tirava os pés da água.

Aracne preencheu seu tecido com temas semelhantes, maravilhosamente bem-feitos, mas ressaltando bem sua presunção e impiedade. Minerva não conseguia conter sua admiração, no entanto se sentiu indignada com o insulto. Atacou o tecido com a lançadeira e deixou-o em pedaços. Em seguida, tocou a testa de Aracne, fazendo-a sentir culpa e vergonha. Ela não conseguiu suportar e enforcou-se. Minerva sentiu pena quando a viu pendurada por uma corda. "Viva", ela disse, "mulher culpada! E, para guardar a recordação desta lição, você continuará pendurada, assim como seus descendentes, por todo o futuro". Borrifou extrato de acônito nela e seus cabelos caíram de imediato, assim como seu nariz e orelhas. Sua forma encolheu e a cabeça diminuiu; os dedos aderiram ao flanco e serviram de pernas. Todo o resto dela era corpo, com o qual tecia o fio, muitas vezes suspensa por ele, na mesma altura em que Minerva a tocou e transformou-a em aranha.

Spenser conta a história de Aracne em seu "Muiopotmos", seguindo bem de perto o mestre Ovídio, mas superando-o na conclusão da história. As duas estrofes seguintes contam o que aconteceu depois que a deusa representara sua criação da oliveira:

"Entre estas folhas ela fez uma Borboleta,
Com técnica excelente e maravilhosamente franzina,
Voando atrevida entre as azeitonas;
E parecia viva, tamanha a semelhança com
A penugem aveludada que cobre suas asas,
A seda que adorna suas costas,
Suas antenas compridas, coxas peludas,
Suas cores gloriosas e olhos reluzentes."[13]

"Que quando Aracne viu, revestido
E trabalhado de forma tão rara,
Ficou extasiada, nem podia negar;
E com olhos fixos e rápidos fitou,
E com seu silêncio, sinal de seu espanto,
A vitória sucumbiu e foi sua:
No entanto, ela afligiu-se e ardeu em seu íntimo,
E todo seu sangue tornou-se rancor venenoso."

E assim a metamorfose é ocasionada pela própria vergonha e mortificação de Aracne, e não por nenhum ato direto da deusa.

O seguinte galanteio à moda antiga é de Garrick:

SOBRE O BORDADO DE UMA DAMA

"Uma vez, Aracne, dizem os poetas,
Uma deusa em sua arte desafiou,
E logo a audaciosa mortal caiu
Infeliz vítima de seu orgulho.

Oh, cuidado com o destino de Aracne;
Sê prudente, Cloé, rende-te,
Pois com certeza encontrarás seu ódio,
Que rivalizam a arte e a astúcia."

---

13. Sir John Mackintosh diz disso: "Você acha que mesmo um chinês consegue pintar as cores alegres da borboleta com mais precisão do que a expressão 'A penugem aveludada'?". Vida, Vol. II.

Tennyson, em seu "Palácio da Arte", descrevendo os trabalhos artísticos que adornam o palácio, alude desta forma a Europa:

"... o manto da doce Europa voava livre
De seus ombros e para trás,
De uma mão caiu o açafrão, uma mão segurava
O chifre dourado do touro manso."

Em seu poema "Princesa" há uma alusão a Dânae:

"Agora fica a Terra toda Dânae para as estrelas,
E todo o seu coração abre-se para mim."

NÍOBE

O destino de Aracne foi alardeado por todo o país e serviu como advertência a todos os mortais presunçosos, para que não se comparassem às divindades. Mas uma, ela também uma matrona, não aprendeu a lição da humildade. Trata-se de Níobe, rainha de Tebas. Ela realmente tinha muito de que se orgulhar. Mas não foi a fama do marido nem sua própria beleza, sua descendência grandiosa ou o poder de seu reino que a deixavam exultante. Eram os filhos. E, de fato, Níobe teria sido a mais feliz das mães caso não alegasse ser. Foi na ocasião da celebração anual em honra de Latona e seus descendentes, Apolo e Diana – quando o povo de Tebas se reunia, com suas testas coroadas com louros, levando franquincenso aos altares e prestando seus votos –, que Níobe apareceu diante da multidão. Suas vestimentas eram esplêndidas, com ouro e joias, e sua aparência tão bela como o rosto de uma mulher zangada pode ser. De pé, ela inspecionava o povo com olhares soberbos. "Que asneira", dizia ela, "isso tudo! Preferir seres que nunca viram àqueles que estão diante de seus olhos! Por que Latona deve ser honrada com veneração e nenhuma é oferecida a mim? Meu pai era Tântalo, que foi recebido como convidado à mesa dos deuses; minha mãe era uma deusa. Meu marido construiu e governa esta cidade, Tebas, e Frígia é minha herança paterna. Até onde meus olhos alcançam, vejo elementos de meu poder, e minha forma e presença não são inferiores às de uma deusa. A tudo isso devo acrescentar que tenho sete filhos e sete filhas e busco genros e noras dignos de minha aliança. Não tenho razão para orgulho? Vocês preferem esta Latona, filha de um Titã, com seus dois filhos? Tenho sete vezes isso. De fato sou muito feliz e continuarei a sê-lo. Alguém negará esse fato? Minha abundância é minha segurança. Sinto-me forte demais para ser subjugada pela Fortuna. Ela pode tirar muito de mim e, ainda assim, me sobrará muito. Caso perca alguns de meus filhos, não ficaria tão desprovida como Latona, com apenas dois. Parem com essas solenidades, tirem os louros de suas frontes, encerrem esse culto!" O povo obedeceu e abandonou os serviços sagrados incompletos.

A deusa ficou indignada. Do alto do Monte Cíntio, onde vivia, assim falou a seu filho e filha: "Meu filhos, eu que sempre tive orgulho de vocês, e não me considero inferior a nenhuma deusa, à exceção de Juno, começo a duvidar se sou mesmo deusa. Serei inteiramente privada de minha veneração, a não ser que vocês me protejam". Ela continuaria a falar da mesma forma até ser interrompida por Apolo. "Não diga mais nada", disse ele, "o discurso apenas atrasa a punição". Diana disse o mesmo. Disparando pelo ar, ocultos por nuvens, pousaram nas torres da cidade. Uma larga planície estendia-se diante dos portões, onde os jovens da cidade praticavam esportes bélicos. Os filhos de Níobe estavam ali com os outros, alguns montados em cavalos rápidos adornados de maneira suntuosa, outros conduzindo carros vistosos. Ismeno, o primogênito, ao conduzir os corcéis arrebatados, foi atingido por uma flecha vinda de cima e gritou: "Ai!". Derrubou as rédeas e caiu sem vida. Outro, ao ouvir o som do arco – como um barqueiro que vê a tempestade chegando e zarpa para o porto –, soltou as rédeas e tentou escapar. A flecha inevitável o alcançou conforme fugia. Outros dois, mais jovens, terminadas as suas tarefas, foram para o pátio treinar lutas. Enquanto lutavam corpo a corpo, uma flecha perfurou ambos. Gritaram em uníssono e, juntos, olharam em volta, dando o último suspiro ao mesmo tempo. Alfenor, um dos irmãos mais velhos, ao vê-los sucumbir, correu ao lugar para prestar assistência e foi atingido no ato do dever fraternal. Sobrou apenas um irmão, Ilioneu. Ele ergueu os braços ao céu para tentar suplicar: "Poupai-me, deuses!", gritou, dirigindo-se a todos eles, ignorante de que todos não precisavam de suas intercessões; e Apolo o teria poupado, mas a flecha já havia partido da corda do arco e era tarde demais.

O terror do povo e a tristeza dos presentes logo fizeram com que Níobe ficasse ciente do que se passara. Ela quase não acreditou ser possível; estava indignada com o atrevimento dos deuses e impressionada com o que foram capazes de fazer. Seu marido, Anfion, dominado pelo golpe, suicidou-se. Ai! Como essa Níobe era diferente daquela que tão recentemente afastara o povo dos ritos sagrados e manteve seu majestoso rumo pela cidade, a inveja dos amigos e agora a compaixão mesmo de seus inimigos! Ajoelhou-se sobre os corpos sem vida e beijou cada um de seus filhos mortos. Ergueu seus braços pálidos para o céu. "Cruel Latona", disse ela, "satisfaça sua fúria com minha angústia! Sacie seu coração enrijecido enquanto eu levo para o túmulo meus sete filhos. No entanto, onde está seu triunfo? Desolada como estou, ainda sou mais rica do que você, minha conquistadora". Mal terminou de falar quando o arco soou e espalhou o terror por todos os corações, exceto o de Níobe. Ela estava destemida com o excesso de dor. As irmãs usavam vestimentas de luto junto dos esquifes dos irmãos mortos. Uma caiu, atingida por uma flecha, e morreu sobre o cadáver que lastimava. Outra, tentando consolar a mãe, de repente deixou de falar e desabou sem vida ao chão. A terceira tentou escapar fugindo, a quarta se escondendo, outra tremia, indecisa sobre que curso tomar. Agora, seis estavam mortas e restava apenas uma, que a mãe apertava em seus braços e cobria como se fosse com seu próprio corpo. "Poupe-me uma, a mais nova! Oh, poupe-me uma dentre tantas!", ela gritou. E, enquanto falava, aquela caíra morta. Desolada, ela sentou entre os filhos, filhas e marido, todos mortos, e parecia entorpecida pela dor. A brisa não movia seus cabelos, não havia cor em suas faces, seus olhos estavam fixos e imóveis. Não havia sinal de vida nela. A língua prendera-se ao céu da boca e suas veias pararam de conduzir o fluxo da vida. O pescoço não se curvara, os braços não se mexiam e os pés não caminhavam. Foi transformada em pedra, por dentro e por fora. No entanto, lágrimas continuavam a cair e, levada por um turbilhão até sua montanha nativa, ela ali permanece, um bloco de rochas do qual goteja um ribeiro, tributo à sua dor infinita.

A história de Níobe forneceu a Byron uma bela ilustração do estado decadente da Roma moderna:

"A Níobe das nações! Ali permanece,
Sem descendentes e coroa em seu infortúnio calado;
Uma urna vazia em suas mãos sem vida,
Cujo pó sagrado foi disperso há muito tempo;
O Túmulo dos Cipiões já não contém cinzas:
Os sepulcros estão desabitados

Sem os residentes heroicos; e você flui,
Velho Tibre! Por um deserto marmóreo?
Erga suas ondas amarelas e cubra seu sofrimento."
Childe Harold, IV. 79

Essa história comovente é tema de uma célebre estátua que fica na galeria imperial de Florença. Ela é a figura principal de um grupo que supostamente ficava no frontão triangular de um templo. A figura da mãe agarrada pelo braço da filha aterrorizada é uma das estátuas antigas mais admiradas. É considerada, juntamente com Laocoonte e Apolo, uma obra-prima. Segue uma tradução do epigrama grego que supostamente menciona essa estátua:

"Em pedra os deuses a transformaram, mas foi em vão;
A arte do escultor deixou-a respirar outra vez."

Embora a história de Níobe fosse trágica, não podemos reprimir um sorriso ao ver o uso que Moore fez dela em "Rimas na Estrada":

"Era em sua carruagem que o sublime
Sir Richard Blackmoore costumava rimar,
E, caso a astúcia não o abandonasse,
Entre mortes e épicos ele passava o tempo,
Escrevendo e matando todo o dia;
Como Apolo, tranquilo em seu carro,
Ora entoando uma canção altiva,
Ora assassinando a jovem Níobe."

Sir Richard Blackmoore era médico e, ao mesmo tempo, um poeta muito prolífico e de mau gosto, cujo trabalho está hoje esquecido, a não ser quando é relembrado por alguém perspicaz como Moore, a título de piada.

CAPÍTULO XV

AS GREIAS E AS GÓRGONAS - PERSEU E MEDUSA - ATLAS - ANDRÔMEDA

AS GREIAS E AS GÓRGONAS

As Greias eram três irmãs grisalhas de nascença, daí seu nome. As Górgonas eram mulheres monstruosas com dentes enormes como dos suínos, garras de bronze e cabelos serpenteantes. Nenhum desses seres ganhou grande fama na mitologia, com a exceção de Medusa, uma górgona, cuja história contaremos em breve. Nós a mencionamos principalmente para apresentar a engenhosa teoria de alguns escritores modernos que diz que as górgonas e as greias eram apenas personificações dos terrores marítimos. As primeiras denotavam os *fortes* vagalhões do mar aberto; as últimas, as ondas de crista *branca* que se lançam contra as rochas da costa. Em grego, seus nomes significam os epítetos acima.

PERSEU E MEDUSA

Perseu era filho de Júpiter e Dânae. Seu avô, Acrísio, alarmado por um oráculo que lhe dissera que seu neto seria o instrumento de sua morte, mandou que mãe e filho fossem trancados em um baú e lançados ao mar. O baú flutuou em direção a Sérifo, onde foi encontrado por um pescador que conduziu a mãe e o menino a Polidectes, o rei do país, que os tratou com amabilidade. Quando Perseu se tornou adulto, Polidectes o enviou para tentar derrotar Medusa, um terrível monstro que assolava o país. Ela fora uma bela donzela cujos cabelos eram sua maior glória, mas, como se atrevia a competir com a beleza de Minerva, a deusa privou-lhe de seus encantos e transformou seus belos cachos em serpentes sibilantes. Ela se tornou um monstro cruel de aspecto terrível, e nenhum ser vivo conseguia olhá-la sem ser transformado em pedra. Por toda a caverna onde ela vivia podiam ser vistas imagens de homens e animais que olharam em seus olhos e ficaram petrificados com a visão. Perseu, favorito de Minerva e Mercúrio, que lhe emprestaram, respectivamente, seu escudo e as sandálias aladas, aproximou-se de Medusa enquanto ela dormia e, tomando o cuidado de não olhar em seus olhos, mas guiado pela imagem refletida no escudo que portava, cortou sua cabeça e ofereceu-a a Minerva, que a colocou no meio da Égide.

Milton, no "Comus", assim alude à Égide:

"O que era aquele escudo com a imagem da cabeça de serpentes da górgona
Que a sábia Minerva usava, virgem invicta,
Com o qual transformava os inimigos em pedra,
Com olhares inflexíveis de austeridade casta,
E graça nobre que desfaz violência bruta
Com adoração repentina e vago temor!"

Armstrong, o poeta de "Arte de preservar a saúde", assim descreve o efeito do gelo sobre as águas:

"Agora sopra o rude Norte e arrefece todas
As regiões que congelam, enquanto por encantamentos mais fortes
Que Circe ou a vil Medeia lançaram,
Cada córrego que quer farfalhar para suas margens,
Fica parado e preso entre suas ribanceiras,
Nem os juncos secos se mexiam
As vagas atraídas pelo feroz Nordeste,
Arremessando com mau humor suas cabeças furiosas
Mesmo na espuma atingida por sua loucura
Que se tornou gelo monumental
Tal execução,
Tão severa, súbita, forjou o aspecto medonho
Da terrível Medusa,
Quando vagavam pelas florestas ela transformou em pedra
Seus locatários selvagens; assim como o Leão que espumava
Saltou furioso em sua presa, seu poder mais veloz

Venceu sua precipitação,
E fixo, naquela atitude feroz, ele permanece
Como Fúria de mármore!"
Imitações de Shakespeare

PERSEU E ATLAS

Após o assassinato de Medusa, Perseu, levando consigo a cabeça da górgona, voou para longe sobre terra e mar. Quando a noite se aproximava, ele atingira o limite ocidental da Terra, onde o sol se põe. Ali ele teria descansado de bom grado até o amanhecer. Era no reino do rei Atlas, cujo tamanho ultrapassava o de todos os homens. Ele era rico em rebanhos e manadas e não tinha vizinhos ou rivais para contestar seus negócios. Entretanto, seu maior orgulho eram seus jardins, cujas frutas de ouro pendiam de galhos dourados, metade delas oculta por folhas de ouro. Perseu lhe disse: "Venho como convidado. Se respeita descendentes ilustres, afirmo que Júpiter é meu pai; caso prefira feitos poderosos, declaro que venci a górgona. Busco abrigo e comida". Mas Atlas lembrou-se de uma antiga profecia que o advertiu de que um filho de Jove um dia roubaria suas maçãs douradas. Então, ele respondeu: "Vá embora! Nenhuma de suas falsas reivindicações de glória ou parentesco irá protegê-lo", e tentou forçá-lo a sair. Perseu, ao sentir que o gigante era muito forte para ele, disse: "Já que dá tão pouco valor à minha amizade, aceite um presente". Perseu virou o rosto e levantou a cabeça da Górgona. Atlas, com todo o seu tamanho, tornou-se pedra. Sua barba e cabelo viraram florestas, os braços e ombros, penhascos. Sua cabeça, o cume, e os ossos, rochas. Cada parte se expandiu até ele se tornar uma montanha, e (tal foi a vontade dos deuses) o céu, com todas as suas estrelas, repousa sobre seus ombros.

O MONSTRO MARINHO

Perseu, continuando seu voo, chegou ao país dos etíopes, cujo rei era Cefeu. Cassiopeia, sua rainha, orgulhosa de sua beleza, atreveu-se a se comparar às ninfas aquáticas. Estas ficaram tão indignadas que enviaram um monstro marinho imenso para devastar a costa. Para apaziguar as divindades, Cefeu foi instruído pelo oráculo a expor sua filha Andrômeda para ser devorada pelo monstro. Quando Perseu olhou para baixo em seu voo, avistou a virgem acorrentada a uma rocha, esperando a chegada da serpente. Ela estava tão pálida e imóvel que, se não fossem as lágrimas escorrendo-lhe pelo rosto e o cabelo mexendo com a brisa, ele teria pensado que se tratava de uma estátua de mármore. Ficou tão surpreso ao vê-la que quase se esqueceu de bater as asas. Ao pairar sobre ela, disse: "Oh virgem, você não merece essas correntes, mas, sim, aquelas que unem amantes carinhosos; imploro que me diga seu nome e o nome de seu país, e por que está assim presa". De início, ela ficou em silêncio por modéstia e, se pudesse, teria escondido o rosto com as mãos; mas quando ele repetiu as perguntas, temendo ser considerada culpada por alguma falha que não se atrevia a mencionar, ela revelou seu nome, de seu país e falou do orgulho da mãe pela própria beleza. Antes de terminar de falar, ouviu-se um som vindo da água e o monstro marinho surgiu, com a cabeça acima da superfície, partindo as ondas com seu peito largo. A virgem gritou e seus pais, que haviam chegado ao local, ambos tristes, embora a mãe obviamente ainda pior, assistiam incapazes de oferecer proteção. Apenas se lamentavam e abraçavam a vítima. Então, Perseu disse: "Haverá tempo suficiente para lágrimas. Só temos esse momento para resgatá-la. Minha posição como filho de Jove e minha fama como o assassino da Górgona podem me tornar um pretendente aceitável, se os deuses forem propícios. Se ela for resgatada por meu valor, exijo que seja minha recompensa". Os pais consentiram (como poderiam hesitar?) e prometeram um dote real com a filha.

E agora o monstro estava dentro do alcance de uma pedra lançada por um atirador habilidoso quando, com um salto repentino, o jovem disparou pelo ar. Como uma águia, quando do alto de seu voo vislumbra uma serpente regozijando-se no sol, Perseu lança-se sobre ele e o agarra pelo pescoço para impedir que girasse a cabeça e usasse as presas. Então, o jovem correu pelas costas do monstro e mergulhou a espada em seu ombro. Irritado com a ferida, o monstro ergueu-se no ar e, em seguida, mergulhou nas profundezas. Então, como um javali selvagem cercado por uma matilha de cães latindo, ele se contorcia de um lado para o outro, enquanto o jovem evitava seus ataques usando as asas. Sempre que encontrava uma passagem para sua espada entre as camadas, Perseu investia, perfurando ora um lado, ora o outro flanco, conforme descia em direção à cauda.

O bruto jorrava sangue com água das narinas. As asas do herói ficaram encharcadas com essa mistura e ele já não se atrevia a confiar nelas. Pousando em uma rocha que se erguia acima das ondas e se agarrando a um fragmento saliente, enquanto o monstro boiava próximo, Perseu desferiu o golpe fatal. O povo que se juntara na costa gritou de tal forma que as colinas ecoaram o som. Os pais, arrebatados pela alegria, abraçaram seu futuro genro, chamando-o de libertador e salvador de sua casa. A virgem, causa e recompensa da disputa, desceu da pedra.

Cassiopeia era etíope e, consequentemente, apesar de sua beleza alardeada, era negra. Pelo menos assim pensava Milton, que alude a essa história em seu "Penseroso", em que se refere à Melancolia como:

> Deusa, sábia e sagrada,
> Cujo semblante santo é demais brilhante
> Ao atingir o sentido da visão humana,
> E, portanto, para nossa visão mais fraca,
> Coberta de negro, cor da séria Sabedoria.
> Negra, mas de tal modo estimada
> Como à irmã do príncipe Mêmnon pudesse convir,
> Ou àquela estelar rainha etíope que tentou
> Estabelecer o culto de sua beleza acima
> Das ninfas aquáticas e ofendera seus poderes."

Cassiopeia é chamada "a estelar rainha etíope" porque após sua morte ela foi colocada entre as estrelas, formando a constelação que leva seu nome. Embora tenha conquistado essa honra, as ninfas aquáticas, suas antigas inimigas, venceram ao conseguirem que ela fosse situada na parte do céu próxima ao polo, onde todas as noites ela passa metade do tempo pendurada com a cabeça para baixo, para receber uma lição de humildade.

Mêmnon era um príncipe etíope de quem falaremos em um capítulo futuro.

A FESTA DE CASAMENTO

Os pais contentes, com Perseu e Andrômeda, regressaram ao palácio onde foi preparado um banquete para eles e viveram momentos de alegria e festividade. Mas, de súbito, ouviu-se um barulho como um clamor de guerra e Fineu, ex-noivo da virgem, surgiu de forma impetuosa acompanhado de um grupo de seus seguidores e exigiu a entrega da donzela. Em vão, Cefeu protestou: "Você deveria tê-la reivindicado quando ela estava presa à rocha, vítima do monstro. A sentença dos deuses condenando-a a tal destino dissolveu todos os compromissos, assim como a morte o teria feito". Fineu não respondeu, mas arremessou seu dardo em direção a Perseu. A arma errou o alvo e caiu inofensiva. Perseu teria revidado arremessando sua arma, mas o atacante covarde fugiu e escondeu-se por trás do altar. Entretanto, seu gesto foi um sinal para que seu grupo atacasse os convidados de Cefeu. Estes se defenderam e um conflito geral surgiu em seguida. O velho rei se retirou de cena após protestos infrutíferos, invocando os deuses como testemunha de sua inocência nessa afronta aos direitos da hospitalidade.

Perseu e seus amigos mantiveram por algum tempo a disputa desigual, mas o número de atacantes era grande demais para eles e a destruição parecia inevitável, quando um pensamento repentino veio à mente de Perseu: "Farei minha inimiga defender-me". Em seguida, exclamou em voz alta: "Se tenho algum amigo aqui, que ele desvie os olhos!", e ergueu a cabeça da Górgona. "Não tente nos amedrontar com suas artimanhas", disse Teceleu, erguendo seu dardo preparado para arremessá-lo. Nesta posição ele foi transformado em pedra. Ampix estava prestes a encravar sua espada no corpo de um inimigo prostrado, mas seu braço enrijeceu e ele não podia nem estendê-lo nem dobrá-lo. Outro, em meio a um desafio vociferante, parou de boca aberta, sem emitir qualquer som. Um dos amigos de Perseu, Aconteus, olhou para a Górgona e endureceu como os outros. Astíages atacou-o com a espada, mas, em vez de ferir, a arma entortou-se com um ruído ressoante.

Fineu contemplou perplexo o terrível resultado de sua agressão injusta. Gritou por seus amigos, mas não obteve resposta. Tocou-os e sentiu o contato da pedra. Caindo de joelhos e estendendo os braços a Perseu, mas com a cabeça voltada para o outro lado, ele implorou misericórdia. "Leve tudo", disse ele, "dê-me apenas minha vida". "Covarde desprezível", disse Perseu, "só isso lhe concederei: nenhuma arma o tocará. Além disso, você será preservado em minha casa como lembrança desses acontecimentos". Ao dizer isso, ele segurou a cabeça da Górgona na direção dos olhos de Fineu e, na posição em que estava ajoelhado, com os braços estendidos e o rosto virado, ele ficou fixo e imóvel, um aglomerado de pedra!

A seguinte alusão a Perseu é do "Samor", de Milman:

"Como em meio à lendária núpcia líbia estava
Perseu na dura tranquilidade da ira,
Meio de pé, meio flutuando com suas plumas nos tornozelos
Intumescidas enquanto a face brilhante em seu escudo
Transformava em pedra a feroz contenda; assim se ergueu
Mas sem armas mágicas, usando somente
O controle estarrecedor de seu olhar firme,
O britânico Samor; em crescente temor,
para o exterior partiu e o tumultuoso salão emudeceu."

CAPÍTULO XVI

MONSTROS: GIGANTES – A ESFINGE – PÉGASO E QUIMERA – CENTAUROS – GRIFOS E PIGMEUS

Monstros, na linguagem da mitologia, eram seres com proporções ou partes do corpo anormais, vistos no geral com terror, por possuírem imensa força ou ferocidade, que empregavam para ferir ou incomodar os homens. Supunha-se que alguns combinavam os membros de diferentes animais, tais como a Esfinge e a Quimera, e a estes todas as terríveis qualidades dos animais selvagens foram atribuídas, além da sagacidade e capacidades humanas. Outros, como os gigantes, difeririam dos homens em tamanho e, nesse particular, devemos reconhecer uma vasta diferença entre eles. Os gigantes humanos, se assim podem ser chamados, como os Ciclopes, Anteu, Órion e outros, não devem ser considerados totalmente desproporcionais em relação aos seres humanos, pois se misturam com eles no amor e na guerra. Mas os gigantes super-humanos que guerrearam com os deuses eram de dimensões muito mais vastas. Títio, dizia-se, quando estendido na planície, cobria 3,6 hectares, e Encélado necessitava de que todo o Monte Etna fosse colocado sobre ele para cobri-lo.

Já falamos sobre a guerra que os gigantes travaram contra os deuses, e de seu resultado. Enquanto essa guerra durou, os gigantes provaram ser inimigos formidáveis. Alguns deles, como Briareu, tinham cem braços; outros, como Tifão, exalavam fogo. Certa ocasião deixaram os deuses tão amedrontados que estes fugiram para o Egito e se ocultaram sob várias formas. Júpiter tomou a forma de carneiro e passou a ser venerado no Egito como o deus Amon, com chifres curvados. Apolo tornou-se um corvo; Baco, uma cabra; Diana, um gato; Juno, uma vaca; Vênus, um peixe; e Mercúrio, um pássaro. Em outra ocasião os gigantes tentaram subir ao céu e para esse propósito colocaram o Monte Ossa sobre o Pélion.[14] Por fim, foram subjugados pelos raios inventados por Minerva, que ensinou Vulcano e seus ciclopes a fazê-los para Júpiter.

A ESFINGE

Laio, rei de Tebas, foi advertido por um oráculo de que seu trono e sua vida correriam perigo caso seu filho recém-nascido crescesse. Portanto, ele confiou a criança aos cuidados de um pastor com ordens para matá-lo. O pastor, movido pela compaixão, mas sem se atrever a desobedecer totalmente, amarrou a criança pelos pés e deixou-a pendurada em um galho de árvore. A criança foi encontrada nessa posição por um camponês que a levou para seu patrão e patroa, por quem ele foi adotado, recebendo o nome de Édipo, ou Pés Inchados.

Muitos anos depois, Laio estava no caminho para Delfos acompanhado apenas por seu criado quando encontrou em uma estrada estreita um jovem que também conduzia uma biga. Ao recusar abrir caminho ao seu comando, o criado matou um de seus cavalos e o estranho, cheio de raiva, matou Laio e o criado. O jovem era Édipo que assim, de forma não intencional, tornou-se assassino de seu próprio pai.

Logo após esse acontecimento, a cidade de Tebas foi afligida por um monstro que infestou a estrada. Chamava-se Esfinge. Tinha corpo de leão, tronco e cabeça de mulher. Ficava agachada no topo de uma rocha e prendia todos os viajantes que passassem por ali, propondo-lhes um enigma, com a condição de que aqueles que soubessem a resposta poderiam passar livremente, mas os que errassem seriam mortos. Ninguém ainda tinha conseguido resolvê-lo e foram todos assassinados. Édipo não tinha medo desses relatos alarmantes e avançou com coragem para o julgamento. A Esfinge perguntou-lhe: "Que animal fica de quatro patas de manhã, ao meio-dia em duas e, à noite, em três?". Édipo respondeu: "O homem, que na infância rasteja com as mãos e joelhos, na vida adulta anda ereto e na velhice, com a ajuda de um cajado". A Esfinge ficou tão mortificada com a solução do enigma que se atirou da rocha e pereceu.

---

14. Veja Expressões Proverbiais.

A gratidão do povo por sua libertação foi tamanha que tornaram Édipo seu rei, oferecendo-lhe em casamento sua rainha, Jocasta. Édipo, ignorante de sua ascendência, já se tornara assassino do pai e, ao casar com a rainha, tornou-se marido da mãe. Esses horrores permaneceram desconhecidos até Tebas ser atingida pela fome e pela peste, quando o oráculo foi consultado e o crime duplo de Édipo veio à luz. Jocasta pôs fim à própria vida e Édipo, tomado pela loucura, arrancou os olhos e fugiu de Tebas, temido e abandonado por todos, exceto por suas filhas que, de maneira fiel, cuidaram dele. Após um período infeliz de perambulação, Édipo encontrou um final para sua vida miserável.

PÉGASO E A QUIMERA

Quando Perseu cortou a cabeça da Medusa, o sangue que escorreu para a terra produziu Pégaso, o cavalo alado. Minerva o apanhou, domesticou e ofereceu-o às Musas. A fonte de Hipocrene, em Hélicon, a montanha das Musas, foi criada com um coice.

A Quimera era um monstro pavoroso que exalava fogo. A parte superior de seu corpo era uma mistura de leão com cabra, e a parte inferior como a de um dragão. Ela causou grande devastação na Lícia, fazendo com que o rei, Ióbates, procurasse algum herói para destruí-la. Ao mesmo tempo, chegara à sua corte um guerreiro jovem e valente, cujo nome era Belerofonte. Ele trazia cartas de Proteu, genro de Ióbates, que o recomendavam com palavras afetuosas como sendo um herói invencível, mas no fim essas cartas continham um pedido ao sogro: que matasse Belerofonte. A razão era que Proteu tinha ciúme dele, suspeitava que sua esposa, Anteia, olhava com muita admiração para o jovem guerreiro. Desse exemplo em que Belerofonte era, inconscientemente, portador de sua própria sentença de morte, surge a expressão "cartas belerofônticas" para descrever qualquer tipo de comunicação em que uma pessoa é feita portadora de algum assunto prejudicial a ela mesma.

Ióbates, ao ler as cartas com atenção, ficou intrigado com o que fazer, sem vontade de violar os votos de hospitalidade, mas com obrigações para com o genro. Um pensamento feliz ocorreu-lhe: enviar Belerofonte para lutar com Quimera. Belerofonte aceitou o desafio, mas, antes de partir para o combate, consultou o profeta Polido, que o aconselhou a procurar, caso possível, o cavalo Pégaso para a luta. Para esse propósito, ele o orientou a passar a noite no templo de Minerva. Belerofonte assim o fez e, enquanto dormia, Minerva aproximou-se e ofereceu-lhe rédeas de ouro. Quando despertou, viu as rédeas em sua mão. Minerva também lhe mostrou Pégaso bebendo no poço de Pirene e, ao ver as rédeas, o corcel alado aproximou-se de bom grado e se entregou. Belerofonte montou e cavalgou pelo ar. Logo, ele avistou Quimera e teve vitória fácil sobre o monstro.

Depois de ter conquistado a Quimera, Belerofonte foi exposto a outras provas e trabalhos por seu anfitrião hostil, mas com a ajuda de Pégaso ele triunfava em todos eles até que Ióbates, vendo que o herói era um favorito especial dos deuses, ofereceu-lhe sua filha em casamento, tornando-o seu sucessor no trono. Por fim, Belerofonte, com seu orgulho e presunção, atraiu para si a ira dos deuses. Conta-que ele até tentou voar para o céu em seu cavalo alado, mas Júpiter enviou um moscardo que picou Pégaso, fazendo-o arremessar o cavaleiro, o qual se tornou deficiente e cego com o acidente. Depois disso, Belerofonte vagou solitário pelos campos aleanos, evitando as estradas dos homens, e morreu de forma miserável.

Milton alude a Belerofonte no início do sétimo livro de "Paraíso Perdido":

"Descei do céu, Urânia, se por este nome
Justamente sois chamada, cuja voz divina
Seguindo, por cima do Monte Olimpo eu voo,
Acima do voo da asa de Pégaso,
Guiado por vós,
Ao Céu dos Céus eu presumo,
Convidado terrestre, e respirando ar empíreo
(Temperado por vós); fui guiado com igual segurança
De volta ao meu elemento nativo;
Para que não, ao voar neste corcel desgovernado
(como certa vez fez Belorofonte, apesar de altura mais baixa),
Arremessado, eu caísse nos campos aleanos,
Para ali errar e vagar miserável."

Young, em "Pensamentos Noturnos", ao falar dos céticos, diz:

"Ele cujo pensamento cego nega o futuro,
Inconsciente carrega, Belerofonte, como vós
Sua própria acusação; ele condena-se
Quem lê seu íntimo lê vida imortal,
Ou a natureza, impondo-se a seus filhos,
Escreveu fábulas; o homem tornou-se uma mentira."

Vol. II

Pégaso, por ser o cavalo das Musas, sempre esteve a serviço dos poetas. Schiller conta uma bela história de sua venda a um poeta necessitado que o prende a uma carroça para lavrar. Ele não era adequado para aquele trabalho, e seu mestre atrapalhado não sabia o que fazer com ele. Assim que montou no cavalo, que de início parecia violento, mas em seguida, domado, ele se ergueu majestoso, um espírito, um deus, abriu o esplendor de suas asas e disparou para o céu. O próprio poeta Longfellow também relata uma aventura desse famoso corcel em seu poema "Pégaso no Lago".

Shakespeare faz uma alusão a Pégaso em "Henrique IV", onde Vernon descreve o príncipe Henrique:

"Vi o jovem Harry, com seu chapéu na cabeça,
Com armadura nas pernas, galantemente armado,
Erguer do solo como o Mercúrio emplumado,
E saltar com facilidade em sua sela,
Como se um anjo que caíra das nuvens,
Para domar e fustigar o ardente Pégaso,
E encantar o mundo com nobres habilidades de equitação."

OS CENTAUROS

Esses monstros eram representados como homens da cabeça ao quadril, e o restante do corpo era de cavalo. Os antigos estimavam muito os cavalos para considerar a união dessa natureza com o homem como a formação de uma combinação degradante. Portanto, o centauro é o único dos monstros imaginários da Antiguidade a quem foram atribuídas boas características. Os centauros foram admitidos como companheiros do homem, e no casamento de Pirítoo com Hipodâmia eles estavam entre os convidados. Durante o banquete, Eurátion, um dos centauros, ao ficar embriagado com o vinho, tentou violentar a noiva. Os outros centauros seguiram seu exemplo e um conflito horrível surgiu e vários deles foram mortos. Essa foi a célebre batalha entre lápites e centauros, um tema favorito dos escultores e poetas da Antiguidade.

Entretanto, nem todos os centauros eram rudes como os convidados de Pirítoo. Quíron foi instruído por Apolo e Diana e era renomado por suas habilidades na caça, medicina, música e arte da profecia. Os mais famosos heróis da história grega foram seus alunos. Entre eles, o jovem Esculápio foi confiado aos seus cuidados pelo pai, Apolo. Quando o sábio voltou para sua casa levando consigo o menino, sua irmã Ocíroe veio ao seu encontro e, ao ver a criança, teve um impulso profético (pois era profetisa) e vaticinou a glória que ele alcançaria. Esculápio cresceu e tornou-se um médico consagrado. Em uma ocasião até conseguiu restabelecer a vida de um morto. Plutão ressentiu-se e Júpiter, a seu pedido, atingiu o médico audacioso com um raio e o matou, mas, após sua morte, ele foi recebido entre os deuses.

Quíron era o mais sábio e justo dos centauros e, quando morreu, Júpiter colocou-o entre as estrelas como a constelação de Sagitário.

OS PIGMEUS

Os pigmeus eram uma nação de anões, assim chamados em razão de uma palavra grega, cúbito, que significa a medida de mais ou menos 33 centímetros, que diziam ser a altura desse povo. Eles viviam perto da nascente do Nilo ou, segundo outros, na Índia. Homero disse que as garças costumavam migrar todos os invernos para o país dos pigmeus, e sua aparição era o sinal de guerra sangrenta para os fracos habitantes, que tinham de pegar em armas para defender seus milharais contra os vorazes estranhos. Os pigmeus e seus inimigos, as garças, foram tema de várias obras de arte.

Escritores mais atuais falam de um exército de pigmeus que encontraram Hércules adormecido e prepararam-se para atacá-lo como se fossem atacar uma cidade. Mas o herói despertou e riu-se dos pequenos guerreiros, envolveu alguns em sua pele de leão e levou-os para Eristeu.

Milton utiliza os pigmeus para uma comparação em "Paraíso Perdido", livro I:

"... como a raça de pigmeus,
Além do monte indiano, ou duendes encantados
Cujas festas à meia-noite na floresta
Ou em fontes, algum camponês tardio vê
(ou sonha que vê), enquanto no alto a lua
Senta como árbitro, e mais perto da Terra
Seu pálido curso; eles na alegria e na dança
Concentrados, com música divertida encanta seus ouvidos.
Ao mesmo tempo contente e temeroso, seu coração dispara".

OS GRIFOS

O grifo é um monstro com corpo de leão, cabeça e asas de águia e as costas cobertas de penas. Como os pássaros, ele constrói seu ninho e em vez de ovos coloca nele uma ágata. Possui garras tão grandes que o povo daquele país as utilizava como cálices. A Índia foi designada como país nativo dos grifos. Eles encontravam ouro nas montanhas e faziam seus ninhos com ele, por isso seus ninhos eram tão cobiçados pelos caçadores. Os grifos tinham de manter guarda constante sobre eles. Seu instinto mostrava-lhes onde estavam enterrados tesouros e faziam o seu melhor para manter os saqueadores afastados. Os Arimaspianos, entre os quais os grifos prosperavam, eram um povo de um olho só da Cítia.

Milton faz uma comparação aos grifos em "Paraíso Perdido", Livro II:

"Assim como um grifo pela floresta
Em seu curso alado, sobre montes e vales
Persegue o Arimaspiano, que em segredo
Lhe roubara, apesar da vigilância atenta,
O ouro guardado."

CAPÍTULO XVII

O VELO DE OURO - MEDEIA

O VELO DE OURO

Em tempos remotos, viviam na Tessália um rei e uma rainha chamados Atamas e Nefele. Eles tinham dois filhos, um menino e uma menina. Após certo tempo, Atamas tornou-se indiferente à esposa, repeliu-a e casou-se com outra. Nefele suspeitou que os filhos correriam perigo sob a influência de uma madrasta e tomou medidas para mantê-los afastados dela. Mercúrio ajudou-a oferecendo um carneiro com *velo de ouro,* no qual sentou as duas crianças, confiante de que o carneiro as conduziria a um local seguro. O carneiro saltou no ar com as crianças em seu lombo; tomou o caminho para o Oriente, até atravessar um estreito que dividia a Europa da Ásia. A menina, que se chamava Heles, caiu ao mar no local que passou a ser chamado Helesponto – hoje Dardanelos. O carneiro seguiu seu trajeto até chegar ao reino da Cólquida, na costa oriental do Mar Negro, onde aterrissou com segurança o jovem Frixo, que foi recebido com hospitalidade por Etes, rei do país. Frixo sacrificou o carneiro em honra a Júpiter e ofereceu o *Velo de Ouro* a Etes, que o colocou em um bosque consagrado sob os cuidados de um dragão insone.

Havia outro reino na Tessália, próximo ao de Atamas, governado por um parente seu. O rei Esão, cansado das preocupações com o governo, cedeu a coroa ao seu irmão Pélias, sob a condição de que ele deveria mantê-la apenas durante a minoridade de Jasão, filho de Esão. Quando Jasão cresceu e exigiu a coroa de seu tio, Pélias fingiu estar disposto a entregá-la, mas ao mesmo tempo sugeriu ao jovem a gloriosa aventura de ir em busca do Velo de Ouro, muito conhecido no reino da Cólquida e que era, como fingia Pélias, propriedade merecida de sua família.

Jasão gostou da ideia e começou os preparativos para a expedição. Naquele tempo, a única espécie de navegação conhecida pelos gregos consistia em barcos pequenos ou canoas forjadas com troncos de árvores. Assim, quando Jasão empregou Argos para a construção de uma embarcação capaz de transportar 50 homens, foi considerado um empreendimento gigantesco. No entanto, foi realizado e o barco foi chamado *Argo*, nome de seu construtor. Jasão enviou o convite a todos os jovens aventureiros da Grécia e logo se viu à frente de um bando de jovens audaciosos, muitos dos quais depois se tornaram renomados entre os heróis e semideuses da Grécia. Hércules, Teseu, Orfeu e Nestor estavam entre eles. Chamavam-se Argonautas, do nome de sua embarcação.

O *Argo*, com sua tripulação de heróis, deixou a costa da Tessália e, depois de tocar a Ilha de Lemos, atravessou para a Mísia e para a Trácia. Ali, encontraram o sábio Fineu, e dele receberam instrução para a rota futura. Parece que a entrada do Ponto Euxino estava obstruída por duas ilhas rochosas, que flutuavam na superfície, e com o movimento das ondas acabaram por se juntar, esmagando e triturando como átomos qualquer objeto que se colocava entre elas. Eram chamadas de Simplégades ou Ilhas de Conflito. Fineu instruiu os Argonautas sobre a passagem por esse perigoso estreito. Quando chegaram às ilhas, soltaram um pombo que procurou seu caminho entre as rochas, conseguindo passar com segurança, perdendo apenas algumas penas de sua cauda. Jasão e seus homens aproveitaram o momento oportuno do rebote, manejaram os remos com vigor e atravessaram com segurança, embora as ilhas tenham se fechado por trás deles, na verdade até arranhando a popa. Remaram ao longo da costa até chegar à extremidade oriental do mar e desembarcaram no reino da Cólquida.

Jasão enviou uma mensagem ao rei do país, Étes, que consentiu ceder o velo de ouro caso Jasão atrelasse ao arado dois touros com patas de bronze e que exalavam fogo para semear os dentes do dragão que Cadmo matara. Era bem conhecido que esses dentes produziriam uma colheita de homens armados que usariam suas armas contra seu criador. Jasão aceitou as condições e foi estabelecido um prazo para o experimento. Previamente, no entanto, ele encontrara maneira de advogar sua causa a Medeia, filha do rei. Prometeu-lhe casamento e diante do altar de Hécate invocaram a deusa para testemunhar seu juramento. Medeia cedeu e, com sua ajuda, pois era uma feiticeira poderosa, Jasão foi munido de um encanto que lhe permitia encarar com segurança os touros que exalavam fogo e as armas dos combatentes.

Na hora determinada, o povo reuniu-se no bosque de Marte e o rei assumiu seu assento real enquanto a multidão cobria as colinas. Entraram os touros de patas de bronze, exalando fogo pelas ventas que queimava a relva conforme passavam. O som era como o rugido de uma fornalha e a fumaça, como a de água sobre cal viva. Jasão avançou com coragem para enfrentá-los. Seus amigos, heróis eleitos da Grécia, tremeram ao vê-lo. Apesar do fogo que exalavam, ele conseguiu acalmar a raiva dos touros com sua voz, afagou o pescoço deles com uma mão impávida e, de forma hábil, colocou o jugo e forçou-os a puxar o arado. Os habitantes da Cólquida ficaram espantados, e os gregos gritaram de alegria. Em seguida, Jasão semeou os dentes do dragão enterrando-os na terra. Logo surgiu a colheita de homens armados e que maravilha! Mal atingiam a superfície, começavam a brandir suas armas e correr em direção a Jasão. Os gregos temeram por seu herói e, mesmo aquela que havia fornecido uma forma de segurança, ensinando-o a utilizá-la, a própria Medeia, ficou pálida de medo. Durante certo tempo Jasão conseguiu manter distância dos atacantes com seu escudo e espada, até que a quantidade de homens se tornou imensa e ele recorreu ao encanto que Medeia ensinara, apanhou uma pedra e atirou entre os inimigos. De imediato, eles se viraram uns contra os outros e, logo, não sobrara ninguém vivo da prole do dragão. Os gregos abraçaram seu herói e Medeia, caso se atrevesse, teria feito o mesmo.

Faltava apenas fazer adormecer o touro que guardava o velo, o que foi feito espargindo sobre ele algumas gotas de um preparado fornecido por Medeia. Ao sentir o cheiro, o touro relaxou sua ira e ficou imóvel por um momento; em seguida, fechou aqueles olhos grandes e redondos que nunca antes tinham fechado, virou para o lado e adormeceu. Jasão apanhou o velo e, acompanhado pelos amigos e Medeia, correu para o barco antes que Etes, o rei, pudesse evitar sua partida; eles foram direto para Tessália, onde chegaram com segurança. Jasão entregou o velo a Pélias e dedicou o *Argo* a Netuno. Não sabemos o que aconteceu ao velo depois disso, mas talvez tenham concluído, afinal, que, assim como aconteceu com muitos outros objetos de ouro, não valeu a pena o trabalho que custaram para obter.

Essa é uma daquelas histórias mitológicas, disse mais tarde um escritor, na qual há razão para acreditar que existe algum traço de verdade, embora coberta por uma camada de ficção. Trata-se, provavelmente, da primeira grande expedição marítima importante, e como as primeiras tentativas do tipo em todos os países, segundo a história, teve de certo um caráter de pirataria. Se ricos espólios foram o resultado, foi o suficiente para levantar a ideia da existência do velo de ouro.

Outra sugestão de Bryant, um especialista em mitologia, é que se trata de uma tradição corrupta da história de Noé e da arca. O nome *Argo* parece apoiar isso e o incidente da pomba é outra confirmação.

Pope, na "Ode no dia de Santa Cecília", celebra assim o lançamento do navio *Argo* e o poder da música de Orfeu, a quem chama de Trácio:

"Então quando o primeiro navio valente aventurou-se pelos mares,
Bem alto na popa o Trácio entoou sua melodia,
Enquanto Argo viu suas árvores conhecidas
Descer de Pélion ao alto-mar,
Extasiados, os semideuses estavam à volta,
E homens tornavam-se heróis no estreito."

No poema de Dyer "O Velo", há um relato do navio *Argo* e sua tripulação, oferecendo uma boa imagem dessa aventura marítima primitiva:

"De todas as regiões da costa do Egeu
Os bravos se reuniram; aqueles gêmeos ilustres
Castor e Pólux; Orfeu, o bardo afinado;
Zetes e Calais, velozes como o vento;
O forte Hércules e muitos chefes renomados.
Na vasta praia de Iolcos eles juntaram-se,
Armaduras reluzentes, ardentes por aventuras,
E depressa, a amarra e a grande pedra

Içados ao convés, levantada a âncora;
Cuja quilha de proporções extraordinárias as mãos hábeis
De Argos criaram para a tentativa impetuosa;
E na quilha estendida um mastro altivo
Erguido, e velas cheias; para os chefes
Objetos incomuns. Agora sim, agora aprenderam
Sua condução ousada sobre as ondas do mar,
Guiados pelas estrelas douradas, como a arte de Quíron
Marcara a esfera celestial."

Hércules abandonou a expedição em Mísia, pois Hilas, um jovem por quem ele tinha muita estima, ao buscar água foi agarrado e preso pelas ninfas da fonte que ficaram fascinadas com sua beleza. Hércules foi em busca do rapaz e, enquanto estava ausente, o *Argo* voltou para o mar e deixou-os em terra. Moore, em uma de suas canções, faz uma bela alusão a esse incidente:

"Quando Hilas foi enviado com seu cântaro à fonte,
Passando por campos repletos de luz e com o coração cheio de alegria,
Distraído o rapaz vagava pelos montes e pradarias,
E esqueceu de sua tarefa por causa das flores no caminho.

Assim muitos como eu, que na juventude deveriam ter provado
Da fonte que corre perto do santuário da Filosofia,
Desperdiçam seu tempo com as flores da margem,
E deixam seus leves cântaros tão vazios como o meu."

MEDEIA E ESÃO

Durante as comemorações pela recuperação do Velo de Ouro, Jasão sentiu que faltava alguma coisa, a presença de Esão, seu pai, que não podia estar presente em virtude da idade e enfermidades. Jasão perguntou a Medeia: "Minha esposa, será que suas artes, cujos poderes foram tão influentes em meu auxílio, poderiam me fazer mais um favor tirando alguns anos de minha vida e concedendo-os a meu pai?". Medeia respondeu: "Não poderá ser feito a esse custo, mas, se minha arte é útil, a vida de Esão será estendida sem abreviar a sua". Na lua cheia seguinte ela saiu sozinha, enquanto todas as criaturas dormiam; nem um suspiro balançava as folhas, tudo estava calmo. Ela dirigiu seus encantamentos às estrelas e à lua; a Hécate,[15] deusa do submundo, e a Telo, deusa da terra, cujos poderes produzem plantas potentes para a magia. Medeia invocou os deuses das florestas e das cavernas, das montanhas e dos vales, dos lagos e dos rios, dos ventos e dos vapores. Enquanto falava, as estrelas brilhavam com mais intensidade e logo uma biga desceu pelo ar, conduzida por serpentes voadoras. Ela subiu no carro e foi levada para o alto, em direção a regiões distantes onde crescem plantas potentes que ela sabia selecionar para seu propósito. Por sete noites ela se dedicou a essa busca e durante esse tempo não passou pelas portas do palácio, nem sob qualquer teto, e evitou qualquer contato com mortais.

Em seguida, Medeia ergueu dois altares, um para Hécate, outro para Hebe, deusa da juventude, e sacrificou uma ovelha negra, vertendo libações de leite e vinho. Implorou a Plutão e à sua noiva roubada para que não se apressassem em tirar a vida ao velho. Então, exigiu que Esão se aproximasse e fez um encanto que o colocou em sono profundo sobre uma cama de ervas, como um defunto. Jasão e todos os outros foram mantidos afastados do local, para que olhos profanos não descobrissem seus mistérios. Então, com os cabelos soltos, três vezes ela moveu os altares, jogou galhos em brasa no sangue e os deixou arder. Enquanto isso, os ingredientes eram preparados no caldeirão. A receita levava ervas mágicas com sementes, flores de suco urticante, pedras do Oriente remoto e areia das costas do mar ao redor; geada colhida ao luar, cabeça e asas de coruja do mato e vísceras de lobo. Ela acrescentou fragmentos de casca de tartaruga e o fígado de um cervo – animais obstinados –, a cabeça e o bico de um corvo, que sobrevive a nove gerações de homens. Essas e muitas outras coisas "sem nome" Medeia ferveu para o trabalho determinado, misturando-os com um ramo seco de oliveira. E pasmem! No instante em que tirou o ramo, este ficou verde e logo ficou coberto de folhas e azeitonas novas. Conforme o líquido fervia e borbulhava, um pouco escorria na relva e as gotas a transformavam em um verde primaveril.

---

15. Hécate era uma divindade misteriosa, às vezes identificada com Diana, outras com Prosérpina. Como Diana representa o esplendor da luz da lua, Hécate representa sua escuridão e terrores. Era a deusa da bruxaria e sortilégio e acreditava-se que vagava pela Terra durante a noite, sendo vista apenas pelos cães cujo ladrar alertava de sua aproximação.

Ao ver que tudo estava pronto, Medeia cortou a garganta do velho, deixou todo o sangue dele escorrer e derramou em sua boca e feridas os sucos do caldeirão. Assim que ele os absorveu completamente, seus cabelos e barba deixaram o branco e assumiram a negridão da juventude; sua palidez e magreza sumiram; suas veias ficaram cheias de sangue e os membros, vigorosos e robustos. Esão ficou impressionado consigo mesmo e lembrou-se de que agora estava como nos dias de juventude, há 40 anos.

Aqui, Medeia utilizou suas artes para um bom propósito, mas não foi assim em outras ocasiões em que as usou como instrumento de vingança. Pélias, os leitores se lembrarão, foi o tio usurpador de Jasão e o manteve distante de seu reino. No entanto, ele deveria ter algumas qualidades, pois suas filhas o amavam e, quando viram o que Medeia fizera a Esão, desejaram que fizesse o mesmo ao seu pai. Medeia fingiu consentir e preparou o caldeirão como antes. A seu pedido, um carneiro velho foi trazido e mergulhado no caldeirão. Logo se ouviu um balido vindo do recipiente e, quando a tampa foi levantada, um cordeiro saltou e correu travesso para a pradaria. As filhas de Pélias assistiram ao experimento com prazer e marcaram uma hora para seu pai se submeter à mesma operação. Mas dessa vez Medeia preparou o caldeirão de maneira muito diferente. Colocou apenas água e umas ervas simples. Durante a noite, ela e as irmãs entraram nos aposentos do velho rei, quando ele e os guardas dormiam profundamente sob a influência de um feitiço lançado por Medeia. As filhas ficaram ao lado da cama com as armas desembainhadas, mas hesitaram ao atacar, até que Medeia repreendeu sua hesitação. Então, virando o rosto e dando golpes aleatórios, elas atingiram o pai com suas armas. Pélias, despertando, gritou: "Minhas filhas, o que estão fazendo? Vão matar seu pai?". Seus corações minguaram e as armas caíram-lhe das mãos, mas Medeia o atingiu com um golpe fatal, evitando que dissesse mais.

Em seguida, colocaram-no no caldeirão e Medeia apressou-se em partir em seu carro conduzido por serpentes antes que descobrissem sua traição, ou a vingança das irmãs seria terrível. No entanto, ela escapou, mas teve pouco prazer com os frutos de seu crime. Jasão, por quem tanto fizera, desprezou Medeia, pois desejava desposar Creusa, princesa de Corinto. Medeia, furiosa com a ingratidão, invocou os deuses para sua vingança e enviou uma túnica envenenada como presente para a noiva. Depois matou os próprios filhos e colocou fogo no palácio, subindo em sua biga conduzida por serpentes e fugindo para Atenas, onde desposou o rei Egeu, pai de Teseu. Encontraremos Medeia outra vez quando falarmos das aventuras desse herói.

Os feitiços de Medeia lembrarão ao leitor as bruxas de "Macbeth". Os seguintes versos são os que parecem lembrar o modelo antigo de forma mais impressionante:

"Ao redor do caldeirão vão;
Joguem nele as vísceras envenenadas

Um filé de carne da serpente do pântano
No caldeirão ferve e cozinha;
Olho de salamandra e dedos de sapo,
Pelo de morcego e língua de cão,
Forcado de víbora, ferrão de minhoca cega,
Pata de lagartixa e asa de coruja.

Papos de tubarões vorazes,
Raiz de cicuta coletada no escuro."
    Macbeth, Ato IV. Cena I

E ainda:

"Macbeth – O que fazeis?
Bruxas – Uma ação que não tem nome."

Há outra história de Medeia revoltante demais para ser relatada sobre alguém, mesmo uma feiticeira, uma classe de pessoas a quem tanto poetas antigos como modernos acostumaram-se a atribuir todo tipo de atrocidades. Na fuga de Cólquida, Medeia levara consigo seu jovem irmão Absirto. Ao ver que os navios de Etes que perseguiam os Argonautas os alcançavam, ela mandou matar o rapaz e jogou seus membros ao mar. Etes, ao alcançar o local, encontrou os tristes pedaços do filho morto; e enquanto parou para juntar os fragmentos espalhados para conceder-lhes um sepultamento honrado, os Argonautas escaparam.

Nos poemas de Campbell, há uma tradução de um dos coros da tragédia de "Medeia", no qual o poeta Eurípides aproveita a ocasião para prestar um reluzente tributo a Atenas, sua cidade natal. Começa assim:

"Oh intratável rainha! Foi a Atenas que dirigiste
Teu carro reluzente, manchado com o sangue dos parentes;
Ou tentas esconder teu desgraçado parricídio
Onde a paz e a justiça viverão para sempre?"

CAPÍTULO XVIII

MELÉAGRO E ATALANTA

Um dos heróis da expedição dos Argonautas era Meléagro, filho de Eneu e Alteia, rei e rainha de Cálidon. Alteia, quando seu filho nasceu, viu as três Parcas que, enquanto teciam o fio fatal, prediziam que a vida da criança não deveria durar mais do que uma acha de lenha quando queima na lareira. Alteia apanhou a lenha e extinguiu a chama e, com cuidado, preservou-a durante anos, enquanto Meléagro se tornava menino, rapaz e homem. Aconteceu que Eneu, enquanto oferecia sacrifícios aos deuses, deixou de prestar as honras devidas a Diana; e esta, indignada com a negligência, enviou um enorme javali selvagem para causar estragos nos campos de Cálidon. Os olhos do animal brilhavam com sangue e fogo, seus pelos estavam eriçados como lanças ameaçadoras, suas presas eram como as dos elefantes indianos. O milharal que crescia foi pisoteado; os vinhedos e oliveiras, devastados; os rebanhos e as manadas foram conduzidos a uma confusão selvagem pelo inimigo assassino. Toda ajuda comum parecia inútil, mas Meléagro invocou os heróis da Grécia para se unirem a uma caçada audaciosa ao monstro insaciável. Teseu e seus amigos Pirítoo, Jasão, Peleu, que será pai de Aquiles, Télamo, pai de Ajax, Nestor, então um jovem, mas que na velhice pegou em armas com Aquiles e Ajax durante a Guerra de Troia – estes e muitos outros se juntaram à iniciativa. Com eles veio Atalanta, filha de Iaso, rei da Arcádia. Uma fivela de ouro polido prendia sua túnica, uma aljava de marfim pendurada em seu ombro esquerdo e, na mão esquerda, o arco. Seu rosto combinava a beleza feminina com os melhores encantos da juventude marcial. Meléagro a viu e se apaixonou.

Entretanto, estavam próximos da toca do monstro. Estenderam redes fortes de uma árvore a outra; soltaram os cães que tentaram encontrar pegadas de sua presa na relva. O bosque descia para um solo pantanoso. Aqui o javali, deitado entre os juncos, ouviu os gritos de seus perseguidores e correu de encontro a eles. Um ou outro foi derrubado e morto. Jasão atira sua lança com uma prece a Diana para o sucesso e a deusa, agradecida, permite que a arma toque o animal sem feri-lo, removendo a ponta de aço da lança durante seu voo. Nestor, atacado, busca e encontra refúgio entre os galhos de uma árvore. Télamo avança, mas tropeça em uma raiz saliente e cai de bruços. Entretanto, uma flecha de Atalanta, afinal e pela primeira vez, prova o sangue do monstro. É uma ferida ligeira, mas Meléagro a vê e com alegria a proclama. Anceu, entusiasmado e com inveja do louvor oferecido a uma mulher, proclama seu próprio valor em voz alta e desafia o javali e a deusa que o enviou, mas, quando ele ataca, o animal enfurecido o derruba com um golpe mortal. Teseu atira sua lança, mas esta é desviada por um galho saliente. O dardo de Jasão erra o alvo, matando em vez dele um de seus próprios cães. Mas Meléagro, após um golpe malsucedido, enfia sua lança no flanco do monstro e, logo, aproxima-se e o executa com golpes repetidos.

Em seguida, um grito ecoa dos observadores ao redor; eles felicitam o conquistador, juntando-se para tocar sua mão. Este coloca o pé sobre a cabeça do javali morto, vira-se para Atalanta e concede a ela a cabeça e a pele grosseira que seriam os troféus de seu sucesso. Mas esse gesto causou inveja e incitou os outros a brigar. Pléxipo e Toxeu, irmãos da mãe de Meléagro, além dos demais, opõem-se ao presente e arrebatam da donzela o troféu que recebera. Meléagro, ardendo de raiva com o equívoco cometido contra ele, e ainda mais com o insulto oferecido à sua amada, esqueceu os laços de parentesco e mergulhou a espada nos corações dos transgressores.

Enquanto Alteia levava presentes de agradecimento aos templos pela vitória de seu filho, ela vê os corpos de seus irmãos assassinados. Grita, bate no peito e corre para trocar as vestimentas de festa por outras de luto. Porém, quando o autor do feito é revelado, a dor cede lugar ao severo desejo de vingança contra o filho. O pedaço de lenha fatal que uma vez resgatara das chamas, que os destinos relacionaram com a vida de Meléagro, Alteia busca e ordena que um fogo seja preparado. Então, quatro vezes ela tenta colocar o pedaço de lenha na pilha; quatro vezes recua, tremendo ao pensar em causar a destruição do filho. Os sentimentos de mãe e irmã lutam dentro dela. Ela ora fica pálida ao pensar no feito proposto, ora enrubesce de raiva outra vez com o ato do filho. Como um navio levado a uma direção pelo vento e à direção oposta pela maré, a mente de Alteia fica suspensa pela incerteza. Mas agora a irmã prevalece sobre a mãe e fala enquanto segura o galho fatal: "Virai, ó Fúrias, deusas do castigo! Virai para cá e vede o sacrifício que trago! O crime deve reparar o crime. Deverá Eneu regozijar-se com a vitória de seu filho enquanto a casa de Téstio fica desolada? Mas, ai de mim! Que feito é esse que trago comigo! Irmãos, perdoem a fraqueza de uma mãe! Minhas mãos me falham. Ele merece morrer, mas não que seja eu a destruí-lo. Mas deverá ele então viver, triunfar e reinar sobre Cálidon enquanto vocês, meus irmãos, vagam entre as sombras? Não! Você viveu pelo meu dom; morre agora por seu próprio crime. Devolva a vida que duas vezes lhe dei, primeiro em seu nascimento, depois quando tirei essa acha das chamas. Ah, se você tivesse morrido naquele momento! Oh! Nociva é a conquista; mas, irmãos, vocês conquistaram". E, desviando o rosto, ela atirou o pedaço de lenha fatal na pilha ardente.

O pedaço de lenha deu, ou pareceu ter dado, um gemido mortal. Meléagro, ausente e inconsciente da causa, sentiu uma pontada repentina. Ele arde e apenas com orgulho e coragem vence a dor que o destrói. Queixa-se apenas de ter uma morte sem sangue e sem honra. Com um último suspiro ele chama pelo pai idoso, o irmão, as queridas irmãs, a amada Atalanta e sua mãe, a causa desconhecida de seu destino. As chamas crescem e com elas a dor do herói. Agora ambas cessam; agora ambas são extintas. O pedaço de lenha torna-se cinzas e a vida de Meléagro é levada pelos ventos errantes.

Alteia, quando o ato está terminado, bate em si mesma de forma violenta. As irmãs de Meléagro lamentam o irmão com incontrolável tristeza, até que Diana, com pena da dor que afligira a casa que um dia despertara sua ira, transformou a todos em pássaros.

ATALANTA

A causa inocente de tanta dor era uma donzela cujo rosto mais parecia de menino que de menina. No entanto, muito feminina para um rapaz. Seu destino fora traçado e foi desta forma: "Atalanta, não se case. O casamento será sua ruína". Aterrorizada com esse oráculo, ela fugiu da companhia dos homens e se dedicou aos esportes da caça. A todos os pretendentes (pois tinha muitos), ela impusera uma condição que, em geral, foi eficaz em aliviá-la de suas perseguições: "Serei o prêmio daquele que conseguir me vencer na corrida; mas a morte será a punição daquele que tentar e fracassar". Apesar da dura condição, alguns tentaram. Hipômenes seria o juiz da corrida. "Será possível que alguém seja tão precipitado e arrisque tanto por uma esposa?", disse ele. Mas, quando viu Atalanta colocando a vestimenta de lado e se preparar para a corrida, mudou de ideia e disse: "Jovens, me perdoem, eu não conhecia o prêmio pelo qual vocês competem". Enquanto inspecionava os rapazes, Hipômenes desejava que todos fossem vencidos, e inchou de raiva daquele que parecia ter alguma chance de vencer. Enquanto tinha tais pensamentos, a virgem disparou. Enquanto corria, parecia mais bela do que nunca. As brisas pareciam criar asas em seus pés, os cabelos voavam sobre os ombros e as franjas alegres de suas vestes tremulavam atrás dela. Um tom corado tingiu a alvura de sua pele, como a sombra de cortinas carmesim contra uma parede de mármore. Todos os adversários estavam distantes e foram mortos sem misericórdia. Hipômenes, sem se amedrontar com o resultado, com os olhos fixos na virgem, disse: "Por que se gabar de vencer aquelas lesmas? Ofereço-me para a competição". Atalanta fitou-o com o semblante compadecido e não conseguia decidir se queria vencê-lo ou não. "Que deus pode tentar alguém tão jovem e belo a se matar? Tenho pena dele, não por sua beleza (embora seja belo), mas por sua juventude. Desejo que desista da corrida e, caso seja louco, espero que me ultrapasse". Enquanto ela hesita, perdida nesses pensamentos, os espectadores ficam impacientes para o começo da corrida e seu pai a adverte para se preparar. Hipômenes dirige uma oração a Vênus: "Ajudai-me, Vênus, pois fostes vós que me impelistes". Vênus ouviu e foi favorável.

No jardim de seu templo, em sua própria ilha de Chipre, há uma árvore com folhas e ramos amarelos com frutos de ouro. Ali, ela apanhou três maçãs douradas e sem ser vista por ninguém as ofereceu a Hipômenes com a indicação de como utilizá-las. O sinal foi dado e os competidores arrancam, agitando a areia. Pisavam de forma tão leve que quase pareciam correr sobre a superfície de um rio ou contra a maré sem afundarem. Os gritos dos espectadores favoreciam Hipômenes: "Agora, agora, faça seu melhor! Corra, corra, vai vencê-la! Não pare! Mais um pouco!". Não se sabia se o jovem ou a donzela ouvia os gritos com maior prazer. Mas o fôlego dele começou a falhar, sua garganta estava seca e a chegada ainda longe. Nesse momento, ele deixou cair uma das maçãs douradas. A virgem ficou maravilhada e parou para apanhá-la. Hipômenes disparou. Gritos emergiram de todos os lados. Ela redobrou os esforços e logo o ultrapassou. Mais uma vez, ele derruba uma maçã. Ela parou outra vez, e outra vez o ultrapassou. A chegada estava próxima, restava apenas uma chance. "Agora, deusa", disse ele, "fortalecei vossa dádiva!", e atirou a última maçã para o lado. Ela olhou e hesitou. Vênus incitou-a a virar-se para a maçã. Ela o fez e foi vencida. O jovem recebeu o prêmio.

Mas os amantes estavam tão repletos de felicidade que se esqueceram de prestar honras a Vênus, e a deusa foi provocada pela ingratidão. Fez com que eles ofendessem Cibele, uma deusa poderosa que não tolerava o insulto sem impunidade. Ela tomou deles a forma humana e os transformou em animais de caráter semelhante ao deles mesmos. A heroína caçadora, que triunfava com o sangue de seus amantes, ela transformou em leoa. E seu senhor e mestre tornou-se um leão. Atrelou-os ao seu carro onde ainda podem ser vistos em todas as representações, seja estátua ou pintura, da deusa Cibele.

Cibele é o nome latino da deusa grega Reia ou Ops. Era esposa de Cronos e mãe de Zeus. Em obras de arte, ela exibe o ar de matrona que a distingue de Juno e Ceres. Algumas vezes é retratada coberta por um véu e sentada em um trono com leões à volta, outras vezes andando em uma biga conduzida por leões. Ela usa uma coroa mural, isto é, uma coroa cuja borda é esculpida com a forma de torres e muralhas. Seus sacerdotes chamavam-se Coribantes.

Byron, ao descrever a cidade de Veneza, que foi construída em uma ilha rasa no Mar Adriático, apropria-se de uma ilustração de Cibele:

"Parece uma Cibele marinha, recém-saída do oceano,
Erguendo-se com sua tiara de torres imponentes,
Ao alto, com movimentos majestosos,
Uma governante das águas e de seus poderes."
Childe Harold, IV

Em "Rimas na Estrada", o poeta Moore, falando do cenário alpino, faz uma alusão à história de Atalanta e Hipômenes desta forma:

"Mesmo aqui, nesta região das maravilhas, vejo que
A Imaginação com seus leves passos deixa a Verdade para trás,
Ou pelo menos, como Hipômenes, a desencaminha
Com as ilusões douradas que ele atira em seu caminho."

CAPÍTULO XIX

HÉRCULES – HEBE E GANIMEDES

HÉRCULES

Hércules era filho de Júpiter e Alcmena. Como Juno era sempre hostil aos filhos de seu marido com mulheres mortais, ela declarou guerra a Hércules desde o nascimento deste. Ela enviou duas serpentes para matá-lo ainda no berço, mas a criança precoce estrangulou-as com suas próprias mãos. Contudo, pelas artes de Juno, ele foi submetido a Euristeu e obrigado a obedecer todas as suas ordens. Euristeu impôs sobre ele uma sucessão de aventuras extremas, que foram chamadas de "Os 12 trabalhos de Hércules". A primeira delas foi a luta com o Leão de Nemeia. O vale de Nemeia foi invadido por um terrível leão. Euristeu ordenou a Hércules que trouxesse a pele do monstro. Após usar em vão sua clava e flechas contra o leão, Hércules estrangulou o animal. Ele voltou carregando o leão morto nos ombros. Euristeu ficou tão aterrorizado com a visão e com a prova da força extraordinária do herói que o mandou relatar suas futuras façanhas fora da cidade.

Seu próximo trabalho era o assassinato da Hidra. Esse monstro atacou o país de Argos e vivia em um pântano perto do poço de Amímone. Esse poço foi descoberto por Amímone quando o país sofria com a seca, e a história foi que Netuno, que a amava, permitiu que ela tocasse a rocha com seu tridente e uma fonte com três nascentes emergira. Aqui, Hidra se posicionou e Hércules foi enviado para destruí-la. Hidra possuía nove cabeças, e a do meio era considerada imortal. Hércules arrancou a cabeça com sua clava, mas, no lugar da cabeça decepada, duas novas nasceram. Por fim, com a ajuda de seu fiel empregado Iolau, ele queimou as cabeças de Hidra e enterrou a nona, ou a imortal, sob uma rocha enorme.

Outro trabalho consistia na limpeza dos estábulos de Áugia, rei de Élida, que possuía uma manada de 3 mil bois, cujos estábulos não eram limpos havia 30 anos. Hércules desviou os Rios Alfeu e Peneu sobre eles e limpou-os de maneira minuciosa em um dia.

Seu próximo trabalho era de uma natureza mais delicada. Admeta, filha de Euristeu, desejava obter o cinto da rainha das amazonas e Euristeu ordenou que Hércules fosse buscá-lo. As amazonas eram uma nação de mulheres belicosas e detinham várias cidades prósperas. Tinham por hábito criar apenas filhas. Os meninos eram enviados às nações vizinhas ou eram mortos. Hércules estava acompanhado por um grupo de voluntários e, após algumas aventuras, chegou, finalmente, ao país das amazonas. Hipólita, a rainha, recebeu-o cordialmente e consentiu em ceder o cinto a Admeta. Mas Juno tomou a forma de uma amazona e convenceu as outras de que os estranhos estavam levando sua rainha. Em um instante elas estavam armadas e vieram em grande quantidade ao navio. Hércules, pensando que Hipólita o havia traído, matou-a, pegou o cinto e zarpou para casa.

Outra tarefa imposta a ele consistia em levar a Euristeu os bois de Gerião, um monstro com três corpos que vivia na Ilha de Eriteia (a vermelha), assim chamada porque ficava a oeste, sob os raios do sol poente. Essa descrição parece aplicar-se à Espanha, onde Gerião era rei. Depois de atravessar vários países, Hércules afinal alcançou as fronteiras da Líbia e da Europa, onde ergueu as montanhas Calpe e Ábila como monumentos ao seu progresso. De acordo com outro relato, ele dividiu uma montanha em duas, deixando metade de cada lado para formar o Estreito de Gibraltar; as duas montanhas foram chamadas Pilares de Hércules. Os bois eram guardados pelo gigante Euritião e seu cão de duas cabeças. Hércules matou os dois e levou os bois em segurança para Euristeu.

O trabalho mais difícil de todos foi colher as maçãs douradas das Hespérides, pois Hércules não sabia onde encontrá-las. Eram as maçãs as quais Juno recebera da deusa da Terra em seu casamento e as quais entregou aos cuidados das filhas de Héspero, auxiliadas por um atento dragão. Após várias aventuras, Hércules chegou ao Monte Atlas, na África. Atlas era um dos titãs que haviam lutado contra os deuses e, após aqueles serem subjugados, Atlas foi condenado a carregar nos ombros o peso dos céus. Ele era o pai de Hespérides e Hércules pensou que ele poderia, caso alguém pudesse, encontrar as maçãs e trazê-las a ele. Mas como tirar Atlas de seu posto ou segurar os céus enquanto ele estivesse fora? Hércules segurou o peso em seus próprios ombros e enviou Atlas para buscar as maçãs. Ele voltou com elas e, embora com alguma relutância, pôs o peso sobre os ombros outra vez e permitiu que Hércules levasse as maçãs de ouro a Euristeu.

Milton, no "Comus", torna as Hespérides filhas de Héspero e sobrinhas de Atlas:

"...entre os jardins encantadores
De Héspero e suas três filhas
Que cantam a respeito da árvore de ouro."

Os poetas, levados pela analogia da adorável aparição do céu ocidental ao pôr do sol, viam o Ocidente como uma região de brilho e glória. Por isso, depositaram nele as Ilhas Afortunadas, a ruborizada Ilha Eriteia, onde os bois brilhantes de Gerião pastavam, e a Ilha das Hespérides. Segundo alguns, as maçãs seriam as laranjas da Espanha, de quem os gregos ouviram alguns relatos obscuros.

Uma proeza celebrada de Hércules foi a vitória sobre Anteu, filho da Terra, gigante e lutador poderoso, cuja força seria invencível desde que permanecesse em contato com sua mãe, a Terra. Ele forçava todos os estranhos que vinham a seu país a lutar, sob a condição de que, quando vencidos (como todos eram), deveriam ser mortos. Hércules se deparou com ele e, como viu que era inútil tentar derrubá-lo, pois Anteu sempre se erguia com força renovada de cada queda, Hércules o levantou do solo e estrangulou-o no ar.

Caco era um gigante imenso que vivia em uma caverna no Monte Aventino e pilhava o país vizinho. Quando Hércules conduzia os bois de Gerião para casa, Caco roubou parte da manada enquanto o herói dormia. Para que as pegadas não mostrassem para onde foram conduzidos, ele arrastou-os de costas pelo rabo até sua caverna. Assim seu rastro parecia mostrar que foram na direção oposta. Hércules foi enganado por esse estratagema e teria falhado na busca pelos bois. Mas, ao conduzir o restante da manada perto da caverna onde os roubados estavam escondidos, os que estavam lá dentro começaram a mugir e foram descobertos. Caco foi assassinado por Hércules.

A última proeza de que falaremos foi trazer Cérbero do submundo. Hércules desceu ao Hades acompanhado por Mercúrio e Minerva. Obteve permissão de Plutão para levar Cérbero ao mundo superior, desde que o fizesse sem a utilização de armas. Apesar do esforço do monstro, ele o agarrou, prendeu com firmeza e o levou a Euristeu. Depois, ele o trouxe de volta. Quando estava no Hades, obteve a liberdade de Teseu, seu admirador e imitador, que fora detido ali em razão de uma tentativa malsucedida de raptar Prosérpina.

Hércules, em um ataque de loucura, matou seu amigo Ífito e por essa ofensa foi condenado a se tornar escravo da rainha Ônfale durante três anos. Ao longo desse serviço, a natureza do herói pareceu mudar. Ele vivia de forma efeminada, às vezes trajando vestes femininas e trabalhando com fiação de lã ao lado das amas de Ônfale, enquanto a rainha usava sua pele de leão. Quando a pena terminou, ele desposou Dejanira e viveu em paz com ela durante três anos. Certa ocasião, quando viajara com a esposa, eles chegaram a um rio em que o centauro Nésso atravessava viajantes por um preço fixo. O próprio Hércules atravessou o rio sozinho, mas pediu para Nésso atravessar Djanira. Ele tentou fugir com ela, mas Hércules ouviu os gritos de Dejanira e disparou uma flecha no coração de Nésso. O centauro moribundo pediu a Dejanira que pegasse uma porção de seu sangue e guardasse, pois poderia ser utilizado como um encanto para preservar o amor de seu marido.

Dejanira assim o fez e, pouco depois, viu uma ocasião para utilizá-lo. Hércules, em uma de suas conquistas, fizera prisioneira uma bela donzela chamada Iole, a quem ele parecia mais afeiçoado do que permitira Dejanira. Quando Hércules estava a ponto de oferecer sacrifícios aos deuses em honra de sua vitória, ele pediu a sua esposa uma túnica branca para usar na ocasião. Dejanira, pensando ser uma boa ocasião para testar seu feitiço do amor, encharcou a túnica com o sangue de Nésso. Devemos acreditar que ela limpou todo o sangue sem eliminar o poder da magia, e assim que a vestimenta aqueceu o corpo de Hércules, o veneno penetrou em todos os seus membros, causando a mais intensa agonia. Enlouquecido, ele agarrou Licas, que trouxera a túnica envenenada, e o lançou ao mar. Ele arrancou a túnica, mas ela prendera-se à sua pele; com ela, ele arrancava pedaços inteiros do corpo. Nesse estado, ele embarcou em um navio e foi levado para casa. Dejanira, ao ver o que fizera de forma involuntária, enforcou-se. Hércules, pronto para morrer, subiu ao Monte Eta, onde construiu uma pira funerária com árvores, cedeu seu arco e flecha a Filoctetes e deitou-se na pira com a cabeça apoiada em sua clava e a pele de leão por cima. Com o semblante tão sereno como se estivesse tomando seu lugar em um banquete, ele ordenou a Filoctetes que usasse a tocha. As chamas espalharam-se com rapidez e logo cobriram a grande massa.

Milton assim alude ao ataque de loucura de Hércules:

"Como quando Alcides,[16] da Ecália coroado
Com vitória, sentiu a túnica envenada, e arrancou,
Com dor, pelas raízes os pinheiros tessálios
E Licas, do alto do Eta, atirou
Ao Mar Euboico."

Os próprios deuses ficaram perturbados ao ver o campeão da Terra morto dessa maneira. Mas Júpiter, com semblante feliz, assim se dirigiu a eles: "Fico satisfeito ao ver sua preocupação, meus príncipes, e fico grato ao perceber que sou regente de um povo leal e que meu filho desfruta de seus favores. Pois, embora seu interesse nele venha de suas nobres proezas, não é menos gratificante para mim. Mas agora lhes digo, não temam. Aquele que tudo conquistou não será vencido por aquelas chamas que vêm no Monte Eta. Apenas seu lado materno pode perecer; o que herdou de mim é imortal. Vou levá-lo, morto na Terra, para o reino celeste e peço a todos que o recebam com afeto. Se algum de vocês lamenta o fato de ele receber tal honra, não poderão negar que ele a mereceu". Todos os deuses consentiram. Apenas Juno ouviu as palavras finais com algum desagrado, pois eram dirigidas a ela em particular, mas não o suficiente para fazê-la lamentar a decisão de seu marido. Portanto, quando as chamas consumiram a parte materna de Hércules, a parte divina, em vez de ser ferida, parece ter emergido com força revigorada para assumir um refúgio mais elevado, com mais dignidade. Júpiter

---

16. Alcides é o outro nome de Hércules.

envolveu-o em uma nuvem e ascendeu com Hércules em um carro conduzido por quatro cavalos para que vivesse entre as estrelas. Ao tomar seu lugar no firmamento, Atlas sentiu o peso acrescentado.

Juno, agora reconciliada com ele, ofereceu sua filha Hebe em casamento.

O poeta Schiller, em uma de suas peças intitulada "O ideal e a vida", ilustra o contraste entre a prática e a imaginação em algumas belas estrofes, das quais as últimas duas podem ser traduzidas desta forma:

"Rebaixado a servo do covarde,
O bravo Alcides, em intermináveis combates,
Percorre os caminhos espinhosos de sofrimentos;
Matou a Hidra, esmagou a força do leão,
Atirou-se para trazer seu amigo à luz,
Vivo, no esquife que transporta os mortos.
Todos os suplícios, toda a labuta da Terra.
O ódio de Juno por ele poderia impor,
Bem, ele os suportou desde o fadado nascimento
Até o grandioso e triste desfecho.

Até que o deus, abandonando o lado mortal,
Do homem em chamas separado,
Bebeu o puro sopro do éter celestial.
Feliz e desacostumado com a nova leveza,
Erguido ao resplendor celestial,
O fardo pesado e sombrio da Terra perdido na morte.
Recebido com harmonia no Monte Olimpo,
A morada onde reina seu amado pai;
Deusa jovem e brilhante, com um rubor no encontro,
Oferece o néctar ao seu senhor."

S G B

HEBE E GANIMEDES

Hebe, filha de Juno e deusa da juventude, era a copeira dos deuses. A história usual é que ela abandonou o cargo ao tornar-se esposa de Hércules. Mas há outra afirmação que Crawford, o escultor norte-americano, adotou em seu grupo de Hebe e Ganimedes, agora na

Galeria Ateneum. Segundo ele, Hebe foi dispensada da tarefa por causa de uma queda na presença dos deuses. Seu sucessor foi Ganimedes, um menino troiano que Júpiter, disfarçado de águia, agarrou e raptou em meio aos seus companheiros de jogo no Monte Ida; levou para o céu e colocou-o no lugar vago.

Tennyson, em "Palácio da Arte", descreve, entre as decorações das paredes, uma pintura que representa essa lenda:

"Ali, também, o ruborizado Ganimedes, suas coxas rosadas
Meio ocultas na penugem da águia,
Só como uma estrela cadente voando pelo espaço
Por cima das colunas da cidade."

No "Prometeu" de Shelley, Júpiter assim chama o seu copeiro:

"Sirva o vinho divino, Ganimedes Ideu,
E deixe-o encher os belos cálices como fogo."

A bela lenda da "Escolha de Hércules" pode ser vista na revista *Tatler* nº 97.

CAPÍTULO XX

TESEU - DÉDALO - CASTOR E PÓLUX

TESEU

Teseu era filho de Egeu, rei de Atenas, e de Etra, filha do rei de Trezene. Ele foi criado em Trezene e, quando se tornasse adulto, Teseu devia ir para Atenas e apresentar-se ao seu pai. Egeu, quando se separou de Etra, antes do nascimento do filho, colocou sua espada e sandálias sob uma grande pedra e a orientou a buscar seu filho quando este se tornasse forte o suficiente para rolar a pedra e tirá-los dali. Quando achou que o momento havia chegado, a mãe levou Teseu até a pedra e ele a moveu com facilidade, retirando a espada e as sandálias. Como as estradas estavam infestadas de assaltantes, seu avô o pressionou de maneira contundente para que tomasse o caminho mais curto e seguro para o país de seu pai – por mar. Mas o jovem, sentindo em si o espírito e a alma de um herói e ansioso por ser comparado a Hércules, cuja fama de destruidor de monstros e malfeitores que oprimiam o país ecoava por toda a Grécia, escolheu a viagem por terra, mais perigosa e arriscada.

Seu primeiro dia de viagem o levou a Epidauro, onde vivia um homem chamado Perifetes, filho de Vulcano. Esse selvagem feroz estava sempre armado de uma clava de ferro e todos os viajantes tinham pavor de sua violência. Quando viu Teseu se aproximando, ele o atacou, mas logo caiu com os golpes do jovem herói, que pegou sua clava e a guardou para sempre como recordação de sua primeira vitória.

Várias disputas similares com tiranos mesquinhos e saqueadores daquele país aconteceram em seguida, e em todas Teseu saiu vitorioso. Um desses malfeitores chamava-se Procusto, ou o Esticador. Ele tinha uma cabeceira de ferro na qual amarrava os viajantes que caíam em suas mãos. Se fossem menores que a cama, esticava seus membros até encaixarem de forma perfeita. Se fossem maiores que a cama, ele cortava uma parte. Teseu fez com ele o que Procusto fazia com os outros.

Tendo superado todos os perigos da estrada, Teseu chegou enfim a Atenas, onde novos perigos o aguardavam. A feiticeira Medeia, que fugira de Corinto após a separação de Jasão, tornara-se esposa de Egeu, pai de Teseu. Sabendo por meio de suas artes quem ele era e temendo perder a influência que tinha sobre o marido se Teseu fosse reconhecido como seu filho, ela encheu a cabeça de Egeu com suspeitas do jovem estranho e o induziu a servir um cálice de veneno a Teseu. Mas, no momento em que este se aproximou para erguer o cálice, a visão da espada que portava mostrou ao pai quem ele era, e Egeu evitou o gole fatal. Medeia, descoberta em suas artes, fugiu outra vez do merecido castigo e chegou à Ásia, onde mais tarde o país chamado Média recebeu esse nome em sua honra. Teseu foi reconhecido por seu pai e declarado seu sucessor.

Naquela época, os atenienses viviam em aflição profunda por causa do tributo que eram obrigados a pagar a Minos, rei de Creta. O tributo consistia em sete rapazes e sete donzelas que eram enviados todos os anos para ser devorados pelo Minotauro, um monstro metade touro e metade homem. Extremamente forte e feroz, ele era mantido em um labirinto construído por Dédalo, tão engenhosamente concebido que quem entrasse nele não conseguiria encontrar a saída sem ajuda. Aqui o Minotauro vagava e era alimentado com vítimas humanas.

Teseu decidiu libertar seus compatriotas de tal calamidade, ou morrer na tentativa. Portanto, quando chegou o momento de enviar o tributo, os jovens e donzelas foram, de acordo com o costume, reunidos em grupos para ser enviados. Teseu se ofereceu como vítima, apesar das súplicas do pai. O navio zarpou com velas negras, como era hábito, e Teseu prometeu ao seu pai trocá-las por brancas caso retornasse vitorioso. Quando chegaram a Creta, os jovens e as donzelas foram expostos diante de Minos. Ariadne, filha do rei, estava presente e ficou profundamente apaixonada por Teseu, que correspondeu ao seu amor. Ela lhe ofereceu uma espada para o encontro com o Minotauro e um pedaço de fio para encontrar a saída do labirinto. Ele teve sucesso, matou o Minotauro, escapou do labirinto e levou Ariadne como sua companheira, zarpando com os companheiros para Atenas. No trajeto, ancoraram na Ilha de Naxos, onde Teseu abandonou Ariadne, deixando-a dormir.[17] Sua desculpa para esse tratamento ingrato à sua benfeitora foi que Minerva apareceu a ele em um sonho e mandou que assim fizesse.

Chegando à costa da Ática, Teseu se esqueceu do aviso ao seu pai e não ergueu velas brancas. O velho rei pensou que o filho perecera e pôs fim à própria vida. Assim, Teseu tornou-se rei de Atenas.

Umas das mais célebres aventuras de Teseu foi sua expedição contra as amazonas. Ele atacou antes que elas tivessem se recuperado do ataque de Hércules e raptou a rainha, Antíope. Por sua vez, as amazonas invadiram o reinado de Atenas, penetrando na própria cidade. A batalha, vencida por Teseu, aconteceu no meio da cidade. Esta batalha tornou-se um dos temas favoritos dos escultores da Antiguidade e é homenageada em vários obras de arte que ainda existem.

A amizade entre Teseu e Pirítoo era da mais íntima natureza, embora tenha se originado em meio aos combates. Pirítoo invadira a planície de Maratona e roubara as manadas do rei de Atenas. Teseu foi repelir os saqueadores. No momento em que Pirítoo o viu, ficou admirado. Estendeu a mão em sinal de paz e gritou: "Seja você mesmo o juiz. Qual satisfação deseja?". "Sua amizade", respondeu o ateniense. E juraram fidelidade inviolável. Seus feitos correspondiam às suas profissões e continuaram verdadeiros irmãos de armas. Ambos aspiravam desposar uma filha de Júpiter. Teseu escolheu Helena, ainda uma criança, e mais tarde tão famosa como a causa da Guerra de Troia: com a ajuda de seu amigo, ele a raptou. Pirítoo aspirava à esposa do monarca de Érebo e Teseu, embora ciente do perigo, acompanhou o ambicioso amante e sua descida ao submundo. Mas Plutão apanhou-os e os colocou em uma rocha encantada que ficava na porta de seu palácio, onde ficaram até Hércules chegar e libertar Teseu, deixando Pirítoo entregue ao seu destino.

---

17. Uma das mais belas esculturas da Itália, a Ariadne deitada do Vaticano, representa esse incidente. Uma cópia está na Galeria Ateneu, em Boston.

Após a morte de Antíope, Teseu casou-se com Fedra, filha de Minos, rei de Creta. Fedra via em Hipólito, filho de Teseu, um jovem dotado com todas as graças e virtudes de seu pai, e com uma idade que correspondia à sua. Ela o amava, mas ele repudiava seus avanços e o amor tornou-se ódio. Ela exerceu sua influência sobre o marido apaixonado para fazer com que tivesse ciúme do filho, e Teseu rogou sobre ele a vingança de Netuno. Um dia, Hipólito conduzia sua biga ao longo da praia quando um monstro marinho ergueu-o sobre as águas e aterrorizou os cavalos, fazendo com que disparassem e destruíssem o carro. Hipólito morreu, mas, com a ajuda de Diana, Esculápio o ressuscitou. Diana tirou Hipólito do poder de seu pai iludido e de sua falsa madrasta, colocando-o na Itália sob a proteção da ninfa Egéria.

Por fim, Teseu perdeu a admiração de seu povo e se retirou para a corte de Licômedes, rei de Ciros, que a princípio o recebeu cordialmente, mas depois o matou de forma traiçoeira. Em uma época mais tardia, o general ateniense Címon descobriu o local em que seu corpo fora enterrado e fez com que os restos mortais fossem transportados a Atenas, onde foram depositados em um templo chamado Teseum, erguido em honra do herói.

A rainha das amazonas que Teseu desposou é chamada por alguns de Hipólita. Esse nome surge na peça de Shakespeare *Sonho de uma Noite de Verão*, na qual o tema são as festividades das núpcias de Teseu e Hipólita.

A senhora Hermans tem um poema sobre a tradição da Grécia antiga em que "A Sombra de Teseu" aparece fortalecendo seus compatriotas na batalha de Maratona.

Teseu é um personagem semi-histórico. Relata-se que ele unificou as várias tribos que viviam em um estado que constituía o território de Ática, do qual Atenas era a capital. Em comemoração a esse importante acontecimento, ele instituiu o festival de Panateneia, em honra a Minerva, divindade padroeira de Atenas. Essa festividade difere dos outros jogos gregos principalmente em duas coisas. Era própria dos atenienses e sua característica principal consistia em uma procissão solene na qual o Péplos, a vestimenta sagrada de Minerva, era levada ao Partenon e pendurada diante da estátua da deusa. O Péplos era coberto de bordados, realizados por virgens selecionadas entre as mais nobres famílias de Atenas. A procissão era seguida por pessoas de todas as idades e ambos os sexos. Os velhos levavam ramos de oliveira e os jovens portavam armas. As moças carregavam cestas na cabeça com utensílios sagrados, bolos e todas as coisas necessárias ao sacrifício. A procissão era o tema dos baixo-relevos que adornavam o lado externo do templo do Partenon. Uma parte considerável dessas esculturas está hoje no Museu Britânico, e dentre elas estão os famosos "mármores de Elgin".

JOGOS OLÍMPICOS E OUTROS CAMPEONATOS

Parece apropriado mencionar aqui outros jogos nacionais célebres dos gregos. Os primeiros e mais famosos eram os Jogos Olímpicos, que dizem terem sido criados por Júpiter. Realizavam-se em Olímpia, Elis. Um grande número de espectadores comparecia, vindos de toda a Grécia, Ásia, África e Sicília. Aconteciam a cada cinco anos durante o verão e duravam cinco dias. Os jogos deram origem ao hábito de calcular a hora e a data dos acontecimentos pelos participantes. Em geral, as primeiras Olimpíadas são consideradas correspondentes ao ano 776 a.C. Os Jogos Píticos eram realizados nas proximidades de Delfos; os Jogos Ístimicos, no Istmo Corintiano; e os Nemeus, em Nemeia, uma cidade da Argólida.

Esses jogos consistiam em cinco tipos de exercícios: corrida, salto, luta, lançamento de disco e lançamento de dardo ou pugilismo. Além desses exercícios de força física e agilidade, havia competições musicais, poesia e eloquência. Dessa forma, esses jogos ofereciam aos poetas, músicos e autores as melhores oportunidades para apresentarem suas criações ao público, e a fama dos vencedores era difundida por toda parte.

DÉDALO

O labirinto do qual Teseu escapou com a ajuda do novelo de Ariadne foi construído por Dédalo, um artesão de grande habilidade. Tratava-se de uma construção com inúmeras passagens sinuosas, curvas que se abriam umas às outras e parecia não ter começo nem fim, como o Rio Meandro, que volta para si mesmo e flui ora para a frente, ora para trás durante seu curso até o mar. Dédalo construiu o labirinto para o rei Minos, mas em seguida perdeu a simpatia do rei e foi trancado em uma torre. Ele planejava escapar da prisão, mas não podia abandonar a ilha por mar, pois o rei mantinha vigia constante sobre todas as embarcações e não deixava nenhuma delas navegar sem antes ser cuidadosamente revistada. "Minos pode controlar terra e mar", disse Dédalo, "mas não as regiões celestes. Tentarei esse caminho". Então, pôs-se a trabalhar para construir asas para si e seu jovem filho Ícaro. Juntou plumas, começando pelas menores e acrescentando as maiores para formar uma superfície crescente. As maiores ele prendeu com fios e as menores com cera, e deu ao todo uma curvatura suave, como as asas dos pássaros. O jovem Ícaro observava e, às vezes, corria para juntar penas trazidas pelo vento e manuseava a cera trabalhando com os dedos, impedindo com suas brincadeiras que seu pai continuasse com o plano. Quando por fim o trabalho estava terminado, o artista, abanando as asas, viu que flutuava e ficou suspenso, equilibrando-se no ar. Em seguida, equipou seu filho da mesma maneira e o ensinou a voar, como um pássaro instiga seus filhotes a saírem do ninho para o ar. Quando tudo estava preparado para o voo, ele disse: "Ícaro, meu filho, ordeno que mantenha uma altura moderada, pois, se voar muito baixo, a umidade entupirá suas asas e, se estiver muito alto, o calor irá derretê-las. Fique perto de mim e estará seguro". Enquanto lhe dava essas instruções e ajustava as asas em seus ombros, o rosto do pai ficou molhado de lágrimas e suas mãos tremiam. Ele beijou o menino sem saber que seria pela última vez. Então, vestindo suas asas ele voou, encorajando Ícaro a segui-lo, e olhou para trás durante o voo para ver se o filho conseguia manejar as asas. Conforme voavam, o lavrador parou seu trabalho para observá-los, o pastor apoiou-se em seu cajado e olhou para eles espantado com a visão e pensando que seriam deuses que podiam voar.

Passaram por Samos e Delos à esquerda e Lebinto à direita. quando o rapaz, exultante em seu percurso, começou a abandonar a direção do companheiro e disparou acima, como se fosse tocar o céu. A proximidade do sol escaldante derreteu a cera que prendia as penas e elas se soltaram. Ele flutuou com os braços, mas não sobrou nenhuma pluma para segurar o ar. Enquanto sua boca pronunciava gritos ao seu pai, ele mergulhou nas águas azuis do mar, que daí em diante recebeu seu nome. Seu pai gritou: "Ícaro, Ícaro, onde você está?". Afinal, ele avistou as penas flutuando na água e lamentou de forma amarga sua própria arte. Dédalo enterrou o corpo e chamou a ilha de Icária, em memória do filho. Ele chegou com segurança à Sicília, onde construiu um templo a Apolo e pendurou suas asas como oferenda ao deus.

Dédalo tinha tanto orgulho de suas conquistas que não conseguia suportar a ideia de um rival. Sua irmã deixara o filho, Perdix, sob sua responsabilidade para aprender as artes mecânicas. Ele era um estudioso apto e deu evidências contundentes de sua engenhosidade. Caminhando pela costa, ele apanhou a espinha de um peixe. Imitou-a colocando um pedaço de ferro e o chanfrou na ponta inventando a *serra*. Ele juntou dois pedaços de ferro, conectando-os com um rebite em uma das extremidades e afiando as outras, criando assim um *compasso*. Dédalo tinha tanta inveja do desempenho do sobrinho que aproveitou uma oportunidade em que estavam juntos, um dia, no topo de uma torre alta e o empurrou. Mas Minerva, que favorece a engenhosidade, viu-o caindo e interrompeu seu destino, transformando-o em um pássaro que recebeu seu nome, a perdiz. Esse pássaro não constrói o seu ninho nas árvores nem voa alto, mas se abriga nas sebes e, consciente de sua queda, evita alturas.

A morte de Ícaro é relatada nos seguintes versos de Darwin:

"... com cera derretida e fios soltos
Afunda o desafortunado Ícaro com asas infiéis;
Precipita-se de ponta-cabeça pelo ar assustador,
Com membros distorcidos e cabelo desgrenhado;
Sua plumagem espalhada dança nas ondas;
E as Nereidas pesarosas enfeitaram sua tumba aquática;
Sobre seu cadáver pálido amarram suas flores marítimas nacaradas,
E espalham musgo carmesim em seu leito de mármore;
Nas torres de corais o sino da passagem dobrou,
E por todo o oceano seu grito de morte ecoou."

CASTOR E PÓLUX

Castor e Pólux eram filhos de Leda e do Cisne, disfarce que Júpiter utilizara. Leda deu à luz um ovo do qual nasceram os gêmeos. Helena, tão famosa mais tarde por ser a causa da Guerra de Troia, era irmã deles.

Quando Teseu e seu amigo Pirítoo raptaram Helena em Esparta, os jovens heróis Castor e Pólux, com seus seguidores, apressaram-se em resgatá-la. Teseu estava ausente de Ática e os irmãos conseguiram recuperar a irmã.

Castor era conhecido por domar e lidar com cavalos, e Pólux, por suas habilidades no pugilismo. Eram unidos por grande afeto e inseparáveis em todo os seus projetos. Eles participaram da expedição argonáutica. Durante a viagem, ergueu-se uma tempestade e Orfeu rezou aos deuses da Samotrácia, tocou sua harpa, a tempestade parou e as estrelas despontaram sobre as cabeças dos irmãos. Por esse incidente, Castor e Pólux passaram a ser considerados divindades padroeiras dos marinheiros e viajantes. As chamas cintilantes que em alguns estados da atmosfera brincam em volta das velas e mastros das embarcações receberam seus nomes.

Após a expedição dos Argonautas, Castor e Pólux se envolveram em uma guerra com Idas e Linceu. Castor foi morto e Pólux, inconsolável pela perda do irmão, implorou a Júpiter para oferecer sua própria vida como resgate por ele. Júpiter consentiu que os dois irmãos gozassem da bênção da vida de maneira alternada, passando um dia na Terra e outro na morada celestial. Conforme outra versão da história, Júpiter recompensou a ligação entre os irmãos colocando-os entre as estrelas como Gêmeos.

Eles receberam honras divinas sob o nome de Dióscuros (filhos de Jove). Acredita-se que apareceram ocasionalmente em outros tempos, tomando partido de um lado ou outro, em campos renhidos; em tais ocasiões, montavam corcéis brancos magníficos. Assim, na história inicial de Roma, dizem que ajudaram os romanos na batalha do Lago Régilo e, após a vitória, um templo foi erguido em sua honra no local onde apareceram.

Macaulay, em sua "Balada da Roma Antiga", assim alude à lenda:

"Eram tão parecidos, que os mortais
Não distinguiriam um do outro;
Brancas como a neve eram suas armaduras,
Seus corcéis brancos como a neve.
Nunca por bigornas mortais
Poderiam tais armaduras ser produzidas,
E nunca corcéis tão galantes
Beberiam em rios terrestres.

Retorna o chefe em triunfo
Que na hora da batalha
Avistara os grandes Gêmeos
Com armaduras à sua direita.
Em segurança o navio chega ao abrigo,
Por entre vagalhões e vendavais,
E os grandes Gêmeos
Brilham nas velas."

CAPÍTULO XXI

BACO - ARIADNE

BACO

Baco era filho de Júpiter e Sêmele. Juno, para satisfazer seu ressentimento contra Sêmele, armou um plano para destruí-la. Assumindo a forma de Beroe, sua ama idosa, ela insinuou dúvidas sobre se fora mesmo Jove que surgira como amante. Suspirando, ela disse: "Espero que assim tenha sido, mas temo. Nem sempre as pessoas são o que fingem ser. Se for mesmo Jove, faça-o provar. Peça que venha trajado em todo o seu esplendor, como se apresenta no céu. Isso porá fim às dúvidas". Sêmele foi persuadida a testar a experiência. Ela pediu um favor, sem dizer qual era. Jove deu sua palavra e a confirmou com o juramento irrevogável, tendo como testemunha o Rio Estige, terrível com os próprios deuses. Então, ela apresentou seu pedido. O deus a teria parado enquanto falava, mas ela foi rápida demais para ele. As palavras escaparam e ele não podia revogar sua promessa nem o pedido. Em angústia profunda, ele a deixou e retornou para as regiões superiores. Quando chegou, vestiu-se com esplendor, sem usar todos os seus terrores como quando derrotou os gigantes, mas aquilo que é conhecido entre os deuses como sua panóplia inferior. Assim vestido, ele entrou no cômodo de Sêmele. Sua estrutura mortal não conseguiu suportar os esplendores do brilho imortal. Ela consumiu-se em cinzas.

Jove levou o menino Baco e o deixou a cargo das ninfas niseanas, que acalentaram sua infância e por seus cuidados foram recompensadas por Júpiter com um lugar entre as estrelas, como as Híades. Quando Baco cresceu, ele descobriu a cultura da uva e a forma de extrair seu precioso suco. Mas Juno o atacou com a loucura, fazendo com que ele vagasse por várias partes da Terra. Na Frígia, a deusa Reia curou-o e ensinou seus rituais religiosos, e Baco partiu em caminhada pela Ásia, ensinando os povos a cultivar a vinha. A parte mais famosa de suas viagens é a expedição à Índia, que dizem ter durado vários anos. Ao retornar triunfante, ele assumiu a tarefa de introduzir seu culto na Grécia, mas encontrou oposição de uma princesa que temia sua introdução por causa da desordem e loucura que traziam consigo.

Quando se aproximava de sua cidade natal, Tebas, o rei Penteu, que não tinha nenhum respeito pelo novo culto, proibiu que seus rituais fossem realizados. Porém, quando se soube que Baco avançava, homens e mulheres, principalmente as mulheres, jovens e velhas, vieram conhecê-lo e se juntar à sua marcha triunfal.

Longfellow, em "Canção da Bebida", descreve da seguinte maneira a marcha de Baco:

"Faunos seguem o jovem Baco;
Hera coroa essa fronte divina que,
Como a testa de Apolo,
Possui juventude eterna.

Em sua volta, belas bacantes,
Com címbalos, flautas e tirsos,
Desvairadas dos bosques naxianos das vinhas
De Zante, cantam versos delirantes."

Penteu protestou, ordenou e ameaçou sem resultado. "Vão", disse ele aos criados, "tirem esse líder vagabundo da estrada e tragam-no a mim. Logo farei com que confesse sua falsa reivindicação de linhagem celestial e renuncie ao culto ilegítimo". Foi em vão que seus amigos mais próximos e conselheiros mais sábios o repreenderam e imploraram para que não se opusesse ao deus. Suas repreensões apenas o tornaram mais violento.

Mas agora os empregados que ele despachara para confiscar Baco voltaram. Os participantes dos bacanais os afugentaram, mas eles conseguiram aprisionar um deles, que foi levado à presença do rei com as mãos atadas. Penteu, com o semblante colérico, disse: "Companheiro, logo será morto e que seu destino sirva de advertência aos outros, mas, embora eu ressinta o atraso de seu castigo, fale, conte-nos quem é e quais são esses novos rituais que você supõe celebrar".

O prisioneiro, sem medo, respondeu: "Meu nome é Acetes, venho da Meônia, meus pais eram pobres que não tinham campos ou rebanhos para me deixar de herança, mas deixaram-me varas de pescar, redes e a arte da pescaria. Segui esse caminho por algum tempo, até ficar farto de estar sempre no mesmo lugar. Então aprendi a arte de pilotar e como guiar meu curso pelas estrelas. Quando navegava em direção a Delos, tocamos a Ilha de Dia e desembarcamos. Na manhã seguinte, enviei os homens em busca de água fresca e subi a colina para observar o vento. Meus homens voltaram com um prêmio, como pensaram, um menino com aparência delicada que encontraram dormindo. Julgaram ser um nobre rapaz, talvez filho de um rei e que poderiam conseguir um bom resgate por ele. Observei sua vestimenta, seu modo de andar, seu rosto. Havia algo nele que tinha a certeza ser mais que mortal. Disse aos meus homens: "Qual deus está escondido naquela forma eu não sei, mas com certeza é um deles. Perdoe-nos, gentil divindade, pela violência com que o tratamos e conceda sucesso aos nossos empreendimentos. Dicto, um de meus melhores homens para subir o mastro e descer as cordas; Melanto, meu timoneiro e Epopeu, líder dos marinheiros, exclamaram todos ao mesmo tempo: 'Guarde suas preces para nós'. Tão cego é o desejo por lucro! Quando iam colocá-lo a bordo, eu resisti. 'Este navio não será profanado por tal impiedade', disse. 'Possuo a maior parte dele'. Mas Lícabas, um companheiro turbulento, pegou-me pela garganta e tentou me atirar ao mar. Mal consegui me salvar agarrando-me às cordas. Os outros aprovaram o ato.

Então Baco (pois era mesmo ele), saindo de seu torpor, exclamou: 'O que fazem comigo? Por que estão brigando? Quem me trouxe aqui? Para onde me levam?'. Um deles respondeu: 'Não tenha medo; diga-nos para onde deseja ir e o levaremos'. 'Sou de Naxos', disse Baco. 'Levem-me para casa e serão bem recompensados.' Prometeram levá-lo e me disseram para conduzir o navio para lá. Naxos ficava à direita e eu preparava as velas para navegar naquela direção quando, alguns por sinais e outros com sussurros, deram-me a entender que eu deveria navegar na direção oposta, levar o menino para o Egito e vendê-lo como escravo. Fiquei confuso e disse: 'Deixem que outro conduza o barco', retirando-me de qualquer outra ação vinda de sua maldade. Eles me ofenderam e um deles exclamou:

'Não se vanglorie pensando que dependemos de você para nossa segurança'. Ele tomou meu lugar de timoneiro e desviou-se de Naxos.

Então o deus, fingindo que acabara de ficar ciente da traição, olhou para o mar e disse com voz chorosa: 'Marinheiros, esta não é a costa a que prometeram me levar; a ilha além não é minha casa. O que fiz para que me tratassem assim? A glória que conquistam em enganar um pobre menino é muito pequena'. Chorei ao ouvi-lo, mas a tripulação riu-se de mim e dele e navegou com rapidez pelo mar. De súbito – pode parecer estranho, mas é verdade – a embarcação parou em meio ao oceano, como se estivesse fixa no solo. Os homens, perplexos, puxaram os remos e soltaram mais velas, tentando progredir com a ajuda de ambos, mas foi inútil. Uma hera enroscou-se entre os remos e impediu seu movimento, e se prendeu às velas com pesados cachos de frutas. Uma vinha, carregada de uvas, subiu pelo mastro e pelas laterais do barco. Ouviu-se o som de flautas e o aroma de vinho espalhou-se por toda a volta. O próprio deus tinha uma grinalda de folhas de parreira e portava uma lança envolta em hera. Tigres agachavam-se aos seus pés e formas de linces e onças-pintadas brincavam à sua volta. Os homens foram acometidos por terror ou loucura; alguns saltaram para o mar, outros, preparados para fazer o mesmo, viram seus companheiros na água sofrendo uma transformação. Seus corpos achatavam-se e terminavam com uma cauda sinuosa. Um deles exclamou: 'Que milagre é esse?'. E conforme falava sua boca se alargava, as narinas expandiam e escamas cobriam seu corpo. Outro, esforçando-se para puxar o remo, sentiu as mãos encolherem e, logo, deixarem de ser mãos e tornarem-se barbatanas. Outro, tentando alcançar uma corda, viu que não tinha braços, curvou seu corpo mutilado e atirou-se ao mar. O que foram suas pernas tornaram-se duas pontas de uma cauda em forma crescente. Toda a tripulação tornou-se golfinhos, que nadavam em redor do navio, ora na superfície ora debaixo d'água, espalhando o jato e jorrando água pelas largas narinas. Dos 20 homens, só eu sobrei. Tremendo de medo, o deus me encorajou. 'Não tenha medo', disse ele, 'conduza-nos a Naxos'. Obedeci e, quando lá chegamos, acendi os altares e realizei os ritos sagrados de Baco."

Nesse momento, Penteu exclamou: "Já desperdiçamos tempo suficiente com essa história tola. Levem e executem-no sem demoras".

Acetes foi levado pelos criados e colocado na prisão, mas, enquanto preparavam os instrumentos para a execução, as portas da prisão se abriram sozinhas e as correntes caíram-lhe dos membros. Quando procuraram por ele, não o encontraram em lugar nenhum.

Penteu não aceitou os avisos e, em vez de mandar outros, quis ser ele mesmo a investigar a cena das solenidades. O Monte Citerão estava repleto de adoradores e os gritos das bacanais ressoavam em todo lado. O barulho incitou a ira de Penteu como o som do clarim inflama um cavalo de guerra. Ele penetrou na floresta e chegou a uma clareira onde seus olhos encontraram a cena principal das orgias. Nesse momento, as mulheres o viram, e a primeira dentre elas foi sua mãe, Agave, que, cega pelo deus, gritou: "Vejam ali um javali selvagem, o maior monstro que ronda estas matas! Venham, irmãs! Serei a primeira a atacar o javali". Todo o grupo correu contra ele e, enquanto ele falava com menos arrogância e se desculpava, ou confessava seu crime e implorava perdão, elas o cercaram e o feriram. Em vão, ele gritou para que as tias o protegessem de sua mãe. Autônoe pegou um braço, enquanto sua mãe gritava: "Vitória! Vitória! Conseguimos, a glória é nossa!".

Assim, a veneração a Baco foi instituída na Grécia.

Há uma alusão à história de Baco e dos marinheiros no "Comus" de Milton. A história de Circe será encontrada no capítulo XXIX.

> "Foi Baco quem primeiro das uvas púrpuras
> Extraiu o doce veneno do vinho tão abusado,
> Após a transformação dos marinheiros toscanos,
> Navegando pela costa tirrena conforme impelidos pelos ventos
> Sobre a ilha de Circe (quem não conhece Circe,
> A filha do Sol? Cujo cálice encantado
> Quem tenha provado perdeu sua forma ereta,
> E caiu como um porco rastejante)."

ARIADNE

Vimos na história de Teseu como Ariadne, filha do rei Minos, depois de ajudar Teseu a escapar do labirinto foi levada por ele para a Ilha de Naxos e deixada lá, adormecida, enquanto o ingrato Teseu buscava o caminho para casa sem ela. Ariadne despertou e, vendo-se abandonada, entregou-se ao desgosto. Mas Vênus sentiu pena dela e consolou-a com a promessa de que teria um amante imortal em vez do mortal que perdera.

A ilha onde Ariadne foi deixada era a favorita de Baco, a mesma à qual ele queria que os marinheiros tirrenos o tivessem levado quando tentaram, de forma tão traiçoeira, fazer dele um prêmio. Enquanto Ariadne lamentava seu destino, Baco a encontrou, consolou-a e fez dela sua esposa. Como presente de casamento, ele lhe ofereceu uma coroa de ouro cravejada de pedras preciosas. Quando Ariadne morreu, ele tomou sua coroa e atirou-a ao céu. Conforme subia, as pedras brilharam e se tornaram estrelas. Preservando sua forma, a coroa de Ariadne permanece nos céus como uma constelação, entre Hércules ajoelhado e o homem que segura a serpente.

Spenser alude à coroa de Ariadne, embora tenha cometido alguns erros em sua mitologia. Foi no casamento de Pirítoo, e não de Teseu, que os lapitas e os centauros brigaram.

"Vejam como a coroa que Ariadne usou
Em sua fronte de marfim, no mesmo dia
Em que Teseu tomou-a como esposa,
Então os audaciosos centauros causaram uma desordem sangrenta
Com os ferozes lapitas que os chatearam;
Agora foi colocada no firmamento,
Ao longo do céu brilhante seu raio está exposto,
E é entre as estrelas um ornamento,
E em torno dela giram em excelente ordem."

CAPÍTULO XXII

AS DIVINDADES RURAIS - ERISICTÃO - RECO - AS DIVINDADES AQUÁTICAS - AS CAMENAS - OS VENTOS

AS DIVINDADES RURAIS

Pã, deus das florestas e campos, dos pastores e rebanhos, vivia em grutas, perambulava pelas montanhas e vales e se divertia caçando ou liderando as danças com as ninfas. Ele gostava de música e, como vimos, inventou a siringe, ou Flauta de Pã usada pelos pastores, que o próprio Pã tocava de forma magistral. Assim como os outros deuses que habitavam as florestas, Pã era temido por aqueles cujas ocupações os obrigavam a passar pelas florestas durante a noite, pois a escuridão e a solidão de tais cenas predispunham a mente a medos supersticiosos. Por isso, um medo súbito sem causa visível era atribuído a Pã e chamado de Pânico.

Como o nome do deus significa *tudo*, Pã passou a ser considerado um símbolo do Universo e a personificação da natureza. Mais tarde, ainda foi considerado representante de todos os deuses e do próprio paganismo.

Silvano e Fauno eram divindades latinas cujas características são tão próximas às de Pã que podemos, com segurança, considerá-los a mesma personagem com diferentes nomes.

As ninfas das florestas, parceiras de Pã na dança, eram apenas uma categoria de ninfas. Além delas, havia as Náiades, que governavam os riachos e as fontes; as Oréades, ninfas das montanhas e grutas; e as Nereidas, ninfas do mar. Esses últimos três grupos eram imortais, mas acreditava-se que as ninfas da floresta, chamadas Dríades ou Hamadríades, morriam com as árvores que foram sua morada e com as quais ganhavam vida. Portanto, era considerado um ato ímpio destruir de forma gratuita uma árvore e, em alguns casos graves, a punição era severa, como foi o caso de Erisictão, que estamos prestes a relatar.

Milton, em sua brilhante descrição dos primórdios da criação, assim alude a Pã como a personificação da natureza:

"... o Pã universal,
Unido às Graças e às Horas pela dança,
Comandava a eterna primavera."

E descreve a morada de Eva:

No mais sombreado caramanchão,
Mais sagrado ou isolado, embora dissimulado,
Pã ou Silvano nunca dormiam, nem ninfas
Nem Fauno frequentaram."
"Paraíso Perdido", Livro IV

Havia uma agradável peculiaridade no antigo paganismo: atribuir cada operação da natureza à intervenção da divindade. A imaginação dos gregos povoava todas as regiões da Terra e mar com divindades, às quais eram atribuídos os fenômenos que nossa filosofia considera como operação das leis da natureza. Às vezes, quando nos sentimos poéticos, temos vontade de lamentar a mudança e pensar que o coração perdeu tanto quanto a cabeça ganhou por substituição. O poeta Wordsworth assim expressa de forma contundente seu sentimento:

"... Grande Deus, eu preferiria ser
Um pagão, criado em uma crença obsoleta,
Para poder, aqui neste agradável prado,
Ter vislumbres que me deixassem menos desconsolado;
Ver Proteu emergindo no mar,
E ouvir o velho Tritão soprar seu chifre torcido."

Schiller, no poema "Die Götter Griechenlands", expressa seu desgosto pelo declínio da bela mitologia de tempos antigos de tal forma que mereceu uma resposta da poetisa cristã E. Barrett Browning em seu poema intitulado "A Morte de Pã". As duas estrofes seguintes são uma amostra:

> "Pela sua beleza que confessa
> Ser conquistada por uma beleza maior,
> Por nossas grandes e heroicas conjeturas
> Por sua falsidade acerca da Verdade,
> Não choraremos! A Terra dará voltas
> Herdeira da auréola de cada deus,
>   E Pã está morto.
>
> A Terra ultrapassa as imaginações míticas
> Cantadas a ela em sua juventude;
> E aqueles romances afáveis
> Soam insípidos pertos da verdade.
> O curso do carro de Febo se encerra!
> Olhai, poetas, para o sol!
>   Pã, Pã está morto."

Esses versos são encontrados na antiga tradição cristã que dizia que o anfitrião celestial falou aos pastores de Belém sobre o nascimento de Cristo. E um gemido profundo ouviu-se por todas as ilhas gregas anunciando a morte do grande Pã, e toda a realeza do Olimpo fora destronada e várias divindades passaram a vagar no frio e na escuridão. Milton diz, em seu "Hino à Natividade":

> "Pelas montanhas solitárias
> E ressoantes praias
> Uma voz chorosa e um lamento ruidoso;
> De fontes e vales frequentados,
> Cercado por álamos pálidos,
> O Gênio expulso vai com um suspiro;
> E arrancando os cabelos com flores entrelaçadas,
> As ninfas choram na sombra do crepúsculo do matagal."

ERISICTÃO

Erisictão era uma pessoa profana que desprezava os deuses. Certa ocasião, ele acreditou ter violado com o machado um pomar consagrado a Ceres. Nesse local, encontrava-se um carvalho venerável, tão grande que só ele parecia um bosque inteiro. Seu tronco ancestral era altaneiro e com frequência guirlandas com oferendas eram amarradas nele, e também eram entalhadas inscrições que expressavam a gratidão dos suplicantes para com a ninfa da árvore. Com frequência, as Dríades dançavam à sua volta de mãos dadas. Seu tronco tinha uma circunferência de 15 cúbitos, ou quase sete metros, e ele ultrapassava as outras árvores que, por sua vez, eram maiores do que os arbustos. Apesar de tudo isso, Erisictão não via motivo para poupá-lo e ordenou a seus criados que cortassem o carvalho. Quando viu que hesitavam, arrancou o machado da mão de um deles e exclamou de forma impiedosa: "Não me importa que seja uma árvore amada pelos deuses ou não; se fosse a própria deusa, deveria cair, caso se pusesse em meu caminho". Após falar, ergueu o machado e o carvalho pareceu estremecer e lançar um gemido. Quando o primeiro golpe atingiu o tronco, sangue escorreu da ferida. Todos os espectadores ficaram horrorizados. Um deles ousou protestar e segurou o machado fatal. Erisictão, com um olhar de desprezo, disse a ele: "Receba a recompensa por sua piedade", e virou contra ele a arma que desviara da árvore, rasgando seu corpo com muitas feridas e cortando sua cabeça. Em seguida, do centro do tronco surgiu uma voz: "Eu que vivo nesta árvore sou uma ninfa amada por Ceres e, se morrer por suas mãos, aviso-lhe que a punição chegará". Ele não desistiu de seu crime e por fim a árvore tombou com um estrondo e curvou grande parte do bosque com sua queda.

As Dríades, consternadas pela perda de sua companheira e vendo o orgulho da floresta rebaixado, foram juntas até Ceres, todas trajando vestes de luto, e invocaram castigo a Erisictão. A deusa acenou seu consentimento e, enquanto ela curvava a cabeça, o grão, pronto para a colheita nos campos carregados, também fez reverência. Ela planejou um castigo tão terrível que teriam pena dele, se um culpado como ele poderia merecer piedade – ela o entregaria à Fome. Como a própria Ceres não podia se aproximar da Fome, pois as Parcas decretaram que essas duas deusas nunca deveriam se encontrar, ela invocou uma Oréade da montanha e pronunciou estas palavras: "Há um local na parte mais distante da gelada Cítia, uma região triste e estéril, sem árvores ou colheitas. Ali vivem o Frio, o Medo, o Tremor e a Fome. Vá e diga a esta última para se apossar das vísceras de Erisictão. Não permita que a abundância a domine, nem que o poder de meus presentes a afaste. Não fique alarmada com a distância" (pois a Fome vive muito longe de Ceres), "mas leve minha biga. Os dragões são velozes e obedecem às rédeas e a levarão pelo ar em pouco tempo". Então, ela lhe ofereceu as rédeas e a Oréade partiu e logo alcançou a Cítia. Quando chegou ao Monte Cáucaso, ela parou os dragões e encontrou a Fome em um campo pedregoso, puxando com garras e dentes a erva escassa. Seu cabelo era áspero, os olhos fundos, a face pálida, os lábios descoloridos, as mandíbulas cobertas de pó e a pele esticada, com todos os ossos evidentes. Conforme a Oréade a viu de longe (pois não se atrevia a se aproximar), ela entregou as ordens de Ceres, mantendo o máximo de distância que podia. No entanto, ela sentiu fome, virou as cabeças dos dragões e regressou à Tessália.

A Fome obedeceu às ordens de Ceres e apressou-se pelo ar até a morada de Erisictão. Entrou no quarto do culpado e encontrou-o adormecido. Ela o envolveu com as asas e respirou sobre ele, vertendo o veneno em suas veias. Quando terminou a tarefa, apressou-se em abandonar a terra da fartura e voltar ao seu refúgio do costume. Erisictão, ainda adormecido, ansiava por comida em seus sonhos e mexia as mandíbulas como se estivesse mastigando. Quando despertou, sua fome era avassaladora. Sem esperar um segundo, ele ordenou que comida fosse colocada diante dele, de qualquer espécie produzida pela terra, mar ou ar. E, enquanto comia, reclamava de fome. O que seria suficiente para uma cidade ou nação, não era suficiente para ele. Quanto mais comia, mais desejava. Sua fome era como o mar que recebe todos os rios e, no entanto, nunca está completo. Ou como o fogo que arde com todo o combustível que lhe é fornecido e continua voraz.

Suas posses diminuíram de forma rápida em razão da incessante demanda de seu apetite, mas a fome não diminuía. Por fim, ele gastara tudo e ficara apenas com a filha, uma filha merecedora de melhor pai. *Ela também foi vendida.* Desprezava tornar-se escrava de um comprador e, quando estava perto da praia, ergueu os braços em oração a Netuno. Ele ouviu sua prece e, embora seu novo mestre não estivesse distante e a observasse momentos antes, Netuno mudou sua forma e a transformou em um pescador ocupado em suas tarefas. Seu mestre, ao procurar por ela e vê-la na forma alterada, dirigiu-se a ela: "Bom pescador, para onde foi a donzela que acabei de ver, com cabelo desgrenhado, em vestes humildes, que estava onde você está? Diga-me a verdade, para que tenha sorte hoje e nenhum peixe mordisque seu anzol e fuja". Ela percebeu que sua prece fora respondida e regozijou por dentro ao ouvir a pergunta acerca dela mesma. Ela respondeu: "Perdoe-me, estranho, mas estava tão atento à minha vara que não vi mais nada; mas desejo que não pesque outro peixe caso outra pessoa, ou mulher, além de mim mesma, estivesse aqui nesse local". Ele foi enganado e partiu pensando que sua escrava fugira. Em seguida, ela retornou à sua forma. Seu pai ficou muito satisfeito ao vê-la ainda ao seu lado, e também com o dinheiro que ganhara em sua venda. Então, vendeu-a outra vez. Mas cada vez que era vendida, ela se metamorfoseava com os favores de Netuno, ora em um cavalo, ora em um pássaro, um boi ou um cervo. Ela escapava dos compradores e regressava a casa. Com esse método, o pai faminto passou a buscar comida, que nunca era suficiente e, por fim, a fome levou-o a devorar seus próprios membros. Ele se esforçou para alimentar o corpo comendo o corpo dele mesmo, até que a morte o libertou da vingança de Ceres.

RECO

As Hamadríades apreciavam serviços, assim como puniam ofensas. A história de Reco é prova disso. Reco, ao ver um carvalho prestes a cair, ordenou aos empregados que o escorassem. A ninfa, que estava a ponto de perecer com a árvore, veio expressar sua gratidão por salvar-lhe a vida e ofereceu a ele a recompensa que quisesse. De maneira ousada, Reco pediu o amor da ninfa, que cedeu ao seu desejo. Ao mesmo tempo, ela exigiu fidelidade e disse-lhe que uma abelha seria sua mensageira e avisaria quando ela o admitisse em sua companhia. Certa ocasião, a abelha dirigiu-se a Reco quando este jogava damas e ele, de maneira descuidada, afastou-a. O incidente enfureceu a ninfa, que o privou da visão.

O poeta J. R. Lowell usou essa história como tema de um de seus poemas mais curtos. Ele começa assim:

"Ouçam agora este conto de fadas da Grécia antiga,

Repleta de liberdade, juventude e beleza ainda,
Quanto a frescura imortal daquela graça
Entalhada por séculos em algum friso Ático."

AS DIVINDADES AQUÁTICAS

Oceano e Tétis eram os Titãs que regiam os elementos aquáticos. Quando Jove e seus irmãos derrotaram os Titãs e assumiram o poder, Netuno e Anfitrite assumiram o domínio das águas em vez de Oceano e Tétis.

NETUNO

Netuno era a mais importante das divindades aquáticas. O símbolo de seu poder era o tridente ou lança com três pontas, com o qual ele costumava estilhaçar rochas, invocar ou conter tempestades, agitar as praias e coisas semelhantes. Ele criou o cavalo e era padroeiro das corridas equestres. Seus próprios cavalos tinham cascos de bronze e crinas de ouro. Eles conduziam sua biga sobre o mar que para eles era liso, enquanto os monstros das profundezas saltavam em seu caminho.

ANFITRITE

Anfitrite era esposa de Netuno, filha de Nereu e Dóris e mãe de Tritão. Netuno, para fazer a corte a Anfitrite, surgiu cavalgando um golfinho. Quando a conquistou, ele recompensou o golfinho colocando-o entre as estrelas.

NEREU E DÓRIS

Nereu e Dóris eram pais das Nereidas, e as mais célebres delas eram Anfitrite, Tétis, mãe de Aquiles, e Galateia, que era amada pelo ciclope Polifemo. Nereu era famoso por seu conhecimento e amor pela verdade e justiça, e por essa razão foi chamado de ancião. O dom da profecia também foi designado a ele.

TRITÃO E PROTEU

Tritão era filho de Netuno e Anfitrite, e os poetas o transformaram em trombeteiro de seu pai. Proteu também era filho de Netuno. Ele como Nereu, é tido como um ancião do mar por sua sabedoria e conhecimento de eventos futuros. Seu poder peculiar consistia em mudar de forma quando quisesse.

TÉTIS

Tétis, filha de Nereu e Dóris, era tão bela que o próprio Júpiter queria casar-se com ela; mas, ao saber pelo Titã Prometeu que Tétis deveria ter um filho que seria maior que seu pai, Júpiter desistiu de lhe fazer a corte e decretou que ela deveria ser esposa de um mortal. Com a ajuda do centauro Quíron, Peleu conseguiu conquistar a deusa para ser sua esposa, e o filho deles foi o famoso Aquiles. No capítulo sobre a Guerra de Troia, Tétis surge como uma mãe fiel que o ajudou em todas as dificuldades e cuidava de todos os interesses do filho.

LEUCOTEIA E PALÊMON

Ino, filha de Cadmo e esposa de Atamas, fugindo de seu marido exaltado e com o filho pequeno nos braços, Melicertes, caiu de um penhasco no mar. Os deuses, por compaixão, fizeram dela uma deusa do mar, com o nome de Leucoteia. O menino também se tornou um deus, com o nome Palêmon. Ambos eram considerados poderosos na defesa contra naufrágios e eram invocados pelos marinheiros. Palêmon era representado montado em um golfinho. Os Jogos Ístmicos eram celebrados em sua honra. Ele era chamado de Portuno pelos romanos e acreditava-se ter jurisdição sobre portos e praias.

Milton cita todas essas divindades na canção conclusiva do "Comus":

"...Formosa Sabrina,
Ouça e apareça,
Em nome do grande Oceano;
Pela maça de Netuno que faz tremer a Terra,
E pelo passo solene e majestoso de Tétis,
Pelo olhar enrugado do grisalho Nereu,
E pelo gancho do mago carpatiano,[18]
Pela sinuosa concha do escamoso Tritão,
Um antigo encantamento de Glauco,
Pelas belas mãos de Leucoteia,
E seu filho que reina nas praias;
Pelos pés cintilantes de Tétis,
E as doces canções das sereias."

---

18. Proteu.

Armstrong, autor de "Arte de Preservar a Saúde", sob a inspiração de Higeia, a deusa da saúde, assim louva as Náiades. Péon é o nome tanto de Apolo quanto de Esculápio.

"Vinde, Náiades! Guiai-nos às fontes!
Donzelas propícias! Permanece a tarefa de cantar
Vossos dons (assim ordenam Péon e os poderes da Saúde)
Para louvar seu elemento cristalino.
Ó rios confortáveis! Com lábios ávidos
E mãos trêmulas, sorvei a sedenta e lânguida
Nova vida em vós; novo vigor preenche vossas veias.
As eras rurais não conheceram cálice mais ardoroso,
Felizes em paz amena seus dias iguais
Não sentiam os ataques alternados da alegria febril
E o desalento doentio; ainda sereno e satisfeito,
Abençoado com divina imunidade contra doenças,
Viveram por longos séculos; seu único destino
Era a amadurecida velhice, e melhor o sono que a morte."

AS CAMENAS

Os latinos chamavam as Musas por esse nome, mas também incluíam nele outras divindades, principalmente as ninfas das fontes. Egéria era uma delas, cuja fonte e gruta ainda são mostradas. Dizia-se que Numa, o segundo rei de Roma, era favorecido por essa ninfa com entrevistas secretas nas quais ela lhe dava aulas de sabedoria e lei, que ele incorporou às instituições de sua nação emergente. Após a morte de Numa, a ninfa definhou e tornou-se uma fonte.

Byron, em "Childe Harold", Canto IV, faz a seguinte alusão a Egéria e sua gruta:

"Foi aqui onde viveste, neste abrigo encantado,
Egéria! Teu peito celestial palpitava
Com as pegadas distantes de teu amor mortal;
A purpúrea meia-noite vendava esse místico encontro
Com sua abóbada mais estrelada."

Tennyson também, em "Palácio da Arte", oferece um relance do amante real aguardando sua entrevista:

"Com uma mão contra o ouvido,
Para ouvir um passo antes de ver
A ninfa das florestas, ali ficava o rei toscano para ouvir
Sobre sabedoria e lei."

OS VENTOS

Quando tantas ações menos ativas foram personificadas, não é de estranhar que os ventos também o fossem. Trata-se de Bóreas ou Aquilo, o vento do norte; Zéfiro ou Favônio, o oeste; Noto ou Astreu, o leste. Os dois primeiros foram amplamente homenageados pelos poetas, o primeiro como uma forma de indelicadeza e o último, como gentileza. Bóreas amava a ninfa Orítia e tentou fazer o papel de amado, mas teve pouco sucesso. Era difícil para ele respirar moderadamente, e suspirar estava fora de questão. Por fim, cansado de tentativas infrutíferas, ele agiu com seu próprio caráter, pegou e raptou a donzela. Seus filhos foram Zetes e Calais, guerreiros alados, que acompanharam a expedição dos argonautas e fizeram um bom serviço em um encontro com aqueles passados monstruosos chamados Harpias.

Zéfiro era o namorado de Flora. Milton os cita em "Paraíso Perdido", quando descreve Adão caminhando e contemplando Eva ainda adormecida.

"... Ele de lado
Inclinado, com olhares de amor cordial,
Debruçando-se enamorado sobre ela, e contemplando
A beleza que, seja desperta ou adormecida,
Emanava encantos peculiares; então com voz
Suave como quando Zéfiro respira sobre Flora,
Sua mão suave ao toque, assim sussurra: 'Desperta!
Minha mais que formosa, minha esposa,
minha mais recente descoberta,
Última dos céus, melhor presente,
meu sempre renovado deleite'."

Dr. Young, o poeta de "Pensamentos Noturnos", falando aos preguiçosos luxuriosos, diz:

"Vós delicados! Que nada podeis aguentar
(Vós mesmos os mais insuportáveis) por quem
A rosa do inverno deve soprar...
... e sedosamente macio
Favônio ainda respira mais suave ou seria repreendido!"

CAPÍTULO XXIII

AQUELOO E HÉRCULES - ADMETO E ALCESTE - ANTÍGONA - PENÉLOPE

AQUELOO E HÉRCULES

O deus-rio Aqueloo contou a história de Erisictão a Teseu e aos companheiros que ele entretinha em uma mesa hospitaleira enquanto foram retidos em sua viagem em virtude do transbordamento de suas águas. Quando terminou a história, ele acrescentou: "Mas por que deveria falar da transformação de outras pessoas quando eu mesmo sou um caso de posse de tal poder? Às vezes me torno serpente; outras vezes, um touro com chifres na cabeça. Ou melhor, um dia pude fazê-lo; mas agora tenho apenas um chifre, perdi o outro". Nesse momento, ele gemeu e ficou em silêncio.

Teseu perguntou-lhe a causa de sua angústia e como perdera o chifre. O deus-rio respondeu: "Quem gosta de falar de suas frustrações? No entanto, não hesitarei em relatar a minha, confortando-me com o pensamento da grandeza de meu conquistador, pois foi Hércules. Talvez você tenha ouvido falar da fama de Dejanira, a mais bela das donzelas, por quem um grupo de pretendentes lutou para conquistá-la. Hércules e eu estávamos no grupo e os outros sucumbiram a nós. Ele usou a seu favor ser descendente de Jove e seus trabalhos, com os quais ele excedera as cobranças de Juno, sua madrasta. Eu, por minha vez, disse ao pai da donzela: 'Olhe para mim, o rei das águas que correm por suas terras. Não sou um estranho de uma costa estrangeira, pertenço ao país, parte de seu reino. Que não se ponha em meu caminho, pois a majestosa Juno não me tem inimizade nem me pune com tarefas pesadas. Quanto a esse homem, que se gaba de ser filho de Jove, ou é um pretexto falso ou vergonhoso, caso seja verdade; pois se for verdade será uma vergonha para sua mãe'. Quando terminei de falar, Hércules fez uma cara feia e com dificuldade conteve sua raiva. 'Minha mão responderá melhor que minha língua', disse ele. 'Deixo para você a vitória no discurso, mas confio minha causa à ação.' Com isso, ele avançou contra mim e eu me envergonhei, pois, depois do que disse, sucumbi. Tirei minhas vestes verdes e me apresentei para a luta. Ele tentou me arremessar, ora atacando minha cabeça, ora o corpo. Meu tamanho era minha proteção, e ele me atacava em vão. Durante um tempo ele parou, depois retornou à luta. Ambos mantivemos nossas posições, determinados a não ceder, pé contra pé, eu curvando-me sobre ele, prendendo sua mão com a minha, minha testa quase tocando a sua. Por três vezes, Hércules tentou me arremessar, e na quarta vez conseguiu, atirou-me ao chão, ele sobre minhas costas. Conto-lhe a verdade, foi como se uma montanha desabasse sobre mim. Lutei para libertar meus braços, resfolegando e transpirando. Ele não me deu chance de me recuperar, pois agarrou minha garganta. Meus joelhos tocaram o solo e minha boca, a poeira.

Ao descobrir que não era páreo para ele na arte da guerra, recorri a outros artifícios e escapei na forma de serpente. Enrolei-me em espiral e sibilei para ele com minha língua bifurcada. Ele sorriu desdenhoso e disse: 'Era meu trabalho na infância vencer serpentes'. Em seguida, agarrou meu pescoço com as mãos. Eu quase sufoquei e lutei para libertar meu corpo de seu controle. Vencido nessa forma, tentei o que podia e assumi a forma de um touro. Ele agarrou meu pescoço com o braço, arrastou minha cabeça para o chão e me virou na areia. Isso não foi suficiente. Sua mão cruel arrancou o chifre de minha cabeça. As Náiades o apanharam, consagraram-no e encheram-no com flores perfumadas. A Fartura adotou meu chifre tornando-o seu, com o nome de 'Cornucópia'."

Os antigos gostavam de descobrir um significado oculto em seus contos mitológicos. Eles explicam essa luta entre Aqueloo e Hércules dizendo que Aqueloo era um rio que transbordava nas estações chuvosas. Quando a fábula diz que Aqueloo amava Dejanira e buscou uma união com ela, o significado é que o rio, em seus trechos sinuosos, fluía entre partes do reino de Dejanira. Dizem que tomou a forma de uma serpente em razão de suas curvas; e de um touro, pela agressividade ou o estrondo que fazia em seu curso. Quando o rio se avolumava, outro canal era formado. Por isso sua cabeça tinha chifres. Hércules impediu o retorno dessas enchentes periódicas por meio de barragens e canais. Assim diziam que venceu o deus-rio e cortou seu chifre. Por fim, as terras, antes sujeitas a inundações, mas agora redimidas, tornaram-se muito férteis, e isso é mostrado pelo chifre da fartura.

Há outro relato sobre a origem da Cornucópia. Júpiter, em seu nascimento, foi entregue por sua mãe, Reia, aos cuidados das filhas de Melisseu, um rei cretense. Elas alimentaram a divindade infantil com o leite da cabra Amalteia. Júpiter partiu um dos chifres da cabra e ofereceu-o às suas amas, dotando-o com o maravilhoso poder de se tornar cheio com aquilo que seu possuidor desejasse.

O nome de Amalteia também é atribuído por alguns escritores à mãe de Baco. Ele é utilizado assim por Milton em "Paraíso Perdido", Livro IV:

"... Aquela ilha Niseia,
Cercada pelo Rio Tritão, onde o velho Cam,
Que os gentios Amon chamam, e os líbios Jove,
Escondeu Almateia e seu filho florido,
O jovem Baco, de sua madrasta Reia."

ADMETO E ALCESTE

Esculápio, filho de Apolo, foi dotado por seu pai com tanta habilidade na arte da cura que conseguia até mesmo ressuscitar os mortos. Plutão ficou alarmado com isso e persuadiu Júpiter a lançar um raio em Esculápio. Apolo ficou indignado com a destruição de seu filho e infligiu sua vingança aos inocentes trabalhadores que construíram o raio. Tratava-se dos Ciclopes, que têm sua oficina sob o Monte Etna, o qual expele constantemente as chamas e a fumaça de seus fornos. Apolo lançou suas flechas nos Ciclopes, o que enfureceu Júpiter de tal forma que ele o condenou ao castigo de se tornar criado de um mortal durante um ano. Portanto, Apolo ficou a serviço de Admeto, rei da Tessália, e pastoreou seus rebanhos nas margens verdejantes do Rio Anfriso.

Assim como outros, Admeto era pretendente à mão de Alceste, filha de Pélias, que prometera a donzela àquele que viesse buscá-la em uma carruagem conduzida por leões e javalis. Admeto realizou essa tarefa com a ajuda de seu pastor divino e ficou feliz com a posse de Alceste. Mas Admeto ficou doente e, estando prestes a morrer, Apolo persuadiu as Parcas a poupá-lo sob a condição de que alguém consentisse morrer em seu lugar. Admeto, contente e aliviado, teve pouca consideração pelo resgate e, talvez se lembrando das declarações de afeto que ouvira com frequência de seus cortesãos e criados, acreditou ser fácil encontrar um substituto. Mas não aconteceu assim. Bravos guerreiros que teriam, de bom grado, colocado suas vidas em perigo pelo príncipe recuaram ao pensar em morrer por ele em um leito de enfermidades. E os velhos criados que foram objeto de sua generosidade e de sua casa, desde a infância, não estavam dispostos a abrir mão de seus escassos dias para mostrar gratidão. Os homens perguntaram: "Por que nenhum de seus pais o faz? Eles não podem, segundo o curso da natureza, viver muito mais e quem, senão eles, pode sentir o chamado para salvar a vida que criaram de um fim precoce?". Mas os pais, por mais chateados que estivessem ao pensar em perdê-lo, recuaram perante o chamado. Então Alceste, com generoso altruísmo, ofereceu-se como substituta. Admeto, por mais que gostasse de viver, não queria submetê-la a tal custo; mas não havia remédio. A condição imposta pelas Parcas fora encontrada e o decreto era irrevogável. Alceste adoecia enquanto Admeto revivia, e ela, com rapidez, pereceu.

Nesse momento, Hércules chegara ao palácio de Admeto e encontrou todos os residentes em grande tristeza pela perda iminente da esposa devota e amada senhora. Hércules, para quem nenhum trabalho era muito árduo, resolveu tentar seu resgate. Aproximou-se e esperou na porta dos aposentos da rainha moribunda e, quando a Morte chegou para buscar sua presa, ele a apanhou e forçou-a a desistir de sua vítima. Alceste recuperou-se e foi levada ao marido.

Milton cita a história de Alceste em seu "Soneto à sua falecida esposa":

"Parece-me que avistei minha santa e falecida esposa
Trazida a mim como Alceste da sepultura,

Ela que o grande filho de Jove devolveu ao seu feliz marido,
Resgatada da morte à força, embora pálida e fraca."

J. R. Lowell escolhera o "Pastor do Rei Admeto" como tema de um poema curto. Ele faz do acontecimento a primeira apresentação da poesia aos homens:

"Os homens chamavam-no apenas de um jovem desajeitado,
Em quem não viam nada de bom,
E, no entanto, sem o saber, na verdade,
Fizeram de suas palavras descuidadas sua lei.

E a cada dia tornava-se mais sagrado
Cada local que ele pisava,
Até que só depois os poetas posteriores souberam
Que seu irmão primogênito era um deus!"

ANTÍGONA

Uma grande proporção tanto de pessoas interessantes quanto dos atos sublimes da lendária Grécia pertence ao sexo feminino. Antígona foi um exemplo tão brilhante de fidelidade filial e fraternal quanto Alceste foi de devoção conjugal. Ela era filha de Édipo e Jocasta, os quais com todos os seus descendentes foram vítimas de um destino implacável que os condenou à destruição. Édipo, em sua loucura, arrancou os próprios olhos e foi expulso de seu reino em Tebas, temido e abandonado por todos os homens; foi tido como um objeto de vingança divina. Só Antígona, sua filha, compartilhou de sua vida errante e permaneceu ao seu lado até a morte e, em seguida, retornou a Tebas.

Seus irmãos, Eteócles e Polinices, concordaram em dividir o reino entre eles e governar de forma alternada, ano após ano. O primeiro ano coube a Eteócles que, quando o prazo expirou, se recusou a entregar o reino ao seu irmão. Polinices fugiu para Adrasto, rei de Argos, que lhe ofereceu sua filha em casamento e o auxiliou com um exército para fazer cumprir sua reivindicação ao trono. Isso levou à célebre expedição dos "Sete contra Tebas", que forneceu bastante material para os poetas épicos e trágicos da Grécia.

Anfiarau, cunhado de Adrasto, opôs-se à iniciativa, pois era profeta e soube por sua arte que nenhum dos líderes, exceto Adrasto, viveria para retornar. Mas Anfiarau, em seu casamento com Erifila, a irmã do rei, concordara que, quando ele e Adrasto tivessem opiniões diferentes, a decisão final caberia a Erifila. Quando soube disso, Polinices ofereceu a Erifila o colar de Harmonia, ganhando assim uma aliada. Esse colar fora um presente de Vulcano a Harmonia pelo casamento desta com Cadmo, e Polinices o levara consigo em sua fuga de Tebas. Erifila não pôde resistir a um suborno tão tentador e decidiu que a guerra deveria acontecer, e Anfiarau seguiu seu destino marcado. Ele desempenhou seu papel bravamente na disputa, mas não podia evitar seu destino. Perseguido pelo inimigo, ele fugia pelo rio quando um raio lançado por Júpiter abriu o solo e ele, sua biga e cocheiro foram engolidos.

Não cabe aqui detalhar todos os atos de heroísmo ou atrocidade que marcaram a guerra, mas não devemos deixar de registrar a fidelidade de Evadne como um contraponto à fraqueza de Erifila. Capaneu, marido de Evadne, no calor da luta declarou que forçaria sua entrada na cidade apesar do próprio Jove. Colocando uma escada contra a muralha, ele subiu, mas Júpiter, ofendido com seu linguajar ímpio, atingiu-o com um raio. Quando seu funeral foi celebrado, Evadne atirou-se à pira funerária e morreu.

No início da batalha, Etéocles consultou o profeta Tirésias sobre o assunto. Em sua juventude, Tirésias vira, por acaso, Minerva banhando-se. A deusa ficou enfurecida e tirou-lhe a visão, mas depois apiedou-se dele e lhe concedeu, em compensação, o conhecimento de fatos futuros. Quando consultado por Eteócles, ele declarou que a vitória seria de Tebas caso Meneceu, filho de Creonte, se oferecesse como vítima. O jovem herói, ao saber da resposta, renunciou à vida na primeira oportunidade.

O cerco continuou por muito tempo, com vários sucessos. Por fim, os dois lados concordaram que os irmãos deveriam decidir sua querela em um combate entre os dois. Lutaram e caíram pelas próprias mãos. Então, os exércitos reiniciaram a luta e, por fim, os invasores foram forçados a ceder e fugiram, deixando seus mortos insepultos. Creonte, tio dos príncipes caídos, tornou-se rei. Mandou que Etéocles fosse enterrado com honras distintas, mas deixou o corpo de Polinices jazendo onde tombara e proibiu a todos que lhe dessem um sepultamento, sob pena de morte.

Antígona, irmã de Polinices, ouviu com indignação o decreto revoltante que relegou o corpo de seu irmão aos cães e urubus, privando-o dos rituais considerados essenciais para o repouso do defunto. Sem ser dissuadido pelo conselho de uma irmã afetuosa, porém tímida, e incapaz de buscar ajuda, ela estava determinada a enfrentar o perigo e enterrou o corpo com as próprias mãos. Foi descoberta durante o ato e Creonte deu ordens para que ela fosse enterrada viva, por ter desobedecido de forma deliberada um decreto solene da cidade. Seu amado, Hêmon, filho de Creonte, incapaz de impedir seu destino, não sobreviveu a ela e se suicidou.

Antígona é tema de duas belas tragédias gregas do poeta Sófocles. Anna Brownell Jameson, em "Características da Mulher", compara seu caráter ao de Cordélia do *Rei Lear*, de Shakespeare. Uma leitura cuidadosa de suas observações com certeza satisfará os leitores.

Os seguintes versos são o lamento de Antígona sobre Édipo quando a morte, por fim, aliviou-o dos sofrimentos:

"Ai de mim! Apenas desejo ter morrido
Com meu pobre pai; por que pediria
Uma vida mais longa?
Oh, com ele eu suportava o sofrimento;
Até o que era muito desagradável tornava-se adorável
Quando ele estava comigo. Ó meu querido pai,
Debaixo da terra agora em plena escuridão escondido,
Velho como estava em idade, para mim
Ainda era querido e sempre o será."

Sófocles de Francklin

PENÉLOPE

Penélope é outra heroína mítica cuja beleza era mais de caráter e conduta do que física. Ela era filha de Icário, um príncipe espartano. Ulisses, rei de Ítaca, desejava casar-se com ela e conseguiu, entre todos os pretendentes. Quando chegou o momento de a noiva abandonar a casa do pai, Icário, incapaz de suportar a ideia de se despedir da filha, tentou persuadi-la a ficar com ele e não acompanhar o marido a Ítaca. Ulisses fez Penélope escolher entre ficar ou ir com ele. Ela não respondeu e deixou o véu cair sobre o rosto. Icário não argumentou mais, e quando ela partiu ergueu uma estátua à Modéstia no local onde se despediram.

Ulisses e Penélope não desfrutaram de sua união mais do que um ano quando esta foi interrompida pelos acontecimentos que chamaram Ulisses para a Guerra de Troia. Durante sua longa ausência e quando era incerto se ele ainda vivia e bastante improvável que retornasse, Penélope foi importunada por muitos pretendentes, dos quais não tinha escapatória, a não ser escolher um deles como marido. No entanto, Penélope utilizou todas as artes para ganhar tempo, com esperança que Ulisses voltasse. Uma de suas artes para protelar consistia na preparação de um tecido para o dossel do funeral de Laerte, seu sogro. Ela se comprometeu a escolher entre os pretendentes quando o tecido estivesse terminado. Durante o dia, ela tecia e, durante a noite, desfazia o trabalho todo. Esta é a famosa tela de Penélope, usada como expressão proverbial para qualquer coisa que está sendo feita e que nunca é terminada. O restante da história de Penélope será contado quando falarmos das aventuras de seu marido.

CAPÍTULO XXIV

ORFEU E ERÍDICE - ARISTEU - ANFIÃO - LINO - TAMIRIS - MÁRSIAS - MELAMPO - MUSEU

ORFEU E EURÍDICE

Orfeu era filho de Apolo e da musa Calíope. Ele recebera de seu pai uma lira e aprendeu a tocá-la, o que fazia com tal perfeição que nada resistia ao charme de sua música. Não só seus companheiros mortais, como também os animais selvagens eram abrandados por seus acordes e juntavam-se em torno dele, em transe e sem sua ferocidade. Nem mesmo árvores e rochas eram sensíveis ao seu encanto. As primeiras juntavam-se em volta dele e as últimas, relaxadas de alguma forma de sua dureza, ficavam amaciadas com suas notas.

Himeneu fora convocado para abençoar com sua presença as núpcias de Orfeu e Eurídice, mas, embora tenha comparecido, não trouxera consigo bons presságios. Sua tocha esfumaçava e levava lágrimas aos seus olhos. Em coincidência com tais prognósticos, Eurídice, logo após o casamento, enquanto passeava com as ninfas, suas companheiras, fora vista pelo pastor Aristeu, que ficara abalado com sua beleza e tentou alguns avanços. Ela fugiu e, na fuga, pisou em uma serpente na relva; foi mordida no pé e morreu. Orfeu cantou seu lamento a todos que respiravam o ar superior, tanto deuses como homens. Ao ver que era inútil, resolveu procurar sua esposa nas regiões dos mortos. Desceu por uma caverna situada ao lado do promontório de Tenaro e chegou ao reino de Estige. Passou por multidões de fantasmas e se apresentou ao trono de Plutão e Prosérpina. Acompanhando as palavras com a lira, ele cantou: "Ó divindades do mundo inferior, a quem todos nós que vivemos devemos nos apresentar, ouvi minhas palavras, pois relatam a verdade. Não venho espionar os segredos do Tártaro nem tentar minha força contra o cão de três cabeças com pelo de serpente que guarda a entrada. Venho em busca de minha esposa, cuja juventude as presas venenosas da víbora levaram a uma morte prematura. O amor me trouxe aqui. O amor, um deus muito poderoso que está conosco que vivemos na Terra e, se a antiga tradição diz a verdade, também está aqui. Imploro-vos por essas moradas repletas de terror, esses domínios de silêncio e das coisas descriadas, uni outra vez os fios da vida de Eurídice. Todos somos destinados a vós e, mais cedo ou mais tarde, devemos passar por vosso domínio. Ela também, quando tiver cumprido seu tempo de vida, também será vossa por direito. Mas, até esse dia, concedei-me sua vida, eu vos imploro. Se negardes, não poderei retornar sozinho; triunfareis com a morte de nós dois".

Conforme cantava essa terna melodia, até os fantasmas choraram. Tântalo, apesar da sede, interrompeu por um momento seus esforços por água, a roda de Íxion deixou de trabalhar, o abutre parou de rasgar o fígado do gigante, as filhas de Dânao descansaram de sua tarefa de carregar água em uma peneira e Sísifo sentou em sua pedra para ouvir. Então, dizem que pela primeira vez as faces das Fúrias ficaram úmidas com lágrimas. Prosérpina não conseguiu resistir e Plutão cedeu. Eurídice foi chamada. Ela surgiu entre os fantasmas recém-chegados, mancando com o pé ferido. Orfeu foi autorizado a levá-la consigo sob uma condição: não deveria olhar para ela até que tivessem alcançado a atmosfera superior. Sob essa condição, eles partiram, ele à frente e ela seguindo, por passagens escuras e íngremes, em total silêncio, até quase terem alcançado a saída para o alegre mundo superior. Orfeu, em um momento de esquecimento, para se assegurar de que Eurídice o seguia, olhou para trás e de imediato ela foi levada. Estendendo os braços para se abraçar, eles agarraram apenas o ar! Ela morria pela segunda vez e, no entanto, não podia repreender o marido, pois como poderia culpar sua impaciência para vê-la? "Adeus", ela disse, "um último adeus", e foi arrebatada de forma tão rápida que o som mal chegou aos ouvidos dele.

Orfeu tentou segui-la e implorou permissão para retornar e tentar uma vez mais sua libertação, mas o inflexível barqueiro o repeliu e recusou passagem. Durante sete dias ele ficou na margem do rio, sem comer ou dormir. Então, acusando asperamente a crueldade dos poderes de Érebo, ele cantou seu lamento para as pedras e montanhas, derretendo os corações dos tigres e movendo os carvalhos de seus lugares. Ele se tornou indiferente às mulheres, vivendo sempre da lembrança de seu triste contratempo. As donzelas da Trácia tentaram tudo para cativá-lo, mas ele rejeitava seus avanços. Elas esperaram o máximo que puderam, mas, vendo que ele era insensível, um dia, animadas pelos rituais de Baco, uma delas exclamou: "Vejam ali aquele que nos despreza!", e lançou um dardo nele. A arma, logo que se aproximou do som de sua lira, caiu inofensiva aos seus pés, assim como as pedras que elas atiraram nele. Mas as mulheres gritaram bem alto e afogaram a voz da música, e então seus projéteis o atingiram e logo ele ficou manchado de sangue. As maníacas arrancaram-lhe membro a membro do corpo e jogaram sua cabeça e a lira no Rio Hebro, onde flutuaram, murmurando música triste à qual as margens respondiam com uma sinfonia lamentosa. As musas juntaram os fragmentos de seu corpo e o enterraram em Libetra, onde dizem que o rouxinol canta sobre sua sepultura de forma mais doce do que em qualquer outra parte da Grécia. Sua lira foi depositada por Júpiter entre as estrelas. Sua sombra passou, pela segunda vez, pelo Tártaro, onde ele buscou sua Eurídice e abraçou-a com desejo. Eles vagaram pelos campos felizes, desta vez ora ele liderando, ora ela indo à frente. Orfeu a observava quanto quisesse, sem incorrer em nenhuma penalidade por um olhar descuidado.

A história de Orfeu forneceu a Pope uma ilustração do poder da música para sua "Ode ao dia de Santa Cecília". A seguinte estrofe relata a conclusão da história:

"Mas cedo, muito cedo, o namorado vira os olhos;
Outra vez ela cai, outra vez ela morre, ela morre!
Como conseguirás agora as irmãs fatais comover?
Não cometeste crime, se for crime amar.
    Agora sob as montanhas,
    Ao lado da queda das fontes,

Ou onde o Hebro segue seu curso,
Serpentando,
Solitário,
Ele lamenta,
E invoca o fantasma dela,
Para todo o sempre perdido!
Agora cercado por fúrias,
Desesperado, frustrado,
Ele treme, ele cintila,
Entre as nuvens de Ródope
Veja, selvagem como os ventos sobre o deserto ele voa;
Ouça! Haemo ressoa com o grito das Bacanais.
Oh, veja, ele morre!
No entanto, mesmo com Eurídice morta ele canta,
Eurídice ainda vibra em sua língua:
Eurídice as florestas
Eurídice as marés
Eurídice as rochas e as montanhas ocas cantam."

A melodia superior da canção do rouxinol sobre a sepultura de Orfeu é citada por Southey em "Thalaba":

"Então em seus ouvidos que sons
   de harmonia surgiram!
Música distante e canção aperfeiçoada pela distância
   De caramanchões alegres;
   A remota cascata
O murmúrio de bosques frondosos;
   O solitário rouxinol
Empoleirado na roseira, tão ricamente entonado,
Que nunca desse pássaro melodioso
Cantando uma canção de amor para sua fêmea a chocar,
O pastor da Trácia ao lado da sepultura
De Orfeu ouvira a melodia mais doce,
Embora ali o espírito do sepulcro
Todo o seu poder infundia para inflamar
O seu amor."

ARISTEU, O APICULTOR

O homem tira vantagem dos instintos dos animais inferiores. Daí vem a arte da apicultura. O mel já devia ser conhecido antes como um produto silvestre, pois as abelhas construíam suas estruturas em árvores ocas, buracos nas rochas ou qualquer cavidade semelhante que o acaso oferecesse. Assim, de vez em quando, a carcaça de um animal era ocupada pelas abelhas para esse propósito. Sem dúvida, foi a partir de tal incidente que surgiu a crendice de que as abelhas foram criadas da carne dos animais em decomposição e Virgílio, na história a seguir, mostra como esse suposto fato foi usado para explicar a renovação do enxame quando este era consumido pela doença ou acidente.

Aristeu, o primeiro a aprender a manipulação das abelhas, era filho de Cirene, uma ninfa aquática. Suas abelhas pereceram e ele foi buscar a ajuda da mãe. Estava na margem do rio e assim se dirigiu a ela: "Ó mãe, o orgulho da minha vida foi-me retirado! Perdi minhas preciosas abelhas. Meu cuidado e habilidade de nada me serviram, e você, minha mãe, não afastou de mim o golpe do infortúnio". Sua mãe ouvia essas reclamações sentada em seu palácio no fundo do rio, rodeada por suas criadas, as ninfas. Elas estavam envolvidas em trabalhos femininos, fiação e tecelagem, enquanto uma delas contava histórias para entreter as outras. A triste voz de Aristeu interrompeu seu trabalho; uma delas levantou a cabeça acima da água e o viu, retornou e informou a mãe dele, que ordenou que ele fosse encaminhado à sua presença. Sob a ordem de Cirene, o rio abriu e o deixou passar, enquanto se curvava como uma montanha de um lado ao outro. Ele desceu para a região onde nascem as fontes dos grandes rios. Viu os enormes receptáculos de águas e quase ficou surdo com o ruído, ao mesmo tempo em que observava as águas correrem em várias direções para banhar a superfície da Terra. Chegando aos aposentos de sua mãe, ele foi recebido por Cirene e pelas ninfas de forma hospitaleira, e a mesa foi posta com as mais ricas iguarias. Primeiro fizeram as libações a Netuno, depois se regalaram com o banquete e em seguida Cirene se dirigiu a ele: "Há um velho profeta chamado Proteu que mora no mar e é um dos favoritos de Netuno; ele pastoreia sua manada de focas. Nós, as ninfas, nutrimos grande respeito por ele, pois é um sábio que conhece todas as coisas do passado, do presente e do futuro. Ele poderá dizer, meu filho, a causa da mortalidade entre suas abelhas e como remediá-la. Mas não o fará de forma voluntária, por mais que você suplique. Você deverá obrigá-lo a falar. Se o apanhar e acorrentá-lo, ele responderá às suas perguntas para que você o solte, pois não poderá, com todas as suas artes, se soltar se você prender bem as correntes. Eu o levarei à sua caverna, aonde ele vai ao meio-dia para descansar. Então poderá prendê-lo com facilidade. Mas, quando se sentir capturado, ele recorrerá a um poder que possui de se transformar em várias coisas. Ele se tornará um javali, um tigre feroz, um dragão escamoso ou um leão com a juba amarela. Ou fará um ruído como o crepitar de chamas ou o correr da água para tentá-lo a soltar a corrente, quando ele poderá escapar. Mas você só precisa mantê-lo bem amarrado e, por fim, quando descobrir que todas as suas artes são inúteis, ele voltará à sua própria forma e obedecerá aos seus comandos". Ao terminar de falar, Cirene espalhou néctar fragrante no filho, a bebida dos deuses, e de imediato um vigor incomum tomou conta de seu corpo, a coragem se apossou de seu coração e o perfume exalava à sua volta.

A ninfa conduziu o filho até a gruta do profeta e o escondeu entre as frestas das rochas enquanto tomava seu lugar por trás das nuvens. Quando chegou o meio-dia, a hora em que homens e rebanhos se retiravam do sol ofuscante e se permitiam um descanso silencioso, Proteu saiu da água seguido por suas focas, que se esticaram na margem. Ele sentou na pedra e contou seu rebanho. Em seguida, deitou-se no chão da gruta e adormeceu. Aristeu mal permitiu que ele dormisse de forma profunda, fixou os grilhões nele e gritou. Proteu, ao despertar e ver-se capturado, de imediato recorreu às suas artes. Primeiro, transformou-se em fogo, depois em uma inundação, em seguida em um horrível animal selvagem, tudo em rápida sequência. Mas, ao descobrir que nada funcionava, por fim ele retomou sua própria forma e se dirigiu ao jovem em tom furioso: "Quem é você, jovem audacioso, que assim invade minha morada, e o que quer de mim?". Aristeu respondeu: "Proteu, você já sabe, pois é desnecessário tentar enganá-lo. E também pare com suas tentativas de se esquivar de mim. Sou trazido até aqui por ajuda divina, para saber qual a causa de meu infortúnio e como remediá-lo". Com essas palavras, o profeta fixou seus olhos acinzentados e penetrantes em Aristeu e disse: "Você recebe a recompensa merecida de suas ações, por meio das quais Eurídice encontrou a morte, pois fugindo de você ela pisou em uma serpente que a picou e matou. Para vingar sua morte, as ninfas, suas companheiras, destruíram suas abelhas. Você terá de apaziguar a ira delas, o que deverá ser feito da seguinte forma: escolha quatro touros de tamanho e forma perfeitos, e quatro vacas de igual beleza, construa quatro altares para as ninfas e sacrifique os animais, abandonando as carcaças no bosque frondoso. A Orfeu e Eurídice você deverá prestar honras funerárias de forma a aliviar seu ressentimento. Retorne após nove dias, examine os corpos dos animais mortos e veja o que acontecerá". Aristeu seguiu as instruções fielmente. Ele sacrificou o gado, deixou os corpos no bosque, ofereceu honras funerárias às sombras de Orfeu e Eurídice. Então, quando voltou, no nono dia, ele examinou os corpos dos animais e que maravilha! Um enxame se apoderou de uma das carcaças e abelhas trabalhavam dentro dela para construir uma colmeia.

Em "A Tarefa", Cowper alude à história de Aristeu quando fala do palácio de gelo construído pela imperatriz Anne da Rússia. Ele descreve as formas fantásticas que o gelo assume quando se conecta com as cataratas, etc.:

> "Menos merecedora de aplauso embora mais admirada
> Por ser uma novidade, a obra do homem,
> Senhora imperial da Rússia vestida com peles,
> Tua magnífica, poderosa e rara
> Maravilha do Norte. Nenhuma floresta foi derrubada
> Quando tu o construíste, nenhuma pedreira enviou
> seus suprimentos
> Para enriquecer tuas paredes; mas tu esculpiste as inundações
> E fizeste teu mármore de suas ondas opacas.
> Em tal palácio Aristeu encontrou
> Cirene, quando ele fazia o triste relato
> De suas abelhas perdidas aos ouvidos da mãe."

Milton também parece ter ficado com Cirene e sua cena doméstica na cabeça quando descreve Sabrina, a ninfa do Rio Severn, na Canção do Espírito Guardião, em "Comus":

> "Bela Sabrina!
> Ouve, onde estás sentada,
> Por baixo da opaca, fria e translúcida onda

Entrelaçando e bordando lírios
Em teu cabelo do qual pingam gotas de âmbar
Ouve pelo bem das honras,
Deusa do lago prateado!
Ouve e salva."

Os seguintes são outros poetas e músicos míticos celebrados. Alguns deles não deviam nada ao próprio Orfeu:

ANFIÃO

Anfião era filho de Júpiter e Antíope, rainha de Tebas. Ele e seu irmão gêmeo, Zeto, foram expostos ao nascer no Monte Citerão, onde cresceram entre os pastores, sem saber qual era sua ascendência. Mercúrio ofereceu a lira a Anfião e o ensinou a tocá-la, e seu irmão se ocupava com a caça e os rebanhos. Enquanto isso, Antíope, sua mãe, que fora tratada com grande crueldade por Lico, o rei usurpador de Tebas, e por Dirce, esposa dele, conseguiu informar seus filhos de seus direitos e convocá-los a ajudá-la. Com um grupo de pastores amigos, eles atacaram e mataram Lico e ataram o cabelo de Dirce à cabeça de um touro, deixando o animal arrastá-la até ela morrer.[19] Anfião tornou-se rei de Tebas e fortificou a cidade com uma muralha. Dizem que, quando ele tocou sua lira, as pedras se moveram sozinhas e ocuparam seus lugares na muralha.

Veja o poema "Anfião" de Tennyson para uma divertida utilização de sua história.

LINO

Lino era o professor de música de Hércules, mas um dia repreendeu o aluno de forma grosseira e despertou a fúria dele. Hércules o atacou com sua lira, matando-o.

TAMIRIS

Um antigo bardo da Trácia que em sua presunção desafiou as Musas em um teste de habilidade. Foi vencido na competição e privado por elas de sua visão. Milton faz uma alusão a ele e outros bardos cegos quando fala de sua própria cegueira em "Paraíso Perdido", Livro III.

---
19. O castigo de Dirce é tema de um célebre grupo de estátuas hoje no Museu de Nápoles.

MÁRSIAS

Minerva inventou a flauta e a tocou para o prazer de todos os ouvintes celestiais, mas o menino travesso Cupido atreveu-se a rir da cara estranha que a deusa fazia enquanto tocava. Minerva atirou o instrumento de forma indigna e ele caiu na Terra, sendo encontrado por Mársias. Ele tocou e produziu um som tão arrebatador que ficou tentado a desafiar o próprio Apolo para um campeonato musical. Claro que o deus venceu e puniu Mársias, esfolando-o vivo.

MELAMPO

Melampo foi o primeiro mortal dotado de poderes proféticos. Em frente à sua casa ficava um carvalho que continha um ninho de serpente. As serpentes velhas eram mortas pelos criados, mas Melampo cuidava e alimentava as jovens com atenção. Um dia, enquanto dormia sob o carvalho, as serpentes lamberam suas orelhas com as línguas. Quando despertou, ele ficou surpreso ao descobrir que agora compreendia a linguagem dos pássaros e seres rastejantes. Esse conhecimento o capacitou a prever acontecimentos futuros e ele se tornou um profeta renomado. Em certa ocasião, seus inimigos o levaram prisioneiro e o mantiveram em uma prisão rigorosa. No silêncio da noite, Melampo ouviu os carunchos da madeira conversando e descobriu com o que disseram que as madeiras estavam quase todas comidas e em breve o teto cederia. Ele contou a seus captores e exigiu que fosse solto. Eles aceitaram a advertência e assim escaparam da morte, recompensando Melampo e atribuindo-lhe grandes honras.

MUSEU

Um personagem semimitológico que era representado em uma tradição como filho de Orfeu. Dizem que escreveu oráculos e poemas sagrados. Milton associa seu nome ao de Orfeu em "Il Penseroso":
"Mas ó virgem triste, que o teu poder
Consiga erguer Museu dos seus aposentos
Ou ordenar que a alma de Orfeu cante
Notas iguais às executadas pelas cordas,
Que fizeram correr lágrimas de ferro pelas faces de Plutão,
E obrigaram o Inferno a conceder o que o amor buscava."

CAPÍTULO XXV

ÁRION - ÍBICO - SIMÔNIDES - SAFO

Os poetas cujas aventuras compõem este capítulo eram pessoas reais e alguns de seus trabalhos ainda permanecem; sua influência sobre os poetas que os sucederam é ainda mais importante que seus vestígios poéticos. Suas aventuras registradas nas seguintes histórias têm base na mesma autoridade de outras narrativas deste livro, ou seja, dos poetas que as contaram. Em sua forma atual, as duas primeiras são traduzidas do alemão: Árion, de Schlegel, e Íbico, de Schiller.

ÁRION

Árion era um músico famoso e vivia na corte de Periandro, rei de Corinto, de quem era grande favorito. Havia um campeonato musical na Sicília e Árion desejava competir pelo prêmio. Contou seu desejo a Periandro, que implorou a ele como um irmão para que desistisse da ideia. "Rogo, fique comigo", disse ele, "e fique satisfeito. Aquele que tenta vencer pode perder". Árion respondeu: "Uma vida errante é mais adequada ao coração livre do poeta. O talento que um deus me concedeu, com prazer transformarei em fonte de alegria a outros. E, caso ganhe o prêmio, como esse prazer será incrementado pela consciência da minha fama difundida!". Ele foi, ganhou o prêmio e embarcou de volta para casa com sua fortuna em um navio coríntio. Na segunda manhã após a partida, o vento soprou suave e favorável. "Ó Periandro", ele exclamou, "despreze seus medos! Logo os esquecerá com meu abraço. Mostraremos nossa gratidão aos deuses com oferendas extravagantes, e estaremos muito contentes no banquete festivo!". O vento e o mar continuaram propícios. Nem uma nuvem encobria o firmamento. Ele não confiava muito no oceano, mas confiava demasiado nos homens. Ouviu os marinheiros trocando insinuações e descobriu que eles tramavam se apossar de seu tesouro. Logo, eles o cercaram ruidosos e rebeldes, dizendo: "Árion, você deve morrer! Se tiver uma sepultura em terra, entregue-se à morte nesse lugar. Caso contrário, atire-se ao mar". Ele disse: "Nada os satisfará a não ser minha vida? São bem-vindos, levem meu ouro. Compro minha vida a este preço de bom grado". Eles retrucaram: "Não, não, não o podemos poupar. Você vivo será muito perigoso para nós. Para onde escaparíamos de Periandro caso ele soubesse que você foi roubado por nós? Seu ouro seria de pouco utilidade nesse momento se, ao voltar para casa, nunca mais estivéssemos livres do medo". Árion disse: "Concedam-me, então, um último desejo, já que ninguém quer poupar minha vida; que eu possa morrer como vivi, como um bardo. Quando entoar minha canção fúnebre e as cordas de minha harpa deixarem de vibrar, então direi adeus à vida e me entregarei ao meu destino sem reclamações". Essa súplica, como as outras, teria sido ignorada – eles pensavam apenas em seu espólio –, mas ouvir um músico tão famoso comoveu-lhes os rudes corações. "Permitam", ele acrescentou, "que arranje minha vestimenta. Apolo não me favorecerá a não ser que esteja vestido com meus trajes de menestrel".

Ele vestiu seus membros bem-proporcionados em ouro e púrpura agradáveis aos olhos, sua túnica caía à sua volta em dobras graciosas, joias adornavam seus braços, sua fronte coroada com uma guirlanda de ouro e pelo pescoço e ombros escorriam seus cabelos perfumados com aromas. Na mão esquerda a lira, na direita a varinha de marfim com a qual entoava os acordes. Inspirado, ele parecia beber o ar matinal e cintilava ao sol matutino. Os marinheiros contemplavam com admiração. Ele caminhou para a lateral do convés do navio e olhou para baixo, para o mar azul-profundo. Falando com sua lira, cantou: "Companheira da minha voz, vem comigo para o domínio das sombras. Embora Cérbero rosne, sabemos que o poder da música pode abrandar sua raiva. Vós, heróis do Elísio, que passastes pela maré negra, vós, almas felizes, logo me juntarei ao vosso grupo. No entanto, podeis aliviar minha dor: Oh, deixo meu amigo para trás. Tu, que encontraste tua Eurídice, perdeste-a e voltaste a encontrá-la; quando ela desapareceu como um sonho, como tu odiaste a luz agradável! Devo partir, mas não temo. Os deuses zelam por mim. Vós que matais um inocente, quando eu deixar de existir, chegará seu momento de tremer. Vós, nereidas, recebeis o convidado que se lança à sua misericórdia!". Depois de dizer isso, atirou-se ao mar profundo. As ondas o cobriram e os marinheiros seguiram seu trajeto, achando-se livres do perigo de serem descobertos.

Mas os acordes de sua música atraíram os habitantes das profundezas, e golfinhos seguiram o navio como se presos por um feitiço. Enquanto Árion lutava nas ondas, um golfinho ofereceu seu lombo e levou-o são e salvo à costa. No local a que chegou, um monumento de cobre foi mais tarde erguido sobre a costa rochosa para preservar a memória do acontecimento.

Quando Árion e o golfinho se separaram, cada um para o seu próprio elemento, Árion fez o seguinte agradecimento: "Adeus, peixe fiel e amigável! Quem me dera poder recompensá-lo, mas você não pode seguir comigo, nem eu com você. Não podemos ser companheiros. Que Galateia, rainha das profundezas, conceda-lhe seus favores e você, orgulhoso com a carga, conduzirá seu carro pelo espelho liso das profundezas".

Árion apressou-se a deixar a costa e logo viu diante de si as torres de Corinto. Ele seguiu com a harpa na mão, cantando pelo caminho, repleto de amor e felicidade, esquecendo suas perdas e consciente apenas do que permanecia, seu amigo e sua lira. Ele adentrou os salões hospitaleiros e logo foi abraçado por Periandro. "Retorno a você, meu amigo", disse ele. "O talento concebido por um deus fora o deleite de milhares, mas falsos patifes roubaram meu tão merecido tesouro; no entanto, retenho a consciência de minha fama difundida." Então, ele contou a Periandro todos os acontecimentos maravilhosos, e este ouviu espantado. "Poderá tal perversidade triunfar?", disse ele. "Então, em vão o poder é colocado em minhas mãos. Para que possamos descobrir quem são esses criminosos, você deverá permanecer escondido aqui, assim eles se aproximarão sem suspeita." Quando o navio atracou no porto, ele convocou os marinheiros. "Sabem alguma coisa sobre Árion?", inquiriu. "Espero com ansiedade por seu retorno." Eles responderam: "Nós o deixamos bem e próspero em Tarento". Enquanto falavam, Árion apareceu e os encarou. Seus membros bem-proporcionados estavam vestidos com ouro e púrpura agradáveis aos olhos, sua túnica caía à sua volta em dobras graciosas, joias adornavam seus braços, a fronte coroada com uma guirlanda de ouro e sobre o pescoço e ombros escorriam seus cabelos perfumados com aromas. Na mão esquerda, a lira; na direita, a varinha de marfim com a qual tocava as cordas. Caíram prostrados aos seus pés, como atingidos por um raio. "Pretendíamos matá-lo e ele se tornou um deus. Ó Terra, abra-se e receba-nos!" Então, Periandro falou: "Ele vive, o mestre do canto! O céu generoso protege a vida do poeta. Quanto a vocês, não invoco o espírito da vingança; Árion não deseja seu sangue. Escravos da cobiça, saiam daqui! Vão em busca de alguma terra bárbara e que nunca a beleza deleite suas almas!".

Spencer representa Árion montado no golfinho acompanhando o cortejo de Netuno e Anfitrite:

"Então, ouviu-se um dos mais celestiais sons
De música delicada que se seguiu,
E, flutuando nas águas como rei entronizado,
Árion com sua harpa encanta
Os ouvidos e corações de toda a grande tripulação;
Mesmo quando o golfinho que ele montava
Ficou imóvel diante dos piratas
No Mar Egeu, encantado com sua música,
E todos os mares furiosos, contentes, esqueceram-se de bramir."

Byron, em "Childe Harold", canto II, cita a história de Árion quando, descrevendo sua viagem, representa um dos marinheiros que tocavam para entreter os restantes:

"A lua está alta, pelos Céus, que noite adorável!
Longos feixes de luz se expandem sobre ondas dançantes;
Agora os rapazes da costa podem suspirar e as donzelas podem acreditar;
Tal seja nosso destino quando retornarmos à terra!
Enquanto isso, a mão inquieta do rude Árion
Desperta a abrupta harmonia que os marinheiros amam;
Um círculo de ouvintes alegres o cerca,
Ou a algum outro que faz alguma proeza conhecida
Relaxados como se na costa eles ainda estivessem livres para passear."

ÍBICO

Para compreender a história de Íbico é necessário lembrar que os teatros antigos eram estruturas imensas capazes de conter de 10 mil a 30 mil espectadores. Eram locais utilizados apenas em ocasiões festivas e a entrada era livre para todos, por isso estavam sempre lotados. Não possuíam teto, eram construídos a céu aberto e as apresentações aconteciam durante o dia. Além disso, a terrível representação das Fúrias não é exagerada na história. Sabe-se que Ésquilo, o poeta trágico, representou as Fúrias em certa ocasião em um coro composto por 50 artistas, e o terror dos espectadores foi tal que muitos desmaiaram e entraram em convulsão. Os magistrados proibiram representações semelhantes no futuro.

Íbico, o poeta devoto, estava a caminho da corrida de bigas e das competições musicais que aconteciam no Istmo de Corinto, local que atraía todos de linhagem grega. Apolo concedera-lhe o dom da canção e os lábios adocicados dos poetas, e ele prosseguia em seu trajeto com passos leves, pleno do deus. As torres de Corinto coroando as alturas já apareciam no horizonte e ele entrou, com devoto fascínio, no bosque sagrado de Netuno. Não se via nada vivo, apenas um bando de garças voava na mesma direção que ele em sua migração para o clima do sul. "Boa sorte para vós, esquadrão de amigos", ele exclamou, "meus companheiros de além-mar. Considero vossa companhia um bom presságio. Viemos de longe em busca de hospitalidade. Que todos nós tenhamos a calorosa hospitalidade que protege o hóspede estrangeiro do mal".

Ele seguiu de forma rápida e logo se viu no meio da floresta. De repente, em uma passagem estreita, surgiram dois ladrões e bloquearam a passagem. Ele deveria entregar-se ou lutar. Mas sua mão, habituada à lira e não à luta com armas, baixou impotente. Ele invocou a ajuda de deuses e homens, mas seu grito não chegou aos ouvidos de nenhum defensor. "Então, aqui, morrerei", disse ele, "em uma terra estrangeira, sem ninguém para me lamentar, com a vida interrompida por bandidos e sem ver ninguém para vingar-me". Ferido e magoado, ele caiu por terra quando as garças acima deram um grito rouco. "Assumi minha causa, garças", ele disse, "já que nenhuma voz a não ser a vossa responde ao meu grito". Ele terminou de falar, fechou os olhos e morreu.

O corpo, despojado e mutilado, foi encontrado e, apesar de desfigurado pelos ferimentos, foi reconhecido por um amigo de Corinto que o esperava como hóspede. "É assim que o vejo restituído a mim?", ele exclamou. "Eu que desejava entrelaçar seus templos com guirlandas de triunfo pelo campeonato de canção!"

Os convidados reunidos no festival ouviram as notícias com tristeza. Toda a Grécia sentiu-se ferida, cada coração sentia a perda. Eles se reuniram em volta da tribuna dos magistrados e exigiram vingança para os assassinos e a expiação por seu sangue.

Mas que traço ou marca apontaria o perpetrador entre a multidão atraída pelo esplendor da festa? Ele caíra nas mãos de ladrões ou foi morto por algum inimigo pessoal? Apenas o sol criterioso poderá dizer, pois não havia mais ninguém no local. No entanto, não era improvável que o assassino agora esteja entre a multidão e desfrute dos lucros de seu crime, enquanto a vingança o procura em vão. Talvez no próprio recinto do templo ele desafie os deuses, misturando-se de forma livre entre a multidão de homens que agora se espreme no anfiteatro.

Pois agora, reunidas, fileira sobre fileira, as pessoas tomam seus assentos como se a própria construção fosse ceder com tanta gente. O murmúrio das vozes ecoa como o rugido do mar, enquanto os círculos se abrindo em sua ascensão sobem de degrau em degrau, como se fossem atingir o céu.

E agora a grande plateia ouve a terrível voz do coro que personifica as Fúrias, que em disfarce solene avançam em passos comedidos e percorrem o circuito do teatro. Poderão ser mulheres mortais que compõem aquele grupo horrível, e poderá aquele vasto pátio de formas silenciosas ser formado por seres vivos?

Os coristas, vestidos de preto, seguram com mãos macilentas tochas com chamas sombrias. As faces exangues e, no lugar dos cabelos, serpentes retorcidas e entrelaçadas em suas frontes. Formando um círculo, esses seres horrorosos cantavam hinos, despedaçando os corações do culpado e cativando todas as suas faculdades. O coro ficou mais forte e alto, abafando o som dos instrumentos, congelando o raciocínio, paralisando o coração e coagulando o sangue.

"Feliz o homem que mantém o coração puro de culpa e crime! Nele, nós vingadores não tocamos. Ele trilha o caminho da vida livre de nós. Mas ai, ai daquele que cometeu um assassinato secreto. Nós, a temível família da Noite, prendemos todo o seu ser. Pensa ele que ao voar escapa de nós? Voamos ainda mais rápido na perseguição, enroscamos nossas serpentes em seus pés e o trazemos de volta para o solo. Perseguimos sem cansar; a piedade não se coloca em nosso caminho; sempre adiante, até o fim da vida, não daremos paz ou sossego." Assim cantavam as Eumênides, e moviam-se em cadência solene, enquanto o silêncio, como a quietude da morte, sentava-se sobre toda a plateia como se estivesse na presença de seres super-humanos. Por fim, em marcha solene completando o circuito do teatro, juntaram-se atrás do palco.

Todos os corações palpitavam entre a ilusão e a realidade, e todos os peitos arfavam com um terror indefinido, tremendo diante do terrível poder que observa crimes secretos e desenrolava o novelo do destino. Nesse momento, emerge um grito de uma dos bancos superiores: "Olhe, Olhe! Companheiro, ali estão as garças de Íbico!". E de repente surgiu cruzando o céu um objeto escuro que de relance parecia um bando de garças voando diretamente para o teatro. "De Íbico, foi que ele disse?" O nome adorado reviveu as feridas em todos os peitos. Como as ondas se seguem na superfície do mar, as palavras correram de boca em boca: "De Íbico! Ele que todos lamentam, que mãos assassinas fizeram desaparecer! O que as garças têm a ver com ele?". E as vozes avolumaram-se enquanto, com a rapidez de um raio, o pensamento atravessou cada coração: "Observem o poder das Eumênides! O poeta devoto será vingado! O assassino depôs contra si mesmo. Prendam o homem que gritou e o outro com quem ele falou!".

O acusado teria de bom grado revogado suas palavras, mas já era tarde demais. Os rostos dos criminosos, pálidos de terror, traíram sua culpa. O povo levou-os diante do juiz, eles confessaram o crime e sofreram o castigo que mereciam.

SIMÔNIDES

Simônides era um dos mais prolíficos entre os primeiros poetas gregos, mas apenas alguns fragmentos de seu trabalho chegaram até nós. Ele escreveu hinos, odes triunfais e elegias. Nessa última espécie de composição, era excelente. Seu gênio inclinava-se para o patético, e ninguém podia fazer vibrar com efeito mais sincero as cordas da compaixão humana. O "Lamento de Dânae", o mais importante dos fragmentos que permaneceram de sua poesia, baseia-se na tradição de que Dânae e seu filho criança foram ambos confinados por ordem do pai, Acrísio, em um baú e lançados à deriva, no mar. O baú flutuou em direção à Ilha de Sérifo, onde mãe e filho foram resgatados por Díctis, um pescador, e levados a Polidecto, rei do país, que os acolheu e protegeu. O menino, Perseu, quando adulto, tornou-se um herói famoso cujas aventuras foram relatadas em um capítulo anterior.

Simônides passou a maior parte de sua vida nas cortes dos príncipes e, com frequência, empregou seus talentos em odes panegíricas e festivas, recebendo sua recompensa da generosidade daqueles cujas façanhas ele celebrava. Esse emprego não era depreciativo, mas se assemelha muito àquele dos primeiros bardos, como Demódoco, descrito por Homero, ou o próprio Homero, como a tradição relembra.

Certa ocasião, quando vivia na corte de Escopas, rei da Tessália, o príncipe pediu que ele preparasse um poema em comemoração aos seus feitos, a ser recitado durante um banquete. Para diversificar o tema, Simônides, que era conhecido por sua piedade, introduziu no poema as façanhas de Castor e Pólux. Tais digressões não eram incomuns para os poetas em ocasiões semelhantes, e era de se esperar que um mortal comum se contentasse em partilhar os elogios dos filhos de Leda. Mas a vaidade é difícil de agradar, e Escopas, sentado à mesa do banquete com seus cortesãos e bajuladores, ressentiu cada verso que não tratasse de seus louvores. Quando Simônides se aproximou para receber a prometida recompensa, Escopas ofereceu apenas metade da quantia e disse: "Aqui está o pagamento da minha parte da sua apresentação. Castor e Pólux com certeza irão recompensá-lo pela parte que diz respeito a eles". Desconcertado, o poeta retornou para seu assento entre as gargalhadas que se seguiram após o gracejo do grande homem. Em pouco tempo, ele foi avisado de que dois jovens a cavalo o esperavam e estavam ansiosos para encontrá-lo. Simônides foi correndo até a porta e procurou em vão pelos visitantes. No entanto, mal deixara o salão do banquete quando o teto desabou com um estrondo, soterrando Escopas e todos os seus convidados entre as ruínas. Quando perguntou pelos dois jovens que buscavam por ele, Simônides ficou satisfeito ao saber que eram os próprios Castor e Pólux.

SAFO

Safo era uma poetisa que prosperou nos primórdios da literatura grega. Apenas alguns fragmentos de suas obras permaneceram, mas são suficientes para estabelecer sua reivindicação de gênio poético eminente. A história de Safo citada com mais frequência diz que ela estava apaixonada por um belo jovem chamado Fáon. Ela não conseguiu um retorno de seu afeto e atirou-se do promontório de Leocádia para o mar na superstição de que aquele que desse o "Salto do Amante" seria, caso não fosse destruído, curado de seu amor.

Byron alude à história de Safo em "Childe Harold", Canto II:

"Childe Harold velejou e passou pelo local árido
Onde a triste Penélope contemplava as ondas,
E adiante viu o monte, ainda não esquecido,
O refúgio do amante e a sepultura da Lesbiana
Sombria Safo! Não poderiam os versos mortais salvar
O peito imbuído do fogo imortal?

Foi em uma noite branda de outono grego
Childe Harold aclamou o cabo de Leocádia ao longe."

Quem desejar saber mais sobre Safo e seu "salto" devem consultar o *Spectator* números 223 e 229. Veja também o "Noites na Grécia", de Moore.

CAPÍTULO XXVI

ENDIMIÃO - ÓRION - AURORA E TITONO - ÁCIS E GALATEIA

ENDIMIÃO

Endimião era um belo jovem que pastoreava seu rebanho no Monte Latmos. Em uma noite clara e calma, Diana, a lua, olhou para baixo e o viu dormindo. O frio coração da deusa virgem foi aquecido por sua beleza insuperável. Ela desceu, beijou-o e zelou por ele enquanto dormia.

Outro relato diz que Júpiter atribuiu-lhe o dom da eterna juventude unido ao sono perpétuo. De alguém tão dotado temos apenas poucas aventuras para relatar. Dizem que Diana cuidou para que sua fortuna não sofresse com sua vida inativa, e fazia seu rebanho crescer e protegia as ovelhas e cordeiros dos animais selvagens.

A história de Endimião tem um encanto particular graças ao significado humano que ela encobre tão superficialmente. Vemos em Endimião o jovem poeta, com sua imaginação e coração buscando em vão o que possa satisfazê-los, encontrando seu momento favorito na quietude do luar e, debaixo dos raios da testemunha brilhante e silenciosa, cuida da melancolia e do ardor que o consomem. A história sugere amor poético e esperançoso, uma vida passada mais em sonhos do que em realidade e prematura boas-vindas à morte.

O "Endimião" de Keats é um poema selvagem e extravagante que contém poesia requintada, como esta, dedicada à lua:

"... as vacas adormecidas
Agachadas sob teu brilho, sonham com campos divinos.

Erguem-se inumeráveis montanhas, e erguem-se,
Ambiciosas pela consagração dos teus olhos,
E, no entanto, tua bênção não passou,
Um esconderijo obscuro, um pequeno lugar,
Para onde o prazer pudesse ser enviado; o uirapuru aninhado
Tem teu belo rosto ao seu tranquilo alcance [...]"

Young, no poema "Pensamentos Noturnos", cita Endimião desta maneira:

"... Esses pensamentos, oh Noite, são teus;
Vêm de ti, como os suspiros secretos dos amantes,
Enquanto os outros dormem. Assim, Cíntia, inventam
os poetas,
Velada por sombras, suave, deslizando por sua esfera,
Seu pastor encoraja, por ela enamorado menos
Do que eu por ti."

Fletcher, em "A Pastora Fiel", diz:

"Como a pálida Febe, caçando na floresta,
Viu o jovem Endimião, de cujos olhos
Arrebatou o fogo eterno que nunca expira;
Como ela o conduziu de forma suave ao sono,
Seus templos cercados por papoulas, até a íngreme
Cabeça do velho Latmos, onde ela se inclina todas as noites,
Cobrindo a montanha de ouro com a luz de seu irmão,
Para beijá-la da forma mais doce."

ÓRION

Órion era o filho de Netuno. Era um belo gigante e um caçador poderoso. Seu pai deu-lhe o poder de caminhar nas profundezas do mar ou, como outros dizem, de andar na superfície da água.

Órion amava Mérope, filha de Enopião, rei de Quios, e queria casar-se com ela. Ele libertou a ilha de animais selvagens e trouxe os espólios da caça como presente para sua amada, mas, como Enopião sempre adiava seu consentimento, Órion tentou apoderar-se da donzela à força. Seu pai, enfurecido com essa conduta, embebedou Órion, privou-lhe da visão e jogou-o na costa. O herói cego acompanhou o som do martelo de um Ciclope até atingir Lemnos e chegar à forja de Vulcano, que teve piedade dele e ofereceu Quedalião, um de seus homens, para ser seu guia até a morada do sol. Órion colocou Quedalião nos ombros e seguiu para o Oriente, onde encontrou o deus Sol e recuperou a visão por meio de um feixe de luz.

Em seguida, viveu como caçador ao lado de Diana, de quem era favorito, e dizem que ela estava prestes a casar-se com ele. Seu irmão ficou muito insatisfeito e com frequência a repreendia sem nenhum propósito. Um dia, observando Órion a caminhar pelo mar com a cabeça acima da superfície, Apolo apontou-o à irmã e disse que ela não conseguiria atingir aquela coisa negra no mar. A deusa arqueira disparou uma flecha com destino fatal. As ondas empurraram o cadáver de Órion para a praia e, lastimando seu erro fatal com muitas lágrimas, Diana colocou-o entre as estrelas, onde ele surge como um gigante com cinta, espada, pele de leão e clava. Seu cão, Sirius, seguiu-o, e as Plêiades voam na frente dele.

As Plêiades eram filhas de Atlas e ninfas do séquito de Diana. Um dia, Órion as viu, apaixonou-se e perseguiu-as. Em sua aflição, elas suplicaram aos deuses para mudar sua forma, e Júpiter, com pena, transformou-as em pombas e, em seguida, em uma constelação no céu. Embora fossem sete, apenas seis estrelas são visíveis, pois Electra, uma delas, deixou seu lugar para não ter de contemplar as ruínas de Troia, pois essa cidade fora fundada por seu filho Dárdano. A visão surtiu tal efeito nas irmãs que elas ficaram pálidas desde então.

Longfellow tem um poema sobre a "Ocultação de Órion". Nos seguintes versos, ele cita a mítica história. Devemos mencionar de antemão o fato de que, no globo celestial, Órion é representado trajando uma pele de leão e empunhando uma clava. Naquele momento, as estrelas da constelação, uma a uma, foram extintas pela luz da lua, e o poeta diz:

"Caiu a pele vermelha do leão
No rio, aos seus pés.
Sua clava poderosa não mais agredia
A testa do touro; mas ele
Cambaleia como outrora, junto ao mar,
Quando foi cegado por Enopião
Ele buscou o ferreiro em sua forja,
E subindo o desfiladeiro estreito,
Fixou os olhos vazios no sol."

Tennyson possui uma teoria diferente a respeito das Plêiades:

"Por muitas noites avistei as Plêiades erguendo-se da sombra agradável.

Brilhavam como um enxame de pirilampos emaranhados em uma trança prateada."

Locksley Hall

Byron cita a Plêiade perdida:

"Como a Plêiade perdida e não mais vista."

Veja também os versos de Felicia Hemans sobre o mesmo tema.

AURORA E TITONO

A deusa Aurora, como sua irmã, a Lua, às vezes também se inspirava com o amor dos mortais. Seu grande favorito era Titono, filho de Laomedonte, rei de Troia. Ela o raptou e persuadiu Júpiter a conceder a ele a imortalidade. Mas esqueceu-se de adicionar juventude ao dom e, algum tempo depois, ela começou a perceber, com grande mortificação, que ele envelhecia. Quando o cabelo de Titono estava quase todo branco, ela o abandonou, mas ele ainda vivia em seu palácio, alimentava-se de ambrosia e vestia trajes celestiais. Logo ele perdeu o poder de utilizar os membros e ela o trancou em seus aposentos, de onde sua fraca voz podia ser ouvida de vez em quando. Por fim, ela o transformou em um gafanhoto.

Mêmnon era filho de Aurora e Titono. Ele era rei dos etíopes e vivia no Extremo Oriente, na costa do Oceano. Ele chegou com seus guerreiros para ajudar os parentes de seu pai na Guerra de Troia. O rei Príamo o recebeu com grandes honras e ouviu com admiração a sua narrativa sobre as maravilhas da costa oceânica.

No dia seguinte à sua chegada, Mêmnon, impaciente para descansar, liderou as tropas até o campo. Antíloco, o valente filho de Nestor, foi morto por ele e os gregos fugiram quando Aquiles surgiu e restabeleceu a batalha. Um longo e duvidoso combate seguiu-se entre ele e o filho de Aurora. Logo Aquiles foi proclamado vencedor, Mêmnon morreu e os troianos fugiram desanimados.

Aurora, que em seu local no céu assistira com apreensão ao perigo do filho, quando o viu morrer mandou seus irmãos, os Ventos, transportarem seu corpo para as margens do Rio Esepo, na Paflagônia. Aurora surgiu durante a noite, acompanhada pelas Horas e pelas Plêiades; chorou e lamentou sobre seu filho. A Noite, solidária com sua dor, espalhou nuvens pelo céu. Toda a natureza ficou de luto pelo filho de Aurora. Os etíopes ergueram sua sepultura às margens do rio que ficava no bosque das Ninfas. Júpiter fez com que as fagulhas e cinzas de sua pira funerária fossem transformadas em pássaros, que se dividiram em dois bandos e lutaram sobre a pira até caírem nas chamas. Todos os anos, no aniversário de Mêmnon, eles retornam e celebram seus funerais da mesma forma. Aurora permanece inconsolável pela perda do filho. Suas lágrimas ainda fluem e podem ser vistas todas as manhãs sob a forma de orvalho na relva.

Ao contrário da maioria das maravilhas da antiga mitologia, ainda existem alguns desses memoriais. Nas margens do Rio Nilo, no Egito, há duas estátuas colossais, uma delas dizem ser a estátua de Mêmnon. Escritores antigos relatam que, quando os primeiros raios do sol nascente tocam a estátua, sai um som dela comparado ao estalo de uma corda de harpa. Há alguma dúvida sobre a identificação da estátua existente com aquela descrita pelos antigos, e os sons misteriosos são ainda mais duvidosos. No entanto, não faltam testemunhos modernos que afirmam que esses sons ainda são audíveis. Sugeriu-se que o ar confinado, ao escapar por fissuras nas cavernas das rochas, pode ter sido a base para a história. *Sir* Gardner Wilkinson, um viajante dos tempos modernos da mais alta autoridade, examinou a própria estátua e descobriu que ela era oca e que "no colo da estátua há uma pedra que, ao ser golpeada, emite um som metálico que ainda pode ser utilizado para enganar o visitante que esteja predisposto a acreditar em seus poderes".

A estátua vocal de Mêmnon é o tema favorito dos poetas. Darwin, em "Jardim Botânico", diz:

"Assim para o Sol sagrado no templo de Mêmnon
  Acordes espontâneos entoam a canção matutina;
Tocado por seu feixe oriental, que soa
A lira viva e vibra todas as suas cordas;
E as naves do templo os tons suaves prolongam,
E ecos sagrados avolumam a canção adoradora."

Livro I

ÁCIS E GALATEIA

Cila era uma bela virgem da Sicília, uma favorita das ninfas do mar. Possuía muitos pretendentes, mas repelia todos e ia para a gruta de Galateia contar como era perseguida. Um dia, a deusa, enquanto Cila penteava seus cabelos, ouviu a história e então disse: "Entretanto, donzela, seus perseguidores não são de uma espécie de homens desagradáveis, que, quando deseja, pode repelir. Mas eu, filha de Nereu e protegida por tal grupo de irmãs, só consigo escapar da paixão dos Ciclopes nas profundezas do mar". Lágrimas interromperam seu discurso e a donzela compadecida enxugou-as com dedos delicados, acalmou a deusa e disse: "Diga, querida, a causa de seu pesar". Galateia então falou: "Ácis era filho de Fauno com uma Náiade. Seus pais o amavam muito, mas seu amor não se comparava ao meu. Pois o belo jovem era ligado somente a mim, e tinha apenas 16 anos e uma penugem que começava a escurecer seu rosto. Quanto mais eu buscava sua companhia, mais os Ciclopes buscavam a minha. E, se me perguntar qual era mais forte, meu amor por Ácis ou meu ódio por Polifemo, não saberei responder. Eram de igual proporção. Oh Vênus, como é grande vosso poder! Esse feroz gigante, o terror das florestas, de quem nenhum infeliz estrangeiro escapou ileso, que desafiou até o próprio Jove, aprendeu a sentir o que era o amor e, tocado por uma paixão por mim, esqueceu seus rebanhos e suas cavernas bem abastecidas. Então, pela primeira vez, ele começou a ter cuidado com a aparência e tentou se tornar agradável. Penteou aqueles cachos grosseiros com um pente e aparou a barba com uma foice, observou seus traços rudes na superfície da água e compôs seu semblante. Seu amor pela carnificina, a violência e sede de sangue não mais prevaleciam, e os navios que tocavam sua ilha partiam em segurança. Polifemo caminhava de um lado a outro da praia, imprimindo pegadas enormes com seu passo pesado e, quando cansado, ficava descansando na caverna.

Há um penhasco que se projeta para o mar, que o banha dos dois lados. Ali, um dia, o enorme Ciclope subiu e sentou-se enquanto seu rebanho se espalhava. Ele pousou o cajado que serviria como mastro para segurar a vela de um navio e, tirando seu instrumento, composto por numerosos tubos, fez as colinas e as águas ecoarem com a música de sua canção. Fiquei escondida sob uma rocha ao lado de meu adorado Ácis e ouvi o acorde distante. Era repleto de extravagantes louvores sobre minha beleza, misturados com repreensões apaixonadas sobre minha frieza e crueldade.

Quando terminou, Polifemo levantou-se e, como um touro indomável que não consegue ficar parado, entrou na floresta. Ácis e eu não pensamos mais nele até que, de repente, ele apareceu em um local de onde podia nos ver sentados. 'Vejo vocês', exclamou, 'e farei com que este seja o último de seus encontros amorosos'. Sua voz era um rugido que apenas um Ciclope enfurecido poderia emitir. O Etna tremeu com o som. Eu, tomada de terror, mergulhei na água. Ácis virou e fugiu, gritando: 'Salve-me, Galateia; salvem-me, meus pais!'. Os Ciclopes o perseguiram, arrancaram uma rocha de um lado da montanha e a lançaram nele. Embora apenas uma ponta dela o tocasse, a rocha o esmagou.

Tudo o que o destino deixou em meu poder eu fiz para Ácis. Dotei-o das honras de seu avô, o deus-rio. O sangue púrpura corria por baixo da rocha, mas de forma gradativa ficava mais pálido e parecia a corrente de um rio que se tornara turvo com a chuva e, com o tempo, tornou-se claro. A rocha abriu-se e a água, conforme jorrava do abismo, emitia um murmúrio agradável."

Assim, Ácis foi transformado em um rio, e o rio mantém seu nome.

Dryden, em "Cimon e Ifigênia", contou a história de um palhaço transformado em um cavalheiro pelo poder do amor. De certa forma, o poema apresenta traços semelhantes à antiga história de Galateia e os ciclopes.

> "O que nem os cuidados de seu pai nem a arte do tutor
> Conseguiram gravar com dores em seu coração rude,
> O melhor instrutor, o Amor, logo inspirou,
> Assim como o solo estéril torna-se fértil.
> O amor ensinou-lhe a vergonha, e o amor lutando com a vergonha
> Logo ensinaram as doces civilidades da vida."

CAPÍTULO XXVII

A GUERRA DE TROIA

Minerva era deusa da sabedoria, mas em certa ocasião fez uma grande asneira: entrou em competição com Juno e Vênus pelo prêmio da beleza. Aconteceu assim: nas bodas de Peleu e Tétis, todos os deuses foram convidados, com exceção de Éris, ou Discórdia. Furiosa com sua exclusão, a deusa atirou uma maçã dourada entre os convidados com a inscrição: "Para a mais bela". Logo em seguida, Juno, Vênus e Minerva reivindicaram a maçã para si. Júpiter, sem querer decidir em assunto tão delicado, enviou as deusas para o Monte Ida, onde o belo pastor Páris cuidava de seus rebanhos, e a ele foi confiada a decisão. Portanto, as deusas se colocaram diante dele. Juno prometeu-lhe poder e riquezas, Minerva falou de glória e fama na guerra e Vênus prometeu a mais bela das mulheres para ser sua esposa. Todas tentaram conduzir a decisão em seu próprio favor. Páris decidiu-se por Vênus e deu-lhe a maçã dourada, tornando assim as outras duas deusas suas inimigas. Sob a proteção de Vênus, Páris velejou para a Grécia e foi recebido de forma hospitaleira por Menelau, rei de Esparta. Helena, esposa de Menelau, era a mulher que Vênus destinara a Páris, a mais bela de seu sexo. Ela foi desejada por numerosos pretendentes e, antes de tornar conhecida sua decisão, todos eles, segundo a sugestão de Ulisses, que fazia parte do grupo, deveriam jurar que a defenderiam de todo mal e a vingariam caso necessário. Ela escolheu Menelau e vivia feliz com ele quando Páris se tornou seu hóspede. Páris, auxiliado por Vênus, convenceu Helena a fugir com ele e levou-a para Troia, onde aconteceu a famosa Guerra de Troia, tema dos maiores poemas da Antiguidade, de Homero e Virgílio.

Menelau convocou seus irmãos, chefes da Grécia, a cumprir seu compromisso e juntar-se a ele em seus esforços para recuperar a esposa. De maneira geral, todos compareceram, mas Ulisses, que se casara com Penélope e era muito feliz com a esposa e o filho, não estava disposto a embarcar em um problema tão incômodo. Portanto, ficou para trás e enviou Palamedes para representá-lo. Quando este chegou a Ítaca, Ulisses fingiu estar louco. Atrelou um burro e um boi juntos ao arado e pôs-se a semear sal. Palamedes, para desafiá-lo, colocou o filho, Telêmaco, diante do arado e, o pai desviou o instrumento, mostrando de forma clara que não estava louco. Depois disso, já não podia se recusar a cumprir a promessa. Sendo agora obrigado a participar, Ulisses ajudou a convencer outros chefes relutantes, em especial Aquiles. Esse herói era filho de Tétis, em cujo casamento a maçã da Discórdia havia sido lançada entre as deusas. Tétis era uma das imortais, uma ninfa do mar, e ao saber que seu filho estava fadado a perecer diante de Troia caso participasse da expedição, ela tentou evitar sua partida. Enviou-o para a corte do rei Licomedes e o induziu a se esconder sob o disfarce de uma donzela entre as filhas do rei. Ulisses, ao saber que ele estava lá, foi disfarçado de mercador ao palácio para oferecer ornamentos femininos, entre os quais havia colocado algumas armas. Enquanto as filhas do rei estavam entretidas com os outros conteúdos do pacote do comerciante, Aquiles pegou as armas e traiu a si mesmo diante dos olhos zelosos de Ulisses. Este não teve muita dificuldade em persuadi-lo a desconsiderar os conselhos cautelosos da mãe e juntar-se aos compatriotas na guerra.

Príamo era rei de Troia, e Páris, o pastor e sedutor de Helena, era seu filho. Páris fora criado na obscuridade porque havia alguns maus presságios ligados a ele na infância que diziam que ele seria a ruína do Estado. Presságios que, por fim, provavelmente seriam concretizados, pois o armamento grego agora em preparação era o maior até então reunido. Agamenon, rei de Micenas e irmão do ferido Menelau, fora eleito comandante-chefe. Aquiles era o guerreiro mais ilustre. Depois dele vinham Ajax, um gigante de grande coragem, mas fraco de intelecto; Diomedes, superado apenas por Aquiles em todas as qualidades de herói; Ulisses, famoso por sua sagacidade; e Nestor, o mais velho dos chefes gregos e a quem todos pediam conselho. Mas Troia não era um inimigo fraco. Príamo, o rei, apesar de velho, fora um príncipe sensato e fortaleceu seu estado com um bom governo em casa e numerosas alianças com os vizinhos. Porém, o principal esteio e defensor do trono era seu filho Heitor, um dos personagens mais nobres pintados pela Antiguidade pagã. De início, ele sentiu um pressentimento da queda de seu país, mas ainda assim insistiu em sua resistência heroica que, no entanto, não justificou de forma alguma o perigo que trouxera consigo. Era ligado a Andrômaca pelo casamento e, como marido e pai, seu caráter não era menos admirável do que como guerreiro. Os principais líderes do lado troiano, além de Heitor, eram Eneias, Deifobo, Glauco e Sarpedão.

Após dois anos de preparação, a frota e o exército gregos reuniram-se no porto de Áulis, na Beócia. Aqui, Agamenon caçou e matou um veado sagrado para Diana; em troca a deusa infestou o exército com uma peste e criou uma calmaria que evitou que os navios deixassem o porto. Calcas, o profeta, anunciou depois que a ira da deusa virgem poderia ser apaziguada apenas pelo sacrifício de uma virgem em seu altar, e que nenhuma outra além da filha do infrator seria aceitável. Relutante, Agamenon deu seu consentimento e a donzela Ifigênia foi enviada sob o pretexto de que iria se casar com Aquiles. Quando estava prestes a ser sacrificada, a deusa sentiu compaixão por ela e a raptou, deixando em seu lugar uma corça. Ifigênia, envolta em uma nuvem, foi levada para Táuris, onde Diana a tornou sacerdotisa do templo.

Tennyson, no poema "Sonho das Mulheres Belas", faz Ifigênia descrever desta maneira seus sentimentos no momento do sacrifício:

"Tiraram-me a esperança naquele lugar triste,
Cujo nome meu espírito abomina e teme;
Meu pai tinha a mão no rosto;
Eu, cega pelas lágrimas,
"Ainda tentava falar; minha voz grossa com soluços,
Como em um sonho. Mal podia discernir
Os austeros reis de barba negra, com olhos ferozes,
Esperando minha morte.
"Os altos mastros tremem enquanto flutuam no mar,
Os templos, o povo e a costa;
Alguém passou uma faca afiada em minha delicada garganta
Muito devagar... e nada mais."

O vento passou a estar favorável e a frota zarpou, levando as tropas para a costa de Troia. Os troianos opuseram-se ao seu desembarque e, no primeiro ataque, Protesilau foi morto por Heitor. Protesilau deixara em casa sua esposa, Laodâmia, que era ligada a ele de forma muito afetuosa. Quando a notícia de sua morte chegou aos seus ouvidos, ela implorou aos deuses que permitissem que conversasse com ele durante apenas três horas. O pedido foi aceito. Mercúrio levou Protesilau de volta ao mundo superior e, quando ele morreu uma segunda vez, Laodâmia morreu com ele. Havia uma história contando que as ninfas plantaram ulmeiros em volta de sua sepultura que cresceram muito até estarem altos o suficiente para avistar Troia. Em seguida, minguavam, enquanto novos ramos nasciam das raízes.

Wordsworth usou a história de Protesilau e Laodâmia como tema de um poema. Parece que o oráculo declarara que a vitória caberia ao grupo que tivesse a primeira baixa na guerra. O poeta representa Protesilau, em seu breve retorno à Terra, contando a Laodâmia a história de seu destino:

"O vento desejado fora oferecido; então refleti sobre
O oráculo, sobre o mar silencioso;
E se ninguém mais digno liderasse, decidindo
Que dentre mil navios o meu deveria ser
A primeira proa a chegar à praia,
O meu sangue o primeiro a tocar as areias troianas.

Mas amarga, muitas vezes amarga foi a pontada
Quando pensei em tua perda, amada esposa!
A ti com muito amor minha memória se apegou,
E aos prazeres que partilhamos na vida mortal,
Os caminhos que trilhamos, as fontes e flores;
Minhas cidades planejadas e torres inacabadas.

Mas que o suspense permita ao inimigo chorar,
Olha, eles tremem! Soberba sua formação,
No entanto, dentre eles, ninguém se atreve a morrer?
De minha alma varri a indignidade:
Velhas fraquezas reapareceram: mas o pensamento elevado
No ato personificado forjou minha libertação.

De um lado do Helesponto (tal fé foi nutrida)
Crescia um grupo de árvores adegalçadas por séculos
Da sepultura daquele por quem ela morreu;
E sempre que tal estatura alcançaram
E as muralhas do Ílion estiveram à vista,
Os cumes das árvores secaram com o olhar,
Uma constante troca entre crescimento e seca!"

A ILÍADA

A guerra continuou, sem resultados decisivos, por nove anos. Então, aconteceu algo que parecia ser fatal para a causa dos gregos: uma disputa entre Aquiles e Agamenon. É nesse ponto que começa a "A Ilíada", o grande poema de Homero. Os gregos, apesar de malsucedidos contra os troianos, tomaram as cidades vizinhas e aliadas; na divisão do espólio, uma prisioneira chamada Criseida, filha de Crises, sacerdote de Apolo, coubera a Agamenon. Criseis apareceu com os emblemas sagrados de seu ofício e implorou a libertação da filha. Agamenon recusou. Então, Crises implorou a Apolo que afligisse os gregos até serem obrigados a ceder sua presa. Apolo concedeu o pedido ao seu sacerdote e enviou uma praga aos campos gregos. Um conselho foi convocado para deliberar como acalmar a ira dos deuses e evitar a peste. De maneira audaciosa, Aquiles atribuiu a culpa de seus infortúnios a Agamenon por ter retido Criseida. Enfurecido, Agamenon consentiu libertar a prisioneira, mas exigiu que Aquiles lhe entregasse Briseis, uma donzela que fora atribuída a Aquiles na partilha do espólio. Aquiles aceitou, mas declarou que a partir dali não mais participaria da guerra. Ele retirou suas tropas do campo geral e confessou abertamente sua intenção de retornar para casa, a Grécia.

Os deuses e deusas interessaram-se tanto por essa guerra famosa como os próprios litigantes. Era conhecido por eles que o destino decretara que Troia deveria cair, por fim, caso os inimigos insistissem e não abandonassem a iniciativa de maneira voluntária. No entanto, havia espaço suficiente para o acaso despertar, de forma alternada, as esperanças e os medos dos poderes superiores que tomavam partido de ambos os lados. Juno e Minerva, em consequência ao desprezo de Páris aos seus encantos, eram hostis aos troianos. Vênus, pela razão oposta, favorecia-os. Vênus colocou seu admirador Marte do mesmo lado, mas Netuno favorecia os gregos. Apolo era neutro, ora ficava de um lado, ora de outro; e o próprio Jove, embora amasse o bom rei Príamo, exercitava um certo grau de imparcialidade. Contudo, não sem exceções.

Tétis, mãe de Aquiles, ressentiu entusiasticamente os danos causados ao seu filho. De imediato se apresentou no palácio de Jove e implorou para que ele fizesse os gregos se arrependerem da injustiça cometida contra Aquiles concedendo sucesso ao exército troiano. Júpiter consentiu e, na batalha que se seguiu, Troia foi inteiramente bem-sucedida. Os gregos foram afastados do campo e se refugiaram em seus navios.

Então, Agamenon convocou um conselho com os chefes mais sábios e valentes. Nestor aconselhou que uma missão diplomática fosse enviada a Aquiles para persuadi-lo a retornar ao campo; que Agamenon deveria entregar a donzela, a causa da disputa, com grandes oferendas para reparar o erro que cometera. Agamenon consentiu e Ulisses, Ajax e Fênix foram encarregados de levar a Aquiles a mensagem penitente. Executaram a tarefa, mas Aquiles mostrou-se surdo às suas súplicas. Recusou-se de forma veemente a retornar ao campo de batalha e persistiu em sua resolução de zarpar para a Grécia sem demora.

Os gregos haviam erguido uma trincheira em volta de seus navios e agora, em vez de cercar Troia, haviam, de certa forma, envolvido a si mesmos nessa muralha. No dia seguinte após o envio da malsucedida missão diplomática a Aquiles, houve uma batalha e os troianos, favorecidos por Jove, tiveram sucesso, conseguiram forçar a passagem pela trincheira grega e estavam prestes a atear fogo aos navios. Netuno, vendo os gregos tão pressionados, veio em seu socorro. Ele surgiu na forma de Calcas, o profeta, encorajou os guerreiros com seus gritos e apelou a cada um individualmente até conseguir aumentar seu ardor a tal intensidade que forçaram os troianos a ceder. Ajax realizou prodígios valorosos e, por fim, encontrou Heitor. Ajax gritou desafiador, Heitor respondeu e atirou sua lança contra o enorme guerreiro. Foi um arremesso bem executado e atingiu Ajax na parte em que os cinturões que seguram a espada e o escudo se cruzam no peito. A dupla defesa evitou que a lança penetrasse e ela caiu inofensiva. Ajax, então, apanhou uma enorme pedra, daquelas que serviam para amparar os navios, e a atirou em Heitor. Atingiu-o no pescoço e derrubou-o. No mesmo instante seus seguidores o apanharam e levaram-no, atordoado e ferido.

Enquanto Netuno assim ajudava os gregos e afastava os troianos, Júpiter não via nada do que estava acontecendo, pois sua atenção fora afastada do campo de batalha pelas artimanhas de Juno. A deusa havia se vestido com todo seu encanto e, para completar, pedira emprestado a Vênus seu cinto, chamado "Cesto", que tinha o poder de incrementar os encantos da pessoa que o usasse a ponto de torná-la irresistível. Preparada dessa forma, Juno foi se juntar ao marido, que estava sentado no Olimpo, assistindo à batalha. Quando a vislumbrou, ela parecia tão encantadora que a paixão que surge antes do amor foi reavivada e, esquecendo-se dos exércitos em combate e de todos os outros assuntos do Estado, ele pensou apenas nela e deixou a batalha continuar por sua conta.

Mas essa absorção não continuou por muito tempo. Quando olhou para baixo, viu Heitor estirado na planície, quase sem vida com a dor e a ferida. Enfurecido, dispensou Juno e mandou que chamasse Íris e Apolo. Quando Íris chegou, ele a enviou com uma dura mensagem a Netuno, ordenando-lhe que abandonasse o campo de batalha naquele instante. Apolo foi enviado para curar as feridas de Heitor e reavivá-lo. As ordens foram obedecidas com tal rapidez que, enquanto a batalha ainda devastava, Heitor retornou ao campo e Netuno voltou para seus domínios.

Uma flecha lançada pelo arco de Páris feriu Macaão, filho de Esculápio, que herdara do pai a arte da cura; foi, portanto, de grande valia para os gregos como seu cirurgião, além de ser um dos mais bravos guerreiros. Nestor colocou Macaão em sua biga e tirou-o do campo de batalha. Conforme passavam pelos navios de Aquiles, o herói, observando o campo, viu o carro de Nestor e reconheceu o velho chefe, mas não conseguia discernir quem estava ferido. Portanto, chamou Pátroclo, seu companheiro e caro amigo, e mandou-o inquirir junto à tenda de Nestor.

Assim que chegou à tenda de Nestor, Pátroclo viu Macaão ferido e, após contar a razão de sua visita, teria partido em seguida, mas Nestor o deteve para contar a extensão das calamidades gregas. Também o lembrou de que, no momento da partida para Troia,

Aquiles e ele foram aconselhados por seus respectivos pais de forma distinta: Aquiles deveria aspirar à mais alta glória; Pátroclo, o mais velho, deveria zelar por seu amigo e guiar sua inexperiência. "Agora", disse Nestor, "é o momento para exercer tal influência. Se os deuses assim o desejarem, você conseguirá reconquistá-lo para a causa comum. Caso contrário, permita que ao menos ele envie seus soldados para o campo e venha você, Pátroclo, em sua armadura e, talvez, essa própria imagem consiga afastar os troianos".

Pátroclo ficou muito comovido com esse discurso e se apressou para encontrar Aquiles, pensando em tudo que vira e ouvira. Relatou ao príncipe a triste condição da situação no campo de batalha com os antigos companheiros: Diomedes, Ulisses, Agamenon e Macaão, todos feridos, a muralha derrubada, os inimigos entre os navios preparando-se para queimá-los, cortando assim todos os recursos para retornar à Grécia. Enquanto conversavam, as chamas de um dos navios irrompiam. Aquiles, diante de tal visão, abrandou a ponto de conceder a Pátroclo o pedido de liderar os Mirmidões (assim eram chamados os soldados de Aquiles) ao campo de batalha e também emprestar sua armadura para que ele instigasse mais terror nas mentes dos troianos. Sem demora, os soldados foram posicionados, Pátroclo vestiu a armadura radiante e subiu ao carro de Aquiles, liderando os homens ardentes por luta. Porém antes de partir, Aquiles encarregou-o estritamente a se contentar em repelir o inimigo. "Não tente", disse ele, "pressionar os troianos sem mim, não aumente ainda mais a minha desgraça". Em seguida, exortando as tropas a fazer o melhor, ele as dispensou ardorosas para a batalha.

De imediato, Pátroclo e seus Mirmidões mergulharam no combate em que ele mais devastava. Ao vê-los, os gregos, contentes, gritaram e os navios ecoaram o chamado. Os troianos, ao avistarem a conhecida armadura, ficaram aterrorizados e olharam em volta procurando refúgio. Primeiro, partiram aqueles que tomaram posse do navio e o incendiaram, permitindo aos gregos retomá-lo e extinguir as chamas. Em seguida, o restante dos troianos fugiu desanimado. Ajax, Menelau e os dois filhos de Nestor realizaram prodígios valorosos. Heitor foi obrigado a virar os cavalos e retirar-se da área, deixando seus homens emaranhados no fosso para escapar como pudessem. Pátroclo induziu homens à luta, matando muitos, e nenhum deles se atreveu a opor-se a ele.

Por fim, Sarpedão, filho de Jove, aventurou-se a enfrentar Pátroclo. Júpiter olhou para ele do céu e o teria arrebatado do destino que o aguardava, mas Juno insinuou que, se ele assim fizesse, instigaria todos os outros habitantes celestiais a se interpor da mesma forma sempre que algum de seus filhos estivesse em perigo. Por essa razão, Jove cedeu. Sarpedão arremessou a lança e não atingiu Pátroclo, que lançou sua lança com sucesso. Ela penetrou o peito de Sarpedão e ele caiu. Gritando aos amigos para que o salvassem, ele morreu. Então, começou uma competição furiosa pela posse do corpo. Os gregos tiveram sucesso e tiraram a armadura de Sarpedão. Mas Jove não permitiria que os restos mortais de seu filho fossem desonrados e, ao seu comando, Apolo surgiu entre os combatentes e agarrou o corpo de Sarpedão, entregando-o aos cuidados dos gêmeos Morte e Sono. Estes transportaram o corpo para a Lícia, terra natal de Sarpedão, onde ele recebeu os devidos rituais fúnebres.

Até o momento, Pátroclo tivera sucesso em seu maior desejo de repelir os troianos e socorrer seus compatriotas; e então surgiu uma mudança nessa sorte. Heitor apareceu em seu carro e confrontou-o. Pátroclo arremessou nele uma enorme pedra, que não acertou o alvo, mas bateu em Cebrion, o condutor, derrubando-o do carro. Heitor saltou do carro para resgatar o amigo e Pátroclo também desceu para completar sua vitória. Assim, os dois heróis ficaram frente a frente. Nesse momento decisivo, o poeta, como se estivesse relutante em conceder a vitória a Heitor, relata que Febo ficou contra Pátroclo. Ele arrancou o capacete de sua cabeça e a lança de sua mão. Nesse mesmo instante, um troiano obscuro o feriu nas costas e Heitor, avançando, perfurou-o com sua lança. Ele caiu mortalmente ferido.

Então, surgiu um tremendo conflito pela posse do corpo de Pátroclo, mas de imediato Heitor tomou posse de sua armadura. Ele recolheu-se a certa distância, despiu sua própria armadura, vestiu a de Aquiles e retornou à luta. Ajax e Menelau defenderam o corpo, e Heitor e seus mais valentes guerreiros lutaram para capturá-lo. A batalha prosseguiu com a mesma sorte para os dois lados, quando Jove envolveu toda a face do céu com uma nuvem escura. O raio fez um clarão, o trovão ecoou e Ajax, procurando em volta alguém que pudesse despachar para contar a Aquiles sobre a morte de seu amigo e do iminente perigo caso seus restos mortais caíssem nas mãos do inimigo, não encontrou nenhum mensageiro apropriado. Foi então que exclamou aqueles versos famosos citados com tanta frequência:

"Pai do céu e da Terra! Livrai
As hostes de Acaia da escuridão; limpai o céu;
Dai-nos o dia; e, se esse for vosso desejo supremo,
Destruição com ele! Mas, oh, dai-nos o dia."
Cowper

Ou como apresentado por Pope:

"... Senhor da Terra e do ar!
Oh rei! Oh pai! Escutai minha humilde súplica!
Dispersai essa nuvem, restituí a luz do céu;
Permiti-me ver e Ajax não vos pedirá mais nada;
Se a Grécia deve perecer, obedeceremos a vosso desejo,
Mas deixai-nos perecer à luz do dia."

Júpiter ouviu as preces e dispersou as nuvens. Então Ajax enviou Antíloquo a Aquiles com a informação da morte de Pátroclo e do conflito causado por seus restos mortais. Por fim, os gregos conseguiram levar o corpo para um de seus navios, seguidos de perto por Heitor, Eneias e todos os outros troianos.

Aquiles ouviu o destino de seu amigo com tal sofrimento que Antíloco temeu por um momento que ele se matasse. Seus gemidos chegaram aos ouvidos da mãe, Tétis, nas profundezas do oceano onde vivia, e ela correu para indagar qual era a causa de sua dor. Encontrou-o repleto de remorso por ter levado tão longe seu ressentimento, fazendo com que seu amigo fosse vítima dele. Seu único consolo era a esperança de vingança. Partiria naquele mesmo instante em busca de Heitor. Mas sua mãe o lembrou de que agora estava sem armadura e prometeu, se ele esperasse até o dia seguinte, conseguir com Vulcano uma armadura melhor do que a perdida. Ele consentiu e, de imediato, Tétis partiu para o palácio de Vulcano. Encontrou-o atarefado em sua forja, construindo trípodes para seu próprio uso, tão habilmente feitas que se moviam sozinhas quando queriam e recolhiam-se quando dispensadas. Ao ouvir o pedido de Tétis, Vulcano de imediato colocou o trabalho de lado e apressou-se a satisfazer seus desejos. Fabricou uma esplêndida armadura para

Aquiles, primeiro com um escudo decorado de forma elaborada, depois um capacete com crista de ouro e uma couraça e grevas de metal temperado impenetrável. Tudo perfeitamente adaptado à sua forma, com acabamento perfeito. Tudo feito em uma noite. Tétis, ao receber a armadura, desceu à Terra com ela e a colocou aos pés de Aquiles na aurora do dia.

O primeiro sinal de prazer que Aquiles sentira desde a morte de Pátroclo foi diante dessa esplêndida armadura. E agora, trajando-a, ele seguiu para o campo de batalha e convocou todos os chefes a um conselho. Quando todos estavam reunidos, ele se dirigiu a eles. Deixando de lado seu desagrado em relação a Agamenon e lamentando muito as desgraças que resultaram dela, ele apelou a todos para prosseguir de imediato para o campo. Agamenon respondeu de forma apropriada, colocando toda a culpa em Ate, a deusa da discórdia. E assim uma total reconciliação aconteceu entre os heróis.

Aquiles partiu para a batalha inspirado por um ódio e uma sede de vingança que o tornavam irresistível. O mais valente dos guerreiros fugia diante dele ou morria por sua lança. Heitor, advertido por Apolo, manteve-se distante. Mas o deus, tomando a forma de um dos filhos de Príamo, Licaão, instigou Eneias a enfrentar o terrível guerreiro. Eneias, embora não se achasse à altura, não recusou o combate. Arremessou sua lança com toda a força contra o escudo feito por Vulcano. Ele era composto por cinco banhos de metal: dois de latão, dois de estanho e um de ouro. A lança perfurou duas camadas, mas parou na terceira. Aquiles arremessou sua lança com mais sucesso. Ela perfurou o escudo de Eneias, mas resvalou no ombro e não o feriu. Então Eneias apanhou uma pedra, daquelas que dois homens do tempo moderno juntos mal poderiam erguer. Ele estava quase a lançando e Aquiles, de espada em punho, estava prestes a ir em sua direção, quando Netuno, que acompanhava a batalha, teve pena de Eneias, pois viu que ele decerto seria vítima caso não fosse resgatado com rapidez. Netuno espalhou uma nuvem entre os combatentes e, erguendo Eneias do chão, levou-o por cima das cabeças dos guerreiros e corcéis até a retaguarda da batalha. Aquiles, quando a névoa se dissipou, procurou em vão por seu adversário e, reconhecendo o prodígio, voltou suas armas contra outros campeões. Mas nenhum deles se atrevia a ficar diante dele e Príamo, observando das muralhas da cidade, vislumbrou todo o seu exército em plena fuga em direção à cidade. Ele deu ordens para abrir os portões, receber os fugitivos e fechá-los assim que os troianos passassem para que nenhum inimigo também entrasse. Mas Aquiles perseguia o inimigo tão de perto que isso teria sido impossível caso Apolo, sob a forma de Agenor, filho de Príamo, não tivesse enfrentado Aquiles por um tempo e em seguida virou as costas para fugir, afastando-se da cidade. Aquiles o seguiu e teria perseguido sua suposta vítima até bem longe das muralhas quando Apolo se revelou e Aquiles, percebendo como fora enganado, desistiu da perseguição.

Porém, quando os restantes fugiram para a cidade, Heitor ficou do lado de fora determinado a aguardar pelo combate. Seu velho pai o chamou das muralhas e implorou que se retirasse e não provocasse o conflito. Sua mãe, Hécuba, também implorou o mesmo, mas tudo em vão. "Como poderei", ele disse a si mesmo, "sob cujas ordens o povo foi para o combate de hoje, onde tantos morreram, buscar proteção para mim contra um único inimigo? Mas e se eu lhe oferecer a entrega de Helena com todos os seus tesouros além de muitos dos nossos? Ah, não! É tarde demais. Ele nunca me ouviria e me mataria enquanto eu estivesse falando". Enquanto ele assim ponderava, Aquiles se aproximou, terrível como Marte, com sua armadura lançando raios conforme se movia. Quando o avistou, o coração de Heitor falhou e ele fugiu. Aquiles o perseguiu com rapidez. Eles correram, mantendo-se perto das muralhas, até terem dado três voltas ao redor da cidade. Sempre que Heitor se aproximava das muralhas, Aquiles o interceptava, obrigando-o a manter-se em um círculo mais amplo. Mas Apolo sustentou as forças de Heitor e não permitiu que ele perdesse a resistência. Então Palas, assumindo a forma de Deífobo, o irmão mais valente de Heitor, surgiu de repente ao seu lado. Heitor o viu com alegria e assim, fortalecido, interrompeu a fuga e virou-se para enfrentar Aquiles. Heitor arremessou uma lança que atingiu o escudo de Aquiles e caiu. Virou-se para receber outra lança da mão de Deífobo, mas este havia partido. Então, Heitor compreendeu sua sina e disse: "Ai! Ficou óbvio que chegou minha hora de morrer! Pensei que Deífobo estivesse por perto, mas Palas me enganou e ele ainda está em Troia. Mas não morrerei inglório". Ao dizer isso, desembainhou a espada e avançou para o combate. Aquiles, protegido por trás do escudo, esperou que Heitor se aproximasse. Quando chegou ao alcance de sua lança, Aquiles escolheu com o olho uma parte vulnerável da armadura onde o pescoço estivesse descoberto, mirou nessa parte e Heitor caiu, ferido mortalmente, e disse de forma fraca: "Poupe meu corpo! Deixe que meus pais o resgatem e permita que eu receba os rituais funerários dos filhos e filhas de Troia". Aquiles respondeu: "Cão, não fale em resgate nem em piedade a quem você trouxe uma aflição terrível. Não! Pode ter certeza, não salvarei sua carcaça nem dos cães. Mesmo que 20 resgates e seu peso em ouro fossem oferecidos, eu recusaria".

Assim dizendo, ele arrancou a armadura do corpo, amarrou os pés com cordas atrás do carro, para que o corpo se arrastasse pelo caminho. Então, Aquiles subiu na biga, chicoteou os corcéis e arrastou o corpo por toda a cidade. Que palavras poderiam descrever a dor do rei Príamo e da rainha Hécuba diante dessa imagem! Seu povo mal pôde conter o rei de resgatar o corpo. Ele se atirou na poeira e implorou a todos eles, chamando-os pelo nome, que o deixassem passar. O sofrimento de Hécuba não foi menos violento. Os cidadãos ficaram ao redor chorando. O som do lamento chegou aos ouvidos de Andrômaca, esposa de Heitor, enquanto trabalhava sentada entre suas criadas e, antecipando algo ruim, dirigiu-se à muralha. Quando viu a cena que se apresentava, poderia ter se atirado da muralha, mas desmaiou e caiu nos braços das criadas. Quando se recuperou, lastimou seu destino, imaginando um país arruinado, ela prisioneira e seu filho dependendo da caridade de estranhos para comer.

Quando Aquiles e os gregos se vingaram do assassino de Pátroclo, ocuparam-se em prestar os devidos rituais funerários ao amigo. Uma pira fora erguida e o corpo ardia com a devida solenidade. Depois vieram os jogos de força e habilidade, corrida de bigas, luta livre, pugilismo e provas de arco e flecha. Então, os chefes sentaram-se para o banquete funerário e depois se retiraram para descansar. Mas Aquiles não participou do banquete nem dormiu. A lembrança do amigo perdido o mantinha acordado. Recordava seu companheirismo em trabalhos e perigos, na batalha e na perigosa profundeza. Antes dos primeiros raios de sol ele saiu da tenda, atrelou ao carro os velozes corcéis, amarrou o corpo de Heitor para ser arrastado. Por duas vezes, ele o arrastou à volta da sepultura de Pátroclo, deixando-o depois estendido na poeira. Mas Apolo não permitira que o corpo fosse dilacerado ou transfigurado com todo esse abuso e o preservou livre de qualquer estrago e violação.

Enquanto Aquiles satisfazia sua ira desonrando o bravo Heitor, Júpiter apiedou-se e convocou Tétis. Mandou que fosse até o filho para exigir a devolução do corpo de Heitor aos amigos. Em seguida, Júpiter enviou Íris ao rei Príamo para encorajá-lo a ir até Aquiles e implorar o corpo do filho. Íris entregou sua mensagem e Príamo se preparou imediatamente para obedecer. Abriu seus tesouros e retirou tecidos e vestimentas suntuosos, dez talentos de ouro, duas trípodes esplêndidas e um cálice de ouro com acabamento inigualável. Depois disso chamou os filhos e mandou que preparassem sua liteira para colocar os vários artigos destinados a pagar o resgate a Aquiles. Quando tudo estava pronto, o velho rei, com um único companheiro de sua idade, o arauto Ideu, deixou os portões se despedindo de Hécuba, a rainha, e de todos os seus amigos, que lamentavam que ele partisse em direção a uma morte certa.

Mas Júpiter, observando com compaixão o venerável rei, enviou Mercúrio para ser seu guia e protetor. Mercúrio, assumindo a forma de um jovem guerreiro, apresentou-se aos dois velhos e, enquanto estavam em sua presença, e eles sem saber se fugiam ou cediam, o deus se aproximou, pegou na mão de Príamo e se ofereceu para guiá-lo até a tenda de Aquiles. Príamo aceitou de bom grado o serviço oferecido e subiu em seu carro, assumiu as rédeas e logo os levou à tenda de Aquiles. A varinha de Mercúrio fez adormecer todos os guardas e sem impedimentos ele introduziu Príamo na tenda onde Aquiles estava sentado com dois de seus guerreiros. O velho rei atirou-se aos pés dele, beijou aquelas mãos terríveis que destruíram tantos de seus filhos. "Pense, oh Aquiles", ele disse, "em seu próprio pai, com muitos dias como eu e tremendo diante do crepúsculo lúgubre da vida. Talvez agora mesmo algum chefe vizinho o oprima e não há ninguém por perto para socorrê-lo em sua aflição. No entanto, sabendo sem dúvida que Aquiles vive, ele ainda sente alegria, esperando que um dia possa ver seu rosto outra vez. Mas nenhum conforto me anima, meus mais bravos filhos, tardia flor de Ílion, todos morreram. Entretanto, eu tinha um, que mais do que todos os outros era a força de minha idade e que, lutando por seu país, você assassinou. Venho para redimir seu corpo e trago resgates inestimáveis comigo. Aquiles, reverencie os deuses! Lembre-se de seu pai! Por respeito a ele, mostre compaixão a mim!" Tais palavras comoveram Aquiles e ele chorou, lembrando ora do pai ausente, ora do amigo perdido. Com pena diante dos cachos e barba prateados de Príamo, ele levantou-se e disse: "Príamo, sei que você chegou a este lugar conduzido por algum deus, pois sem ajuda divina nenhum mortal, mesmo no auge da juventude, teria se atrevido a entrar aqui. Concedo seu pedido movido pela evidente desejo de Jove". Assim dizendo, levantou-se, saiu seguido pelos dois amigos e descarregou a liteira, deixando dois mantos e uma veste para cobrir o corpo, que depositaram na liteira, abrindo as vestimentas sobre ele para que não voltasse descoberto a Troia. Então Aquiles dispensou o velho rei e seus acompanhantes, mas antes se comprometeu a permitir uma trégua de 12 dias para as solenidades fúnebres.

Conforme a liteira se aproximava da cidade e era avistada das muralhas, o povo se aproximou para observar mais uma vez o rosto do herói. As principais presenças eram a mãe e a esposa de Heitor, as quais, ao ver o corpo sem vida, redobraram suas lamentações. Toda a população chorou com elas e até o pôr do sol não houve pausa ou redução de sua dor.

No dia seguinte foram preparadas as solenidades fúnebres. Durante nove dias o povo levou madeira e ergueu a pira e, no décimo dia, depositaram o corpo no cume e acenderam o fogo. Multidões de troianos rodeavam a pira funerária. Quando ela ardeu totalmente, eles extinguiram as cinzas com vinho, recolheram os ossos e colocaram em uma urna de ouro que foi enterrada. Em seguida, colocaram uma pilha de pedras sobre o local.

"Tais honras Ílion ao seu herói prestou,
E adormeceu em paz a sombra do poderoso Heitor."
Pope

CAPÍTULO XXVIII

A QUEDA DE TROIA – O RETORNO DOS GREGOS – ORESTES E ELECTRA

A QUEDA DE TROIA

A história da Ilíada termina com a morte de Heitor, e foi por meio da Odisseia e poemas posteriores que conhecemos o destino dos outros heróis. Após a morte de Heitor, Troia não caiu de imediato, mas recebeu apoio de novos aliados e continuou sua resistência. Um desses aliados era Mêmnon, o príncipe etíope, cuja história já narramos. Outro era Pentesileia, rainha das amazonas, que surgiu com um bando de guerreiras. Todas as autoridades atestam o valor e o efeito temeroso do grito de guerra das amazonas. Pentesileia matou muitos guerreiros valentes, mas foi, por fim, assassinada por Aquiles. Entretanto, quando o herói se curvou sobre sua inimiga morta e contemplou sua beleza, juventude e valor, ele se arrependeu amargamente de sua vitória. Tersites, um brigão insolente e demagogo, ridicularizou sua dor e, por causa disso, foi morto pelo herói.

Por acaso, Aquiles vira Polixena, filha do rei Príamo, talvez na ocasião da trégua permitida aos troianos para o sepultamento de Heitor. Ele ficou fascinado com seus encantos e para se casar com ela concordou em usar sua influência sobre os gregos para concederem paz a Troia. Enquanto estava no templo de Apolo negociando o casamento, Páris atirou nele uma lança envenenada que, guiada por Apolo, feriu Aquiles no calcanhar, sua única parte vulnerável. Tétis, sua mãe, mergulhou-o ainda quando criança no Rio Estige, o que o tornou quase totalmente invulnerável, exceto o calcanhar pelo qual ela o segurava.[20]

O corpo de Aquiles, assassinado de forma tão traiçoeira, foi resgatado por Ajax e Ulisses. Tétis orientou os gregos a entregarem a armadura do filho ao herói que, dentre todos os sobreviventes, seria o mais digno de recebê-la. Ajax e Ulisses eram os únicos pretendentes; um número seleto de outros chefes foi indicado para entregar o prêmio. Ele foi concedido a Ulisses, colocando assim a sabedoria à frente do valor, fazendo com que Ajax se matasse. No local em que seu sangue escorria para a terra, nasceu uma flor chamada jacinto que continha nas folhas as duas primeiras letras do nome Ajax, Ai, a palavra grega para "infortúnio". Assim Ajax, juntamente com o jovem Jacinto, é requerente da honra de ter dado origem à flor. Há uma espécie da flor chamada esporinha que representa o jacinto dos poetas e preserva a memória do acontecimento, o *Delphinium Ajacis* – a esporinha de Ajax.

Descobriu-se então que Troia só poderia ser tomada com o auxílio das flechas de Hércules. Elas estavam com Filoctetes, o amigo que estava com Hércules no final e acendeu sua pira funerária. Filoctetes juntara-se à expedição grega contra Troia, mas lesionara o pé acidentalmente com uma das flechas envenenadas e o cheiro da ferida era tão repulsivo que os companheiros o carregaram para a Ilha de Lesbos e o deixaram lá. Diomedes foi enviado para convencê-lo a reunir-se ao exército e foi bem-sucedido. Filoctetes foi curado da ferida por Macaão e Páris tornou-se a primeira vítima das flechas fatais. Em seu tormento, Páris lembrou-se de alguém que esquecera em sua prosperidade: a ninfa Enone, com quem se casara quando jovem e abandonara pela beleza fatal de Helena. Enone, ao lembrar-se das injustiças que sofrera, recusou-se a tratar a ferida. Páris retornou a Troia e morreu. Enone rapidamente se arrependeu e correu atrás dele com remédios, mas chegou tarde demais e, pesarosa, enforcou-se.[21]

---

20. A história da invulnerabilidade de Aquiles não é citada em Homero e é inconsistente com seu relato. Afinal, por que Aquiles necessitava de ajuda da armadura celestial se era invulnerável?
21. Tennyson elegeu Enone como tema de um curto poema; mas omitiu a parte mais poética da história, a volta de Páris ferido, a crueldade de Enone e seu subsequente arrependimento.

Havia em Troia uma célebre estátua de Minerva chamada Paládio. Diziam que ela caiu do céu e a crença era de que a cidade não poderia ser tomada enquanto essa estátua permanecesse dentro dela. Ulisses e Diomedes entraram na cidade disfarçados e conseguiram roubar o Paládio, levando-o para o acampamento grego.

Mas Troia ainda resistia e os gregos começaram a se desesperar achando que nunca conseguiriam subjugá-la à força e, por conselho de Ulisses, decidiram recorrer a um estratagema. Fingiram se preparar para abandonar o cerco, uma parte dos navios fora retirada e escondida em uma ilha vizinha. Os gregos então construíram um imenso *cavalo de madeira*, que deram a entender ser uma oferenda propiciatória a Minerva, mas, de fato, estava repleto de soldados armados. Os gregos remanescentes refugiaram-se nos navios e zarparam como se fosse uma partida definitiva. Os troianos, vendo o acampamento desfeito e a frota desaparecida, concluíram que o inimigo tinha abandonado o cerco. Os portões foram abertos e toda a população aproximou-se, contente com a liberdade, proibida por tanto tempo de poder passar pelo local onde antes ficava o acampamento. O grande *cavalo* era o principal objeto da curiosidade. Todos se perguntavam para que serviria. Alguns recomendaram levá-lo para a cidade como troféu; outros sentiram medo.

Enquanto hesitavam, Laocoonte, sacerdote de Netuno, exclamou: "Que loucura é essa, cidadãos? Não aprenderam o suficiente sobre a fraude grega para ficarem alertas? Da minha parte, temo os gregos mesmo quando oferecem presentes".[22] Falou e arremessou sua lança no flanco do cavalo. Ela penetrou e um som oco reverberou, como um gemido. Então, talvez, o povo tenha ouvido seu conselho e destruiu o cavalo fatal com todo o seu conteúdo. Mas justo naquele momento surgiu um grupo de pessoas arrastando o que parecia ser um prisioneiro grego. Aterrorizado, ele foi levado diante dos chefes, que o tranquilizaram prometendo que sua vida seria poupada sob a condição de responder de forma verdadeira às perguntas feitas. Ele disse que era grego, chamava-se Sinon e que, em consequência da malícia de Ulisses, tinha sido deixado para trás pelos compatriotas durante sua partida. Quanto ao cavalo de madeira, ele disse ser uma

---

22. Veja Expressões proverbiais.

oferenda propiciatória a Minerva e expressou com veemência que não deveria ser transportado para dentro da cidade; pois o profeta Calcas dissera que, caso os troianos se apossassem dele, com certeza venceriam os gregos. Esse discurso mudou os sentimentos do povo, que começou a pensar qual seria a melhor forma de garantir a posse do monstruoso cavalo e os favoráveis presságios ligados a ele quando, de repente, aconteceu um prodígio que não deixou espaço para dúvidas. Surgiram, avançando sobre o mar, duas imensas serpentes. Vinham em direção à costa e a multidão correu em todas as direções. As serpentes avançavam diretamente para o local onde Laocoonte estava com os dois filhos. Primeiro elas atacaram os filhos, girando seus corpos e exalando um ar pestilento em seus rostos. O pai, tentando resgatá-los, foi em seguida apanhado e envolto nas espirais das serpentes. Ele lutou para se livrar delas, que dominaram todos os seus esforços e estrangularam a ele e aos filhos em seu abraço venenoso. Esse acontecimento foi visto como uma clara indicação do descontentamento dos deuses pelo tratamento irreverente que Laocoonte dispensou ao cavalo de madeira, que eles não mais hesitaram em ver como um objeto sagrado e prepararam-se para lèvá-lo com a devida solenidade para dentro da cidade. O que foi feito com canções e aclamações triunfais, encerrando o dia com festividade. Durante a noite, os homens armados que estavam dentro do corpo do cavalo, depois de saírem de lá com a ajuda do traidor Sinon, abriram os portões da cidade para seus amigos que chegaram sob a capa da noite. A cidade foi incendiada; o povo, cansado da festa e adormecido, fora executado e Troia, totalmente subjugada.

Um dos mais célebres grupos de estátuas existentes é composto por Laocoonte e seus filhos no abraço da serpente. Há um gesso dela no Ateneu de Boston; o original está no Vaticano, em Roma. Os seguintes versos são de "Childe Harold", de Byron:

"Agora indo ao Vaticano vê
A dignificante dor da tortura de Laocoonte;
Amor paterno e agonia de mortal
Misturados com a paciência de um imortal; em vão
A luta! Inútil contra a força que se enrosca
E o controle e o aperto da serpente

O velho luta; a longa corrente envenenada
Segura as articulações vivas; a enorme víbora
Dá dentadas e dentadas e sufoca suspiro após suspiro."

Os poetas cômicos tomam emprestado às vezes uma alusão clássica. Os seguintes versos são do poema "Descrição de uma Chuva na Cidade":

"Espremido em uma poltrona o namorado espera impaciente,
Enquanto a água escorre sobre o telhado,
E de tempos em tempos com temeroso estrondo
O açoite reverbera; ele treme por dentro.
Como quando os líderes de Troia levaram o corcel de madeira
Impregnado de gregos impacientes para ser libertados
(Aqueles gregos intimidadores que, como fazem os modernos,
Em vez de pagarem os líderes, matam-nos);
Laocoonte atingiu o lado de fora com uma lança;
E cada campeão preso tremeu de medo."

O rei Príamo viveu para ver a queda de seu reinado e foi, por fim, assassinado na noite fatal em que os gregos tomaram a cidade. Ele se armara e estava prestes a se juntar aos combatentes, mas foi convencido por Hécuba, sua rainha idosa, a se refugiar com ela e as filhas como suplicante no altar de Júpiter. Enquanto ali estava, seu filho mais novo, Polites, perseguido por Pirro, filho de Aquiles, entrou no local ferido e morreu aos pés do pai. Príamo, dominado pela indignação, arremessou sua lança com mão fraca contra Pirro[23] e foi morto por ele.

A rainha Hécuba e sua filha Cassandra foram levadas como prisioneiras para a Grécia. Cassandra foi amada por Apolo, que lhe concedeu o dom da profecia. Entretanto, mais tarde, ofendido por ela, tornou o dom inútil, decretando que nunca mais se deveria acreditar em suas previsões. Polixena, outra filha que fora amada por Aquiles, foi exigida pela alma do guerreiro e sacrificada pelos gregos em sua sepultura.

---

23. A exclamação de Pirro: "Nem de tal ajuda, nem de tais defensores necessita o tempo" tornou-se proverbial. Veja Expressões Proverbiais.

MENELAU E HELENA

Nossos leitores estarão ansiosos por saber o destino de Helena, bela, mas culpada por tamanha matança. Durante a queda de Troia, Menelau recuperou a posse de sua esposa, que não deixara de amá-lo, embora tivesse cedido ao poder de Vênus e o abandonado por outro. Após a morte de Páris, ela ajudou os gregos em segredo, por diversas ocasiões; em particular quando Ulisses e Diomedes entraram na cidade disfarçados para arrebatar o Paládio. Ela viu e reconheceu Ulisses, mas guardou o segredo e até os ajudou a conseguir a imagem. Assim, ela se reconciliou com o marido e foram os primeiros a deixar a costa de Troia em direção à sua terra natal. Mas, ao desagradar os deuses, eles foram levados por tempestades de costa a costa pelo Mediterrâneo, visitando Chipre, a Fenícia e o Egito. No Egito, foram tratados de forma gentil e receberam ricos presentes A parte que coube a Helena consistia em uma roca de ouro e uma cesta com rodas. A cesta servia para guardar a lã e os carretéis, para os trabalhos da rainha.

Dyer, no poema "Velocino", fala desta forma do incidente:

"... no entanto muitos se apegam
À antiga roca, fixada no peito,
Rodando o fuso enquanto passam.

Isso era antigamente, em dias gloriosos
A forma de tecer, quando o príncipe egípcio
Ofereceu uma roca de ouro à formosa ninfa,
A muito bela Helena; um presente cortês."

Milton faz a seguinte referência à famosa receita para uma bebida revigorante chamada Nepente, que a rainha egípcia ofereceu a Helena:

"Não aquela Nepente, que a esposa de Tone,
No Egito, ofereceu à filha de Jove, Helena,
Que é tão poderosa a ponto de causar tamanha alegria,
Tão amistosa com a vida e refrescante para a sede."

"Comus"

Por fim, Menelau e Helena chegaram sãos e salvos a Esparta, retomaram sua dignidade real, viveram e reinaram em esplendor. Quando Telêmaco, filho de Ulisses, chegou a Esparta em busca de seu pai, ele encontrou Menelau e Helena celebrando o casamento de sua filha Hermione com Neoptolemo, filho de Aquiles.

AGAMENON, ORESTES E ELECTRA

Agamenon, general-chefe dos gregos, o irmão de Menelau que fora atraído para o conflito com o intuito de vingar as injustiças do irmão e não as suas, não teve tanta sorte na questão. Durante sua ausência, Clitemnestra, sua esposa, o traíra, e, quando seu retorno era esperado, ela e o amante, Egisto, tinham um plano para sua destruição. No banquete oferecido para comemorar seu retorno, eles o assassinaram.

Os conspiradores também pretendiam matar seu filho Orestes, um rapaz que não era adulto o suficiente para ser motivo de apreensão, mas, caso crescesse, poderia se tornar perigoso. Electra, irmã de Orestes, salvou a vida do irmão enviando-o em segredo aos cuidados do tio Estrófio, rei da Fócida. No palácio do tio, Orestes cresceu com o filho do rei, Pílades, e formou com ele aquela ardente amizade que se tornou proverbial. Com frequência, Electra lembrava o irmão, por meio de mensageiros, do dever de vingar a morte de seu pai. Quando cresceu, Orestes consultou o oráculo de Delfos, que confirmou seu objetivo. Portanto, ele foi disfarçado até Argos, fingindo ser um mensageiro de Estrófio, que chegara para anunciar a morte de Orestes e trazia as cinzas do falecido em uma urna. Depois de visitar a sepultura de seu pai e oferecer um sacrifício, conforme os rituais antigos, ele se mostrou para sua irmã Electra e, logo em seguida, matou Egisto e Clitemnestra.

Esse gesto revoltante, o assassinato de uma mãe por seu filho, embora mitigado pela culpa da vítima e pela ordem expressa dos deuses, não deixou de despertar nos antigos a mesma repugnância que causa a nós. As Eumênides, divindades vingadoras, apoderaram-se de Orestes e o levaram desvairado, de um país a outro. Pílades acompanhou suas divagações e cuidou dele. Por fim, em resposta a um segundo apelo ao oráculo, ele foi enviado a Táuris, na Cítia, de onde deveria trazer uma estátua de Diana que se acreditava ter caído do céu. Portanto, Orestes e Pílades partiram para Táuris, onde o povo bárbaro estava acostumado a sacrificar para a deusa todos os estrangeiros que lhe caíam às mãos. Os dois amigos foram capturados e levados ao templo para servirem de vítimas. Mas a sacerdotisa de Diana não era outra senão Ifigênia, irmã de Orestes, que, o leitor se lembrará, foi raptada por Diana no momento em que estava prestes a ser sacrificada. Verificando quem eram os prisioneiros, Ifigênia se revelou a eles e os três escaparam com a estátua da deusa e retornaram a Micenas.

Mas Orestes ainda não estava livre da vingança das Erínias. Finalmente, ele se refugiou com Minerva, em Atenas. A deusa concedeu-lhe proteção e nomeou a corte de Aerópago para decidir seu destino. As Erínias apresentaram sua acusação e Orestes usou a ordem do oráculo de Delfos como desculpa. Quando a corte votou e as vozes foram divididas igualmente, Orestes foi absolvido pelo comando de Minerva.

Byron, em "Childe Harold", Canto IV, cita a história de Orestes:

"Oh vós, que até agora nunca de erros humanos
Deixastes a balança desequilibrada, grande Nêmesis!
Vós que convocastes as Fúrias do abismo,
E ordenastes que uivassem e sibilassem em torno de Orestes,
Pois nesse castigo desnaturado, justo teria
Sido de mãos menos próximas, neste,
Vosso reino anterior, chamo-vos das cinzas!"

Uma das cenas mais patéticas do drama antigo é aquela em que Sófocles representa o encontro entre Orestes e Electra em seu retorno da Fócida. Orestes, confundindo Electra com uma das domésticas, e querendo manter sua chegada em segredo até o momento da vingança, produziu uma urna na qual suas cinzas deveriam estar. Electra pensou que ele realmente estava morto, recebeu a urna, abraçou-a e expressou sua dor com palavras ternas e desesperadas.

Milton diz em um de seus sonetos:

"... O ar frequente
Do triste poeta de Electra teve o poder
De salvar as muralhas atenienses das ruínas."

Isso alude à história de que, em certa ocasião, a cidade de Atenas estava à mercê dos inimigos vindos de Esparta e foi proposta sua destruição. A ideia foi rejeitada por causa da citação acidental feita por alguém do coro de Eurípides.

TROIA

Após ouvir tanto sobre a cidade de Troia e seus heróis, o leitor talvez se surpreenda ao saber que o local exato daquela famosa cidade ainda é controverso. Há alguns vestígios de sepulturas na planície que mais se assemelham à descrição feita por Homero e pelos geógrafos antigos, mas nenhuma outra evidência da prévia existência de uma grande cidade. Byron descreve desta forma a presente aparência da cena:

"Os ventos são fortes e a maré de Hele
Corre na escuridão para o oceano;
As sombras noturnas que descem escondem
O campo com sangue derramado em vão,
O deserto que foi o orgulho do velho Príamo,
As sepulturas, únicas relíquias de seu reinado.
Tudo – exceto sonhos imortais que poderiam encantar
O velho cego da rochosa ilha de Quios."
"A Noiva de Abidos"

CAPÍTULO XXIX

AS AVENTURAS DE ULISSES – OS COMEDORES DE LÓTUS – CICLOPES – CIRCE – AS SEREIAS – CILA E CARÍBDIS – CALIPSO

O REGRESSO DE ULISSES

O poema romântico da Odisseia será agora alvo de nossa atenção. Ele narra as viagens de Ulisses (Odisseu, em grego) no regresso de Troia para o seu reino de Ítaca.

Partindo de Troia, os navios chegaram primeiro a Ismarus, cidade dos Ciconianos, onde, em uma desavença com os habitantes, Ulisses perdeu seis homens de cada navio. Continuaram a viagem e foram acometidos por uma tempestade que os arrastou por nove dias no mar, quando chegaram ao país dos Comedores de Lótus. Lá, após se banhar, Ulisses enviou três de seus homens para descobrir quem eram os habitantes. Quando os homens se misturaram com os Comedores de Lótus, foram gentilmente entretidos por eles. Ofereceram-lhes sua comida, a planta de lótus. O efeito da comida era tal que quem o partilhasse se esquecia de casa e desejava permanecer naquele país. Ulisses teve de arrastar os homens dali à força, sendo mesmo obrigado a atá-los por baixo dos navios.[24]

---

24. Tennyson, no poema "Os Comedores de Lótus", expressou de maneira encantadora a sensação letárgica, como um sonho, que dizem que a planta de lótus produz:

Em seguida, eles chegaram ao país dos Ciclopes. Os Ciclopes eram gigantes que habitavam uma ilha apenas deles. O nome significa "olho redondo", e esses gigantes eram assim chamados porque possuíam apenas um olho, que ficava no meio da testa. Viviam em cavernas e se alimentavam com o que crescia naturalmente na ilha e com a produção de seus rebanhos, pois eram pastores. Ulisses deixou os navios principais ancorados e com uma embarcação dirigiu-se à ilha dos Ciclopes em busca de suprimentos. Desembarcou com os companheiros levando consigo um jarro de vinho como presente. Eles se depararam com uma enorme caverna, entraram, não encontraram ninguém e examinaram seu conteúdo. Estava repleto de produtos do rebanho, queijos, baldes e tigelas de leite, ovelhas e cabritos nos currais, tudo em perfeita ordem. Logo chegou o dono da caverna, Polifemo, carregando um imenso fardo de lenha, que atirou diante da entrada da gruta. Em seguida, levou para dentro da caverna as ovelhas e cabras que seriam ordenhadas. Quando entraram todos, ele rolou uma enorme rocha fechando a entrada da caverna; pedra que nem 20 bois conseguiriam arrastar. Sentou e ordenhou as ovelhas, preparando uma parte para o queijo e separando o restante para o consumo habitual. Quando girou o grande olho, discerniu os estrangeiros e grunhiu para eles, exigindo saber quem eram e de onde vinham. Ulisses respondeu de forma humilde, dizendo que eram gregos e faziam parte da grande expedição que recentemente acumulara muitas glórias na conquista de Troia. Agora estavam a caminho de casa e terminou implorando sua hospitalidade em nome

---

"Como era doce ouvir o ribeiro correr
Com olhos semicerrados como se
Caindo no sono em um meio sonho!
Sonhar e sonhar, como a longínqua luz cor de âmbar
Que não larga a planta de mirra lá no alto;
 ouvir os sussurros um do outro;
Comendo lótus todos os dias,
Vislumbrar as ondas quebrando na praia,
E as curvas delicadas da espuma:
Entregar nossos corações e espíritos completos
À influência de uma suave melancolia;
Meditar, cismas e reviver na memória,
Com aqueles velhos rostos de nossa infância
Amontoados sobre um monte de relva,
Dois punhados de pó branco, trancados em uma urna de latão."

dos deuses. Polifemo não se dignou a responder, esticou o braço e agarrou dois gregos que atirou contra a parede da caverna, esmagando suas cabeças. Em seguida, devorou-os com grande satisfação e, no final da farta refeição, esticou-se no chão e adormeceu. Ulisses ficou tentado a se aproveitar da situação e mergulhar a espada no Ciclope enquanto dormia. Mas recordou que isso iria apenas expor todos à destruição certeira, pois a rocha que o gigante usara para fechar a entrada da caverna seria impossível de remover e todos ficariam em uma prisão desesperançada. Na manhã seguinte, o gigante pegou mais dois gregos e os despachou da mesma maneira que fez com seus companheiros, deleitando-se com sua carne até não sobrar nada. Por fim, ele tirou a rocha da entrada, retirou seus rebanhos e saiu, fechando com cuidado a barreira por trás de si. Quando partiu, Ulisses planejou a vingança de seus amigos assassinados e como escapar com os sobreviventes. Fez os homens prepararem um enorme tronco de madeira cortado pelos Ciclopes para produzir cajados que encontraram na caverna. Afiaram a ponta, secaram-no no fogo e o esconderam sob a palha no chão da gruta. Então, quatro dos mais valentes foram selecionados e Ulisses juntou-se a eles, formando um grupo de cinco. O Ciclope voltou de noite, rolou a rocha e fez entrar o rebanho como de costume. Após a ordenha e os preparativos que sempre fazia, ele pegou mais dois dos companheiros de Ulisses, esmagou seus crânios e fez deles seu jantar como fizera com os outros. Depois de comer, Ulisses se aproximou e ofereceu um jarro de vinho, dizendo: "Ciclope, isto é vinho; prove e beba depois de comer a carne dos homens". Ele apanhou, bebeu, ficou muito satisfeito e pediu mais. Ulisses ofereceu outro jarro, o que deixou o gigante tão contente que ele prometeu que Ulisses seria o último do grupo a ser devorado. Perguntou seu nome e Ulisses respondeu: "Meu nome é Ninguém".

Após a ceia, o gigante deitou-se e logo adormeceu. Então Ulisses, com os quatro amigos escolhidos, colocou a extremidade da estaca no fogo até estar ardente. Posicionaram o tronco exatamente em cima do único olho do gigante e o queimaram de maneira profunda, girando a estaca como o carpinteiro faz com a verruma. O grito do monstro encheu a caverna e Ulisses, com seus ajudantes, de forma ágil saiu de seu caminho e se escondeu na gruta. O monstro berrava e chamou todos os Ciclopes que viviam nas cavernas das redondezas, perto ou distante. Com o grito, todos vieram para a gruta e perguntaram que dor tão grave fizera com que ele soasse tal alarme e os despertasse. O ciclope respondeu: "Oh amigos, estou morrendo, e Ningúem desferiu o golpe". Eles responderam: "Se ninguém o feriu, isso foi um golpe de Jove e você deverá suportar". Assim dizendo, foram embora e o deixaram gemendo.

Na manhã seguinte, o Ciclope rolou a pedra e deixou o rebanho sair para pastar, mas ficou plantado na porta da caverna tocando quem saía, para evitar que Ulisses e seus homens escapassem. Mas Ulisses fizera os homens amarrarem três carneiros juntos de uma vez com cordas que encontraram no chão da caverna. Os gregos se penduraram embaixo do carneiro que ficava no meio, protegidos pelos outros dois que estavam de cada um dos lados. Conforme passavam, o gigante apalpava as costas e os flancos dos animais, mas nunca pensava em tocar suas barrigas. Assim, todos os homens saíram em segurança e Ulisses foi o último a escapar. Quando estavam a alguns passos da caverna, Ulisses e seus amigos se soltaram dos carneiros e levaram boa parte do rebanho para a costa, até os barcos. Colocaram todos os animais a bordo de forma rápida e zarparam. Quando estavam a uma distância segura, Ulisses gritou: "Ciclope, os deuses já vingaram os seus feitos atrozes. Saiba que é a Ulisses que você deve a vergonhosa perda da visão". O Ciclope, ao ouvir isso, apanhou uma rocha que se projetava do lado da montanha e, erguendo-a bem alto no ar, usou toda sua força e arremessou na direção da voz. A massa caiu, quase tocando a popa do navio. O oceano, com o mergulho da enorme rocha, lançou o barco em direção à costa, e mal escaparam de serem inundados pelas ondas. Quando conseguiram, com muita dificuldade, se afastar da costa, Ulisses estava a ponto de chamar o gigante outra vez, mas os amigos imploraram que não o fizesse. No entanto, ele não conseguia evitar de dizer ao gigante que haviam escapado de seu míssil, mas esperou até estarem a uma distância mais segura que a anterior. O gigante respondeu com xingamentos, mas Ulisses e os amigos remaram vigorosamente e logo se juntaram aos outros companheiros.

Em seguida, Ulisses chegou à Ilha de Éolo, monarca a quem Júpiter confiara o governo dos ventos para levá-los adiante ou retê-los, conforme seu desejo. Ele recebeu Ulisses de forma hospitaleira e, em sua partida, ofereceu, presos em uma bolsa de couro com fecho de prata, ventos que poderiam ser nocivos e perigosos, ordenando que ventos favoráveis levassem os navios em direção ao seu país. Durante nove dias, eles velejaram à frente do vento, e durante todo esse tempo Ulisses comandara o leme, sem dormir. Afinal, exausto, ele adormeceu. Enquanto isso, a tripulação debateu acerca do conteúdo da bolsa e concluiu que havia nela tesouros oferecidos pelo amável rei Éolo ao seu comandante. Tentados a ficar com um pouco desse tesouro, abriram a bolsa e, de imediato, os ventos fugiram. Os navios saíram de seu curso e retornaram à ilha de onde saíram. Éolo ficou tão indignado com a loucura cometida que se recusou a ajudá-los. Mais uma vez, os homens foram obrigados a navegar usando os remos por todo o percurso.

OS LESTRIGÕES

Sua aventura seguinte foi com a tribo bárbara dos Lestrigões. As embarcações entraram no porto atraídas pela aparência segura da enseada, totalmente cercada pelo continente; apenas Ulisses ancorou seu navio fora do porto. Assim que os Lestrigões viram que os navios estavam todos em seu poder, atacaram. Lançaram pedras enormes que partiam e viravam os barcos; com lanças executaram os marinheiros que lutavam na água. Todos os navios, com suas tripulações, foram destruídos, com exceção da embarcação de Ulisses, que ficara fora. Não encontrando saída a não ser fugir, ele exortou os homens a remarem de maneira vigorosa e escaparam.

Tristes pelo assassinato dos companheiros, mas contentes com sua fuga, os homens seguiram até chegar à Ilha de Ea, onde vivia Circe, filha do Sol. Ancorando ali, Ulisses subiu uma colina e, ao olhar à volta, não via sinais de habitação a não ser em um local no centro da ilha, onde discerniu um palácio envolto por árvores. Enviou metade da tripulação, sob o comando de Euríloco, para verificar que perspectiva de hospitalidade poderiam encontrar. Conforme se aproximavam do palácio, encontraram-se cercados por leões, tigres e lobos; não ferozes, e sim domados pela arte de Circe, pois era uma bruxa poderosa. Todos esses animais tinham sido homens, mas foram transformados em animais pelos feitiços de Circe. Ouvia-se uma música suave vinda do interior do palácio, acompanhada por uma agradável voz feminina. Eruríloco chamou em voz alta, a deusa surgiu e os convidou a entrar. Todos entraram de bom grado, com exceção de Euríloco, que suspeitava de perigo. A deusa conduziu os convidados aos assentos e mandou servir-lhes vinho e outras iguarias. Quando terminaram o banquete de forma voraz, ela os tocou um a um com sua varinha e eles, de imediato, se transformaram em *porcos*. Tinham cabeça, corpo, voz e pelo de porcos, entretanto suas mentes permaneceram como antes. Fechou-os em sua pocilga e oferecia-lhes bolotas e outros alimentos apreciados pelos suínos.

Euríloco correu para o navio e contou o que se passou. Ulisses, então, decidiu ir ele mesmo e tentar, por todos os meios, a libertação dos companheiros. Conforme seguia sozinho, encontrou um jovem que se dirigiu a ele de maneira familiar e parecia estar ciente de suas aventuras. Disse que seu nome era Mercúrio e informou Ulisses das artes de Circe e do perigo de se aproximar dela. Como viu que Ulisses não seria dissuadido da tentativa, Mercúrio ofereceu a ele um ramo de alho silvestre, que tinha excelentes poderes para resistir a bruxarias, e instruiu-o sobre como agir. Ulisses prosseguiu e, chegando ao palácio, foi recebido por Circe de maneira gentil. Ela o entreteve como fizera com os companheiros e, depois de ele ter comido e bebido, tocou-o com a vara e disse: "Agora, vá para a pocilga e chafurde com seus amigos". Em vez de obedecer, ele desembainhou a espada e correu até ela com ódio em seu semblante. Circe caiu de joelhos e implorou clemência. Ele ditou um juramento sagrado para que ela libertasse os companheiros e não fizesse mais nenhum mal contra ele ou eles. Ela repetiu, ao mesmo tempo prometendo mandá-los embora em segurança após entretê-los de maneira hospitaleira. Ela fez o que prometeu. Os homens retornaram às suas formas, o restante da tripulação veio da costa e todos foram entretidos de maneira magnífica, dia após dia. Ulisses parecia ter se esquecido da terra natal e se reconciliado com uma vida de conforto e prazeres.

Por fim, os companheiros lembraram-no de sentimentos mais nobres e ele aceitou a repreensão com gratidão. Circe os auxiliou na partida e instruiu-os a passar com segurança pela costa das Sereias. As Sereias eram ninfas do mar que tinham o poder de seduzir com seu canto todos que as ouviam e os marinheiros infelizes eram impelidos de forma irresistível a se lançarem ao mar e morrer. Circe aconselhou Ulisses a encher os ouvidos dos marinheiros com cera para não ouvirem a melodia. Ele deveria ser amarrado ao mastro e seu pessoal, instruído de forma severa a não ouvir suas solicitações e não o soltar até terem passado pela ilha das Sereias. Ulisses obedeceu às ordens. Encheu os ouvidos dos homens com cera e fez com que eles o prendessem com cordas firmes ao mastro. Quando se aproximaram da ilha das Sereias, o mar estava calmo e sobre as águas surgiram notas musicais tão arrebatadoras e atraentes que Ulisses lutou para se soltar. Gritou e fez sinais aos homens para o libertarem, mas eles obedeceram às ordens prévias, aproximaram-se e o prenderam com ainda mais força. Seguiram o curso e a música enfraqueceu até deixar de ser ouvida. Com prazer, Ulisses deu sinal aos companheiros para destaparem os ouvidos e eles o libertaram das amarras.

A imaginação de um poeta moderno, Keats, desvendou para nós os pensamentos que passam pela cabeça das vítimas de Circe após sua transformação. No poema "Endimião", ele representa um deles, um monarca disfarçado de elefante, dirigindo-se à feiticeira em linguagem humana:

> "Não imploro por minha feliz coroa;
> Não imploro por minha falange na planície;
> Não imploro por minha esposa solitária e viúva;
> Não imploro por meu sangue corado de vida;
> Nem meus belos filhos, meus adoráveis meninos e meninas;
> Esquecerei todos eles; não mais terei essas alegrias,
> Não peço nada tão celestial; tão, tão grande;
> Rezo apenas, como a maior das bênçãos, a morte;
> Ser libertado dessas carnes desajeitadas,
> Dessa suja, rude e detestável pele,
> E ser entregue ao ar frio e sombrio.
> Tendes misericórdia, deusa! Circe, escutai minha prece!"

CILA E CARÍBDIS

Ulisses fora advertido por Circe sobre os dois monstros Cila e Caríbdis. Já encontramos Cila na história de Glauco e lembre-se de que se tratava de uma bela donzela que fora transformada por Circe em um monstro serpentiforme. Ela vivia em uma gruta bem acima da colina, de onde costumava estender seus longos pescoços (tinha seis), e com cada uma de suas bocas apanhava um tripulante de todos os navios que passavam ao seu alcance. O outro terror, Caríbdis, era um abismo quase no mesmo nível da água. Por três vezes cada dia a água corria para um precipício assustador, e por três vezes era expelida. Qualquer embarcação que se aproximasse do redemoinho quando a maré se aproximava seria inevitavelmente engolida. Nem o próprio Netuno poderia salvá-la.

Quando se aproximou da toca do monstro terrível, Ulisses observava com muita atenção para descobrir onde estava. O ruído das águas enquanto Caríbdis as tragava foi um alerta a certa distância, mas não conseguiam distinguir Cila. Enquanto Ulisses e os homens observavam com olhos ansiosos o terrível redemoinho, não estavam todos, de igual maneira, de guarda contra os ataques de Cila, e o monstro, lançando suas cabeças de serpente, apanhou seis dos homens e os levou, gritando, para sua toca. Foi a imagem mais triste que Ulisses jamais vira: os próprios amigos assim sacrificados, e ouvir seus gritos, incapaz de oferecer qualquer ajuda.

Circe o advertira de outro perigo. Após passar por Cila e Caríbdis, o próximo local seria a Trináquia, uma ilha onde pastava o gado de Hiperião, o Sol, e era cuidado por suas filhas Lampécia e Faetusa. Esses rebanhos não deveriam ser tocados, sejam quais fossem as vontades dos viajantes. Se essa ordem fosse transgredida, a destruição cairia sobre os infratores.

Ulisses teria de bom grado passado pela ilha do Sol sem parar, mas seus companheiros imploravam tanto pelo descanso e comida que viriam após ancorar e passar a noite na costa, que Ulisses cedeu. No entanto, fez com que jurassem que não tocariam em nenhum animal daqueles rebanhos e manadas sagrados, mas se contentassem com as provisões que ainda sobravam do abastecimento que Circe deixara a bordo. Enquanto o suprimento durou, os homens mantiveram o juramento, mas ventos contrários os detiveram na ilha durante um mês e, após consumir todo o seu estoque de provisões, tiveram de recorrer aos pássaros e peixes que conseguiam apanhar. A fome os pressionava e, por fim, um dia, na ausência de Ulisses, mataram alguns animais, tentando em vão reparar o erro oferecendo uma porção aos poderes ofendidos. Quando Ulisses retornou à costa, ficou horrorizado ao saber o que fizeram e ainda mais em razão dos presságios agourentos que vieram em seguida. As peles dos animais rastejavam pelo chão e as carnes mugiam nos espetos enquanto assavam.

O vento tornou-se favorável e eles zarparam da ilha. Não estavam muito distantes quando o tempo mudou e surgiu uma tempestade com raios e trovões. O golpe de um raio destruiu o mastro que, em sua queda, matou o piloto. Por fim, a própria embarcação ficou em pedaços. Ao ver quilha e mastro boiando lado a lado, Ulisses formou com eles uma jangada e, quando o vento mudou, as ondas o levaram à Ilha de Calipso. Toda a tripulação pereceu.

A seguinte referência aos tópicos que referimos é do "Comus", de Milton:

"... muitas vezes ouvi
Minha mãe Circe e três Sereias,
Entre as Náiades com túnicas floridas,
Escolhendo suas ervas potentes e drogas venenosas,
Que, enquanto cantavam, levavam a alma aprisionada
Para o Elísio. Cila chorou,
E obrigava suas ondas a prestarem atenção,
E o feroz Caríbdis murmurava um leve elogio."

Cila e Caríbdis tornaram-se proverbiais para indicar perigos opostos que afligem o curso das viagens.[25]

CALIPSO

Calipso era uma ninfa do mar cujo nome denota várias classes de divindades femininas de escalões inferiores, embora partilhem muitos dos atributos dos deuses. Calipso recebeu Ulisses com hospitalidade, entreteve-o de forma magnífica, apaixonou-se por ele e desejou mantê-lo para sempre, concedendo-lhe imortalidade. Mas ele persistia na resolução de retornar ao seu país, para sua esposa e filhos. Por fim, Calipso recebeu ordens de Jove para deixá-lo partir. Mercúrio foi quem levou a mensagem a ela, encontrando-a em sua gruta, que foi assim descrita por Homero:

"Uma trepadeira luxuriante por todos os lados,
Cobria a espaçosa caverna, pendurada,
Profusa; quatro fontes com linfas serenas,

---

25. Veja Expressões Proverbiais.

Seus cursos sinuosos seguiam lado a lado,
Espalhados por todo o redor, e em todo lado apareciam
Prados com a relva mais suave, coberta de púrpura
Pelas violetas; era uma cena que encheria
Um deus celeste com fascinação e encanto."

Com muita relutância, Calipso obedeceu aos comandos de Júpiter. Ela forneceu a Ulisses meios para construir uma jangada, abasteceu-a bem e ofereceu ventos favoráveis. Por muitos dias, ele seguiu seu curso de maneira próspera até, enfim, quando avistou terra, erguer uma tempestade que quebrou o mastro e ameaçou partir a jangada. No meio da crise, ele foi visto por uma ninfa aquática solidária que, em forma de um cormorão, pousou na jangada e ofereceu-lhe um cinto, orientando-o a prendê-lo por baixo do peito. Caso fosse compelido a se atirar ao mar, ele conseguiria flutuar e nadar até a praia.

Em seu romance *Telêmaco*, Fénelon nos fala das aventuras do filho de Ulisses em busca do pai. Dentre outros locais por onde passou, seguindo os passos dele, estava a ilha de Calipso. Como no caso precedente, a deusa tentou todas as suas artes para mantê-lo com ela. Mas Minerva, sob a forma de Mentor, acompanhou-o e guiou todos os seus movimentos, fazendo com que ele repelisse suas seduções. Quando nenhum outro meio de escapar foi encontrado, os dois amigos lançaram-se de um penhasco ao mar e nadaram até um navio que se encontrava fora da costa. Byron alude a esse salto de Telêmaco e Mentor na seguinte estrofe:

"Mas não em silêncio passa pela Ilha de Calipso,
A irmã que ocupa o meio das profundezas;
Ali para o exaurido um refúgio ainda sorri,
Embora a bela deusa há muito tenha parado de chorar,
E sobre seus penhascos mantinha infrutívera vigia
Por ele que ousara preferir uma noiva mortal.
Aqui também seu filho tentou o salto terrível,
O austero Mentor aconselhou do alto sobre a maré distante,
Enquanto a ninfa-rainha, depois de perder
os dois, por eles suspirava."

CAPÍTULO XXX

OS FEÁCIOS - O DESTINO DOS PRETENDENTES

OS FEÁCIOS

Ulisses segurou-se à jangada enquanto poucos pedaços ainda se mantinham unidos e, quando ela não mais oferecia segurança, ele prendeu o cinto ao corpo e nadou. Minerva suavizou os vagalhões diante dele e enviou um vento que carregou as ondas para a praia. A arrebentação batia alta nas rochas e parecia proibir a aproximação, mas, por fim, encontrando águas calmas na foz de um rio calmo, Ulisses pisou em terra exausto, ofegante, sem fala e quase morto. Depois de algum tempo ele recobrou os sentidos, beijou o chão e regozijou-se. No entanto, não sabia que curso tomar. A curta distância, ele distinguiu um bosque para o qual se dirigiu. Ali chegando, encontrou um abrigo protegido do sol e da chuva por galhos interligados. Ele recolheu uma pilha de folhas, fez uma cama e deitou-se. Cobriu-se de folhas e adormeceu.

A terra para a qual fora atirado chamava-se Esquéria, país dos Feácios. De início, esse povo vivia perto dos Ciclopes, mas, por serem oprimidos por aquela raça selvagem, migraram para a Ilha de Esquéria, sob o conduto de Nausítoo, seu rei. Os poetas nos contam que os feácios eram um povo semelhante aos deuses, que apareciam, banqueteavam entre eles quando lhes eram oferecidos sacrifícios e não se escondiam de transeuntes solitários quando os encontravam. Tinham riquezas em abundância e viviam felizes, sem se preocupar com os alarmes da guerra, pois, como viviam distantes de homens que buscavam lucros, nenhum inimigo se aproximava de suas costas, nem precisavam recorrer a arcos e aljavas. Sua principal atividade era a navegação. Seus navios, que viajavam com a velocidade dos pássaros, eram dotados de inteligência. Conheciam todos os portos e não precisavam de pilotos. Alcínoo, filho de Nausítoo, era agora o rei, um soberano justo e sábio, amado por seu povo.

Aconteceu que na mesma noite em que Ulisses fora lançado na costa da ilha dos Feácios, e enquanto dormia em sua cama de folhas, Nausicaa, filha do rei, teve um sonho enviado por Minerva, lembrando-lhe que o dia de seu casamento não estava distante, e que seria um bom preparativo para o acontecimento lavar as roupas da família. O que não era tarefa fácil, pois as fontes ficavam longe e as vestimentas deveriam ser transportadas até o local. Quando despertou, a princesa correu aos pais para dizer o que tinha em mente, sem aludir ao dia de seu casamento e encontrando outros motivos também convincentes. O pai assentiu de imediato e mandou os palafreneiros prepararem uma carroça para o propósito. As roupas foram ali depositadas e a rainha mãe colocou na carroça um abundante suprimento de comida e vinho. A princesa tomou seu assento e aplicou o chicote, com suas aias virgens seguindo a pé. Quando chegaram às margens do rio, colocaram as mulas para pastar, descarregaram a carroça, levaram as vestimentas até a água e trabalharam com alegria e disposição, terminando logo o trabalho. Em seguida, abriram as vestimentas na margem para secar, tomaram banho e sentaram-se para desfrutar da refeição. Depois se divertiram com um jogo de bola, e a princesa cantava para elas enquanto jogavam. Mas, quando recolheram a roupa e estavam prestes a voltar para a cidade, Minerva fez a bola lançada pela princesa cair na água. Com isso, todas gritaram, despertando Ulisses.

Agora devemos imaginar Ulisses como um náufrago que poucas horas antes escapara das ondas, despertando totalmente sem roupa e descobrindo que nada mais que alguns arbustos se interpunham entre ele e um grupo de jovens donzelas que, por sua conduta e trajes, não eram meras camponesas, mas, sim, de uma classe mais elevada. Precisando lamentavelmente de ajuda, como ele ousaria se apresentar, nu como estava, e falar de suas necessidades? Decerto tratava-se de um caso digno da intervenção de sua deusa padroeira, Minerva, que nunca o abandonara em uma crise. Arrancando o galho de uma árvore, ele o segurou diante de si e saiu da moita. Quando o avistaram, as virgens correram para todos os lados, exceto Nausicaa, pois *ela* Minerva ajudava e dotou-a de coragem e discernimento. Ulisses manteve-se distante, de maneira respeitosa. Relatou seu triste caso e implorou ao belo ser (rainha ou deusa, ele não sabia qual) por comida e vestimenta. A princesa respondeu afavelmente, prometendo auxílio e a hospitalidade de seu pai, quando este soubesse dos fatos. Ela chamou de volta as donzelas espalhadas pelo local, repreendendo seu alarde e relembrando-as que os Feácios não tinham inimigos a temer. Disse-lhes que aquele homem era um infeliz errante do qual era seu dever cuidar, pois os pobres e os estrangeiros são de Jove. Mandou que trouxessem roupa e comida, pois entre os conteúdos da carroça havia algumas vestimentas de seus irmãos. Quando a ordem foi cumprida e Ulisses se retirou para se lavar da água do mar, vestir-se e se revigorar com alimento, Palas aperfeiçoou suas formas e difundiu graça sobre seu peito largo e rosto masculino.

Quando o viu, a princesa ficou admirada e teve o escrúpulo de não revelar às donzelas que desejava que os deuses enviassem a ela um marido como ele. Recomendou a Ulisses que ele deveria voltar à cidade, seguindo a ela e seu séquito enquanto percorriam o caminho pelos campos. Porém quando se aproximassem da cidade, ela não desejava ser vista em sua companhia, pois temia os comentários de pessoas rudes e vulgares, caso a vissem retornar acompanhada por tão galante estrangeiro. Sendo assim, ela mandou que ele parasse em um arvoredo adjacente à cidade, onde ficavam uma fazenda e um jardim pertencentes ao rei. Depois que a princesa e suas companheiras chegassem à cidade, ele deveria seguir sozinho e seria facilmente orientado por qualquer pessoa em como chegar à morada real.

Ulisses obedeceu às ordens e no momento apropriado dirigiu-se à cidade. Quando se aproximava, ele conheceu uma jovem transportando um jarro para água. Era Minerva que assumira aquela forma. Ulisses a abordou e pediu direções de como chegar ao palácio de Alcínoo, o rei. A donzela respondeu de maneira respeitosa, oferecendo-se como guia, pois o palácio, segundo informou, ficava próximo da casa de seu pai. Sob orientação da deusa e, por seu poder, envolto em uma nuvem que o protegia de vigilância, Ulisses passou por entre a multidão atarefada e com admiração observou o porto, os navios, o fórum (o espaço dos heróis) e as muralhas. Chegaram ao palácio e a deusa, depois de fornecer alguma informação sobre o país, o rei e o povo que ele estava prestes a encontrar, deixou-o. Antes de entrar no pátio do palácio, Ulisses parou e examinou o local. Seu esplendor o surpreendeu. Paredes de bronze que iam desde a entrada até o interior da casa com portas de ouro, batentes de prata, lintéis de prata ornamentados com ouro. Em cada lado, figuras de mastins forjadas em ouro e prata, expostas em fileiras como se para guardar a entrada. Por toda a extensão das paredes, estavam dispostos assentos com tecidos da melhor qualidade, obra das donzelas feácias. Nesses assentos, príncipes banqueteavam enquanto estátuas douradas de jovens elegantes seguravam nas mãos tochas acesas que espalhavam brilho sobre a cena. Cinquenta serviçais do sexo feminino serviam a casa, algumas empregadas para moer milho, outras para tecer a lã púrpura ou trabalhar com o tear. As mulheres feácias excediam todas as outras nos trabalhos caseiros, assim como os marinheiros daquele país eram os melhores da humanidade na administração de navios. Fora do pátio, havia um jardim espaçoso com mais de um hectar de extensão, onde cresciam árvores altaneiras, romãzeiras, pereiras, macieiras, figueiras e oliveiras. Nem o frio do inverno nem a seca do verão impediam seu crescimento, pois floresciam em constante sucessão, algumas em botão, enquanto outras amadureciam. O vinhedo era igualmente prolífico. Em uma quarta parte dele podiam ser vistas as vinhas, algumas em flor e outras repletas de uvas maduras, e em outra estavam os vindimadores esmagando a fruta. Nos cantos do jardim, flores de todas as tonalidades brotavam o ano todo e estavam arranjadas de forma muito bem cuidada. No centro, duas fontes jorravam, uma fluindo por canais artificiais por todo o jardim, outra atravessando o pátio do palácio, de onde todos os cidadãos podiam retirar seu suprimento de água.

Ulisses contemplava com admiração e sem poder ser visto, pois a nuvem que Minerva colocara à sua volta ainda o protegia. Por fim, tendo observado o local o suficiente, ele avançou com passos rápidos para o salão onde os chefes e senadores estavam reunidos servindo libações a Mercúrio, cuja adoração acontecia após a refeição noturna. Só então Minerva dissipou a nuvem e o revelou para a assembleia de chefes. Avançando ao local onde a rainha estava sentada, Ulisses se ajoelhou aos seus pés e implorou suas graças e assistência para permitir que ele retornasse à sua terra natal. Ele, então, retirou-se e sentou da mesma forma que os suplicantes, ao lado da lareira.

Durante certo tempo, ninguém falou. Finalmente, um conselheiro idoso dirigiu-se ao rei, dizendo: "Não é apropriado que um estrangeiro que peça nossa hospitalidade espere como um suplicante, sem ninguém para recebê-lo. Que ele seja, então, encaminhado a sentar-se entre nós para comer e beber". Com essas palavras, o rei levantou-se, estendeu a mão a Ulisses e o levou ao seu lugar, tirando o próprio filho do assento para dar lugar a um estrangeiro. Comida e vinho foram dispostos diante dele, que comeu e bebeu.

Em seguida, o rei dispensou os convidados, notificando-os de que no dia seguinte os chamaria para um conselho para considerar o que fazer com o estrangeiro.

Quando os convidados partiram e Ulisses foi deixado sozinho com o rei e a rainha, ela perguntou quem ele era, de onde vinha e (reconhecendo as vestimentas que usava como sendo feitas por ela e suas donzelas) de quem recebera aquelas vestes. Ele falou de sua residência na Ilha de Calipso e a partida do local; do naufrágio da jangada, da fuga a nado e do alívio oferecido pela princesa. Os monarcas ouviram de forma aprovadora e o rei prometeu oferecer um navio para o convidado retornar à sua terra.

No dia seguinte, os chefes reunidos confirmaram a promessa do rei. Uma embarcação foi preparada e uma tripulação composta por remadores robustos foi selecionada e todos se dirigiram ao palácio, onde foi oferecida uma refeição generosa. Depois do banquete, o rei propôs que os jovens mostrassem ao convidado sua habilidade em esportes masculinos, e todos foram para a arena praticar corrida, luta livre e outros exercícios. Depois de todos fazerem o seu melhor, Ulisses foi desafiado a mostrar seus talentos. De início, ele recusou, mas, sendo provocado por um dos jovens, apanhou um disco muito mais pesado do que aqueles que os feácios lançaram e arremessou-o muito mais além do que os anfitriões lançaram os seus. Todos ficaram impressionados e olharam o convidado com muito mais respeito.

Após os jogos, eles retornaram ao salão e o arauto anunciou Demódoco, o bardo cego:

"... Querido das musas,
Que, contudo, designaram a ele o bem e o mal,
Tiraram-lhe a visão, mas deram-lhe melodias divinas."

O bardo escolheu como tema "O Cavalo de Pau", com o qual os gregos conseguiram entrar em Troia. Apolo o inspirou e ele cantou com muito sentimento os terrores e os feitos heroicos daquele momento turbulento. Todos ficaram maravilhados, e Ulisses foi às lágrimas. Alcínoo o observava e inquiriu, quando a música terminou, por que a menção de Troia despertou seu pesar. Ele perdera na luta o pai, um irmão ou amigo querido? Ulisses respondeu anunciando seu nome verdadeiro e, a pedido dos ouvintes, contou as aventuras pelas quais passara desde sua saída de Troia. A narrativa despertou imensamente a simpatia e admiração dos feácios por seu convidado. O rei propôs que todos os chefes deveriam oferecer-lhe um presente, ele mesmo daria o exemplo. Eles obedeceram e competiram entre si para ver quem oferecia ao ilustre estrangeiro os presentes mais valiosos.

No dia seguinte, Ulisses partiu no navio feácio e em pouco tempo chegou com segurança a Ítaca, sua ilha. Quando a embarcação tocou na praia, ele estava adormecido. Os marinheiros, sem despertá-lo, carregaram Ulisses até a praia e desembarcaram o baú com seus presentes e então zarparam.

Netuno ficou tão insatisfeito com a conduta dos feácios que salvaram Ulisses de suas mãos que, no retorno do navio, ele o transformou em uma rocha bem em frente à entrada do porto.

A descrição de Homero dos navios dos feácios é tida como uma antecipação das maravilhas da navegação moderna. Alcínoo diz a Ulisses:

"De qual cidade, de que regiões vieste,
E de quais habitantes essas regiões se orgulham?
Que logo chegues ao reino designado,
Em navios maravilhosos, que se movem sozinhos, com instinto e mente;
Nenhum leme os mantém em seu curso, nenhum piloto conduz;
Como homens inteligentes eles cortam as marés
Conhecem todas as costas e baías
Que ficam sob os raios do sol que tudo vê."

Odisseia, Livro VIII

Lorde Carlisle, em seu "Diário em Águas Turcas e Gregas", assim fala de Corfu, que ele considera ser a antiga ilha dos feácios:

"Os locais explicam *A Odisseia*. O templo do deus do mar não poderia ter sido colocado em local mais apropriado, sobre uma plataforma gramínea com relva macia, à beira de um penhasco que se projeta sobre um porto, um canal e um oceano. Logo na entrada do porto interno há uma rocha pitoresca onde se situa um pequeno convento que, de acordo com uma lenda, é o pináculo transformado de Ulisses.

Quase o único rio da ilha fica a uma distância apropriada do provável local onde ficava a cidade e o palácio do rei para justificar a princesa Nausicaa ter recorrido a uma carroça e levar alimento quando ela e as donzelas da corte foram lavar as vestimentas."

O DESTINO DOS PRETENDENTES

Ulisses ficou longe de Ítaca por 20 anos e, quando despertou, não reconheceu sua terra natal. Minerva apareceu para ele na forma de um jovem pastor e disse-lhe onde se encontrava e o estado das coisas no palácio. Mais de cem nobres de Ítaca e das ilhas vizinhas pleiteavam, durante anos, a mão de Penélope, sua esposa, imaginando que Ulisses estivesse morto. E mandavam em seu palácio e povo como se fossem donos de ambos. Para poder se vingar deles, era importante que não fosse reconhecido. Portanto, Minerva o transformou em um mendigo de má aparência e como tal ele foi gentilmente recebido por Eumeu, tratador dos porcos e fiel criado da casa.

Telêmaco, seu filho, estava ausente em busca do pai. Ele foi à corte de outros reis que retornaram da expedição troiana. Enquanto procurava, ele foi aconselhado por Minerva a voltar para casa. Chegou e procurou Eumeu para se informar acerca do estado das coisas no palácio antes de se apresentar entre os pretendentes. Quando viu um estranho com Eumeu, tratou-o de forma cordial, embora estivesse com vestimentas de mendigo, e prometeu ajuda. Eumeu foi enviado ao palácio para informar Penélope, em particular, sobre a chegada de seu filho, pois era necessário cuidado quanto aos pretendentes, porque, como Telêmaco soubera, planejavam interceptá-lo e matá-lo. Quando Eumeu saiu, Minerva se apresentou a Ulisses e o orientou a se apresentar diante do filho. Enquanto falava, ela o tocou e o tirou, de imediato, da aparência idosa e de penúria e deu-lhe o aspecto de homem vigoroso que pertencia a ele. Telêmaco observou-o com espanto e, no início, pensara tratar-se de alguém mais do que mortal. Mas Ulisses disse ser seu pai e justificou a mudança de aparência dizendo tratar-se dos feitos de Minerva.

"Então Telêmaco estendeu os braços
Em volta do pescoço do pai e chorou.
Ambos apoderados por uma intensa lamentação;
Pronunciaram murmúrios suaves, ambos
Aliviando sua dor."

Pai e filho conversaram sobre como tirar melhor proveito dos pretendentes e puni-los por sua afronta. Ficou combinado que Telêmaco iria ao palácio socializar com os pretendentes como antes, que Ulisses deveria aparecer como mendigo, um personagem que na Antiguidade gozava de privilégios diferentes dos que recebem hoje em dia. Como viajante e contador de histórias, o mendigo era admitido nos salões dos chefes e, com frequência, era tratado como convidado, embora, às vezes, também com desprezo. Ulisses aconselhou o filho que não denunciasse, por nenhuma amostra de interesse incomum por ele, que sabia se tratar de outra pessoa. Mesmo que o visse sendo insultado ou agredido, deveria intervir apenas da mesma forma que faria com outro estrangeiro. No palácio, encontraram a cena costumeira de banquete e tumulto. Os pretendentes fingiram receber Telêmaco com alegria por seu retorno, embora secretamente mortificados pelo fracasso de seus planos para assassiná-lo. Foi permitida a entrada ao velho mendigo e ofereceram-lhe um pouco de comida da mesa. Um episódio comovente aconteceu quando Ulisses entrou no pátio do palácio. Um cão velho e quase morto estava deitado e, quando avistou o estrangeiro, ergueu a cabeça com as orelhas eretas. Era Argos, o cão de Ulisses, que outrora levara com frequência à caça.

"Logo que percebeu
O saudoso Ulisses perto,
Baixou suas orelhas, e com o rabo deu o sinal
De alegria, incapaz de se levantar,
E aproximar-se do mestre como antigamente.

Ulisses, ao vê-lo, enxugou uma lágrima despercebido
Então, o destino liberou
O velho Argos, pois vivera para ver
Ulisses voltar vinte anos depois."

Enquanto Ulisses comia sua refeição sentado no salão, os pretendentes começaram a se mostrar insolentes diante dele. Quando ele protestou de forma branda, um deles levantou uma banqueta e deu-lhe um golpe. Telêmaco lutara para conter sua indignação ao ver o pai sendo assim tratado em seu próprio salão, mas lembrou-se das ordens do pai e não disse nada além do que diria o dono da casa, embora jovem e protetor de seus convidados.

Penélope protelara a escolha do pretendente por tanto tempo que parecia não haver mais desculpas para o atraso. A contínua ausência do marido parecia provar que seu retorno não deveria mais ser aguardado. Enquanto isso, o filho crescera e era capaz de tratar de seus assuntos. Portanto, Penélope consentira em submeter a questão da escolha a uma prova de habilidade entre os pretendentes. A prova escolhida foi tiro ao alvo com arco e flecha. Doze argolas foram dispostas em linha e aquele que conseguisse lançar uma flecha por dentro dos 12 arcos teria a rainha como prêmio. Um arco, que, outrora, um de seus heróis irmãos ofereceu a Ulisses, fora trazido do arsenal com a aljava repleta de flechas e foi colocado no salão. Telêmaco cuidara para que todas as outras armas fossem retiradas sob pretexto de que, no calor da competição, poderiam ser perigosas caso alguém se precipitasse a usá-las de maneira imprópria.

Entre todas as coisas a ser preparadas para a competição, a primeira delas seria curvar o arco para encaixar a corda. Telêmaco esforçou-se, mas suas tentativas foram infrutíferas e, confessando de forma modesta que tentava uma missão acima de suas forças, ele ofereceu o arco a outro. *Este* tentou sem sucesso e, em meio aos risos e escárnio de seus companheiros, desistiu. Outro tentou e, em seguida, outro, eles até esfregaram sebo no arco, mas de nada adiantou. Ele não se curvava. Então Ulisses falou, sugerindo de maneira humilde que lhe fosse permitido tentar. Pois, disse ele, "hoje sou mendigo, mas um dia fui soldado e ainda há alguma força nestes meus velhos braços". Os pretendentes vaiaram com escárnio e pediram que ele fosse retirado do salão por sua insolência. Telêmaco falou por ele e, apenas para satisfazer o velho, deixou-o tentar. Ulisses apanhou o arco e o manuseou com mãos de mestre. Com facilidade ajustou a corda na ranhura, ajustou uma flecha no arco, puxou a corda e lançou as flechas infalíveis dentro das argolas.

Sem lhes dar tempo para expressar seu espanto, ele disse: "Agora, outro alvo!", e mirou diretamente no mais insolente dos pretendentes. A flecha perfurou sua garganta e ele caiu morto. Telêmaco, Eumeu e outro seguidor fiel, bem armados, puseram-se do lado de Ulisses. Os pretendentes, perplexos, buscaram armas à volta e não encontraram nenhuma. Também não havia maneira de escapar, pois Eumeu trancara a porta. Ulisses não os deixou por muito tempo na incerteza. Disse que era o chefe há tempos desaparecido cuja casa eles invadiram, cujos bens eles desperdiçaram e cuja esposa e filho eles perseguiram durante dez longos anos. E disse que pretendia se vingar de forma plena. Todos foram assassinados e Ulisses voltou a ser proprietário de seu palácio, soberano de seu reino e marido de sua esposa.

"Ulisses", o poema de Tennyson, representa o velho herói depois de ter vivido todos os perigos até não restar mais nada a não ser ficar em casa, ser feliz, cansar-se da inação e partir outra vez em busca de novas aventuras:

"Venham, meus amigos,
Ainda não é tarde para buscar um novo mundo.
Partam e em ordem para golpear
As sonoras esteiras; pois meu propósito é
Velejar para além do sol poente, e sob o brilho
De todas as estrelas do Ocidente, até morrer.
Talvez as correntes nos levem;
Pode ser que toquemos as Ilhas Afortunadas,
E vejamos o grande Aquiles que conhecemos [...]."

CAPÍTULO XXXI

AS AVENTURAS DE ENEIAS – AS HARPIAS – DIDO – PALINURO

AS AVENTURAS DE ENEIAS

Seguimos Ulisses, um dos heróis gregos, em sua viagem de volta para casa ao deixar Troia. Agora sugerimos partilhar a sorte do restante dos povos *conquistados*, sob o comando de Eneias, em busca de um novo lar após a destruição de sua cidade natal. Na noite fatal em que o cavalo de madeira expeliu o conteúdo de homens armados resultando na captura e conflagração da cidade, Eneias escapou da cena de destruição com o pai, a esposa e seu filho pequeno. O pai, Anquises, estava muito velho para caminhar com a velocidade necessária e Eneias o carregou. Com o peso do pai, guiando o filho e sendo seguido pela esposa, ele saiu da melhor forma possível da cidade em chamas. Entretanto, na confusão, sua esposa fora arrastada e se perdeu.

Quando chegaram ao local de encontro, numerosos fugitivos de ambos os sexos foram encontrados e colocados sob a orientação de Eneias. Depois de alguns meses de preparação, enfim, embarcaram. O primeiro local de desembarque foi a costa vizinha da Trácia, onde se preparavam para erguer uma cidade, mas Eneias foi desencorajado por um prodígio. Preparando-se para oferecer um sacrifício, ele arrancou alguns ramos dos arbustos. Para seu espanto, da parte arrancada derramou sangue. Quando repetiu o gesto, uma voz vinda do chão gritou: "Poupe-me, Eneias. Sou seu parente, Polidoro, de mim nasceu este arbusto, nutrido com meu sangue". Essas palavras relembraram

Eneias de que Polidoro era um jovem príncipe de Troia a quem o pai enviara com muitos tesouros para a vizinha Trácia, para ser criado longe dos horrores da guerra. O rei a quem o rapaz fora enviado assassinou-o e roubou seus tesouros. Eneias e seus companheiros, considerando a terra amaldiçoada pela mancha de tal crime, partiram logo.

Em seguida, aportaram na Ilha de Delos, uma ilha flutuante até Júpiter atá-la ao fundo do oceano com correntes adamantinas. Apolo e Diana nasceram em Delos e a ilha era sagrada para Apolo. Ali, Eneias consultou o oráculo de Apolo e recebeu uma resposta ambígua como de costume: "Busque sua antiga mãe; lá, o povo de Eneias viverá, e subjugue todas as outras nações". Os troianos ouviram com alegria e, de imediato, perguntaram-se: "Onde fica o local de que o oráculo fala?". Anquises lembrou-se de uma tradição que dizia que seus antepassados vinham de Creta e para lá se dirigiram. Chegaram e começaram a erguer a cidade, mas a doença surgiu entre eles e os campos que semearam não produziram colheita. Em meio a esse triste estado das coisas, Eneias foi advertido em um sonho a abandonar o país e buscar uma terra a ocidente chamada Hespéria, de onde Dárdano, o verdadeiro fundador da raça troiana, havia migrado. Para Hespéria, hoje conhecida como Itália, eles então seguiram e, não antes de muitas aventuras e o lapso de tempo suficiente para transportar um navegador moderno várias vezes em torno do mundo, ali chegaram.

O primeiro desembarque foi na Ilha das Harpias, pássaros repulsivos com cabeça de donzela, garras compridas e rostos pálidos de fome. Foram enviadas pelos deuses para atormentar um certo Fineu, a quem Júpiter privara da visão como punição por sua crueldade. Sempre que uma refeição era colocada diante dele, as Harpias vinham disparadas pelo ar e levavam a comida. Foram afastadas de Fineu pelos heróis da expedição argonauta e se refugiaram na ilha em que Eneias as encontrava agora.

Quando entraram no porto, os troianos viram manadas pastando pelas planícies. Mataram os animais que quiseram e prepararam um banquete. Mas, assim que se sentaram à mesa, um clamor horroroso ecoou pelo ar e um bando dessas odiosas harpias arremeteu contra eles, agarrando a carne dos pratos e voando com ela. Eneias e os companheiros desembainharam as espadas e atingiram os monstros com golpes vigorosos, mas sem sucesso, pois eram tão ágeis que era quase impossível acertá-los; e suas penas eram como armadura de aço impenetrável. Uma das harpias, empoleirada em um penhasco vizinho, gritou: "É assim, troianos, que nos tratam, pássaros inocentes, primeiro matam nosso gado e depois nos declaram guerra?". Em seguida, ela previu grandes sofrimentos em seu futuro e, após desabafar sua ira, voou. Os troianos abandonaram o país com rapidez e, em seguida, viram-se no litoral de Epiro. Desembarcaram e, para seu espanto, descobriram que alguns troianos exilados, que para ali foram levados como prisioneiros, tornaram-se governantes do país. Andrômaca, viúva de Heitor, casara-se com um dos chefes gregos vitoriosos e teve um filho. Quando o marido morreu, ela se tornou regente do país, como guardiã do filho, e se casou com um companheiro cativo, Heleno, da família real de Troia. Heleno e Andrômaca trataram os exilados com a maior hospitalidade e eles partiram carregados de presentes.

    Dali, Eneias navegou pela costa da Sicília e passou pelo país dos Ciclopes. Ali foram atingidos por um terrível objeto que, pelas vestimentas esfarrapadas, distinguiram como sendo um grego. Ele disse ser um dos companheiros de Ulisses[26] que fora deixado para trás em sua partida apressada. Contou a história da aventura de Ulisses com Polifemo e implorou para que o levassem com eles, pois não tinha meios para se sustentar onde estava, a não ser raízes e frutos silvestres; além de viver em constante medo dos Ciclopes. Enquanto falava, surgiu Polifemo: "um monstro terrível, disforme, grande, cujo único olho fora arrancado".[27] Ele caminhou com passos cuidadosos, sentindo o caminho com um cajado, até a praia, para lavar o globo ocular nas ondas. Quando chegou à água, foi andando na direção deles e com sua altura imensa conseguiu avançar para dentro do oceano e então os troianos, aterrorizados, remaram para fugir de seu alcance. Quando ouviu os remos, Polifemo gritou para que a costa ressoasse e, ao ouvir o barulho, os outros Ciclopes surgiram de suas cavernas e florestas e ficaram alinhados na praia como uma fileira

---

26. Veja Expressões Proverbiais.
27. Veja Expressões Proverbiais.

de pinheiros altaneiros. Os troianos remaram com força e logo os perderam de vista.

Eneias fora avisado por Heleno para evitar o estreito guardado pelos monstros Cila e Caríbdis. Ali Ulisses, o leitor se lembrará, perdera seis de seus homens arrebatados por Cila enquanto os navegadores tentavam evitar Caríbdis. Eneias seguiu o conselho de Heleno e evitou a perigosa passagem, navegando pela costa da Sicília.

Quando Juno avistou os troianos que conseguiam avançar em direção à costa destinada, sentiu seu antigo ressentimento contra eles renascer, pois não conseguira esquecer o desprezo de Páris por ela ao conceder o prêmio de beleza a outra. "Em espíritos celestes tanto rancor existe?"[28] Assim, ela procurou Éolo, governante dos ventos, o mesmo que fornecera a Ulisses os ventos favoráveis, dando a ele os ventos contrários presos em uma sacola. Éolo obedeceu à deusa e enviou os filhos Bóreas, Tifão e outros ventos para lançar ao mar. Surgiu uma terrível tempestade e os navios troianos foram desviados de seu curso em direção à costa africana. Corriam iminente perigo de naufrágio e foram separados, e Eneias pensou que todos os navios estavam perdidos, exceto o dele.

Nessa crise, Netuno ouviu a tempestade furiosa e, sabendo que ele não havia dado ordens a ninguém, ergueu a cabeça sobre as ondas e viu a frota de Eneias seguindo à frente do vendaval. Ciente da hostilidade de Juno, logo percebeu que tudo aquilo era responsabilidade dela. Mas sua ira não fora a única interferência em sua alçada. Chamou os ventos e os mandou embora com uma repreensão severa. Em seguida, acalmou as ondas e afastou as nuvens da frente do sol. Alguns navios presos nas rochas ele libertou com seu próprio tridente, enquanto Tritão e uma ninfa do mar, colocando outros sobre os ombros, fizeram com que flutuassem novamente. Quando o mar acalmou, os troianos buscaram a costa mais próxima, Cartago, onde Eneias ficou muito feliz ao descobrir que cada um dos navios ali chegara em segurança, embora bem estragados.

Waller, em seu "Panegírico ao Senhor Protetor" (Cromwell), alude ao alívio da tempestade por Netuno:

---

28. Veja Expressões Proverbiais.

"Acima das ondas, conforme Netuno mostrava seu rosto,
Para repreender os ventos e salvar a raça troiana,
Assim Vossa Alteza, erguendo-se sobre os outros,
As tempestades da ambição que nos arremessavam reprimiu."

DIDO

Cartago, aonde os exilados chegaram, era um local na costa africana em frente à Sicília. Naquela época era uma colônia tíria controlada por Dido, sua rainha, e os cartagineses preparavam os alicerces para um estado destinado a mais tarde tornar-se um rival da própria Roma. Dido era filha de Belo, rei de Tiro, e irmã de Pigmalião, que sucedeu o pai no trono. Era casada com Siqueu, um homem muito rico, mas Pigmalião cobiçava sua riqueza e mandou matá-lo. Dido tinha muitos amigos e seguidores, homens e mulheres, e teve sucesso em sua fuga de Tiro, em diversas embarcações que os levaram com os tesouros de Siqueu. Quando chegaram ao local escolhido para ser sua futura casa, pediram aos nativos apenas terra suficiente onde coubesse o couro de um boi. O pedido foi concedido de bom grado, ela cortou a pele em tiras e com estas envolveu o local onde construiu a fortaleza que chamou de Birsa (couro). Em volta desse forte cresceu a cidade de Cartago, que logo se tornou um local próspero e poderoso.

Tal era o estado das coisas quando Eneias e os troianos ali desembarcaram. Dido recebeu os ilustres troianos de maneira cordial e hospitaleira. "Sem desconhecer o sofrimento", disse ela, "aprendi a socorrer os desafortunados".[29] A hospitalidade da rainha mostrou-se em festividades onde foram apresentados jogos de força e habilidade. Os estrangeiros competiram pela palma da vitória com os súditos locais e em termos iguais. A rainha declarou que fosse o vencedor troiano ou tírio, isso não faria nenhuma diferença para ela.[30] No banquete que se seguiu aos jogos, Eneias fez um recital a pedido da rainha descrevendo os acontecimentos finais da história troiana e suas próprias aventuras após a queda da cidade. Dido ficou encantada com o discurso e repleta de admiração por suas explorações.

---
29. Veja Expressões Proverbiais.
30. Veja Expressões Proverbiais.

Desenvolveu uma ardente paixão por ele, e Eneias, por sua parte, parecia bem contente em aceitar a sorte que lhe oferecia de uma só vez um final feliz para suas andanças, um lar, um reino e uma noiva. Os meses se passaram em convivência agradável e divertida; parecia que a Itália e o império destinado a nascer em suas costas foram ambos esquecidos. Quando se apercebeu disso, Júpiter enviou Mercúrio com uma mensagem a Eneias lembrando-o de seu destino elevado e ordenando que retomasse a viagem.

Eneias se despediu de Dido, embora ela tentasse todos os modos de sedução e persuasão para detê-lo. O golpe em seu afeto e orgulho fora muito forte para ela suportar e, quando descobriu que Eneias havia partido, preparou a pira funerária que mandou erguer, apunhalou-se e foi consumida pelo fogo. As chamas que se ergueram sobre a cidade foram vistas pelos troianos que partiam e, embora a razão fosse desconhecida, deram a Eneias o pressentimento de um acontecimento fatal.

Encontramos o seguinte epigrama em "Extratos Elegantes":

DO LATIM

"Infeliz, Dido, foi teu destino,
Em teu primeiro e no segundo casamento!
A morte de um marido a fez fugir,
A tua morte, o outro causou fugindo."

PALINURO

Após tocar a Ilha da Sicília, onde Acestes, um príncipe influente de linhagem troiana, ofereceu-lhes uma recepção hospitaleira, os troianos reembarcaram e continuaram sua viagem para a Itália. Entretanto, Vênus intercedeu junto a Netuno para permitir que seu filho, finalmente, conseguisse o objetivo desejado e se livrasse dos perigos da profundeza. Netuno consentiu, estipulando apenas uma vida como resgate das restantes. A vítima foi Palinuro, o timoneiro. Ele estava sentado observando as estrelas com a mão no leme quando Sono, enviado por Netuno, aproximou-se sob o disfarce de Forbas e disse: "Palinuro, a brisa é favorável, a água suave e o navio segue seu curso de forma estável. Deite-se um pouco e descanse o necessário. Cuidarei do leme para você". Palinuro respondeu: "Não me fale de mares brandos ou ventos favoráveis – a mim, que vi tanto de sua deslealdade. Devo confiar Eneias ao acaso dos tempos e dos ventos?". Ele continuou a segurar o leme com os olhos fixos nas estrelas. Mas Sono agitou sobre ele um ramo umedecido em orvalho do Lete e seus olhos fecharam, apesar de seus esforços. Então Sono o empurrou para fora do barco, mas Palinuro segurava o leme e este caiu com ele. Netuno estava consciente de sua promessa e manteve o navio em seu curso sem leme ou piloto até Eneias se aperceber de sua perda. E, com profunda tristeza pela perda do timoneiro, ele mesmo se ocupou do navio.

Há uma bela referência à história de Palinuro na introdução ao Canto I do "Marmion" de Scott. Aqui, o poeta fala da morte recente de William Pitt e diz:

"Oh, considerem como, até seu último dia,
Quando a morte pairou e exigiu sua presa,
Com o humor inalterado de Palinuro,
Manteve-se firme em seu posto perigoso,
Todos os pedidos para o merecido descanso foram repelidos,
Com mão moribunda, agarrou o leme,
Até que em sua queda, com fatal tremor,
O controle da navio ele cedeu."

Por fim, os navios atingiram a costa da Itália e, com alegria, os aventureiros saltaram para terra firme. Enquanto os homens se ocupavam em preparar o acampamento, Eneias procurou a residência de Sibila. Tratava-se de uma caverna ligada a um templo e bosque sagrados para Apolo e Diana. Enquanto Eneias contemplava a cena, Sibila aproximou-se. Ela parecia saber de sua missão e, sob a influência da divindade do lugar, explodiu em discurso profético, dando tenebrosas previsões sobre os trabalhos e perigos pelos quais ele deveria passar para atingir um final bem-sucedido. Ela terminou com palavras de encorajamento que se tornaram proverbiais: "Não se renda diante da adversidade, mas avance com coragem!".[31] Eneias respondeu dizendo que estava preparado para enfrentar o que viesse. Tinha apenas um pedido a fazer. Como fora orientado em um sonho a procurar a morada dos mortos com o objetivo de conversar com

---
31. Veja Expressões Proverbiais.

seu pai, Anquises, e receber dele a revelação de sua sorte futura e de seu povo, ele pediu ajuda a Sibila para conseguir realizar a tarefa. Ela respondeu: "A descida ao Averno é fácil. O portão de Plutão fica aberto dia e noite, mas retornar pelo mesmo caminho até a atmosfera superior, esse é o trabalho árduo. Essa é a dificuldade".[32] Ela o aconselhou a procurar na floresta por uma árvore em que crescia um ramo de ouro. Esse galho deveria ser arrancado e oferecido como presente a Prosérpina. Caso o destino fosse propício, o ramo cederia à mão de Eneias e abandonaria o tronco; caso contrário, nenhuma outra força poderia arrancá-lo. Se arrancado, outro cresceria no lugar.[33]

Eneias seguiu as orientações de Sibila. Sua mãe, Vênus, enviou duas pombas para mostrar o caminho e, com sua ajuda, ele encontrou a árvore, arrancou o ramo e o levou correndo a Sibila.

---

32. Veja Expressões Proverbiais.
33. Veja Expressões Proverbiais.

CAPÍTULO XXXII

AS REGIÕES INFERNAIS - A SIBILA

AS REGIÕES INFERNAIS

Como no início de nossa série mostramos o relato pagão da criação do mundo, agora, ao nos aproximarmos de sua conclusão, apresentamos um panorama das regiões dos mortos descrito por um de seus poetas mais cultos, que delineou sua doutrina a partir dos mais estimados filósofos. A região na qual Virgílio estabelece a entrada dessa morada talvez seja a mais visivelmente adaptada a suscitar ideias do assustador e sobrenatural em qualquer ponto sobre a face da Terra. É a região vulcânica que fica próxima ao Vesúvio, onde o solo está cheio de fendas, das quais sobem labaredas sulfurosas, enquanto o chão treme com o escape de vapores e sons misteriosos saem das entranhas da terra. O Lago Averno deveria encher a cratera de um extinto vulcão. Ele é circular, com 800 metros de largura e muito profundo, cercado por margens altas que no tempo de Virgílio eram cobertas por uma floresta sombria. Vapores mefíticos emanam de suas águas, por isso não se encontra vida em suas margens, e nenhum pássaro o sobrevoa. Aqui, de acordo com o poeta, ficava a caverna que dava acesso às regiões infernais, e aqui Eneias ofereceu sacrifícios às divindades do local, como Prosérpina, Hécate e as Fúrias. Então, ouvia-se um rugido vindo do solo, as florestas no topo das colinas eram agitadas e o uivo dos cães anunciava a aproximação das divindades. "Agora", disse a Sibila, "crie coragem, pois precisará dela". Ela desceu na caverna e Eneias a seguiu. Antes do limiar do inferno, eles passaram por um grupo de seres que são chamados de Mágoas e as vingativas Preocupações, as pálidas Doenças, a Idade melancólica, o Medo e a Fome que levavam ao crime, a

Labuta, a Pobreza e a Morte – formas horríveis de contemplar. As Fúrias estendiam ali seus divãs, e a Discórdia tinha os cabelos presos com víboras por um laço sangrento. Aqui também havia monstros, como Briareu, com seus cem braços, as Hidras sibilantes e as Quimeras exalando fogo. Eneias estremeceu com a visão, sacou a espada e teria atacado, mas a Sibila o conteve. Chegaram, então, ao rio negro Cócito, onde encontraram Caronte, o barqueiro velho e esquálido, porém forte e vigoroso, que recebia passageiros de todos os tipos em seu barco, como heróis magnânimos, meninos e meninas solteiras, tão numerosos quanto as folhas que caem no outono ou os bandos que voam em direção ao sul com a chegada do inverno. Todos pressionavam para atravessar, ansiosos por chegar à outra costa. Mas o austero barqueiro levava apenas aqueles que ele selecionava, empurrando os outros para trás. Eneias, refletindo diante da cena, perguntou à Sibila: "Por que essa discriminação?". Ela respondeu: "Os que são levados a bordo da barca são as almas daqueles que receberam rituais fúnebres apropriados. Os que permaneceram sem sepultamento não são autorizados a ultrapassar o rio, e vagam por cem anos, rodopiando em volta da margem até, por fim, serem transportados". Eneias lamentou ao se lembrar de alguns dos companheiros que pereceram na tempestade. Naquele momento, ele viu Palinuro, seu timoneiro, que caiu do navio e se afogou. Dirigiu-se a ele e perguntou a razão de seu infortúnio. Palinuro respondeu que o leme fora levado e ele, com a mão segurando o timão, foi junto. Ele implorou insistentemente a Eneias que lhe estendesse a mão e o levasse para a outra margem. Mas a Sibila o repreendeu, pois o desejo transgredia as leis de Plutão. Entretanto, consolou-o informando que os habitantes da costa para onde seu corpo fora levado pelas ondas seriam induzidos pelos prodígios a lhe conceder sepultamento apropriado. E o promontório receberia o nome de Cabo Palinuro, que o mantém até hoje. Deixaram Palinuro confortado por tais palavras e se aproximaram do barco. Caronte, com os olhos fixos no guerreiro que avançava em sua direção, perguntou com que direito ele, vivo e armado, se aproximava daquela costa. Sibila respondeu que não cometeriam nenhum ato de violência, que o único objetivo de Eneias era encontrar o pai e, por fim, mostrou o ramo de ouro. Quando o viu, a ira de Caronte abrandou e ele se apressou a virar a barca para a costa e deixá-los embarcar. O barco, adaptado apenas à leve carga de espíritos sem corpo, rangeu com o peso do herói. Logo chegaram à margem oposta. Ali foram recebidos por Cérbero, o cão de três cabeças e com serpentes nos pescoços. Latiu com as três gargantas até Sibila atirar a ele um bolo com narcótico que o cão devorou de forma voraz, esticou-se em sua toca e adormeceu. Eneias e a Sibila saltaram para a terra. O primeiro som que lhes chegou aos ouvidos foi o lamento de crianças pequenas que morreram no limiar da vida e perto delas estavam aqueles que pereceram sob falsas acusações. Minos presidia como juiz e examinava os feitos de cada um. A próxima classe era daqueles que morreram pelas próprias mãos, odiavam a vida e buscaram refúgio na morte. Oh, como eles suportariam de bom grado a pobreza, o trabalho e qualquer outra aflição agora, se pudessem retornar à vida! Em seguida, vinham as regiões da tristeza, divididas em trilhas isoladas que passavam por bosques de murta. Aqui vagavam aqueles que foram vítimas de amores não correspondidos e não se libertaram da dor mesmo com a própria morte. Entre eles, Eneias pensou discernir a forma de Dido, com uma ferida ainda recente. Como a lua era fraca, por um instante ele ficou em dúvida, mas quando se aproximou percebeu que, de fato, era ela. Lágrimas escorreram-lhe pelo rosto e ele se dirigiu a ela com tom amoroso. "Infeliz, Dido. Então era verdade os rumores de que você morrera? E fui eu, ai de mim, a causa? Invoco os deuses como testemunha de que minha partida foi relutante e obedecendo aos comandos de Jove. Também não pensei que minha ausência fosse custar tanto. Pare, eu imploro, e não me recuse um último adeus." Ela parou por um momento com o semblante voltado para o outro lado e os olhos fixos no chão. E então passou de maneira silenciosa, insensível como uma rocha às suplicas de Eneias. Ele a seguiu por certa distância e, com o coração pesado, juntou-se à sua companheira e retomou a viagem.

Então eles entraram nos campos onde perambulavam os heróis caídos durante a batalha. Aqui viram muitas sombras de guerreiros gregos e troianos. Os troianos juntaram-se em volta dele e não se satisfaziam com a visão. Perguntaram a razão de sua vinda e o bombardearam com inúmeras perguntas. Mas os gregos, quando viram sua armadura reluzindo na atmosfera obscura, reconheceram o herói e, repletos de terror, viraram as costas e fugiram como fizeram nas planícies de Troia.

Eneias teria ficado mais tempo na presença dos amigos troianos, mas a Sibila o apressou. Em seguida, chegaram a um local em que a estrada se dividia em duas, uma conduziria ao Elísio e a outra às regiões dos condenados. Eneias viu de um dos lados as muralhas de uma cidade poderosa, em volta da qual corre o flamejante Rio Flegetonte. Diante dele ficava um portão inflexível que nem deuses nem homens conseguiam ultrapassar. Uma torre de ferro erguia-se ao lado do portão, onde Tisífone, a Fúria vingadora, mantinha guarda. Da cidade, ouviam-se grunhidos, o som do açoite, ferro crepitante e correntes tilintando. Horrorizado, Eneias perguntou à guia que crimes eram aqueles cuja punição produzia tais sons? A Sibila respondeu: "Aqui é a sala de julgamento de Radamanto, que traz à luz crimes cometidos durante a vida que o perpetrador julgava, em vão, ter ocultado. Tisífone aplica o chicote feito de escorpiões e entrega o criminoso às irmãs Fúrias". Nesse momento, com um tinido horrível, os portões de bronze se abriram e Eneias viu a Hidra com 50 cabeças guardando a entrada. A Sibila contou-lhe que o abismo do Tártaro era profundo e seus recessos eram tão distantes dos pés quanto o céu que ficava acima de suas cabeças. No fundo desse poço, a raça de Titãs, que lutou com os deuses, jazia prostrada e também Salmoneu, que se atreveu a competir com Júpiter e construiu uma ponte de bronze sobre a qual conduziu seu carro que ressoava como um trovão, lançando tições ardentes em seu povo como se fossem raios, até Júpiter atingi-lo com um raio de verdade e ensiná-lo qual era a diferença entre armas mortais e divinas. Aqui também ficava o gigante Títio, cuja forma é tão imensa que, quando se deita, ele se estende por mais de três hectares. E um abutre devora seu fígado que cresce na mesma velocidade em que é comido, fazendo com que o castigo nunca tenha fim.

Eneias viu grupos sentados diante de mesas repletas de iguarias e, por perto, uma Fúria que arrancava o alimento de seus lábios tão rápido quanto eles se preparavam para prová-las. Outros sustentavam sobre as cabeças rochas gigantes que ameaçavam cair, mantendo-os em estado de constante alarme. Tratava-se daqueles que odiaram os irmãos, golpearam os pais ou trapacearam amigos que confiavam neles ou ainda aqueles que, ficando ricos, mantiveram o dinheiro apenas para si e não partilharam com outros. Estes constituíam a classe mais numerosa. Aqui também estavam aqueles que violaram os votos do matrimônio, lutaram por uma causa injusta ou não foram leais aos patrões. Aqui havia um que trocara seu país por ouro, outro que distorceu as leis, fazendo com que dissessem uma coisa hoje e outra amanhã.

Íxion estava lá, atado à circunferência de uma roda que girava sem parar. Sísifo também, cuja tarefa era rolar uma pedra gigante até o topo de uma colina, e, quando já estava bem alta, a pedra, repelida por uma força súbita rolava de volta para a planície. Ele se esforçou outra vez, com o suor banhando todo o seu corpo, mas sem efeito. Ali estava Tântalo, que ficava dentro de um lago com o queixo no mesmo nível da superfície da água. No entanto, estava sedento e não encontrava maneira de aliviar a sede; toda vez que baixava a cabeça grisalha, ávido por engolir, a água fugia, deixando o solo por baixo de seus pés totalmente seco. Árvores altas e carregadas de frutos inclinavam-se sobre ele com peras, romãs, maçãs e figos suculentos. Mas, quando com um movimento súbito tentava agarrá-los, os ventos tiravam-nos de seu alcance.

Então, a Sibila alertou Eneias de que chegara o momento de sair dessas regiões melancólicas e procurar a cidade dos abençoados. Eles passaram por um trecho de escuridão e chegaram aos Campos Elísios, os bosques onde residiam os felizes. Respiraram um ar mais puro e viram todos os objetos envoltos em uma luz púrpura. A região possui um sol e estrela próprios. Os habitantes se divertiam de diversas maneiras, alguns com esportes na relva, em jogos de força ou habilidade, outros dançando ou cantando. Orfeu tocava as cordas de sua lira produzindo sons arrebatadores. Aqui Eneias viu os fundadores do estado troiano, heróis magnânimos que viveram em tempos mais felizes. Contemplou com admiração as carruagens de guerra e armas reluzentes que agora repousavam sem uso. Lanças estavam fixas no solo, cavalos desarreados vagavam pela planície. O mesmo orgulho por armaduras esplêndidas e grandes corcéis que os velhos heróis tinham em vida acompanhavam-os aqui. Ele viu outro grupo festejando e ouvindo música. Estavam em um bosque de loureiros onde o grande Rio Pó tinha sua nascente e corria entre os homens. Aqui viviam aqueles que morreram por feridas recebidas durante a luta por seu país; também sacerdotes sagrados e poetas que pronunciaram pensamentos dignos de Apolo e outros que contribuíram alegrando e enfeitando a vida com suas descobertas nas artes úteis, fazendo com que sua memória fosse abençoada pelo serviço à humanidade. Usavam faixas brancas como a neve em volta da testa. A Sibila se dirigiu a um desses grupos e perguntou onde poderia encontrar Anquises. Foram direcionados para o local e logo o encontraram em um vale verdejante, onde ele contemplava a situação de seus descendentes, seus destinos e atos dignos a ser atingidos no futuro. Quando reconheceu Eneias se aproximando, ele estendeu os dois braços e lágrimas corriam de forma livre. "Por fim você veio", disse ele, "muito aguardado, e agora o contemplo após tantos perigos? Oh meu filho, como tremi por você conforme observava seus movimentos!". Eneias respondeu: "Oh pai! Sua imagem esteve sempre diante de mim para me guiar e proteger". Então ele tentou envolver o pai em um abraço, mas seus braços envolveram apenas uma imagem impalpável.

Eneias discerniu diante de si um vale espaçoso com árvores que balançavam suavemente com o vento. Uma paisagem tranquila pela qual corria o Rio Lete. Pela margem do rio, uma multidão incontável perambulava, tão numerosa como insetos durante o verão. Surpreso, Eneias perguntou quem eram. Anquises respondeu: "São almas que receberão um corpo no tempo adequado. Enquanto isso, vivem às margens do Lete e bebem para esquecer de suas vidas anteriores". "Ó pai!", disse Eneias, "será possível amar tanto assim a vida para desejar abandonar este lugar tranquilo e partir para o mundo superior?".Anquises respondeu explicando o plano da criação. O Criador, disse ele, no início forjou o material que compõe as almas a partir dos quatro elementos: fogo, ar, terra e água. Quando misturados, eles tomam a forma da melhor parte, o fogo, e se tornam *chama*. Esse material foi espalhado como semente entre os corpos celestiais, o sol, a lua e as estrelas. A partir dessa semente, os deuses inferiores criaram o homem e todos os outros animais, misturando várias proporções de terra, pelas quais sua pureza foi fundida e reduzida. Assim, quanto mais o elemento terra predominar na composição, menos puro é o indivíduo. E vemos homens e mulheres com corpos desenvolvidos sem a pureza da infância. Sendo assim, o tempo de duração da união entre corpo e alma é proporcional à impureza contraída pela parte espiritual. Essa impureza deve ser expurgada após a morte, o que é feito por meio da ventilação das almas na corrente dos ventos, emergindo-as em água ou queimando. Poucos, e Anquises afirma ser um deles, são admitidos de imediato no Elísio e ali permanecem. Mas o restante, quando as impurezas da terra são expurgadas, são enviados de volta à vida dotados de novos corpos e têm as lembranças das vidas anteriores lavadas, de forma eficaz, pelas águas do Lete. No entanto, há alguns tão completamente corrompidos que não devem ser confiados a corpos humanos e são transformados em animais brutos, como leões, tigres, gatos, cães, macacos, etc. Trata-se de um processo que os antigos chamavam de metempsicose ou transmigração das almas; uma doutrina ainda utilizada pelos nativos da Índia que têm o escrúpulo de destruir a vida do animal mais insignificante sem saber que poderia ser algum de seus parentes em uma forma alterada.

Depois de explicar tudo isso, Anquises continuou e mostrou a Eneias alguns indivíduos dessa raça que deveriam renascer e relatar a ele as façanhas que eles deveriam realizar no mundo. Em seguida voltou ao presente e contou ao filho os acontecimentos que deveriam ser concretizados por ele antes de seu completo estabelecimento e de seus seguidores na Itália. Guerras deveriam ser travadas, batalhas enfrentadas, uma noiva a ser conquistada e como resultado um estado troiano seria fundado, do qual se ergueria o poder romano que, a seu tempo, seria soberano no mundo.

Eneias e a Sibila, então, deixaram Anquises e retornaram por algum atalho, que o poeta não explica, ao mundo superior.

ELÍSIO

Vimos que Virgílio posiciona o seu Elísio por baixo da terra e o designa como residência dos espíritos abençoados. Mas em Homero, o Elísio não faz parte do domínio dos mortos. Ele o coloca na parte ocidental da Terra, perto de Oceano, e o descreve como um local de felicidade onde não há neve, frio, chuva e há sempre uma brisa agradável enviada por Zéfiro. Por ali passam heróis favorecidos sem morrer e vivem felizes sob o comando de Radamanto. O Elísio de Hesíodo e Píndaro fica na Ilha dos Abençoados ou Ilhas Afortunadas, no Oceano Ocidental. Daí surgiu a lenda de Atlântida, a ilha feliz. Essa região feliz pode ter sido pura imaginação, mas é possível que tenha surgido dos relatos de alguns marinheiros levados pelas tempestades que avistaram a costa da América.

J. L. Lowell, em um de seus curtos poemas, reivindica ao tempo presente alguns dos privilégios daquela região feliz. Dirigindo-se ao Passado, ele diz:

"O que houve de vida verdadeira em vós,
Corre nas veias de nossa era.
Aqui, em meio às ondas gélidas de nossas lutas e cuidados,
Flutuam as verdes 'Ilhas Afortunadas',
Onde vossos espíritos heroicos vivem e partilham
Nossos martírios e labutas.
O presente move-se acompanhado
Por todos os nossos valentes, excelentes e justos
Que tornaram esplêndidos os tempos antigos."

Milton também alude à mesma fábula em "Paraíso Perdido", Livro III:

"Como aqueles famosos jardins de Hespéria de tempos antigos.
Bosques e campos afortunados e vales floridos,
ilhas três vezes felizes."

E, no Livro II, ele caracteriza os rios de Érebo de acordo com o significado de seus nomes em grego:

"Abominado Estige, rio de ódio mortal,
Triste Aqueronte de pesar sombrio e profundo;
Cócito cujo nome vem de lamentações ruidosas
Sussurradas ao pesaroso rio; feroz Flegetonte
Cujas ondas de fogo se inflamam com ira
E longe destes um rio suave e silencioso,
Lete, o rio do esquecimento, lança
Por seus labirintos de água, que quem bebe
De imediato esquecerá sua forma e ser anteriores,
Esquecerá as alegrias e as tristezas, prazer e dor."

A SIBILA

Enquanto Eneias e a Sibila seguiam o caminho de volta à Terra, ele disse: "Seja você uma deusa ou mortal amada pelos deuses, por mim será sempre vista com reverência. Quando chegar à atmosfera superior, erguerei um templo em sua honra onde eu mesmo levarei oferendas". "Não sou deusa", disse a Sibila. "Não tenho direito a sacrifício ou oferenda. Sou mortal. No entanto, poderia ter aceitado o amor de Apolo e me tornar imortal. Ele me prometeu a realização de meu desejo, caso eu consentisse em ser dele. Peguei um punhado de areia e estendendo-o, disse: 'Conceda-me tantos aniversários quantos grãos de areia tenho na mão'. Infelizmente, esqueci-me de pedir juventude eterna. Ele também a teria concedido, caso eu aceitasse seu amor, mas, ofendido com minha recusa, permitiu que eu envelhecesse. Minha juventude e vigor deixaram-me há muito tempo. Vivi 700 anos e para atingir o número de grãos de areia que tinha na mão ainda terei de ver 300 primaveras e 300 colheitas. Meu corpo encolhe conforme os anos passam e, com o tempo, perderei a visão, mas minha voz permanecerá e gerações futuras respeitarão minhas palavras."

Essas palavras de conclusão da Sibila aludem ao seu poder profético. Em sua caverna, ela costumava inscrever em folhas recolhidas das árvores os nomes e destinos dos indivíduos. As folhas eram colocadas em ordem no interior da caverna e poderiam ser consultadas por seus devotos. Mas se, por acaso, ao abrir a porta o vento entrasse e dispersasse as folhas, a Sibila não ajudava a juntá-las e o oráculo era perdido de maneira irreparável.

A seguinte lenda da Sibila é atribuída a uma época posterior. Durante o reinado de um dos Tarquínios, uma mulher apareceu diante do rei e ofereceu nove livros para venda. O rei se recusou a comprá-los; a mulher partiu, queimou três livros e retornou oferecendo os livros restantes pelo mesmo preço que pedira pelos nove. Mais uma vez, o rei os rejeitou, mas, quando a mulher, após queimar mais três livros, retornou e pediu pelos três livros restantes o mesmo valor que pedira antes pelos nove, a curiosidade do rei foi aguçada e ele os comprou. Os livros continham os destinos do estado romano. Eram mantidos no templo de Júpiter Capitolino, guardados em uma arca de pedra e inspecionados apenas por oficiais especiais designados a essa tarefa. Em grandes ocasiões, eles consultavam os livros e interpretavam seus oráculos ao povo.

Havia várias Sibilas, mas a Sibila de Cumas, citada por Ovídio e Virgílio, é a mais célebre de todas. A história de Virgílio, que conta que sua vida se prolonga por mil anos, pode ter a intenção de representar as várias Sibilas como apenas reaparições da mesma pessoa.

Young, em "Pensamentos Noturnos", cita a Sibila. Ao falar da Sabedoria Universal, ele diz:

> "Se o destino futuro ela planeja, está tudo nas folhas,
> Como a Sibila, incorpórea, alegria passageira,
> Com a primeira rajada de vento, tudo voa pelo ar.
>
> Assim como os planos do mundo se assemelham às folhas da Sibila,
> Os dias do homem bom se comparam aos seus livros,
> O preço sobe, enquanto o número de livros cai."

CAPÍTULO XXXIII

CAMILA - EVANDRO - NISO E EURÍALO

Eneias despediu-se de Sibila e se juntou à sua frota, costeando o litoral da Itália, e ancorou na foz do Rio Tibre. O poeta, ao levar o herói a esse local, o destino final de suas viagens, invoca sua Musa para lhe falar da situação naquele momento importante. Latino, da terceira geração dos descendentes de Saturno, governava o país. Agora estava velho e não tinha descendentes do sexo masculino, mas tinha uma filha charmosa, Lavínia, que era cortejada por muitos chefes vizinhos. Turno, um dos pretendentes, era rei dos rútulos e tinha o consentimento dos pais de Lavínia. Mas Latino fora avisado por Fauno, seu pai, em um sonho que o marido destinado a Lavínia deveria vir de um país estrangeiro. Dessa união, deveria nascer uma raça destinada a subjugar o mundo.

Nossos leitores se lembrarão de que, no conflito com as Harpias, um daqueles pássaros semi-humanos ameaçou os troianos com angústias e sofrimentos. A harpia previra, em particular, que, antes de suas viagens terminarem, eles seriam acometidos pela fome a ponto de devorar as mesas. Esse presságio agora se tornara verdade, pois, enquanto comiam suas escassas refeições, sentados na grama, os homens colocaram os pães duros no colo e, sobre eles, colocaram tudo que conseguiam buscar na floresta. Após devorar os alimentos das florestas, comeram os pães. Quando viu isso, o jovem Iulo disse, de forma divertida: "Vejam, estamos comendo nossas mesas". Eneias ouviu as palavras e aceitou o presságio. "Salve, terra prometida!", ele exclamou, "esta é nossa casa, este é nosso país". Então, ele tomou medidas para descobrir quem eram os atuais habitantes da ilha e quem era o governante. Cem homens selecionados foram enviados à vila de Latino, levando presentes e um pedido de amizade e aliança. Foram recebidos com gentileza. De imediato, Latino concluiu que o herói troiano não era outro senão o genro prometido anunciado pelo oráculo. Com alegria, concedeu aliança e despachou os mensageiros em corcéis de seu próprio estábulo, carregados de presentes e mensagens amigáveis.

Juno, ao ver que as coisas corriam de maneira próspera para os troianos, sentiu sua antiga animosidade reviver. Ela convocou Alecto, do Érebo, e mandou-a para semear a discórdia. Primeiro, a Fúria se apossou da rainha Amata, e ela se opôs, de todas as formas, à nova aliança. Em seguida, Alecto correu à cidade de Turno e assumiu a forma de uma velha sacerdotisa, informando-o da chegada dos estrangeiros e das tentativas do príncipe que havia entre eles para roubar sua noiva. Por fim, dirigiu sua atenção para o acampamento dos troianos. Ali viu o jovem Iulo e seus companheiros entretendo-se com a caça. Ela aguçou o olfato dos cães e fez com que atacassem no matagal um cervo inofensivo, o favorito de Silvia, filha de Tirreu, pastor do rei. Um dardo lançado por Iulo feriu o animal, que teve forças apenas para correr para casa e morrer aos pés de sua dona. Seus gritos e lágrimas incitaram os irmãos e os pastores, que apanharam as armas disponíveis e atacaram, de forma furiosa, o grupo de caçadores. Estes foram protegidos pelos amigos e os pastores foram, por fim, rechaçados com a perda de dois dos seus.

Isso foi suficiente para despertar a tempestade da guerra e a rainha, Turno e os camponeses solicitaram que o velho rei expulsasse os estrangeiros de seu país. Ele resistiu o máximo que pode, mas, vendo que a oposição era inútil, por fim cedeu e se retirou para o seu isolamento.

ABERTURA DOS PORTÕES DE JANO

Era costume do país, quando entravam em guerra, que o chefe dos magistrados, trajando as vestimentas do ofício, abrisse com pompa solene as portas do templo de Jano, que ficavam fechadas durante os tempos de paz. Agora, seu povo encorajava o velho rei a realizar o ofício solene, mas ele se recusava. Enquanto discutiam, a própria Juno desceu dos céus, golpeou os portões com força irresistível e os abriu. De imediato, todo o país estava em chamas. O povo corria por todos os lados respirando apenas guerra.

Turno foi reconhecido por todos como sendo o líder; outros se juntaram como aliados e tinham como chefe Mezêncio, um soldado valente e capaz, porém de uma crueldade abominável. Ele fora chefe de uma das cidades vizinhas, mas seu povo o expulsou. Estava com ele seu filho Lauso, um jovem generoso e merecedor de melhor pai.

CAMILA

Camila, a favorita de Diana, caçadora e guerreira, tal como as amazonas, chegou com seu bando de seguidores cavaleiros, entre eles um grupo seleto de seu próprio sexo, e colocou-se do lado de Turno. Essa donzela nunca acostumou os dedos ao fuso ou ao tear ou outras ocupações femininas, mas aprendeu a suportar os esforços da guerra e em velocidade vencia até o vento. Parecia que podia correr sobre o milharal sem esmagar nenhum milho, ou sobre a superfície da água sem molhar os pés. A história de Camila foi singular desde o princípio. Seu pai, Métabo, expulso de sua cidade em razão de a desacordos civis, levou consigo na fuga a filha pequena. Enquanto fugia pelas florestas, com os inimigos perseguindo-o de perto, ele chegou às margens do Rio Amazeno que, cheio pelas chuvas, parecia impedir a passagem. Ele parou por um instante e decidiu o que fazer. Prendeu a criança à sua lança com pedaços de casca de árvore e, segurando a arma com a mão erguida, apresentou-se a Diana: "Deusa das florestas! Consagro-vos esta donzela". Então arremessou a arma com o fardo para a margem oposta. Os perseguidores já estavam em cima dele, mas Métabo mergulhou no rio, nadou e encontrou a lança com a criança salva do outro lado. A partir desse dia, ele viveu entre os pastores e educou sua filha nas artes da floresta. Ainda criança, ela fora ensinada a usar o arco e arremessar o dardo. Com sua atiradeira, ela conseguia derrubar uma garça ou um cisne selvagem. Suas vestes eram a pele de um tigre. Muitas mães a cobiçavam como nora, mas ela continuou fiel a Diana e repudiava a ideia de casamento.

EVANDRO

Tais eram os formidáveis aliados que se uniram contra Eneias. Era noite e ele dormia estendido nas margens do rio, a céu aberto. O deus daquele rio, Pai Tiber, ergueu a cabeça acima dos salgueiros e disse: "Oh filho da deusa, destinado a possuir os domínios de Latino, esta é a terra prometida, aqui será sua casa, aqui deverá terminar a hostilidade dos poderes celestiais caso você persevere de maneira fiel. Há amigos que não estão distantes. Prepare os barcos e reme em minhas águas; eu os levarei até Evandro, o chefe árcade. Há muito tempo ele luta contra Turno e os rútulos, e está preparado para ser seu aliado. Levante! Ofereça seus votos a Juno e aplaque sua ira. Quando conquistar sua vitória, lembre-se então de mim". Eneias levantou e obedeceu de imediato a visão amigável. Fez sacrifícios a Juno, invocou o deus do rio e todas as suas fontes afluentes para que prestassem ajuda. Então, pela primeira vez uma embarcação repleta de guerreiros armados flutuou sobre as águas do Tibre. O rio acalmou suas ondas e mandou suas correntes a fluírem de maneira suave. Enquanto isso, as vigorosas braçadas dos remadores impeliam as embarcações rapidamente correnteza acima.

Por volta do meio-dia, eles avistaram os edifícios espalhados da cidade ainda em fundação onde em tempos posteriores a orgulhosa cidade de Roma cresceria, e sua glória alcançaria os céus. Por acaso, naquele dia, o velho rei Evandro celebrava as solenidades anuais em honra a Hércules e todos os deuses. Palas, seu filho, e todos os chefes da pequena comunidade estavam lá. Quando avistaram o navio alto deslizando em sua direção perto da floresta, ficaram assustados com a imagem e levantaram-se das mesas. Entretanto, Palas proibiu que as solenidades fossem interrompidas, pegou uma arma e foi em direção à margem do rio. Perguntou em voz alta quem eram eles e qual seu objetivo. Eneias, segurando um ramo de oliveira, respondeu: "Somos troianos, seus amigos e inimigos dos rútulos. Procuramos Evandro para oferecer nossa aliança e juntar nossas armas". Palas ficou impressionado ao ouvir nome tão grandioso e convidou-os a desembarcar. Quando Eneias tocou a praia, apanhou a mão de Palas e segurou-a por longo tempo, em um aperto amigável. Avançaram pela floresta e se juntaram ao rei e seu séquito, sendo recebidos com muita hospitalidade. Foram providenciados assentos para todos à mesa e o banquete prosseguiu.

ROMA INFANTE

Quando as solenidades terminaram, todos se dirigiram à cidade. O rei, curvado pela idade, caminhava entre o filho e Eneias, pegando ora o braço de um, ora o braço de outro. Conversaram sobre diversos temas, o que pareceu encurtar o caminho. Eneias olhava e ouvia com prazer, observando todas as belezas da cena e aprendendo muito sobre os heróis renomados em tempos antigos. Evandro disse: "Estes bosques extensos já foram habitados por faunos e ninfas, e uma raça de homens brutos que surgiu das árvores, sem leis ou cultura social. Não sabiam como atrelar o gado, plantar ou guardar a presente abundância para futuras necessidades; como animais, eles se alimentavam dos ramos frondosos e devoravam de forma voraz sua caça. Assim eram quando Saturno foi expulso do Olimpo por seus filhos e juntou-se a eles, unindo os selvagens ferozes, formando uma sociedade e criando leis. O resultado foi tal paz e prosperidade que, desde então, os homens chamaram seu reinado de Idade do Ouro, mas gradativamente várias outras eras se sucederam, e a sede por ouro e sangue prevaleceu. A terra foi presa de sucessivos tiranos, até que a sorte e o destino indefeso me trouxeram até aqui, exilado da Arcádia, minha terra natal".

Quando terminou de falar, mostrou a rocha Tarpeia e o local rudimentar, então repleto de arbustos onde, em tempos posteriores, erguia-se o Capitólio em toda a sua magnificência. Em seguida, apontou para umas muralhas desmanteladas e disse: "Aqui ficava Janículo, construída por Jano, e ali Satúrnia, a cidade de Saturno". Tal discurso levou-os à choupana do pobre Evandro, de onde avistaram um rebanho triste pastando na planície onde hoje fica o orgulhoso e imponente Fórum. Entraram e logo um divã foi disponibilizado para Eneias, recheado de folhas e coberto com a pele de um urso líbio.

Na manhã seguinte, despertado pela aurora e pelo som estridente dos pássaros por baixo do beiral de sua rude mansão, o velho Evandro levantou-se. Vestindo uma túnica e a pele de uma pantera sobre os ombros, calçando sandálias e com sua boa espada presa do lado do corpo, foi procurar o hóspede. Dois cães mastins o seguiam e constituíam todo o seu séquito e guarda-costas. Encontrou o herói acompanhado pelo fiel Acates. Logo Palas se juntou a eles e o velho rei disse: "Ilustre troiano, é pouco o que podemos fazer em tão grande causa. Nosso estado é frágil, cercado de um lado pelo rio e do outro lado pelos rútulos. Mas sugiro uma aliança com um povo numeroso e rico, e o destino lhe trouxe em um momento propício. Os etruscos vivem em um país além do rio. Mezêncio era seu rei, um monstro cruel que inventou tormentos nunca dantes imaginados para saciar sua vingança. Ele atava os mortos aos vivos, de mãos dadas e um rosto colado ao outro. Deixava as vítimas morrerem naquele abraço pavoroso. Por fim, o povo expulsou a ele e sua família. Queimaram o palácio e mataram seus amigos. Ele escapou e se refugiou com Turno, que o protege com armas. Os etruscos exigem que ele seja entregue para receber o castigo merecido, e teriam feito cumprir sua exigência. Mas os sacerdotes nos refrearam dizendo que é desejo divino que nenhum nativo os levasse à vitória e que seu líder destinado deveria surgir do além-mar. Ofereceram-me a coroa, mas sou muito velho para executar tão grandes tarefas, e meu filho nasceu aqui, o que o exclui como opção. Você, por seu nascimento e tempo de vida, fama na guerra e indicação dos deuses, surgiu para ser saudado como líder de imediato. A você, unirei meu filho Palas, minha única esperança e conforto. Sob seu comando ele aprenderá a arte da guerra e se esforçará para imitar suas grandes proezas".

Então o rei mandou que cavalos fossem preparados para os chefes troianos. Eneias, com um grupo selecionado de seguidores e Palas, montou e partiu em direção à cidade etrusca[34] após enviar de volta o restante dos homens em navios. Eneias e o bando chegaram em segurança ao acampamento etrusco e foram recebidos de braços abertos por Tarcão e seus compatriotas.

NISO E EURÍALO

Enquanto isso, Turno tinha juntado seu bando e feito todos os preparativos necessários para a guerra. Juno enviou Íris com uma mensagem incitando-o a tirar vantagem da ausência de Eneias e surpreender o acampamento troiano. A tentativa foi feita conforme a mensagem, mas os troianos foram encontrados em guarda e, como tinham recebido ordens estritas de Eneias para não lutar em sua ausência, os homens ficaram paralisados nas trincheiras e resistiram a todos os esforços dos rútulos para levá-los ao campo de batalha. Com a noite se aproximando, o exército de Turno, com boa disposição graças à sua aparente superioridade, festejava e se divertia. Por fim, eles se deitaram e dormiram seguros.

---

34. Aqui, o poeta insere uma frase famosa que tenta imitar o som do galope de cavalos. Veja Expressões Proverbiais.

No acampamento dos troianos, as coisas eram muito diferentes. Ali, todos estavam vigilantes, ansiosos e impacientes pelo retorno de Eneias. Niso guardava a entrada do campo e Euríalo, um jovem famoso acima de tudo no exército por seu encanto pessoal e excelentes qualidades, acompanhava-o. Eram amigos e companheiros de armas. Niso disse ao amigo: "Você nota a confiança e falta de cuidado que o inimigo demonstra? As luzes são poucas e fracas e os homens parecem todos subjugados ao vinho e ao sono. Sabe como nossos chefes estão ansiosos para ter notícias de Eneias e receber informações dele. Estou bastante inclinado a entrar no campo do inimigo e procurar nosso chefe. Se tiver sucesso, a glória do ato será recompensa suficiente para mim, e, se julgarem que o serviço merece algo mais, que paguem a você".

Euríalo, empolgado pelo desejo de aventura, respondeu: "Então, Niso, você recusaria partilhar comigo sua aventura? E deveria eu permitir que você corresse tal perigo sozinho? Não foi assim que meu valente pai meu criou, e também não foi isso que planejei para mim quando me juntei ao estandarte de Eneias e resolvi achar que minha vida valia pouco quando comparada à honra". Niso respondeu: "Não duvido, meu amigo. Mas sabe como é incerta tal missão. E, se qualquer coisa acontecer comigo, desejo que você esteja seguro. Você é mais jovem que eu e tem mais vida à sua espera. Não posso ser a causa de tal dor para sua mãe, que escolheu estar aqui no acampamento com você em vez de ficar e viver em paz com as outras matronas na cidade de Acestes". Euríalo respondeu: "Não diga mais nada. Em vão procura argumentos para me dissuadir. Estou decidido a ir com você. Não percamos mais tempo". Chamaram um guarda, confiaram a vigilância a ele e procuraram a tenda do general. Eles encontraram os oficiais principais em conferência, deliberando qual seria a melhor forma de avisar Eneias de sua situação. A oferta dos dois amigos foi aceita de bom grado, foram muito elogiados e prometeram recompensas generosas em caso de sucesso. Iulo dirigiu-se em especial a Euríalo, assegurando-o de sua amizade eterna. Este respondeu: "Peço apenas uma dádiva. Minha mãe idosa está comigo no acampamento. Por mim, ela abandonou o solo troiano e se recusou a ficar com as outras matronas na cidade de Acestes. Parto sem me despedir dela. Não poderia resistir às suas lágrimas ou ignorar suas súplicas. Mas imploro que a conforte em sua aflição. Prometa-me isso e partirei com ainda mais coragem diante de todos os perigos que surgirem". Iulo e os outros chefes choraram comovidos e prometeram cumprir tudo o que ele pedira. "Sua mãe será minha mãe", disse Iulo, "e tudo que prometi a você será dela, caso não volte para receber sua recompensa".

Os dois amigos deixaram o acampamento e, de imediato, penetraram no do inimigo. Não encontraram nenhuma vigilância, nenhum sentinela a postos, mas, por toda a volta, havia soldados dormindo pela relva e entre os carros. Naqueles tempos antigos, as leis da guerra não proibiam um homem valente de matar um inimigo adormecido. E, conforme passavam, os dois troianos matavam o mais que podiam sem causar alarde. Em uma das tendas, Euríalo levou como recompensa um elmo reluzente de ouro e plumas. Passaram por fileiras de inimigos sem ser descobertos, até que, de repente, surgiu uma tropa bem diante deles, que, com seu líder, Volscente, voltava para o acampamento. O elmo brilhante de Euríalo chamou a atenção dos homens e Volscente e perguntou aos dois quem eram e de onde vinham. Eles não responderam e correram para a floresta. Os cavaleiros se espalharam por todas as direções e os interceptaram. Niso conseguiu esquivar-se e estava fora de perigo, mas com Euríalo desaparecido, decidiu voltar para procurá-lo. Penetrou outra vez na floresta e logo ouviu o som de vozes. Espiando pelo matagal, Niso viu o grupo todo à volta de Euríalo com perguntas ruidosas. O que deveria fazer? Como libertar o jovem, ou seria melhor morrer com ele?

Erguendo os olhos na direção da lua, que agora brilhava com nitidez, Niso disse: "Deusa! Favorecei meu esforço!". E, apontando seu dardo a um dos líderes do grupo, acertou-o nas costas, atirando-o ao chão com um golpe mortal. Em meio ao espanto dos homens, outra arma voou e outro do grupo caiu morto. Volscente, o líder, sem saber de onde vinham os dardos, avançou contra Eurialo com a espada em punho. "Você pagará por ambos", disse ele, e teria mergulhado a espada em seu peito se Niso, vendo de seu esconderijo o perigo que o amigo corria, nao avançasse exclamando: "Fui eu, fui eu; virem suas espadas em minha direção, rútulos, fui eu. Ele apenas me acompanhou". Enquanto ele falava, a espada caiu e perfurou o gracioso peito de Euríalo. A cabeça tombou sobre os ombros, como uma flor cortada pelo arado. Niso disparou contra Volscente e afundou a espada em seu corpo, sendo morto, no mesmo instante, por numerosos golpes.

MEZÊNCIO

Eneias, com os aliados etruscos, chegou à cena de ação a tempo de resgatar seu acampamento sitiado e agora, com dois exércitos de força quase igual, a guerra começara com violência. Não temos espaço para todos os detalhes, mas devemos relatar o destino dos personagens principais que apresentamos aos leitores. O tirano Mezêncio, vendo-se envolvido com seus súditos revoltados, destruía como um animal selvagem. Matou todos que se atreviam a resistir a ele e colocava a multidão em fuga onde surgia. Por fim, deparou-se com Eneias e os exércitos pararam para assistir ao combate. Mezêncio atirou sua lança que, ao atingir o escudo de Eneias, foi desviada e atingiu Antor. Ele era um grego que abandonara Argos, sua cidade natal, para seguir Evandro à Itália. Virgílio fala dele com tanta ternura que as palavras se tornaram proverbiais. "Ele caiu, infeliz, com um golpe destinado a outro, olhou para os céus e, morrendo, lembrou-se da agradável Argos."[35] Em seguida, Eneias revidou e arremessou sua lança. Ela perfurou o escudo de Mezêncio e feriu-o na coxa. Seu filho Lauso não aguentou o que viu, correu e intrometeu-se enquanto os seguidores se juntavam à volta de Mezêncio e o tiravam dali. Eneias segurou sua espada suspensa sobre Lauso e atrasou o ataque, mas o jovem cheio de ira o atacou e Eneias foi obrigado a desferir o golpe fatal. Lauso caiu e Eneias ajoelhou-se sobre ele, com piedade. "Jovem desafortunado", disse ele, "o que posso fazer por você que seja digno de seu louvor? Mantenha essas armas que o glorificam e não tema. Seu corpo será entregue aos seus amigos e receberá honras funerárias apropriadas". Terminou de falar, chamou os tímidos seguidores e entregou-lhes o corpo.

Enquanto isso, Mezêncio fora transportado para as margens do rio, onde lavaram suas feridas. Logo a notícia da morte de Lauso chegou a ele, e o ódio e desespero encheram o local de força. Ele montou em seu cavalo e disparou em direção ao centro da luta, em busca de

---
35. Veja Expressões Proverbiais.

Eneias. Quando o encontrou, andou em círculos à volta dele, lançando dardo após dardo, enquanto Eneias se protegia com o escudo, girando-o o tempo todo ao encontro dos dardos. Por fim, Mezêncio completara o círculo três vezes quando Eneias arremessou sua lança diretamente na cabeça do cavalo. Perfurou suas têmporas e o animal caiu, enquanto um brado lançado pelos dois exércitos rasgou os céus. Mezêncio não pediu misericórdia, mas apenas que seu corpo fosse poupado dos insultos de seus súditos revoltados; e que pudesse ser enterrado na mesma sepultura do filho. Não despreparado, ele recebeu o golpe fatal, vertendo vida e sangue ao mesmo tempo.

PALAS, CAMILA E TURNO

Enquanto tudo isso acontecia em uma parte do campo de batalha, na outra Turno encontrava o jovem Palas. A luta entre campeões tão desiguais não poderia ser duvidosa. Palas lutou de forma valente, mas caiu atingido pela lança de Turno. O vitorioso quase se apiedou quando viu o bravo rapaz morto aos seus pés, e renunciou ao privilégio de vencedor em despojar Palas de suas armas. Ele pegou apenas o cinto, cravejado de cravos e entalhes de ouro, e o afivelou em volta de seu próprio corpo. O restante, ele enviou aos amigos do morto.

Após a batalha, houve uma trégua por alguns dias para permitir aos dois exércitos sepultar seus mortos. Durante esse intervalo, Eneias desafiou Turno a decidir a batalha em um único combate, mas Turno recusou o pedido. Seguiu-se outra batalha, na qual Camila, a guerreira virgem, tornara-se a mais notável. Seus feitos de valentia ultrapassavam aqueles dos mais valentes guerreiros, e muitos troianos e etruscos caíram perfurados por seus dardos ou atingidos por seu machado de guerra. Por fim, um etrusco chamado Aruno, que a observara por muito tempo, procurou um local vantajoso, examinou-a perseguindo um inimigo em fuga cuja esplêndida armadura ofereceu uma captura tentadora. Atenta à perseguição, ela não via o perigo que corria, e o dardo de Aruno a atingiu, infligindo uma ferida mortal. Ela caiu e deu o último suspiro nos braços de suas aias. Mas Diana, que vislumbrou seu destino, não permitiu que sua morte não fosse vingada. Enquanto fugia, Aruno, feliz mas temeroso, foi atingido por uma flecha secreta lançada por uma das ninfas do séquito de Diana e morreu de forma ignóbil e anônima.

Por fim, o último combate entre Eneias e Turno aconteceu. Turno evitara o confronto tanto quanto pudera, mas, enfim, impelido pelo insucesso de seus homens e pelos murmúrios de seus companheiros, ele se preparou para a luta. Não poderia haver dúvidas. Do lado de Eneias estava o decreto expresso do destino, a ajuda de sua mãe e deusa em qualquer emergência e a armadura impenetrável forjada por Vulcano, a pedido da deusa, para seu filho. Por outro lado, Turno fora abandonado por seus aliados celestiais. Juno fora expressamente proibida por Júpiter a prestar-lhe assistência. Turno arremessou a lança, que ricocheteou inofensiva no escudo de Eneias. Então, o herói troiano arremessou a sua, que penetrou o escudo de Turno e perfurou sua coxa. A coragem de Turno o abandonou e ele implorou clemência. Eneias teria concedido, mas nesse instante seus olhos caíram sobre o cinto de Palas, que Turno tomara do jovem assassinado. Isso despertou sua ira no mesmo momento e ele exclamou: "Palas o mata com esse golpe", e empurrou a espada no corpo de Turno.

Aqui termina o poema "Eneida" e somos deixados a presumir que Eneias, após vencer os inimigos, conquista Lavínia como noiva. A tradição acrescenta que ele fundou uma cidade e nomeou-a Lavinium. Seu filho Iulo fundou Alba Longa, o local de nascimento de Rômulo e Remo, berço da própria Roma.

Há uma alusão a Camila nos famosos versos de Pope, que ilustram a regra que diz que "o som deverá ser eco dos sentidos". Ele diz:

"Quando Ajax tenta lançar uma grande rocha,
A linhagem também trabalha e as palavras são vagarosas.
Não como quando a veloz Camila vasculha a planície,
Sobrevoa o milharal inflexível ou desliza sobre o oceano."
Ensaio sobre a crítica

CAPÍTULO XXXIV

PITÁGORAS - DIVINDADES EGÍPCIAS - ORÁCULOS

PITÁGORAS

Os ensinamentos de Anquises a Eneias, com respeito à natureza da alma humana, estavam em conformidade com a doutrina pitagórica. Pitágoras, nascido em 540 a.C., era nativo da Ilha de Samos, mas passou a parte mais importante de sua vida em Crotona, na Itália. Portanto, ele é, às vezes, chamado de "o samiano" e, outras vezes, de "o filósofo de Crotona". Quando jovem, ele viajou muito, dizem que visitou o Egito, onde recebeu instrução dos sacerdotes em todo o seu conhecimento. Depois viajou ao Oriente e visitou os magos persas e caldeus e os brâmanes da Índia.

Em Crotona, onde Pitágoras finalmente se estabeleceu, suas qualidades extraordinárias reuniram em volta dele um grande número de discípulos. Os habitantes eram conhecidos pelo luxo e promiscuidade, mas os bons efeitos de sua influência logo se tornaram visíveis. Vieram então sobriedade e temperança. Seiscentos habitantes tornaram-se seus discípulos e se envolveram em uma sociedade com o objetivo de se apoiarem na busca pela sabedoria, unindo suas propriedades em um bem comum para o benefício de todos. Exigia-se deles que praticassem a máxima pureza e tivessem modos simples. A primeira lição que aprenderam foi o *silêncio*. Durante certo tempo, deviam apenas ouvir. "Ele [Pitágoras] assim disse" (*Ipse dixit*), frase que deveria ser considerada suficiente, sem necessidade de provas. Apenas aos discípulos avançados, após anos de paciente submissão, era permitido formular perguntas e expor objeções.

Pitágoras considerava os *números* como a essência e o princípio de todas as coisas, e atribuía a eles uma existência real e distinta, de tal modo que, em sua visão, os números eram os elementos a partir dos quais o Universo foi construído. Como ele concebeu esse processo nunca foi explicado de maneira satisfatória. Ele relacionava as várias formas e fenômenos do mundo com os números como sua base e essência. Considerava a "Mônada", ou *unidade*, a fonte de todos os números. O número *Dois* era imperfeito e a causa de aumento e divisão. O *Três* era chamado de número completo porque tinha um início, meio e fim. O *Quatro* representa o quadrado e possui o mais alto grau de perfeição. E o *Dez*, por conter a soma dos quatro primeiros números, abrange todas as proporções musicais e aritméticas e representa o sistema do mundo.

Como os números tinham origem na mônada, Pitágoras considerava a essência pura e simples da Divindade como a fonte de todas as formas da natureza. Deuses, demônios e heróis são emanações do Supremo; e há uma quarta emanação, a alma humana. Esta é imortal e, quando libertada dos limites do corpo, passa à habitação dos mortos, onde permanece até retornar ao mundo e viver em outro corpo humano ou animal. E, por fim, quando estiver purificada o suficiente, retorna à origem da qual procedeu. A doutrina da transmigração das almas (metempsicose), de origem egípcia e ligada à doutrina de recompensa e punição das ações humanas, era a razão principal porque os pitagóricos não matavam animais. Ovídio representa Pitágoras dirigindo-se aos seus discípulos com as seguintes palavras: "Almas nunca morrem, mas, sempre que deixam uma morada, passam a outra. Eu mesmo me lembro de que, no tempo da Guerra de Troia, era Euforbo, filho de Pântoo, e morri pela lança de Menelau. Recentemente estive no templo de Juno, em Argos, e reconheci meu escudo pendurado entre os troféus. Tudo muda, nada morre. A alma passa daqui para ali, ocupando ora este corpo, ora aquele, passando do corpo de um animal para um humano e, em seguida, outra vez para um animal. Como a cera é utilizada para gravar certas figuras e é então derretida para gravar outra e, no entanto, segue sendo a mesma cera. A alma é sempre a mesma, mas utiliza, em tempos diferentes, diversas formas. Sendo assim, se o amor pelo parente não estiver extinto em seu peito, contenha-se, eu suplico, em violar a vida daqueles que, por acaso, possam ser seus parentes".

Em *Mercador de Veneza*, Shakespeare utiliza Graciano para fazer uma alusão à metempsicose, onde diz a Shylock:

"Vós quase me fazeis vacilar em minha fé,
E acreditar em Pitágoras,
Que diz que as almas dos animais se infiltram
No corpo dos homens, vosso espírito vil
Governado por um lobo, que, na ânsia pela matança de humanos,
Infiltrou sua alma em vós, pois vossos desejos
São de um lobo sangrento, faminto e voraz."

A relação entre a escala de notas musicais e os números, por meio da qual a harmonia resulta das vibrações em tempos iguais, e a discordância do oposto, levou Pitágoras a aplicar a palavra "harmonia" à criação visível, referindo-se à justa adaptação das partes entre si. Essa é a ideia que Dryden expressa no início da "Ode para o Dia de Santa Cecília":

"Da harmonia, da celestial harmonia,
Surgiu esta estrutura eterna;
De harmonia em harmonia
Através de todos os compassos de notas correu,
O Diapasão terminava em cheio no Homem."

No centro do Universo (dizia Pitágoras), havia um fogo central, o princípio da vida. O fogo central era cercado pela Terra, a Lua, o Sol e os cinco planetas. As distâncias entre os vários corpos celestiais eram concebidas para corresponder às proporções da escala musical. Os corpos celestiais, e os deuses que neles viviam, deviam realizar uma dança coral em volta do fogo central, "não sem canção". Shakespeare olude a essa doutrina quando faz Lourenço ensinar astronomia a Jéssica, desta maneira:

"Olha, Jéssica, como o chão do céu
É incrustado com pátinas de ouro brilhante!
Não há uma pequena órbita que vês
Que em seu movimento canta como um anjo,
Ainda em coro para o jovem querubim;
Tal harmonia reside em almas imortais!
Mas enquanto essas vestes lamacentas de decadência
As envolver de forma grosseira, não poderemos ouvi-las."

O Mercador de Veneza

As esferas foram concebidas como cristalinas ou de material vítreo e dispostas umas sobre as outras como um jogo de tigelas encaixadas. Um ou mais corpos celestiais deveriam ser fixados na substância de cada esfera, de forma a moverem-se com ela. Como as esferas são transparentes, olhamos através delas e vemos os corpos celestiais ali contidos e que se movem com elas. Porém, como essas esferas não podem se mover umas nas outras sem fricção, então um som é produzido, e possui uma harmonia primorosa, muito sutil para ser reconhecida por ouvidos mortais. Milton, em "Hino à Natividade", cita dessa maneira a música das esferas:

"Soai, esferas de cristal!
Por uma vez abençoai nossos ouvidos humanos
(se tendes o poder de encantar nossos sentidos também);
E deixai seu toque prateado
Mover-se em tempos melodiosos;
E permiti que o grave do órgão profundo dos céus sopre;
E com vossa nona harmonia
Realize um concerto completo com a sinfonia angelical."

É atribuída a Pitágoras a invenção da lira. O poeta Longfellow, em "Versos a uma Criança", assim relata a história:

"Como o grande Pitágoras de outrora,
Diante da porta do ferreiro,
Ouvindo os martelos conforme golpeavam
As bigornas com notas diferentes,
Furtou dos vários tons que se suspendiam
Vibrantes em cada lingueta de ferro,
O segredo das cordas ressonantes,
E criou a lira de sete cordas".

Veja também, do mesmo poeta, "Ocultação de Órion" – "A lira eólia do grande samiano."

SIBARIS E CROTONA

Sibaris, uma cidade vizinha a Crotona, era célebre pelo luxo e delicadeza, e Crotona, pelo inverso. O nome tornou-se proverbial. J. R. Lowell utiliza-o com esse sentido em seu encantador poema "Para o Dente de Leão":

"Nem mesmo em meados de junho a abelha dourada
Sente um arrebatamento quente, como do verão
Na tenda fresca do alvo lírio
(Sua Síbaris conquistada) do que eu quando primeiro
Irrompi do verde-escuro seus círculos amarelos."

Eclodiu uma guerra entre as duas cidades e Síbaris foi conquistada e destruída. Milo, o célebre atleta, liderou o exército de Crotona. Muitas histórias foram contadas sobre a grande força de Milo, como carregar uma vitela de 4 anos nos ombros e, em seguida, comê-la em um único dia. Assim é relatada a maneira como ele morreu: enquanto passava por uma floresta, avistou um tronco de árvore que fora parcialmente partido ao meio por lenhadores e ele tentou abri-lo ainda mais, mas a madeira fechou-se sobre suas mãos e o prendeu. Nesse estado, ele foi atacado e devorado por lobos.

Byron, em sua "Ode a Napoleão Bonaparte", cita a história de Milo:

"Ele que outrora queria rasgar o carvalho
Não pensou na repercussão;
Preso pelo tronco que em vão partira,
Sozinho, olhou à sua volta!"

DIVINDADES EGÍPCIAS

Os egípcios reconheciam como a mais suprema divindade Amon, mais tarde chamado de Zeus ou Júpiter Amon. Ele se manifestava por palavras ou desejos, que criaram Kneph e Athor, de sexos diferentes. Deles vieram Osíris e Ísis. Osíris era venerado como deus do Sol, fonte de calor, vida e fertilidade. Além disso, ele era visto como deus do Nilo, que visitava sua esposa todos os anos, Ísis (a Terra), por meio de uma inundação. Serápis, ou Hermes, é às vezes representado como idêntico a Osíris e outras vezes como uma divindade distinta, governante do Tártaro e deus da Medicina. Anúbis é o deus guardião, representado com cabeça de cão, um emblema de seu caráter fiel e vigilante. Hórus, ou Harpócrates, era filho de Osíris. Ele é representado sentado em uma flor de lótus com um dedo nos lábios, como deus do Silêncio.

Em uma das "Melodias Irlandesas", de Moore, há uma alusão a Harpócrates:

"Vós estareis, sob um caramanchão rosado,
Sentado calado com vosso dedo sobre o lábio;
Como aquele menino, que, nascido entre
As flores que crescem na correnteza do Nilo,
Sempre assim sentado, sua única canção
Para a Terra e o Céu, 'Silêncio, tudo Silêncio!'"

O MITO DE OSÍRIS E ÍSIS

Em certa ocasião, Osíris e Ísis foram induzidos a descer à Terra e conceder dons e bênçãos aos habitantes. Ísis ensinou-lhes primeiro o uso do trigo e da cevada, e Osíris forjou os instrumentos para a agricultura e ensinou os homens a usá-los, e também como atrelar os bois para o arado. Em seguida, transmitiu as leis aos homens, a instituição do casamento, a organização civil e mostrou como venerar os deuses. Após fazer do vale do Nilo uma região feliz, ele convocou um grupo e partiu para conceder bênçãos ao restante do mundo. Conquistou nações por todos os lados, mas não com armas, apenas com música e eloquência. Tifão, seu irmão, observou isso e, cheio de inveja e malícia, tentou usurpar o trono em sua ausência. Mas Ísis, que segurava as rédeas do governo, frustrou seus planos. Ainda mais amargurado, ele resolveu matar o irmão. E o fez da seguinte maneira: organizou uma conspiração com 72 membros e foi com eles ao banquete celebrado em homenagem ao retorno do rei. Mandou vir uma caixa ou baú, feito para caber o tamanho exato de Osíris, e declarou que daria o baú de madeira preciosa a quem conseguisse entrar nele. Os outros tentaram em vão, mas assim que Osíris entrou nele, Tifão e os companheiros fecharam a tampa e arremessaram o baú ao Nilo. Quando Ísis soube do cruel assassinato, chorou e lamentou, e com o cabelo raspado, vestida de negro e golpeando o peito, buscou de forma diligente o corpo do marido. Nessa busca, foi auxiliada de maneira significativa por Anúbis, filho de Osíris e Néftis. Procuraram em vão por algum tempo, pois, quando o baú foi carregado pelas ondas à costa de Biblos, prendera-se entre os juncos que cresciam à beira da água. O poder divino que residia no corpo de Osíris exerceu tamanha força no arbusto que ele se tornou uma árvore poderosa, envolvendo em seu tronco o caixão do deus. Essa árvore, com seu depósito sagrado, foi logo depois abatida, e com ela ergueram uma coluna no palácio do rei da Fenícia. Enfim, com a ajuda de Anúbis e os pássaros sagrados, Ísis certificou-se desses fatos e dirigiu-se à cidade real. Uma vez lá, ofereceu-se como criada no palácio, foi admitida, deixou cair o disfarce e apareceu como deusa, cercada por raios e trovões. Atingindo a coluna com sua vara, abriu-a ao meio e surgiu o ataúde sagrado. Ela se apoderou dele, retornou e escondeu-o nas profundezas da floresta, mas Tifão o descobriu, partiu o corpo em 14 pedaços e espalhou-os aqui e ali. Após uma busca tediosa, Ísis encontrou 13 pedaços, e os peixes do Nilo haviam comido a parte que faltava. Ela substituiu essa parte por uma imitação em madeira de sicômoro e sepultou o corpo em Filoe, que se tornou para sempre o grande local de sepultamento da nação, e o ponto para o qual eram direcionadas peregrinações que partiam do país inteiro. Um templo que ultrapassava a magnificência também foi erguido ali em honra do deus e, em cada um dos locais onde fora encontrado cada um de seus membros, templos menores e sepulturas foram construídos para celebrar o acontecimento. Osíris tornou-se a divindade tutelar dos egípcios. Acreditava-se que sua alma deveria sempre habitar o corpo do Touro Ápis e, na morte deste, seria transferida ao seu sucessor.

Ápis, o Touro de Mênfis, era venerado pelos egípcios com a maior reverência. O animal eleito para ser Ápis era reconhecido por certos sinais. Ele deveria ser negro, ter uma marca branca e quadrada na testa; outra, na forma de uma águia, nas costas e sob a língua um caroço com certa semelhança a um escaravelho ou besouro. Assim que um touro com essas características fosse encontrado, ele era colocado em um edifício voltado para o oriente e era alimentado com leite durante quatro meses. No término desse prazo, os sacerdotes dirigiam-se durante a lua nova, com grande pompa, à sua casa e saudavam Ápis. Ele era colocado em uma embarcação decorada de forma magnífica e levado Nilo abaixo até Mênfis, onde um templo com duas capelas e um pátio para exercícios era atribuído a ele. Sacrifícios eram feitos em sua homenagem e, uma vez por ano, quando o Nilo começava a subir, um cálice dourado eram lançados ao rio e um grande festival era preparado para comemorar seu aniversário. O povo acreditava que durante esse festival os crocodilos esqueciam-se de sua ferocidade natural e tornavam-se inofensivos. Havia, no entanto, uma desvantagem nessa felicidade: Ápis não poderia viver além de certo tempo e, se chegasse à idade de 25 anos ainda vivo, os sacerdotes o afogavam na cisterna sagrada e o sepultavam no templo de Serápis. Quando o touro morresse, seja de forma natural ou violenta, o país ficava repleto de tristeza e lamentações que duravam até seu sucessor ser encontrado.

Encontramos em um jornal da nossa época a seguinte notícia:

"*O Túmulo de Ápis* – Escavações em progresso em Mênfis tornam essa cidade soterrada tão digna de interesse quanto Pompeia. A monstruosa sepultura de Ápis está agora descoberta, após ter ficado oculta durante séculos."

Milton, no "Hino à Natividade", cita as divindades egípcias não como seres imaginários, mas como demônios reais que fugiram com a chegada de Cristo.

"Os deuses brutais do Nilo,
Ísis, Hórus e o cão Anúbis fogem.
Nem Osíris é visto
Nos bosques de Mênfis ou nos campos verdes
Pisando o capim murcho com altos mugidos;[36]
Nem poderá repousar
Em sua urna sagrada;
Nada além do mais profundo inferno pode ser o seu sudário.
Em vão, com hinos sombrios
Os magos de negro sua arca carregam."

Em estatuário, Ísis era representada com a cabeça coberta, símbolo de mistério. É a isso que Tennyson alude em seu poema "Maud", IV:

"Pois o curso do Criador é sombrio, como uma Ísis oculta pelo véu[...]."

ORÁCULOS

Oráculo era o termo usado para denotar o lugar onde respostas deveriam ser oferecidas por quaisquer divindades àqueles que as

---

36. Como não chovia no Egito, o capim não era molhado, ficando então murcho, e o país dependia, para sua fertilidade, das cheias do Nilo. A arca citada no último verso é ilustrada e ainda permanece nas paredes dos templos egípcios, sendo carregada pelos sacerdotes em suas procissões religiosas. Ela provavelmente representava a urna na qual Osíris fora depositado.

consultavam em relação ao futuro. A palavra também era utilizada para significar a resposta fornecida.

O oráculo grego mais antigo era o de Júpiter, em Dodona. Conforme um relato, ele foi estabelecido da seguinte maneira: duas pombas negras deixaram Tebas, no Egito. Uma voou para Dodona, no Épiro, e, pousando em um bosque de carvalhos, disse em linguagem humana que os habitantes do distrito deveriam estabelecer ali um oráculo a Júpiter. A outra pomba voou para o templo de Júpiter Amon, no Oásis Líbio, e ali deixou a mesma ordem. Outro relato diz que não foram pombas, mas sacerdotisas que foram levadas de Tebas, no Egito, pelos fenícios e estabeleceram oráculos em Oásis e Dodona. As respostas do oráculo eram fornecidas pelas árvores, pelos ramos que sacudiam com o vento e pelos sons interpretados pelos sacerdotes.

Entretanto, o mais célebre dos oráculos gregos era o de Apolo, em Delfos, uma cidade construída nas encostas de Parnaso, na Fócida.

Há muito tempo, observaram que as cabras que pastavam no Parnaso entravam em convulsão quando se aproximavam de uma fissura profunda na encosta da montanha. Isso se devia a um vapor que subia da caverna e um dos pastores foi instigado a provar seus efeitos. Ele inalou o ar intoxicado e ficou da mesma forma que o rebanho. Os habitantes da região vizinha foram incapazes de explicar o ocorrido e atribuíram os ataques convulsivos que o pastor sofria sob o poder das exalações a uma inspiração divina. A notícia circulou de maneira rápida e ampla, e um templo foi erguido no local. De início, a influência profética foi atribuída à deusa Terra, Netuno, Têmis e outros, sendo, por fim, conferida a Apolo e apenas a ele. Uma sacerdotisa foi designada e seu ofício consistia em inalar o ar consagrado. Ela se chamava Pítia e era preparada para essa tarefa com prévia ablução na fonte de Castália, depois era coroada com louro e depositada em uma trípode adornada de maneira semelhante, que ficava sobre a fissura de onde procedia a emanação divina. Quando estava ali posicionada, suas inspiradas palavras eram, então, interpretadas pelos sacerdotes.

O ORÁCULO DE TROFÔNIO

Além dos oráculos de Júpiter e Apolo, em Dodona e Delfos, o oráculo de Trofônio, na Beócia, era muito estimado. Trofônio e Agamedes eram irmãos e famosos arquitetos. Eles construíram o templo de Apolo, em Delfos, e uma câmara de tesouros para o rei Hirieu. Na parede da câmara os irmãos colocaram uma pedra posicionada de tal maneira que poderia ser retirada. Assim, de tempos em tempos, um pouco do tesouro era roubado. Hirieu ficou muito impressionado, pois suas trancas e vedações estavam intocadas e, no entanto, sua riqueza continuava diminuindo. Afinal, ele decidiu preparar uma armadilha para o ladrão e Agamedes foi apanhado. Trofônio, incapaz de libertá-lo, e temendo que quando Agamedes fosse encontrado ele seria compelido, por meio de tortura, a contar quem era seu cúmplice, cortou-lhe a cabeça. Dizem que o próprio Trofônio, logo depois, foi engolido pela Terra.

O oráculo de Trofônio ficava em Lebadeia, na Beócia. Dizem que, durante uma grande estiagem, os beócios foram orientados pelo deus em Delfos a procurar a ajuda de Trofônio, em Lebadeia. Eles foram até o local, mas não encontraram nenhum oráculo. No entanto, um deles viu por acaso um enxame de abelhas e o seguiu até um abismo no solo que provou ser o local procurado.

Cerimônias peculiares deveriam ser realizadas pela pessoa que ia consultar o oráculo. Após esses preliminares, a pessoa desceria na caverna por uma passagem estreita, e só era possível entrar nesse local à noite. A pessoa retornaria pela mesma passagem estreita, mas andando de costas. Surgiria melancólica e desanimada. Daí vem a expressão proverbial aplicada a uma pessoa triste e desanimada: "Ela consultou o oráculo de Trofônio".

O ORÁCULO DE ESCULÁPIO

Havia vários oráculos dedicados a Esculápio, porém o mais famoso ficava em Epidauro. Ali, os doentes buscavam respostas e a recuperação da saúde dormindo no templo. Concluiu-se por meio dos relatos que chegaram a nós que o tratamento dos enfermos era semelhante ao que hoje se chama magnetismo animal, ou mesmerismo.

As serpentes eram sagradas para Esculápio, provavelmente devido a uma superstição que dizia que esses animais possuíam a faculdade de renovar sua juventude pela mudança de pele. O culto a Esculápio foi introduzido em Roma em um tempo de grandes enfermidades, e uma embaixada foi enviada ao templo de Esculápio para suplicar a ajuda do deus. Esculápio foi favorável e, no retorno do navio, ele o acompanhou na forma de uma serpente. Quando chegou ao Rio Tibre, a serpente deslizou da embarcação e se apossou de uma ilha no rio. Ali foi erguido um templo em sua honra.

O ORÁCULO DE ÁPIS

Em Mênfis, o touro sagrado Ápis respondia àqueles que o consultavam aceitando ou rejeitando aquilo que era oferecido a ele. Se o touro recusava comida da mão de um inquiridor, era considerado um sinal desfavorável, e o contrário caso aceitasse o alimento.

Sempre se questionou se as respostas oraculares deveriam ser atribuídas à pura imaginação humana ou à ação de espíritos malignos. A última opinião foi a mais consensual em tempos antigos. Desde que o fenômeno do mesmerismo atraiu a atenção, apresentou-se uma terceira teoria dizendo que algo como um transe mesmérico era induzido nas pitonisas e a faculdade da clarividência realmente entrava em ação.

Outra questão está relacionada ao momento em que os oráculos pagãos deixaram de fornecer respostas. Escritores cristãos da Antiguidade asseguram que os oráculos tornaram-se silenciosos quando Cristo nasceu e nunca mais foram ouvidos a partir dessa data. Milton adota essa visão no "Hino à Natividade" e, em versos de beleza solene e elevada, retrata a consternação dos ídolos pagãos com o advento do Salvador:

> "Os oráculos estão mudos;
> Nenhuma voz ou murmúrio hediondo
> Ecoa pelo teto arqueado com palavras enganadoras.
> De seu santuário, Apolo
> Não pode mais adivinhar,
> O grito oco abandona a colina de Delfos.
> Nenhum transe noturno o encantamento
> Inspira o pálido sacerdote em sua cela profética."

No poema de Cowper "O Carvalho de Yardley" há algumas belas alusões mitológicas. A primeira das duas que se seguem cita a fábula de Castor e Polux e a outra é mais apropriada ao nosso tema presente. Referindo-se à bolota, o fruto produzido por carvalhos, ele diz:

"Caíste madura; e no solo argiloso,
Intumescido com o instinto da força vegetativa,
Rebentaram teus ovos, assim como os Gêmeos da fábula
Agora estrelas; dois lóbulos protuberantes, par exato.
Uma folha sucedia a outra,
E, todos os elementos de teu débil crescimento
Propiciosamente te tornaste um ramo.
Quem vivia quando era assim? Oh, se pudesses falar,
Assim como em Dodona falaram tuas árvores irmãs
Oraculares, eu não perguntaria por curiosidade
Sobre o futuro, melhor desconhecido, mas de tua boca
Inquisitiva, o passado cada vez menos ambíguo."

Tennyson, no poema "Carvalhos Falantes", cita os carvalhos de Dodona nos seguintes versos:

"E trabalharei em prosa e rima,
E te louvarei em ambas
Mais do que o bardo fez à faia ou a lima,
Ou aquela árvore da Tessália
Na qual a pomba escura se empoleirou
E pronunciou sentença mística [...]."

Byron alude ao oráculo de Delfos onde, ao falar de Rosseau, cujos textos ele acredita ter ajudado a criar a Revolução Francesa, ele diz:

"Pois então ele estava inspirado e dele vieram
Assim como da mística caverna pitônica de outrora,
Aqueles oráculos que inflamaram o mundo,
E não pararam de arder até destruir impérios."

CAPÍTULO XXXV

ORIGEM DA MITOLOGIA - ESTÁTUAS DE DEUSES E DEUSAS - POETAS DA MITOLOGIA

ORIGEM DA MITOLOGIA

Chegando ao final de nossa série de histórias da mitologia pagã, surge uma questão: "De onde vieram essas histórias? Possuem algum fundo de verdade ou são apenas frutos da imaginação?". Os filósofos sugeriram várias teorias sobre o tema:

1. Teoria Escritural

   Essa teoria afirma que todas as lendas mitológicas derivam das narrativas das Escrituras Sagradas, embora os fatos reais tenham sido disfarçados e alterados. Portanto, Deucalião é apenas outro nome para Noé, Hércules para Sansão, Árion para Jonas, etc. Em sua *História do Mundo*, sir Walter Raleigh diz: "Jubal, Tubal e Tubal-Caim eram Mercúrio, Vulcano e Apolo, inventores do pastoreio, fundição e música. O dragão que guardava as maçãs douradas era a serpente que seduziu Eva. A torre de Nimrod foi um atentado dos gigantes contra os céus". Sem dúvida, há muitas curiosas coincidências como essa, mas a teoria não pode, sem exagero, ser levada em consideração para explicar grande parte das histórias.

2. Teoria Histórica

   Diz que todas as pessoas mencionadas na mitologia foram primeiro seres humanos reais, e que as lendas e tradições fabulosas relativas a elas são apenas amplificações e ornamentos de épocas posteriores. Assim, a história de Éolo, rei e deus dos ventos, deve ter surgido do fato de que Éolo era governante de algumas ilhas no Mar Tirreno. Ali, ele reinou de forma justa e devota e ensinou aos nativos como usar as velas nos navios e como prever, pelos sinais atmosféricos, as mudanças de tempo e dos ventos. Cadmo, que, segundo a lenda, semeou a terra com os dentes do dragão do qual nasceu uma colheita de guerreiros, era de fato um emigrante da Fenícia que trouxera para a Grécia o conhecimento das letras do alfabeto e ensinou-os aos nativos. Desses princípios de aprendizado nasceu a civilização que os poetas sempre foram propensos a descrever como a deterioração do primeiro estado criado pelo homem, A Idade do Ouro da inocência e simplicidade.

3. Teoria Alegórica

    Supõe que todos os mitos antigos eram alegóricos e simbólicos e continham alguma moral religiosa, verdade filosófica ou fato histórico sob a forma de alguma alegoria. No entanto, com o tempo, passaram a ser compreendidos de forma literal. Assim, Saturno, que devora seus próprios filhos, é o mesmo poder que os gregos chamam Cronos (Tempo) e pode-se, na verdade, dizer que ele destrói tudo aquilo que ele mesmo concebe. A história de Io é interpretada de forma semelhante. Io é a lua e Argos, o céu estrelado que, como se dizia, a mantinha sob vigilância constante, sem dormir. Os fabulosos passeios de Io representam as contínuas rotações da lua, que também sugerem a Milton a mesma ideia.

"Vislumbrar a lua errante
Aproximando-se de seu apogeu,
Como alguém que foi desviado
Nos largos e intransitáveis caminhos do céu."

Il Penseroso

4. Teoria Física

    Afirma que os elementos ar, fogo e água foram originalmente objetos de adoração religiosa, e as principais divindades eram personificações dos poderes da natureza. A transição de uma personificação dos elementos para a noção de seres supernaturais que presidiam e governavam os diferentes objetos da natureza foi fácil. Os gregos, cuja imaginação era fértil, povoaram a natureza com seres invisíveis e supunham que todos os objetos, do sol e do mar até a menor fonte e regato, estavam sob os cuidados de alguma divindade em particular. Wordsworth, no poema "Excursão", desenvolve de forma bela a visão da mitologia grega:

"Nesse belo clima, o pastor solitário, estendido
Na relva macia, quase dia de verão inteiro,
Com música para embalar seu indolente repouso;
E, em um acesso de cansaço, se ele,
Quando ficasse em silêncio, ouviria
Um acorde distante muito mais suave do que os sons
Que sua pobre habilidade conseguiam produzir, sua imaginação arrebatada

Mesmo do flamejante carro do Sol
Um jovem imberbe que tocava o alaúde dourado
E preencheu os bosques iluminados com encanto.
O poderoso caçador ergueu os olhos
Na direção da lua crescente, com o coração grato
Invocou a bela Viajante que concedia
A luz oportuna para compartilhar de seu alegre passatempo
E logo surgiu uma deusa radiante com suas ninfas
Pela relva e pelo bosque escuro
(Acompanhadas por melodias
Que o eco multiplicava nas rochas ou cavernas)
Disparou atrás da caça, enquanto a lua e as estrelas
Olham de relance por entre o céu nublado
Quando os ventos sopram fortes. O Viajante saciou
A sede no regato ou na fonte e agradeceu
À Náiade. Raios de sol nas distantes colinas
Deslizando apressados com sombras pelo caminho
Podem, com alguma ajuda da imaginação, ser transformados
Em Oréades rápidas e brincalhonas

Os Zéfiros batem as asas enquanto passam,
E não carecem do amor das criaturas que cortejam
Com suave sussurro. Ramos murchos e grotescos,
Despidos de suas folhas e galhos pela idade avançada,
Espreitam das profundezas ou dos refúgios desalinhados
No vale ou na encosta da montanha,
E às vezes misturada com os chifres irrequietos
De algum cervo vivo, ou a barbicha do bode;
Estes eram os Sátiros que espiavam, uma raça selvagem
De divindades zombeteiras; ou o próprio Pã,
Aquele deus simples que inspira fascínio no pastor."

Todas as teorias mencionadas contêm alguma verdade. Portanto, seria mais correto dizer que a mitologia de uma nação teve origem em todas essas fontes combinadas do que apenas em uma particular. Também podemos acrescentar que há muitos mitos que surgiram do desejo do homem em justificar os fenômenos naturais que ele não compreende. E não poucos deles nasceram de um desejo semelhante em explicar a origem dos nomes de lugares e de pessoas.

ESTÁTUAS DOS DEUSES

Representar adequadamente aos olhos as ideias que devem ser transmitidas à mente por meio dos diversos nomes de divindades era uma tarefa que exigia os maiores poderes do gênio e da arte. Entre muitas tentativas, *quatro* foram bastante célebres, sendo as duas primeiras conhecidas apenas pelas descrições dos antigos e, as outras, ainda existem e são reconhecidas obras de arte criadas por escultores.

O JÚPITER OLÍMPICO

A estátua do Júpiter Olímpico, criada por Fídias, era considerada a realização suprema nesse departamento da arte grega. Tinha dimensões colossais e era o que os antigos chamavam de "criselefantina", ou seja, composta de marfim e ouro. As partes que representavam a carne eram feitas de marfim sobre um núcleo de madeira ou pedra, e os drapeados e outros ornamentos eram de ouro. A estátua tinha 12 metros de altura e ficava sobre o pedestal de pouco mais de 3,5 metros. O deus era representado sentado no trono. Ele usava uma coroa com uma guirlanda de oliveira; com a mão direita ele segurava um cetro e, com a esquerda, uma estátua da Vitória. O trono era de cedro adornado com ouro e pedras preciosas.

A ideia que o artista tentava personificar era a de uma divindade suprema da nação helênica (Grécia), entronada como um conquistador em estado de perfeita majestade e repouso, governando com um aceno o mundo subordinado. Fídias confessou tirar suas ideias da representação que Homero fornecia no primeiro livro da *Ilíada*, e na seguinte passagem traduzida por Pope:

"Ele falou e arqueou suas escuras sobrancelhas,
Balança seus cachos ambrosiais e acena,
O sinal do destino e sanção do deus.
O alto céu com reverência aceitou o sinal com receio,
E todo o Olimpo estremece."[37]

A MINERVA DO PARTENON

Trata-se também de um trabalho de Fídias. Ficava no Partenon, ou templo de Minerva, em Atenas. A deusa foi representada de pé. Em uma mão tinha uma lança e, na outra, a estátua da Vitória. O elmo, muito decorado, era coroado por uma esfinge. A estátua possuía 12 metros de altura e, como a de Júpiter, era composta de marfim e ouro. Os olhos eram de mármore e provavelmente pintados para representar a íris e a pupila. O Partenon, onde ficava a estátua, também fora construído sob a direção e a supervisão de Fídias. Seu interior era enriquecido com esculturas, muitas delas feitas por Fídias. Os mármores de Elgin, hoje no Museu Britânico, fazem parte delas.

---

37. A versão de Cowper é menos elegante, porém mais fiel ao original:
"Ele cessou e sob suas sobrancelhas escuras, acena
Concedendo a confirmação. Tudo à volta
Da duradoura cabeça soberana, seus cachos
Ambrosiais balançam e a enorme montanha cambaleia."
Ainda pode interessar ao leitor ver como essa passagem surge em outra versão famosa que foi publicada sob o nome de Tickell, contemporâneo de Pope, e que foi atribuída por muitos a Addison, que entrou na disputa entre Addison e Pope.
"Dito isso, a fronte majestosa o rei inclinou;
Os grandes cachos negros caíam reverentes.
Encobrindo a severa testa do deus;
O Olimpo estremeceu com o aceno poderoso."

Tanto o Júpiter quanto a Minerva de Fídias estão desaparecidos, mas há bons motivos para acreditar que temos, em várias estátuas e bustos existentes, as concepções do artista da fisionomia de ambos. São caracterizados por uma beleza grave e digna; livres de expressão transitória que, em linguagem artística, chama-se *repouso*.

A VÊNUS DE MÉDICI

A Vênus de Médici é assim chamada por ter sido propriedade dos príncipes que tinham esse nome, em Roma, quando despertou a atenção pela primeira vez, há mais ou menos 200 anos. Uma inscrição em sua base diz ser um trabalho de Cleômenes, um escultor ateniense do ano 200 a.C., mas a autenticidade da inscrição é duvidosa. Há uma história que diz que o artista fora empregado pela autoridade pública para fazer uma estátua que mostrasse a perfeição da beleza feminina. Para auxiliá-lo na tarefa, as mais perfeitas formas que a cidade poderia fornecer foram suas modelos. Thomson faz uma alusão a isso no poema "Verão":

"Lá está a estátua que encanta o mundo;
Assim curvada tenta cobrir o orgulho inigualável,
Da mistura das beldades da exultante Grécia."

Byron também cita essa estátua. Quando fala do Museu de Florença, ele diz:

"Lá, também, a deusa ama em pedra, e preenche
O ar com sua beleza."

E no seguinte verso:

"Sangue, pulsação e peito confirmam o prêmio do pastor dardânio."

Veja esta última alusão explicada no Capítulo XXVII.

O APOLO DE BELVEDERE

A mais estimada de todos os despojos das antigas esculturas é a estátua de Apolo, chamada de Belvedere, por causa do nome do apartamento do palácio do papa, em Roma, onde fora depositada. O artista é desconhecido. Supõe-se ser um trabalho de arte romana do primeiro século da nossa era. É uma figura de pé, de mármore, com mais de dois metros de altura, nua, exceto pelo manto atado à volta do pescoço, que se estende ao longo do braço esquerdo. Deveria representar o deus no momento em que disparou a flecha para destruir o monstro Píton. (Veja Capítulo III.) A divindade vitoriosa está no ato de dar um passo à frente. O braço esquerdo, que parece ter segurado o arco, está estendido, e a cabeça está voltada para a mesma direção. Em atitude e proporção, a elegante majestade da figura é incomparável. O efeito fica completo com as feições, em que na perfeição de uma beleza digna de um deus há a consciência do poder triunfante.

A DIANA À LA BICHE

A *Diana da Corça*, no palácio do Louvre, pode ser considerada equivalente ao *Apolo* de Belvedere. A postura se assemelha muito à de Apolo, os tamanhos correspondem e também o estilo da execução. Trata-se de uma obra do mais alto valor, embora não seja, de forma alguma, igual ao de Apolo. A atitude é de um movimento apressado e impaciente. O rosto de uma caçadora na emoção da perseguição. A mão esquerda estendida sobre a testa da corça, que corre ao seu lado. O braço direito voltado para trás, sobre o ombro, para tirar uma flecha da aljava.

OS POETAS DA MITOLOGIA

Homero, de cujos poemas "Ilíada" e "Odisseia" retiramos grande parte de nossos capítulos sobre a Guerra de Troia e o retorno dos gregos, é um personagem quase tão mítico quanto os heróis que ele celebra. A história tradicional diz que Homero era um menestrel itinerante, cego e velho, que viajava de um lugar ao outro cantando suas baladas ao som de sua harpa nas cortes de príncipes ou em casas de camponeses. E dependia das ofertas voluntárias de seus ouvintes para sua sobrevivência. Byron o chama de "O velho cego da ilha rochosa de Sio", e um epigrama bastante conhecido, aludindo à incerteza do fato de seu local de nascimento, diz:

"Sete cidades ricas disputam o falecido Homero,
Pelas quais, quando vivo, mendigou seu pão."

Essas sete cidades eram Esmirna, Sio, Rodes, Cólofon, Salamina, Argos e Atenas.

Os eruditos modernos têm tido dúvidas se os poemas homéricos são o trabalho de apenas uma mente. Isso vem da dificuldade em acreditar que poemas tão longos possam ter sido escritos em uma época tão primitiva que se supõe terem sido escritos, uma época anterior à data de qualquer inscrição ou moeda remanescente, quando não havia materiais capazes de conter produções tão extensas e seu uso ainda não tinha sido introduzido. Por outro lado, questiona-se como poemas tão extensos poderiam ser transmitidos de geração em geração apenas por meio da memória. A resposta está na prova de que havia um grupo de profissionais, chamados Rapsodistas, que recitavam poemas de outras pessoas e cujo trabalho consistia em memorizar e ensaiar, mediante pagamento, as lendas nacionais e patrióticas.

Hoje, a opinião prevalecente entre os eruditos parece ser a de que o conceito, e muito da estrutura dos poemas, pertencia a Homero, mas há inúmeras adições e interpolações feitas por outras mãos.

A data determinada para Homero, segundo Heródoto, é o ano 850 a.C.

VIRGÍLIO

Virgílio, também conhecido por seu sobrenome, Maro, de cujo poema "A Eneida" tiramos a história de Eneias, era um dos grandes poetas que tornaram tão célebre o reinado do imperador romano Augusto, sob o nome de Era de Augusto. Virgílio nasceu em Mântua, no ano 70 a.C. Seu grande poema está posicionado ao lado dos de Homero, tido como a mais alta classe de composição poética, o Épico. Virgílio é muito inferior a Homero em criatividade e originalidade, mas superior a ele em correção e elegância. Para os críticos de origem inglesa, apenas Milton, entre os poetas modernos, parece merecer uma posição entre esses antigos ilustres. Seu poema, "Paraíso Perdido", do qual tomamos emprestadas tantas ilustrações, é, em muitos aspectos, semelhante e em alguns deles até superior a qualquer um dos grandes trabalhos da Antiguidade. O seguinte epigrama de Dryden caracteriza os três poetas com tanta verdade quanto é o costume encontrar em uma crítica tão aguçada:

"Sobre Milton

Três poetas nascidos em épocas distintas,
Grécia, Itália e a Inglaterra enfeitaram.
O primeiro em altivez da alma altiva ultrapassou,

O seguinte em majestade, e o último em ambas as coisas.
A força da natureza não poderia ir mais longe;
Para criar um terceiro, ela juntou os outros dois."

Do poema "Conversa à Mesa", de Cowper:

"Eras transcorreram antes de surgir a luz de Homero,
E eras antes de o cisne mantuano ser ouvido.
Para levar a natureza a distâncias até então desconhecidas,
Para dar à luz um Milton, as eras pediram mais.
Assim gênios nasciam e morriam em tempos organizados,
E levaram um dia de primavera a climas distantes,
Enobrecendo todas as regiões eleitas;
Ele se afundou na Grécia e na Itália surgiu,
E passados anos tediosos de um passado de escuridão gótica,
Emergiu todo o esplendor em nossa ilha, finalmente.
Assim os adoráveis alcíones mergulham no oceano
E, em seguida, ao longe mostram de novo suas plumas brilhantes."

OVÍDIO

Mencionado muitas vezes por seu outro nome, Naso, Ovídio nasceu em 43 a.C. Ele foi educado para a vida pública e teve alguns cargos de considerável dignidade, mas a poesia era seu prazer e, cedo, decidiu se dedicar a ela. Portanto, buscou a sociedade dos poetas contemporâneos; conhecia Horácio e chegou a ver Virgílio, embora este tenha morrido quando Ovídio era ainda muito jovem e sem ter uma distinção que lhe permitisse ser seu conhecido. Ovídio teve uma vida fácil em Roma, desfrutando de uma renda adequada. Era íntimo da família de Augusto, o imperador, e parece que uma séria ofensa dirigida a algum membro da família imperial foi a causa de um acontecimento que reverteu as felizes circunstâncias do poeta e obscureceu toda a segunda metade de sua vida. Com 50 anos, ele foi banido de Roma e obrigado a refugiar-se em Tomi, às margens do Mar Negro. Ali, em meio a povos bárbaros e em um clima severo, o poeta, acostumado a todos os prazeres da capital luxuosa e da sociedade dos mais distintos contemporâneos, passou os últimos dez anos de sua vida corroído pela mágoa e pela ansiedade. Seu único consolo no exílio era enviar cartas à sua esposa e amigos ausentes, e suas cartas eram todas poéticas. Embora esses poemas (os "Tristes" e as "Cartas de Ponto") não tenham outro tema a não ser a dor do poeta, seu gosto requintado e imaginação fértil salvaram os poemas de ser tediosos. E são lidos com prazer e até simpatia.

Os dois grandes trabalhos de Ovídio são "Metamorfoses" e "Fastos". Ambos são poemas mitológicos e do primeiro tiramos a maioria de nossas histórias das mitologias grega e romana. Um escritor posterior assim caracteriza esses poemas:

"A rica mitologia da Grécia forneceu a Ovídio, e ainda fornece ao poeta, pintor e escultor, materiais para sua arte. Com gosto requintado, simplicidade e paixão, ele narrou as fabulosas tradições de tempos remotos dando a elas uma aparência de realidade que apenas a mão de um mestre poderia oferecer. Seus retratos da natureza são impressionantes e reais. Ele seleciona com cuidado aquilo que é apropriado, rejeita o supérfluo e quando termina seu trabalho não é nem falho nem redundante. O poema Metamorfoses pode ser lido com prazer pelos jovens e são relidos em uma idade mais avançada com ainda mais prazer. O poeta atreveu-se a prever que seu poema lhe sobreviveria e seria lido sempre que o nome de Roma fosse mencionado."

A previsão acima mencionada está contida nos versos finais do poema "Metamorfoses":

"E agora termino minha obra, que nem a ira
De Jove, nem o dente do tempo, a espada, o fogo
Jamais destruirão. Ainda virá o dia
Em que o corpo, e não a mente, domine
E arrebatará o que me resta de vida,
A minha melhor parte ficará acima das estrelas,
E minha reputação viverá para sempre.
Onde quer que espalhem as armas e artes de Roma,
Ali o povo lerá meu livro;
E, se qualquer coisa de verdade houver na visão do poeta,
Meu nome e fama terão imortalidade."

CAPÍTULO XXXVI

MONSTROS MODERNOS – A FÊNIX – O BASILISCO – O UNICÓRNIO – A SALAMANDRA

MONSTROS MODERNOS

Há um grupo de seres imaginários que parecem ter sido sucessores das "terríveis Górgonas, Hidras e Quimeras" das antigas superstições. E, por não terem ligação com os falsos deuses do Paganismo, continuaram a desfrutar de uma existência na crença popular após o Paganismo ter sido suplantado pelo Cristianismo. Talvez eles sejam mencionados pelos escritores clássicos, mas sua grande popularidade e uso geral parecem ter acontecido em tempos mais recentes. Buscamos nossos relatos deles tanto na poesia antiga como nos livros de história natural da Antiguidade e nas narrações de viajantes. Os relatos a seguir são tomados especialmente da *Penny Cyclopedia*, uma revista editada em Londres entre 1833 e 1843.

A FÊNIX

Ovídio conta a história da Fênix da seguinte maneira: "A maioria dos seres nasce de outros indivíduos. Mas há uma espécie que reproduz a si mesma. Os assírios a chamam de Fênix. Ela não vive de frutos ou flores, mas de franquincenso e resinas odoríferas. Após viver por 500 anos, a fênix constrói um ninho nos ramos do carvalho ou no topo de uma palmeira. Ali, ela junta canela, nardo, mirra, e com todos esses materiais constrói uma pilha na qual deita e, ao morrer, exala seu último suspiro entre aqueles aromas. Do corpo da ave paterna surge uma jovem fênix destinada a viver o mesmo que sua predecessora. Quando cresce e tem força suficiente, ela levanta o ninho da árvore (o próprio berço e sepulcro parental) e o transporta para a cidade de Heliópolis, no Egito, e coloca-o no templo do Sol."

Este é o relato fornecido pelo poeta. Agora vejamos o de um historiador filosófico. Tácito diz: "No consulado de Paulo Fábio (34 a.C.), a ave miraculosa conhecida no mundo pelo nome de Fênix, após desaparecer durante algumas eras, revisita o Egito. Ela foi acompanhada em seu voo por um grupo de várias aves, todas atraídas pela novidade e observando com fascínio tal bela aparição". Em seguida, ele fornece o relato de uma ave que, de forma significativa, não varia do anterior e acrescenta alguns detalhes. "O primeiro cuidado da jovem ave, assim que fica emplumada e capaz de confiar em suas asas, é realizar obséquias ao seu pai. Mas essa tarefa não é executada de maneira precipitada. A ave coleta uma quantidade de mirra e, para testar sua força, faz frequentes excursões com um peso nas costas. Quando ganha suficiente confiança em seu próprio vigor, ela pega o corpo do pai e voa com ele ao altar do Sol, onde o deixa para ser consumido por chamas fragrantes." Outros escritores acrescentam alguns detalhes. A mirra é compactada, em forma de ovo, e envolve a fênix morta. Da carne apodrecida da ave morta nasce um verme que, quando grande, se transforma em ave. Heródoto a descreve desta maneira: "Eu mesmo nunca a vi, exceto em ilustração. Parte de sua plumagem é dourada e parte carmesim. Em grande parte, assemelha-se a uma águia em tamanho e formato".

O primeiro escritor a negar a crença na existência da fênix foi *sir* Thomas Browne em "Erros Vulgares", publicado em 1646. Alguns anos mais tarde, ele recebeu uma resposta de Alexander Ross que diz em relação à objeção da fênix em aparecer tão raramente: "Seu instinto ensina-lhe a manter-se longe do tirano da criação, o *homem*. Pois, caso fosse apanhada, algum glutão rico com certeza a devoraria, embora não houvesse mais nenhuma outra no mundo".

Dryden, em um de seus primeiros poemas, fornece a seguinte alusão à fênix:

"Assim, quando a recém-nascida Fênix é vista pela primeira vez,
Todos os seus súditos emplumados adoram sua rainha,
E, enquanto avança por todo o Oriente,

De todos os bosques surge um numeroso séquito;
Todos os poetas do ar cantam sua glória,
E à sua volta o público satisfeito bate suas asas."

Milton, em "Paraíso Perdido", Livro V, compara o anjo Rafael, quando desce à Terra, à Fênix:

"... Para baixo, debruçado em seu voo
Ele avança rápido e pelo vasto céu etéreo
Navega entre mundos e mundos, com voo estável,
Ora sob ventos polares, ora em voo ameno
Movimenta o ar batendo suas asas; até que no voo
De Águias, a todas as aves ele parece
Uma Fênix, admirada por todos; como o pássaro solitário
Quando, para consagrar suas relíquias no templo
Brilhante do sol, voa para Tebas, no Egito."

A COCATRICE OU BASILISCO

Este animal era chamado de rei das serpentes. Para confirmar sua realeza, dizia-se que ele era dotado de uma crista ou pente na cabeça, constituindo uma coroa. Supunha-se que ele provinha de um ovo de galo chocado por sapos ou serpentes. Havia várias espécies desse animal. Uma delas queimava tudo que se aproximasse; outra era uma espécie errante parecida com cabeças de Medusa, e sua visão causava horror imediato, que era seguido de morte. Na peça de Shakespeare *Ricardo III*, Lady Anne, quando responde ao elogio de Ricardo aos seus olhos, diz: "Desejaria que fossem eles os do basilisco, para te matar!".

Os basiliscos eram chamados reis das serpentes porque todas as outras serpentes e cobras portavam-se como bons súditos e, de forma sábia, não desejavam ser queimadas ou mortas, por isso fugiam no momento em que ouviam o sibilar distante de seu rei. Podiam estar em meio a uma refeição composta pela mais deliciosa presa, deixavam o exclusivo prazer do banquete para o monstro real.

Plínio, o naturalista romano, assim descreve o basilisco: "Ele não rasteja seu corpo como as outras serpentes, com uma flexão múltipla. Ele avança altivo e ereto. Mata os arbustos não apenas pelo contato, mas respirando sobre eles, e parte rochas, tal é o poder maligno que habita nele". Outrora se acreditava que, se ele fosse morto por uma lança arremessada por um cavaleiro, o poder do veneno conduzido pela arma mataria não só o cavaleiro, mas também o cavalo. Lucano faz uma citação nos seguintes versos:

"Embora o Mouro tenha matado o basilisco,
E o deixado sem vida na planície arenosa,
Pela lança o sutil veneno sobe,
A mão fica embebida nele e o vitorioso morre."

Prodígios como esses não passariam despercebidos pelas lendas dos santos. Portanto, descobrimos registros de que certo homem santo, dirigindo-se à fonte no deserto, de repente avistou um basilisco. De imediato, ergueu os olhos para o céu e, com devoto apelo à Divindade, o monstro morreu aos seus pés.

Esses poderes maravilhosos do basilisco são atestados por um grupo de eruditos, como Galeno, Avicena, Scaliger e outros. Às vezes, um deles se opunha a alguma parte do relato enquanto admitia o restante. Jonston, um médico sábio, observava com razão: "Mal posso acreditar que o basilisco mata com o olhar, pois quem o teria visto e sobrevivido para contar a história?". O sábio digno não sabia que aqueles que caçavam o basilisco dessa espécie o faziam com um espelho. E este refletia por trás o olhar mortal sobre o autor que, por um tipo de justiça poética, assassinava o basilisco com sua própria arma.

Mas o que atacaria esse terrível e inacessível monstro? Há um velho ditado que diz que "tudo tem seu inimigo" – e a cocatrice tremia diante da doninha. O basilisco pode parecer perigoso, mas a doninha não se importava e avançava ousada para o conflito. Quando picada, a doninha se retirava por um momento para comer um pouco de arruda, a única planta que os basiliscos não podiam secar, e retornava com força renovada e vigor para a luta, e nunca deixava o inimigo até ele estar morto no chão. O monstro, como se tivesse consciência da forma irregular com que viera ao mundo, também tinha grande antipatia pelo galo. E deveria ter, pois, assim que ouvia o galo cantar, ele morria.

O basilisco tinha algum uso após a morte. Lemos que sua carcaça era suspensa no templo de Apolo e em casas particulares, como um remédio excelente contra aranhas. E também era pendurada no templo de Diana, motivo pelo qual nenhuma andorinha jamais se atreveu a entrar no local sagrado.

Compreendemos que o leitor, a essa altura, já tenha ouvido absurdos suficientes, mas também podemos imaginar sua ansiedade por saber qual a aparência da cocatrice. Há o seguinte trabalho de Aldrovandi, um célebre naturalista do século XVI cujo estudo de história natural abrange 13 volumes e contém uma parte grande e valiosa de fábulas e inutilidades. Ele se estende tanto no tema do galo e do touro que de sua prática, muito divagadora, mexericos de duvidosa credibilidade são chamados de *histórias de galos e touros*.

Shelley, em sua "Ode a Nápoles", com muito entusiasmo estimulado pela inteligência da proclamação da Constituição Governamental de Nápoles, em 1820, assim utiliza uma alusão ao basilisco:

"Por que os cimérios anárquicos ousam blasfemar
Contra vós e a Liberdade! Um novo erro de Acteon
Também será o deles – devorados por seus próprios cães!
    Seja como o supremo basilisco,
Que mata o inimigo com feridas invisíveis!
    Olhai para a opressão até que esse risco medonho,
    Aterrorizada, ela passa pelo disco terrestre.
Não temais, mas olhai – pois homens livres e mais poderosos virão,
E escravos mais fracos vislumbram o inimigo."

O UNICÓRNIO

Plínio, o naturalista romano, de cujo relato do unicórnio foi retirada a descrição de muitos dos unicórnios modernos, considera-o como um "animal muito feroz, semelhante ao cavalo no resto do corpo, com cabeça de veado, patas de elefante, cauda de javali, um mugido profundo e um único chifre negro com dois côvados* de comprimento, que fica no meio da testa". E acrescenta que o unicórnio "não pode ser apanhado vivo". Tal desculpa deve ter sido necessária naqueles tempos, para que o animal nunca aparecesse na arena do anfiteatro.

O unicórnio parece ter sido um enigma infeliz para os caçadores, que mal sabiam o que fazer para encontrar tão valiosa caça.

*N.T.: Côvado era uma antiga medida de comprimento. Baseava-se no comprimento do antebraço, da ponta do dedo médio até o cotovelo e equivalia a 50 centímetros.

Alguns diziam que o chifre se movia de acordo com a vontade do animal, ou seja, era um tipo de espada pequena diante da qual nenhum caçador que não fosse hábil o bastante na esgrima poderia ter alguma chance. Outros afirmavam que a força do animal estava em seu chifre, e, quando perseguido de perto, o unicórnio se lançava de uma ribanceira com o chifre na frente de forma a cair sobre ele. Em seguida, continuava a fugir com calma sem ter nenhum problema com a queda.

Mas, por fim, parece que descobriram como capturar o pobre unicórnio. Souberam que ele era um grande amante da pureza e inocência, então levaram ao campo uma jovem *virgem*, que foi colocada no caminho do admirador insuspeito. Quando o unicórnio a espiou, aproximou-se com toda a reverência, agachou-se ao lado dela, colocou a cabeça sobre seu colo e adormeceu. Então, a virgem traiçoeira deu o sinal e os caçadores se aproximaram e capturaram o inocente animal.

Zoólogos modernos, por mais indignados que possam ficar com tais fábulas, em geral não acreditavam na existência do unicórnio. No entanto, há animais que têm na cabeça uma protuberância óssea mais ou menos como um chifre, que pode ter dado origem à história. O chifre do rinoceronte, como é chamado, é uma dessas protuberâncias, embora não exceda alguns milímetros em altura e está muito distante da descrição do chifre do unicórnio. O que mais se aproxima a um chifre no meio da testa está exposto na protuberância óssea da testa da girafa. Mas essa também é curta e obtusa, e não é o único chifre do animal, mas um terceiro, que fica à frente de outros dois. Para deixar claro, embora seja presunçoso negar a existência de um quadrúpede de um único chifre além do rinoceronte, pode-se afirmar com segurança que a inserção de um chifre comprido e sólido na testa de um animal parecido com um cavalo ou um veado é quase impossível.

A SALAMANDRA

O seguinte texto é extraído de autobiografia *A Vida de Benvenuto Cellini*, um artista italiano do século XVI: "Quando tinha por volta de 5 anos de idade, meu pai estava em um pequeno cômodo que acabara de ser lavado e onde havia um bom fogo de carvalho ardendo. Ele observou as chamas e viu um pequeno animal que parecia um lagarto que poderia viver na parte mais quente da Terra. De imediato, ele percebeu o que era e chamou a mim e a minha irmã. Após mostrar-nos a criatura, deu-me um tapa na orelha. Senti vontade de chorar, enquanto ele me confortava com carícias e dizia: 'Meu caro filho, não lhe dei esse tapa por alguma falta que você cometeu, mas para se lembrar de que a pequena criatura que vê no fogo é uma salamandra. Tal como essa, eu nunca avistara antes'. Ao dizer isso, ele me abraçou e me deu algum dinheiro".

Parece insensato duvidar de uma história da qual o sr. Cellini fora testemunha ocular e auditiva. Acrescente a isso a autoridade de numerosos sábios filósofos, liderados por Aristóteles e Plínio, que afirmam o poder da salamandra. Segundo eles, o animal não apenas resistia ao fogo, como o extinguia; e, quando ele vê a chama, lança-se a ela como se fosse um inimigo que ele sabe muito bem como vencer.

Não devemos nos admirar de que a pele de um animal seja capaz de resistir à ação do fogo e possa ser considerada prova contra esse elemento. Portanto, descobrimos que um tecido feito de pele de salamandra (pois realmente existe tal animal, uma espécie de lagartixa) tornava-se incombustível e era muito apreciado para embrulhar artigos preciosos demais para ser confiados a outros invólucros. Esses tecidos à prova de fogo foram, de fato, produzidos. Dizia-se que eram feitos de lã de salamandra, embora os conhecedores detectassem que a substância de que eram compostos era amianto, um mineral que possui filamentos finos capazes de ser trançados em um tecido flexível.

O fundamento dessas fábulas deve ter sido o fato de que a salamandra realmente produz uma secreção pelos poros do corpo, como um suco leitoso que, quando irritado, é produzido em quantidade considerável e, sem dúvida, por alguns momentos, defende o corpo do fogo. E a salamandra é um animal hibernante, o qual, no inverno, se retira para o buraco de uma árvore ou outra cavidade, onde se enrola e permanece em estado letárgico até a primavera o despertar. Portanto, às vezes, pode ser levada ao fogo com a madeira e desperta no momento certo para usar todas as suas faculdades em sua defesa. Seu líquido viscoso pode ter grande valia e todos que declaram tê-lo visto reconhecem que ele sai do fogo tão rápido quanto suas pernas permitem. De fato, rápido demais para que alguém o tenha apanhado. Exceto em uma ocasião, e mesmo assim as patas e algumas partes do corpo do animal ficaram gravemente queimadas.

Edward Young, em "Pensamentos Noturnos", com mais estranheza que bom gosto, compara o cético que fica indiferente à contemplação dos céus com a salamandra não aquecida pelo fogo:

"Um astrônomo não devoto é louco!
Oh, que gênio deve informar os céus
E ficaria o coração de salamandra de Lourenço
Frio e insensível entre esses fogos sagrados?"

CAPÍTULO XXXVII

MITOLOGIA ORIENTAL - ZOROASTRO - MITOLOGIA HINDU - CASTAS - BUDA - O GRANDE LAMA

ZOROASTRO

Nosso conhecimento da religião dos antigos persas deriva principalmente do Zendavesta, os livros sagrados daquele povo. Zoroastro foi o fundador dessa religião, ou melhor, o reformador da religião que o precedeu. A época em que ele viveu é duvidosa, mas é certo que seu sistema se tornou a religião dominante da Ásia Ocidental desde Ciro (550 a.C.) até a conquista da Pérsia por Alexandre, o Grande. Sob a monarquia macedônica, as doutrinas de Zoroastro parecem ter sido consideravelmente corrompidas pela introdução de opiniões estrangeiras, mas em seguida recuperaram sua ascendência.

Zoroastro ensinava a existência de um ser supremo que criou outros dois seres poderosos e concedeu-lhes o máximo de sua natureza que lhe parecia propícia. Desses dois seres, Ormuzd (chamado pelos gregos de Oromasdes) permaneceu fiel ao seu criador e era visto como a fonte de todo bem. Ahriman (Arimanes) rebelou-se e se tornou o criador de todo o mal sobre a Terra. Ormuzd criou o homem e forneceu a ele todos os elementos para a felicidade; mas Ahriman arruinou essa felicidade introduzindo o mal no mundo e criando animais selvagens, plantas e répteis venenosos. Como consequência, o bem e o mal agora estão misturados por todo o mundo, e os seguidores do bem e do mal – partidários de Ormuzd e Ahriman

– vivem em guerra incessante. Mas esse estado de coisas não durará para sempre. Chegará o tempo em que os seguidores de Ormuzd serão vitoriosos por toda parte, e Ahriman e seus adeptos serão relegados à eterna escuridão.

Os rituais religiosos dos antigos persas eram extremamente simples. Não utilizavam templos, altares ou estátuas e realizavam sacrifícios nos cumes das montanhas. Adoravam o fogo, a luz e o sol como emblemas de Ormuzd, a fonte de toda luz e pureza, mas não os consideravam divindades independentes. Os ritos religiosos e cerimônias eram regulados pelos sacerdotes, chamados Magos. O conhecimento dos magos estava ligado à astrologia e encantamentos, nos quais eram tão célebres que seu nome foi aplicado a todas as ordens de magos e feiticeiros.

Wordsworth assim alude à veneração dos persas:

"... o persa, zeloso em rejeitar
Altares e imagens, e as paredes inclusivas
E tetos dos templos construídos por mãos humanas,
Sobem aos mais altos locais e de seu cume
Com tiaras de mirta em suas frontes,
Faziam sacrifícios à Lua e às Estrelas,
Aos Ventos e à mãe dos Elementos,
E a todo o círculo dos Céus, para ele
Uma existência sensível e um Deus."
Excursion, Livro IV

Em "Childe Harold", Byron assim fala da adoração persa:

"Não foi em vão que o antigo persa fez
De seu altar os locais altos e nos picos
Das montanhas que olham para a Terra, e assim
Arrebata um templo sem paredes, e ali busca
O Espírito, em cuja honra santuários são os fracos,
Erguidos por mãos humanas. Vem e compara
Colunas e moradas de ídolos, godos ou gregos,
Com os reinos de adoração da Natureza, terra e ar,
Nem te fixes em moradias favoritas para circunscrever tua oração."

III, 91

A religião de Zoroastro continuou a prosperar mesmo depois da introdução do Cristianismo. E, no século III, foi a fé dominante no Oriente até a ascensão do poder maometano e da conquista da Pérsia pelos árabes no século VII, que obrigou um grande número de persas a renunciar à sua antiga fé. Aqueles que se recusaram a abandonar a religião de seus ancestrais fugiram para os desertos de Kerman e para o Hindustão, onde ainda existem sob o nome de Parses, derivado de Pars, o nome antigo da Pérsia. Os árabes os chamavam de guebros, que em árabe significa os infiéis. Em Bombaim, os parses são até hoje uma classe muito ativa, inteligente e rica. São famosos favoravelmente por sua pureza de vida, honestidade e modos conciliatórios. Possuem numerosos templos dedicados ao Fogo, que adoram como símbolo de divindade.

A religião persa torna-se um belo tema no poema de Moore "Lalla Rookh", "Os Adoradores de Fogo". O chefe guebro diz:

"Sim! Pertenço àquela raça ímpia.
Aqueles escravos do Fogo, que lamentam e até
Saúdam a morada de seu criador
Entre as luzes vivas do céu;
Sim! Pertenço a um grupo de párias
Fiel ao Irã e à vingança,
Que amaldiçoa a chegada dos árabes
Para profanar nossos santuários da chama,
E juramos diante do olho ardente de Deus
Partir as correntes de nosso país ou morrer."

MITOLOGIA HINDU

A religião dos hindus foi declaradamente fundada pelos Vedas. A esses livros de suas escrituras eles atribuem a maior das santidades, e afirmam que o próprio Brahma os escreveu durante a criação. Mas a organização atual dos Vedas é atribuída ao sábio Vyasa, que viveu há cerca de 5 mil anos.

Sem dúvida, os Vedas ensinam a crença em um Deus supremo. O nome dessa divindade é Brahma. Seus atributos são representados pelos três poderes personificados da *criação*, *preservação* e *destruição*. E sob os respectivos nomes de Brahma, Vishnu e Shiva formam a

Trimurti, ou trindade, dos principais deuses hindus. Entre os deuses inferiores, os mais importantes são: 1. Indra, deus do céu, do trovão, do raio, da tempestade e da chuva; 2. Agni, deus do fogo; 3. Yama, deus das regiões infernais; 4. Surya, deus do sol.

Brahma é o criador do Universo e a fonte da qual surgiram todas as outras divindades e em quem todas serão, por fim, absorvidas. "Como o leite torna-se coalho e a água, gelo, também o Brahma é transformado e diversificado de várias maneiras sem a ajuda de qualquer recurso exterior." De acordo com os Vedas, a alma humana é uma parte do supremo governante, assim como uma centelha pertence ao fogo.

VISHNU

Vishnu ocupa o segundo lugar na trindade dos hindus, e é a personificação do princípio de preservação. Para proteger o mundo do perigo em várias épocas, Vishnu desceu à Terra em diferentes encarnações, ou formas corpóreas, chamadas de avatares. São muito numerosos, mas dez são especificados de maneira particular. O primeiro avatar era Matsya, o Peixe, e sob essa forma Vishnu preservou Manu, o ancestral da raça humana, durante o dilúvio universal. O segundo avatar surgiu como uma Tartaruga, forma que ele assumiu para sustentar a Terra quando os deuses estavam agitando o oceano em busca da bebida da imortalidade, Amrita.

Podemos omitir os outros avatares que tinham um caráter geral parecido, ou seja, interposições para proteger o direito ou para punir os transgressores. Vamos diretamente ao nono, o mais célebre dos avatares de Vishnu, quando ele surge na forma humana de Krishna, um guerreiro invencível que por suas proezas libertou a Terra dos tiranos que a oprimiam.

Segundo os adeptos do Bramanismo, Buda é uma encarnação ilusória de Vishnu, assumida por ele com o objetivo de induzir os Asuras, oponentes dos deuses, a abandonar os mandamentos sagrados dos Vedas, com o que perderam sua força e supremacia.

Kalki é o nome do décimo avatar, no qual Vishnu surgirá no fim da atual era do mundo para destruir todos os vícios e maldades e restabelecer a virtude e a pureza na humanidade.

SHIVA

Shiva é a terceira pessoa da trindade hindu. Ele é a personificação do princípio destrutivo. Embora seja o terceiro nome, quanto ao número de devotos e à extensão de sua adoração, ele está à frente dos outros dois. Nas Puranas (as escrituras da religião hindu moderna) não há nenhuma alusão ao poder original desse deus como destruidor. Esse poder só será exercido depois de 12 milhões de anos ou quando o Universo terminar. Mahadeva (outro nome para Shiva) é mais representativo da regeneração que da destruição.

Os seguidores de Vishnu e Shiva formam duas seitas, e ambas proclamam a superioridade de sua divindade favorita, negando as reivindicações do outro. Brahma, o criador, quando termina seu trabalho, parece ser visto como não mais ativo e hoje possui apenas um templo na Índia, enquanto Mahadeva e Vishnu possuem muitos. Em geral, os adoradores de Vishnu são famosos por mostrarem mais ternura pela vida e, como consequência, abstêm-se de alimentos de origem animal e realizam cultos menos cruéis que aqueles dos seguidores de Shiva.

JAGANNATHA

Nossas fontes discordam se os veneradores de Jagannatha devem ser incluídos entre os seguidores de Vishnu e Shiva. O templo fica perto da costa, a mais ou menos 480 quilômetros a sudoeste de Calcutá. O ídolo é um bloco de madeira entalhado com um rosto hediondo, pintado de preto e uma boca distendida vermelho-sangue. Em dias de festividades, o trono da imagem é colocado sobre uma torre de 18 metros que se move com rodas. Seis cordas longas são presas à torre, para que as pessoas possam puxá-la. Os sacerdotes e seus ajudantes ficam em volta do trono, na torre, e às vezes se voltam para os adoradores com canções e gestos. Enquanto a torre é arrastada, numerosos devotos atiram-se ao chão para ser esmagados pelas rodas. E a multidão grita em sinal de aprovação do ato, como um sacrifício que agrada ao ídolo. Todos os anos, em particular durante dois grandes festivais que ocorrem em março e julho, peregrinos aglomeram-se em multidões que se dirigem ao templo. Nada menos que 70 mil ou 80 mil pessoas visitam o local em três ocasiões, quando todas as castas comem juntas.

CASTAS

A divisão dos hindus em classes ou castas, com ocupações fixas, existe desde tempos remotos. Alguns acreditam que a prática foi estabelecida com a conquista. As primeiras três castas são compostas por raças estrangeiras que subjugaram os nativos do país, reduzindo-os a uma casta inferior. Outros a relacionam ao gosto em perpetuar, pela transmissão de pai para filho, alguns ofícios ou ocupações.

A tradição hindu fornece o seguinte relato sobre a origem de diversas castas: na criação, Brahma decidiu dar à Terra habitantes que seriam emanações diretas de seu próprio corpo. Assim, de sua boca saiu o primogênito, Brahma (o sacerdote), a quem confiou os quatro Vedas; de seu braço direito nasceu Xátria (o guerreiro); e do braço esquerdo, surgiu a esposa do guerreiro. Suas coxas produziram os Vaixiás, homens e mulheres (agricultores e comerciantes). Por fim, de seus pés, nasceram os Sudras (mecânicos e trabalhadores).

Os quatro filhos de Brahma, trazidos ao mundo de forma tão significativa, tornaram-se os pais da raça humana e líderes de suas respectivas castas. Foram orientados a considerar os quatro Vedas como contendo todos os mandamentos de sua fé e tudo que fosse necessário para guiá-los em suas cerimônias religiosas. Também foram ordenados a se classificarem de acordo com seu nascimento: os brâmanes eram os superiores por terem nascido da cabeça de Brahma.

Uma forte linha de demarcação é traçada entre as três primeiras castas e os sudras. Aos primeiros era permitido receber instruções dos Vedas, o que não era permitido aos sudras. Os brâmanes possuem o privilégio de ensinar aos Vedas e possuíam, em tempos remotos, a exclusividade a todo e qualquer conhecimento. Embora a soberania do país fosse escolhida entre a classe dos xátrias, também chamados rajaputes, os brâmanes possuíam o verdadeiro poder e eram os conselheiros reais, juízes e magistrados do país. Suas pessoas e propriedades eram invioláveis, e embora cometessem os maiores crimes, podiam apenas ser banidos do país. Deveriam ser tratados como soberanos e com o maior respeito, pois um "brâmane, seja culto ou ignorante, é uma divindade poderosa".

Quando um brâmane atinge a maturidade, é seu dever se casar. Deve ser sustentado pelas contribuições dos ricos e não ser obrigado a ganhar sua subsistência por meio de alguma ocupação árdua ou produtiva. Mas, como todos os brâmanes não poderiam ser sustentados pelas classes trabalhadoras da comunidade, tornou-se necessário permitir que eles se envolvessem em empregos produtivos.

Temos pouco a dizer sobre as duas classes intermediárias, cuja posição e privilégios podem ser facilmente deduzidos por suas ocupações. Os Sudras, ou quarta classe, estão vinculados a uma ocupação servil dirigida às classes superiores, em especial os brâmanes. Mas podem seguir carreiras mecânicas ou práticas artísticas, como pintura ou literatura, ou ainda se tornarem comerciantes ou fazendeiros. Em consequência, alguns se tornavam ricos e também acontecia de brâmanes empobrecerem. Esse fato tem suas consequências, e sudras ricos, às vezes, empregam brâmanes pobres em ocupações humildes.

Há outra classe ainda mais baixa que os sudras, pois não é uma das classes puras originais, mas nasce de relações ilícitas entre indivíduos de castas diferentes. Estes são os párias, empregados para serviços mais baixos e tratados com a máxima severidade. São obrigados a fazer o que mais ninguém pode fazer sem poluir. Não são apenas considerados impuros, mas tornam impuro tudo aquilo que tocam. São privados de todos os direitos civis e estigmatizados por leis específicas que controlam seu modo de vida, suas casas e sua mobília. Não têm permissão para visitar os pagodes ou templos de outras castas, possuem seus próprios pagodes e exercícios religiosos. Não devem entrar nas casas de outras castas; caso isso seja feito por descuido ou necessidade, o lugar deve ser purificado por meio de cerimônias religiosas. Não devem aparecer em mercados públicos e são confinados ao uso de poços específicos que são obrigados a cercar com ossos de animais para advertir os outros contra sua utilização. Vivem em cabanas miseráveis, longe de cidades e vilas, e não têm restrições quanto à alimentação, o que não é um privilégio e sim a marca da ignomínia; como se fossem tão degradados que nada os pode poluir. Às três castas superiores é expressamente proibido o consumo de carne. A quarta tem permissão para consumir todas as carnes, menos a de vaca. E apenas a casta mais baixa pode consumir qualquer alimento, sem restrição.

BUDA

Buda, que os Vedas representam como uma encarnação ilusória de Vishnu, foi, de acordo com seus seguidores, um sábio mortal cujo nome era Gautama, também chamado pelos epítetos elogiosos de Sakyasinha, o Leão, e Buda, o Sábio.

Após uma comparação entre as várias épocas òs quais é atribuído seu nascimento, concluiu-se que ele viveu mais ou menos mil anos antes de Cristo.

Ele era filho de um rei e, em conformidade com os costumes do país, poucos dias após seu nascimento, ele foi apresentado diante do altar da divindade. Dizem que a imagem inclinou a cabeça como um presságio da futura grandeza que teria o profeta recém-nascido. Logo a criança desenvolveu faculdades da primeira ordem e se tornou igualmente célebre pela incomum beleza de sua pessoa. Assim que atingiu os anos da maturidade, ele começou a refletir, de maneira profunda, sobre a depravação e miséria humanas, e concebeu a ideia de se retirar da sociedade e se dedicar à meditação. Em vão, seu pai se opôs ao projeto. Buda escapou da vigilância dos guardas, encontrou um refúgio seguro e viveu impassível, por seis anos, em devotas contemplações. No término daquele período, ele se dirigiu a Benares e se tornou pregador religioso. No início, algumas pessoas que o ouviam duvidaram de sua sanidade mental, mas logo sua doutrina ganhou crédito e se propagou de forma tão rápida que o próprio Buda viveu para vê-la disseminada por toda a Índia. Ele morreu aos 80 anos de idade.

Os budistas rejeitam totalmente a autoridade dos Vedas, assim como os costumes religiosos prescritos por eles e mantidos pelos hindus. Também rejeitam a distinção das castas, proíbem qualquer sacrifício sangrento e permitem o consumo de carne. Seus sacerdotes são escolhidos dentre todas as castas e devem buscar seu sustento por meio da perambulação e mendicância. Entre outras coisas, é seu dever tentar dar uso a objetos descartados como inúteis por outros, e também descobrir o poder medicinal das plantas. Porém, no Ceilão, três ordens de sacerdotes são reconhecidas. As ordens mais altas são, em geral, homens bem-nascidos e instruídos, apoiados pelos principais templos, muitos dos quais dotados de grandes riquezas pertencentes aos anteriores monarcas do país.

Durante muitos séculos depois da aparição de Buda, sua seita parecia ser tolerada pelos brâmanes, e o Budismo penetrou em todas as direções da península do Hindustão, sendo levado ao Ceilão e à península oriental. Porém, em seguida, teve de suportar uma longa perseguição na Índia que, por fim, causou a extinção total da seita em seu país de origem, embora tenha se propagado de forma ampla pelos países adjacentes. O Budismo foi introduzido na China por volta do ano 65 da nossa era. Da China, propagou-se à Coreia, ao Japão e Java.

O GRANDE LAMA

Trata-se de uma doutrina semelhante à dos hindus bramânicos e à seita budista, nas quais o confinamento da alma humana, uma emanação do espírito divino em corpo humano, é um estado de miséria e as consequências das fraquezas e pecados cometidos em existências anteriores. Mas afirmam que poucos indivíduos surgiam na Terra, de tempos em tempos, e não sob a necessidade de uma existência terrena, mas que desceram à Terra por vontade própria para promover o bem-estar da humanidade. Eles assumiram gradativamente o caráter das reaparições do próprio Buda, e assim a linhagem continua até os dias de hoje, por meio de vários Lamas do Tibete, China e outros países onde o Budismo prevalece. Em consequência das vitórias de Gêngis Khan e seus sucessores, o Lama que vivia no Tibete foi educado com dignidade de sumo pontífice da seita. Uma província separada foi designada a ele como seu território pessoal, e, além de sua dignidade espiritual, ele se tornou, durante um tempo limitado, o monarca temporário. Ele é chamado Dalai Lama.

Os primeiros cristãos missionários que foram ao Tibete ficaram surpresos ao encontrar, no coração da Ásia, uma corte pontifícia e várias outras instituições eclesiásticas semelhantes àquelas da Igreja Católica Romana. Encontraram conventos para padres e freiras, além de procissões e formas de adoração religiosa que eram realizadas com muita pompa e esplendor. Muitos foram levados, por essas coincidências, a considerar o Lamaísmo como um tipo de Cristianismo degenerado. Não é improvável que os Lamas tenham derivado algumas dessas práticas dos cristãos nestorianos, que se estabeleceram no Tártaro quando o Budismo foi introduzido no Tibete.

PRESTE JOÃO

Um antigo relato, provavelmente transmitido por mercadores viajantes, acerca de um Lama ou líder espiritual entre os tártaros, parece ter ocasionado na Europa o relato de um Presbítero, ou Preste João, um pontífice cristão residente na Ásia Superior. O papa enviou uma missão em sua procura, como fez Luís IX da França alguns anos depois. Entretanto, as duas missões fracassaram, embora as pequenas comunidades de cristãos nestorianos encontradas serviram para manter a crença na Europa de que tal personagem realmente existiu em algum lugar do Oriente. Por fim, no século XV, um viajante português, Pedro Covilhã, ouviu falar da existência de um príncipe cristão no país dos abissínios (Abissínia), não longe do Mar Vermelho, e concluiu ser o verdadeiro Preste João. Portanto, ele seguiu para o local e penetrou na corte do rei, que ele chama de Negus. Milton o menciona em "Paraíso Perdido", Livro XI, onde, descrevendo a visão de Adão de seus descendentes em suas várias nações e cidades, espalhados pela face da Terra, ele diz:

"... Nem seus olhos deixaram de ver
O império de Negus, o porto mais extremo,
Ercoco, e os reis menos marítimos,
Mombaça e Quiloa e Melinde."

CAPÍTULO XXXVIII

MITOLOGIA NÓRDICA - VALHALA - AS VALQUÍRIAS

MITOLOGIA NÓRDICA

As histórias que prenderam nossa atenção até agora tratam de mitologias de regiões do Sul. Mas há outro ramo de superstições antigas que não deve de todo ser subestimado. Em especial porque pertencem a nações onde, por meio dos antepassados ingleses, estão as origens dos norte-americanos. Trata-se dos países do norte da Europa, região dos escandinavos, que vivem em países hoje chamados Suécia, Dinamarca, Noruega e Islândia. Esses relatos mitológicos estão contidos em duas coleções chamadas Edas. A mais velha dessas coleções é em forma de poesia e é do ano 1056; a Eda mais moderna, ou em prosa, data de 1640.

De acordo com as Edas, não havia nem céu nem Terra, apenas uma profundeza insondável e um mundo de névoa no qual fluía uma fonte. Doze rios saíram dessa fonte; e quando estavam distantes de sua nascente, congelavam e, com uma camada de gelo sobre a outra, a grande profundeza ficou repleta.

Ao sul do mundo de névoa ficava o mundo da luz. Dele vinha um vento cálido sobre o gelo, que o derreteu. Os vapores subiram na atmosfera e formaram nuvens, de onde surgiu Ymir, o gigante de gelo e sua linhagem, e a vaca Audhumbla, cujo leite fornecia alimento e sustento ao gigante. A vaca alimentava-se lambendo os cristais e o sal do gelo. Um dia, enquanto lambia as pedras de sal, surgiram os cabelos de um homem. No segundo dia, a cabeça inteira e, no terceiro, toda a forma dotada de beleza, agilidade e poder. Esse novo ser era um deus, e dele e de sua esposa, uma filha da raça gigante, surgiram os três irmãos Odin, Vili e Ve. Eles mataram o gigante Ymir e de seu corpo a Terra se formou; do sangue nasceram os mares; dos ossos, as montanhas; dos cabelos, as árvores; do crânio, os céus; e do cérebro, as nuvens, carregadas de granizo e neve. Das sobrancelhas de Ymir, os deuses formaram Midgard (terra média), destinada a se tornar a morada do homem.

  Odin então regulou os períodos do dia e da noite, as estações do ano e colocou nos céus o sol e a lua, indicando a ambos seus respectivos cursos. Assim que o sol começou a emanar seus raios sobre a Terra, a vegetação do mundo germinou e brotou. Logo depois que os deuses criaram o mundo, eles caminharam à beira-mar, satisfeitos com seu novo trabalho. Mas descobriram que ele ainda estava incompleto, pois não tinha seres humanos. Sendo assim, pegaram um freixo e dele criaram o homem. Criaram a mulher a partir de um olmo. Chamaram o homem de Aske e a mulher de Embla. Odin deu-lhes vida e alma; Vili, a razão e a emoção; e Ve concedeu-lhes os sentidos, traços expressivos e a linguagem. Midgard foi-lhes, então, concedida como sua residência, e eles se tornaram os progenitores da raça humana.

  O poderoso freixo chamado Ygdrasil deveria sustentar o Universo inteiro. Ele nascera do corpo de Ymir e possuía três raízes imensas. Uma se estende por Asgard (a morada dos deuses); a outra, por Jotunheim (a morada dos gigantes); e a terceira, pelo Niffleheim (regiões da escuridão e do frio). Ao lado de cada uma dessas raízes há uma fonte, da qual elas bebem. A raiz que se estende por Asgard é tratada com cuidado pelas três Nornas, ou deusas, que são vistas como distribuidoras do destino. Elas são Urdur (o passado), Verdandi (o presente) e Suld (o futuro). A nascente ao lado de Jotunheim é o poço de Ymir, onde se escondem a sabedoria e a sagacidade. Mas a fonte de Niffleheim alimenta a víbora Nidhogge (escuridão), que rói a raiz perpetuamente. Quatro cervos correm entre os ramos da árvore e mordem os brotos; eles representam os quatro ventos. Sob a árvore está Ymir e, quando ele tenta remover seu peso, a Terra treme.

  Asgard é o nome da morada dos deuses, e somente se tem acesso a ela pela ponte Bifrost (o arco-íris). Asgard é constituída por palácios de ouro e prata, as moradas dos deuses, mas a mais bela delas é Valhala, a residência de Odin. De seu trono, ele vê todo o céu e a Terra. Em seus ombros ficam os corvos Hugin e Munin, que voam todos os dias pelo mundo inteiro e, quando voltam, contam a ele tudo que viram e ouviram. Aos seus pés estão dois lobos, Geri e Freki, aos quais Odin oferece toda a carne colocada diante dele, pois ele não necessita de alimento. Hidromel é para ele comida e bebida. Odin inventou as letras rúnicas e é trabalho das Nornas gravar as runas do destino em um escudo de metal. Do nome de Odin, às vezes pronunciado Woden, surge Wednesday, o nome do quarto dia da semana, ou seja, em português, a quarta-feira.

Com frequência, Odin é chamado Alfadur (All-father, ou todo pai em português), mas às vezes esse nome é utilizado de forma a mostrar que os escandinavos possuem a ideia de uma divindade superior a Odin, incriada e eterna.

AS ALEGRIAS DE VALHALA

Valhala é a grande mansão de Odin, onde ele festeja com os heróis eleitos e todos aqueles que pereceram de forma brava em batalhas, pois todos que morreram de forma pacífica são excluídos. A carne do javali Schrimnir é servida a todos de forma abundante. Embora esse javali seja cozinhado todas as manhãs, torna-se inteiro novamente todas as noites. Para beber, os heróis têm hidromel em abundância fornecido pela cabra Heidrum. Quando os heróis não estão em banquetes, eles se divertem com lutas. Todos os dias dirigem-se ao pátio ou campo e lutam até se cortarem em pedaços. Esse é seu passatempo; porém, quando chega o momento da refeição, eles se restabelecem das feridas e retornam para o banquete em Valhala.

AS VALQUÍRIAS

As Valquírias são virgens guerreiras montadas em cavalos e armadas com elmos e lanças. Odin, desejoso de juntar o maior número de heróis possível em Valhala para o encontro com os gigantes quando chegar a disputa final, escolhe em todos os campos de batalha aqueles que devem ser mortos. As Valquírias eram suas mensageiras e seus nomes representam "Aquelas que escolhem quem deve morrer". Quando elas partem em missão, sua armadura emite uma estranha luz cintilante que produz um clarão nos céus do Norte, aquilo que os homens chamam de "Aurora Boreal" ou "Luzes do Norte".[38]

---

38. A ode de Gray chamada " As Irmãs Fatais" baseia-se nessa suposição.

THOR E OS OUTROS DEUSES

Thor, o deus dos trovões, filho primogênito de Odin, é o mais forte entre deuses e homens, e possui três coisas muito especiais. A primeira é o martelo, que tanto o gelo quanto os gigantes da montanha sabem do que é capaz quando o avistam arremessado contra o ar, pois ele já partiu o crânio de seus pais e familiares. Quando lançado, o martelo retorna à mão por si mesmo. A segunda coisa que Odin possui chama-se o cinto da força. Quando ele o prende à cintura, seu poder divino fica redobrado. A terceira, e também muito preciosa, são suas luvas de ferro, que ele veste quando pretende usar o martelo de forma eficiente. Do nome de Thor surge a palavra Thursday (quinta-feira).

Frey é um dos mais célebres entre os deuses. Ele rege a chuva, a luz do sol e todas as frutas da Terra. Sua irmã Freia é a deusa mais propícia. Ela ama a música, a primavera, as flores e, em particular, os Elfos (fadas). Aprecia muito as canções de amor e todos os amantes fazem bem em invocá-la.

Bragi é o deus da poesia e sua música fala dos feitos dos guerreiros. Sua esposa, Iduna, mantém em uma caixa as maçãs que os deuses, quando sentem a velhice chegando, precisam apenas provar de seu sabor para voltar a ser jovens.

Heimdall é o vigia dos deuses e está, portanto, posicionado nas fronteiras do céu para impedir que os gigantes forcem sua passagem pela ponte Bifrost (o arco-íris). Ele necessita de menos sono que um pássaro e enxerga à noite tão bem quanto de dia, em um raio de 160 quilômetros. Sua audição é tão aguçada que nenhum som lhe escapa, pois ele pode ouvir até a relva crescer e a lã no lombo do carneiro.

LOKI E SEUS DESCENDENTES

Há outra divindade que é descrita como o caluniador entre os deuses e o idealizador de todos as trapaças e danos. Seu nome é Loki. Ele é bonito e bem-feito de corpo, mas possui um humor muito instável e uma disposição bastante maligna. Pertence à raça dos gigantes, mas forçou sua presença na companhia dos deuses e parece ter prazer nas dificuldades que causa entre eles. E também em libertá-los dos perigos por meio de sua astúcia, esperteza e habilidade. Loki tem três filhos. O primogênito é o lobo Fenris, o do meio é a serpente Midgard, e o mais jovem é Hela (Morte). Os deuses sabiam que esses monstros estavam crescendo e que um dia causariam muito mal a eles e aos homens. Portanto, Odin achou aconselhável enviar alguém para escoltá-los até ele. Quando chegaram, ele jogou a serpente naquele oceano profundo que circundava a Terra. Hela foi banida para Niffleheim e Odin concedeu-lhe poderes sobre nove mundos ou regiões, nos quais ela distribui aqueles que lhe são enviados. Ou seja, aqueles que morrem de doença ou velhice. Seu palácio chama-se Elvidner. Fome é a sua mesa; Inanição, sua faca; Atraso, seu homem; Lentidão, sua aia; Precipício, seu umbral; Cuidado, sua cama; e Angústias Ardentes compõem a estrutura dos aposentos. É fácil reconhecê-la, pois seu corpo é metade cor de carne e metade azul. E ela possui um semblante terrivelmente severo e ameaçador.

O lobo Fenris causou aos deuses muitos problemas antes que conseguissem acorrentá-lo. Ele quebrava as mais fortes algemas, como se fossem feitas de teias de aranha. Por fim, os deuses enviaram um mensageiro à montanha dos espíritos, que criaram para eles a corrente chamada Gleipnir. Ela era composta por seis coisas: o ruído feito pelos passos de um gato, as barbas das mulheres, as raízes das pedras, a respiração dos peixes, os nervos (sensibilidades) dos ursos e o cuspe dos pássaros. Quando terminada, a corrente era suave e macia como um fio de seda. Mas, quando os deuses pediram ao lobo para se amarrar com aquela fita com fraca aparência, ele suspeitou de sua intenção, temendo que ela tenha sido produzida por magia. Portanto, ele consentiu em ser preso à fita sob a condição de que um deus colocasse a mão dentro de sua boca (de Fenri) como promessa de que a fita seria removida. Apenas Tyr (deus das batalhas) teve coragem suficiente para tal. Porém, quando o lobo descobriu que não podia quebrar as amarras e que os deuses não o libertariam, ele mordeu a mão de Tyr, que desde então ficou maneta.

COMO THOR PAGOU O SALÁRIO AOS GIGANTES DA MONTANHA

Certa vez, quando os deuses construíam suas moradas e já tinham terminado Midgard e Valhala, surgiu um artífice que se ofereceu para construir uma residência tão bem fortificada que eles ficariam em perfeita segurança contra as incursões dos gigantes de gelo e dos gigantes das montanhas. Mas como recompensa ele exigia a princesa Freia, o sol e a lua. Os deuses cederam aos termos, desde que ele terminasse todo o trabalho ele mesmo, sem a ajuda de ninguém, e durante o espaço de um inverno. E, se qualquer coisa estivesse inacabada no primeiro dia de verão, ele deveria desistir da recompensa. Quando soube desses termos, o artífice estipulou que deveriam permitir que ele utilizasse seu cavalo Svadilfari, e, sob o aconselhamento de Loki, concederam-lhe o pedido. De acordo, o homem pôs-se a trabalhar no primeiro dia de inverno, e durante a noite deixava que o cavalo levasse pedras para a construção. O tamanho enorme das pedras deixou os deuses perplexos, e eles viram claramente que o cavalo executava uma vez e meia o trabalho do mestre. No entanto, seu acordo fora concluído e confirmado por meio de juramentos solenes, pois sem essas precauções um gigante se acharia seguro entre os deuses, especialmente enquanto Thor não retornasse de uma expedição que empreendera contra os demônios.

Conforme o inverno chegava ao fim, a construção estava avançada e os baluartes estavam altos e maciços o suficiente para deixar o local invencível. Em suma, quando faltavam apenas três dias para o verão, a única parte que permanecia inacabada era a entrada. Então, os deuses tomaram seus assentos de justiça e entraram em consulta, perguntando-se quem dentre eles teria aconselhado a ceder Freia, ou mergulhar os céus na escuridão, permitindo que o gigante levasse o sol e a lua.

Concordaram que ninguém além de Loki, o autor de tantas maldades, poderia ter oferecido conselho tão prejudicial. E ele deveria ser morto de forma cruel caso não tivesse um plano para evitar que o artífice completasse sua tarefa e conquistasse a recompensa estipulada. Foram procurar Loki que, assustado, jurou a qualquer custo que arranjaria uma forma para o homem perder sua recompensa. Naquela mesma noite, quando o homem saiu com Svadilfari para transportar as pedras, uma égua surgiu de repente da floresta e começou a relinchar. O cavalo soltou-se e correu atrás da égua para dentro da floresta, o que obrigou o homem a correr atrás do cavalo e assim, entre um e outro, toda a noite fora perdida. Quando surgiu a aurora, o trabalho já não apresentava o progresso de costume. O homem, vendo que não conseguiria executar a tarefa, retomou sua estatura gigantesca e os deuses perceberam, de forma clara, que ele era na realidade uma montanha gigante que se juntou a eles. Sem se sentir mais presos ao juramento, eles chamaram Thor que, de imediato, correu para ajudá-los. Thor ergueu o malho, pagou o salário ao trabalhador, sem o sol e a lua, sem mesmo mandá-lo de volta a Jotunheim, pois com o primeiro golpe do martelo ele partiu o crânio do gigante em pedaços e arremessou-o a Niffleheim.

A RECUPERAÇÃO DO MARTELO

Certa vez, o martelo de Thor caiu nas mãos do gigante Thrym, que o enterrou 14 metros abaixo das rochas de Jotunheim. Enviaram Loki para negociar com Thrym, mas tudo que ele conseguiu foi uma promessa do gigante em devolver a arma caso Freia consentisse em se tornar sua noiva. Loki retornou e reportou o resultado da missão, mas a deusa do amor ficou horrorizada com a ideia de conceder seus encantos ao rei dos gigantes de gelo. Nessa emergência, Loki persuadiu Thor a vestir-se com as roupas de Freia e o acompanhou até Jotunheim. Thrym recebeu sua noiva velada com a devida cortesia, mas ficou muito surpreso ao vê-la comer, durante o jantar, oito salmões e um boi inteiro, além de outras iguarias. Tudo acompanhado por três barris de hidromel. No entanto, Loki assegurou ao gigante que ela não provara nada durante oito longas noites, tamanho era seu desejo em ver o amante, o renomado governante de Jotunheim. Por fim, Thrym teve a curiosidade de espreitar por baixo do véu da noiva, mas recuou assustado e perguntou por que os globos oculares de Freia brilhavam como fogo. Loki repetiu a mesma desculpa e o gigante ficou satisfeito. Ele mandou que o martelo fosse trazido e colocado sobre o colo da donzela. Em seguida, Thor arrancou o disfarce, agarrou sua arma, matou Thrym e todos seus seguidores.

Frei também possuía uma bela arma, uma espada que, sozinha, espalhava a matança em um campo de batalha sempre que seu dono assim desejasse. Frei separou-se da espada, mas teve menos sorte que Thor e nunca a recuperou. Aconteceu desta forma: certa vez, Frei subiu no trono de Odin, de onde pode ser visto todo o Universo. Olhando à volta, ele observou bem distante, no reino do gigante, uma bela donzela. Quando a viu, foi tomado de súbita tristeza, tanto que a partir daquele momento não conseguia mais dormir, beber ou falar. Por fim, Skirnir, seu mensageiro, conseguiu sacar-lhe o segredo, e encarregou-se de conseguir a donzela para ser sua noiva, caso ele lhe desse sua espada como recompensa. Frei consentiu e deu-lhe a espada. Skirnir partiu em sua jornada para obter a promessa da donzela de que em nove noites ela iria a um determinado local e ali se casaria com Frei. Quando Skirnir reportou o sucesso de sua missão, Frei exclamou:

> "Longa é uma noite,
> Longas são duas noites,
> Mas como suportarei três?
> Parecia mais curto
> Um mês para mim
> Do que esse tempo parado e repleto de anseio."

Assim, Frei conseguiu Gerda, a mais bela de todas as mulheres, como sua esposa, mas perdeu a espada.

Essa história, intitulada "Skirnir For", e a anterior a ela, chamada "Thrym's Quida", podem ser encontradas no poema de Longfellow "Poetas e Poesia da Europa".

CAPÍTULO XXXIX

A VISITA DE THOR A JOTUNHEIM

A VISITA DE THOR A JOTUNHEIM, O PAÍS DOS GIGANTES

Certo dia, o deus Thor, com seu criado Tialfi e acompanhado por Loki, partiu em viagem ao país dos gigantes. Dentre todos os homens, Thialfi era o mais veloz. Ele carregava a bolsa de Thor, contendo suas provisões. Quando a noite caiu, eles se viram em uma enorme floresta e procuraram por todos os lados um local onde pudessem passar a noite. Por fim, chegaram a uma grande mansão, com uma entrada que tomava toda uma parte do edifício. Ali, eles deitaram para dormir e, perto da meia-noite, foram alarmados por um terremoto que estremeceu toda a construção. Thor levantou-se, chamou os companheiros para procurar com ele um lugar seguro. À direita, encontraram uma sala adjacente onde os outros entraram, mas Thor permaneceu na porta, com a bolsa na mão, preparado para se defender caso algo acontecesse. Durante a noite, ouviu-se um gemido terrível e, ao nascer do dia, Thor saiu e viu deitado ao seu lado um enorme gigante que dormia e roncava de tal forma que assustara a todos. Dizem que, pela primeira vez, Thor teve medo de usar o malho e, conforme o gigante despertava, Thor se contentou apenas em perguntar seu nome.

"Meu nome é Skrymir", disse o gigante, "e não preciso perguntar o seu, pois sei que você é o deus Thor. Mas o que aconteceu com minha luva?". Então, Thor percebeu que aquilo que pensavam ser, durante a noite, uma mansão, era a luva do gigante. E a sala em que seus dois companheiros buscaram refúgio era o polegar. Skrymir, então, sugeriu que viajassem juntos, e Thor consentiu. Sentaram-se para tomar a refeição matinal e, quando terminaram, Skrymir colocou todas as suas provisões em uma bolsa, jogou-a no ombro e partiu na frente dos outros com passos tão largos que eles tiveram dificuldades em acompanhá-lo. Assim viajaram todo o dia e, quando chegou o crepúsculo, Skrymir escolheu um local para passarem a noite debaixo de um grande carvalho. Skrymir, então, disse-lhes que iria se deitar para dormir. "Mas peguem a bolsa", acrescentou, "e preparem a ceia".

Skyrmir logo adormeceu e começou a roncar com força; e quando Thor tentou abrir a bolsa, viu que o gigante a fechara com tanta força que ele não conseguia desatar um único nó. Por fim, Thor ficou enfurecido, pegou seu martelo com as duas mãos e deu um forte golpe na cabeça do gigante. Skrymir despertou e apenas perguntou se uma folha havia caído em sua cabeça e se eles haviam comido e estavam prontos para dormir. Thor respondeu que eles estavam preparados para adormecer e foi se deitar debaixo de outra árvore. Mas, naquela noite, o sono não chegava para Thor e, quando Skrymir começou a roncar alto outra vez, de tal forma que a floresta ecoava com o ruído, ele se levantou, agarrou o malho e arremessou-o com tanta força contra o crânio do gigante que fez um buraco. Skrymir despertou e gritou: "Qual é o problema? Há pássaros empoleirados nesta árvore? Senti alguns musgos dos ramos caírem em minha cabeça. O que se passa com você, Thor?". Mas Thor afastara-se apressado, dizendo que acabara de despertar e que, como ainda era meia-noite, havia tempo para descansar. No entanto, ele decidiu que, caso surgisse a oportunidade de desferir um terceiro golpe, todos os assuntos entre eles deveriam ficar arranjados. Um pouco antes da aurora, ele notou que Skrymir dormia profundamente e, mais uma vez, agarrou o malho e o lançou com tanta violência que o martelo penetrou no crânio do gigante até o cabo. Mas Skrymir sentou-se e, passando a mão pelo rosto, disse: "Uma bolota caiu em minha cabeça. O quê! Você está acordado, Thor? Acho que é hora de levantar e se vestir. Mas não falta muito para vocês chegarem a uma cidade chamada Utgard. Ouvi vocês sussurrando entre si que eu não sou um homem de pequenas dimensões; e, se forem a Utgard, lá verão homens muito mais altos que eu. Por isso, aconselho, quando lá chegarem, não se sintam muito confiantes, pois os seguidores de Utgard-Loki não tolerarão homens tão pequenos como vocês vangloriando-se. Devem pegar a estrada que leva a leste, a minha segue a norte, por isso nos separamos aqui".

Em seguida, Skrymir jogou a bolsa sobre os ombros e partiu floresta adentro. Thor não desejou detê-lo nem pedir que ficasse mais em sua companhia.

Thor e os companheiros seguiram seu caminho e, por volta do meio-dia, avistaram uma cidade no meio de uma planície. Era tão alta que foram obrigados a levantar bem a cabeça para ver o topo. Quando entraram na cidade, viram um enorme palácio com a porta escancarada e entraram. Encontraram homens de estatura prodigiosa sentados em bancos no salão. Seguiram adiante e viram-se em frente ao rei, Utgard-Loki, a quem saudaram com grande respeito. O rei, observando-os com um sorriso desdenhoso, disse: "Se não estou enganado, aquele rapaz ali é o deus Thor". Então, dirigindo-se a Thor, disse: "Talvez você seja mais do que parece ser. Quais os feitos a que você e seus companheiros se julgam qualificados? Pois ninguém tem permissão para ficar aqui caso não supere, em um feito ou outro, todos os outros homens".

"A proeza que conheço bem", disse Loki, "é comer mais rápido que qualquer outro, e estou preparado para dar provas disso contra qualquer um aqui que deseje competir comigo".

"Isso realmente é uma façanha", disse Urgard-Loki, "caso consiga realizar o que promete, e isso será provado de imediato".

Em seguida, o rei ordenou que um de seus homens que estava sentado na ponta do banco, e cujo nome era Logi, se aproximasse e tentasse sua habilidade contra Loki. Uma tina cheia de carne fora depositada no chão do salão. Loki se posicionou em um lado e Logi no outro. Ambos começaram a comer o mais rápido que podiam até se encontrarem no meio da tina. Mas foi decidido que Loki apenas comera a carne, enquanto seu adversário devorara carne, ossos e a tina até o tronco. Todos os presentes decretaram que Loki fora vencido.

Utgard-Loki, então, perguntou que façanha poderia realizar o jovem que acompanhava Thor. Thialfi respondeu que ganharia a corrida contra qualquer um que quisesse competir com ele. O rei observou que habilidade na corrida era algo para se vangloriar, mas para ganhar a competição o jovem deveria mostrar grande agilidade. Em seguida, ele levantou e dirigiu-se, com todos os presentes, a uma planície onde havia bom solo para correr. Chamou um jovem de nome Hugi e propôs a ele competir contra Thialfi. Na primeira volta, Hugi ia tão à frente do concorrente que olhou para trás e o viu não muito longe do ponto de partida. Então, correram uma segunda e uma terceira vez, mas Thialfi não tinha sucesso.

Então, Utgard-Loki perguntou a Thor em que proeza ele gostaria de dar provas da valentia pela qual era conhecido. Thor respondeu que tentaria uma competição de bebida com qualquer um. Utgard-Loki fez seu copeiro trazer o maior chifre que seus seguidores eram obrigados a esvaziar quando transgrediam as leis das festividades. O copeiro levou o chifre a Thor e Utgard-Loki disse: "Quem for bom bebedor esvaziará aquele chifre em um gole, embora a maioria dos homens precise de dois goles, e o bebedor mais fraco precisará de três".

Thor olhou para o chifre, que não parecia ter um tamanho excepcional, embora fosse longo. No entanto, como ele tinha muita sede, colocou o chifre nos lábios e, sem respirar, sorveu o mais profundo que podia para não precisar dar um segundo gole. Mas, quando baixou o chifre e olhou para dentro dele, percebeu que o líquido mal diminuíra.

Thor respirou e tentou mais uma vez com toda a sua habilidade, mas, quando tirou o chifre dos lábios, parecia ter bebido menos que antes, embora agora o chifre pudesse ser transportado sem entornar.

"E agora, Thor?", disse Utgard-Loki. "Não se poupe. Se pretende esvaziar o chifre no terceiro gole, deve tentar com mais vontade. E devo dizer que você não será considerado tão poderoso aqui como é em sua casa se não mostrar mais habilidade na execução de outras proezas além dessa."

Thor, enfurecido, colocou outra vez o chifre na boca e fez seu melhor para esvaziá-lo. Olhou dentro e o líquido baixara muito pouco. Então, decidiu não tentar mais e devolveu o chifre ao copeiro.

"Agora vejo claramente", disse Utgard-Loki, "que você não é tão forte quanto pensávamos. Mas quer tentar outra proeza? Embora eu acredite que você não levará nenhum prêmio consigo".

"Que outra prova tem para propor?", perguntou Thor. "Temos um jogo muito trivial aqui", respondeu Utgard-Loki, "que usamos para treinar apenas as crianças. Consiste somente em levantar meu gato do chão. Não me atreveria a mencionar tal façanha ao grande Thor caso não tivesse já observado que sua arte não se trata daquilo que pensávamos".

Quando terminou de falar, um gato cinza enorme entrou no salão. Thor colocou a mão por baixo da barriga do gato e usou toda a sua força para erguê-lo do chão, mas o gato, curvando as costas e apesar de todos os esforços de Thor, levantou apenas uma pata. Depois de ver isso, Thor não tentou mais.

"Esse teste terminou", disse Utgard-Loki, "exatamente como pensei que iria terminar. O gato é grande, mas Thor é pequeno comparado aos nossos homens".

"Pode me chamar de pequeno", respondeu Thor, "mas quem dentre vocês virá aqui lutar comigo agora que estou enfurecido?".

"Não vejo ninguém aqui", disse Utgard-Loki, olhando para os homens sentados nos bancos, "que não consideraria abaixo de suas capacidades lutar com você. No entanto, alguém vá chamar a velha megera, Elli, minha ama, e deixe que Thor lute com ela, se ele quiser." Ela arremessou ao chão muitos homens não menos fortes do que esse Thor".

Uma velha desdentada entrou no salão e Utgard-Loki mandou que ela prendesse Thor. O relato é breve. Quanto mais Thor agarrasse a velha, mais firme ela ficava. Por fim, após uma luta muito violenta, Thor começou a fraquejar e caiu de joelhos. Utgard-Loki disse-lhes para desistir e acrescentou que agora Thor não podia pedir a ninguém mais no salão para enfrentá-lo, e também estava ficando tarde. Assim sendo, ele mostrou a Thor e aos companheiros seus assentos e eles passaram a noite em boa disposição.

Assim que nasceu o dia, Thor e os companheiros se vestiram e preparam-se para partir. Utgard-Loki ordenou que uma mesa fosse posta para eles com fartos mantimentos e bebida. Após o repasto, Utgard-Loki levou-os ao portão da cidade e, enquanto se despedia, perguntou a Thor como ele achara que a viagem tinha corrido. E se por acaso encontrara homens mais fortes que ele. Thor disse-lhe que não podia negar que passara grande vergonha. "E o que mais me entristece", disse ele, "é que você dirá que eu tenho pouco valor".

"Não", disse Utgard-Loki, "tenho a obrigação de dizer a verdade agora que você está fora da cidade, e enquanto eu viver e tiver vontade, você nunca mais entrará nela. Palavra de honra, se eu soubesse antecipadamente que você era tão forte, e teria me causado grande empecilho, não permitiria que aqui entrasse dessa vez.

Saiba que durante todo esse tempo eu o enganei com minhas ilusões. Primeiro na floresta, quando fechei a bolsa com fios de ferro e você não conseguia desfazer o nó. Depois, você me deu três golpes com o malho. O primeiro, embora mais fraco, teria posto fim aos meus dias caso tivesse caído sobre mim, mas eu deslizei para o lado e o golpe atingiu a montanha. Lá você encontrará três vales, um deles extremamente profundo. Esses são os golpes deixados por seu malho. Utilizei os mesmos truques nas competições com meus seguidores. Na primeira, Loki, como a própria fome, devorou tudo que estava diante dele, mas Loki era, na realidade, nada mais que Fogo e, portanto, consumiu não apenas a carne, mas a própria tina que a mantinha. Hugi, com quem Thialfi competiu na corrida, era o Pensamento, e era impossível que Thialfi conseguisse acompanhá-lo. Quando você, por sua vez, tentou esvaziar o chifre, realizou, palavra de honra, um feito tão maravilhoso que, caso não tivesse visto com meus próprios olhos, não teria acreditado. Pois uma das extremidades daquele chifre alcançava o oceano, mas você não estava ciente. Entretanto, quando chegar à costa perceberá como o mar foi diminuído por seus goles. E ainda realizou uma façanha não menos maravilhosa ao erguer o gato. E, para falar a verdade, estávamos todos aterrorizados, pois o que você julgou ser um gato era, de fato, a serpente Mitgard que envolve a Terra. E foi tão estendida por você que mal conseguia envolvê-la entre a cabeça e a cauda. Quando lutou com Elli também mostrou grande habilidade, pois nunca houve um homem, nem haverá, que, mais cedo ou mais tarde, a Velhice não consiga vencer. Elli era a Velhice. Mas agora, enquanto nos despedimos, deixe-me dizer que será melhor para nós dois que você nunca mais se aproxime de mim. Caso o faça, outra vez me defenderei com ilusões, e você só se cansará e nunca conquistará fama em nenhuma competição comigo".

Quando ouviu essas palavras, Thor, furioso, pegou o malho e o teria arremessado contra o gigante, mas Utgard-Loki desaparecera. Quando Thor voltou à cidade para destruí-la, não encontrou nada além de uma planície verdejante.

CAPÍTULO XL

A MORTE DE BALDUR – OS ELFOS – AS LETRAS RÚNICAS – OS ESCALDOS – A ISLÂNDIA

A MORTE DE BALDUR

Baldur, o Bom, fora atormentado por sonhos terríveis que indicavam que sua vida estava em perigo. Ele relatou o fato à assembleia dos deuses, que resolveu invocar todas as coisas para desviar a ameaça de Baldur. Então, Friga, esposa de Odin, exigiu um juramento do fogo, da água, do ferro e de todos os metais, das pedras, árvores, doenças, animais, pássaros, peixes e seres rastejantes. Nenhum deles deveria causar mal a Baldur. Odin, não satisfeito com isso tudo e assustado pelo destino do filho, determinado a consultar a profetiza Angerbode, uma giganta, mãe de Fenris, Hela e da serpente Midgard. Ela estava morta, e Odin foi obrigado a procurá-la nos domínios de Hela. Essa Descida de Odin é tema da bela ode de Gray, que começa assim:

"O rei dos homens ergueu-se com rapidez,
E colocou a sela em seu corcel negro como o carvão."

Mas os outros deuses, sentindo que Friga fizera o suficiente, divertiam-se usando Baldur como alvo. Alguns lançavam dardos nele, outros, pedras, e outros o cortavam com espadas e machados de batalha. Por mais que fizessem, não conseguiram machucá-lo. E esse se tornou o passatempo favorito deles, visto como uma honra apresentada a Baldur. Porém quando Loki observou a cena, ficou profundamente irritado por

Baldur não se ferir. Portanto, ele assumiu a forma de mulher e dirigiu-se a Fensalir, a mansão de Friga. Quando a deusa avistou a suposta mulher, perguntou a ela se sabia o que os deuses faziam em suas reuniões. Ela respondeu que lançavam dardos e pedras em Baldur sem conseguir feri-lo. "Aha", disse Friga, "pedras, lanças, nada pode ferir Baldur, pois exigi um juramento de todos eles." "O quê?", perguntou a mulher. "Todas as coisas juraram poupar Baldur?" "Todas as coisas", respondeu Friga, "exceto um pequeno arbusto que cresce na parte oriental de Valhala chamado visco e que pensei ser muito jovem e fraco para desejar dele um juramento".

Assim que Loki ouviu tal conversa, partiu, voltou à sua forma natural, cortou o visco e encaminhou-se ao local onde os deuses estavam reunidos. Quando lá chegou, viu Hodur de parte, sem participar nos esportes em razão de sua cegueira. Loki foi até ele e disse: "Por que você também não arremessa alguma coisa em Baldur?".

"Porque sou cego", respondeu Hodur, "não vejo onde está Baldur e, além disso, não tenho nada para atirar".

"Então, venha", disse Loki, "faça como os outros e honre Baldur atirando esse ramo nele. Vou direcionar seu braço ao local em que ele está".

Em seguida, Hodur pegou o visco e, sob a orientação de Loki, arremessou-o em Baldur, que foi completamente perfurado até cair sem vida. Com certeza, nunca se testemunhara, dentre deuses ou homens, ato mais atroz que esse. Quando Baldur caiu, os deuses ficaram mudos de terror e entreolharam-se com apenas uma coisa na cabeça: colocar as mãos no autor do feito, mas foram obrigados a adiar a vingança em respeito ao local sagrado em que se encontravam. Deram vazão ao sofrimento por meio de altas lamentações. Quando os deuses voltaram a si, Friga perguntou quem dentre eles desejaria receber todo o seu amor e boa vontade. "Para isso", disse ela, "esse alguém terá de ir à morada de Hela oferecer-lhe uma recompensa caso ela permita que Baldur retorne a Asgard". Hermod, chamado de Ágil, filho de Odin, ofereceu-se para realizar a viagem. Sleipnir, o cavalo de Odin, que possui oito pernas e corre mais que o vento, foi trazido. Hermod montou e galopou na direção de sua missão. Durante o espaço de nove dias e nove noites, ele cavalgou por vales profundos e tão escuros que não conseguia discernir nada. Chegou ao Rio Gyoll, que atravessou por uma ponte coberta de ouro reluzente. A criada que cuidava da ponte perguntou seu nome e linhagem, dizendo que no dia anterior cinco grupos de pessoas mortas cavalgaram sobre a ponte e não a balançaram tanto quanto ele, que estava sozinho. "Mas", ela acrescentou, "você não possui a cor da morte; por que, então, cavalga em direção ao Hela?".

"Vou ao Reino dos Mortos", respondeu Hermod, "procurar Baldur. Por acaso o viu passar por aqui?".

Ela respondeu: "Baldur cavalgou pela ponte de Gyoll e além fica o caminho que leva à morada da morte".

Hermod continuou sua jornada até chegar aos portões trancados de Hel. Ali desmontou, apertou mais a sela, montou outra vez, esporeou o cavalo, que ultrapassou o portão em um salto tremendo, sem tocá-lo. Em seguida, Hermod cavalgou até o palácio, onde encontrou seu irmão Baldur ocupando o assento mais distinto no salão, e passou a noite ali, em sua companhia. Na manhã seguinte, ele implorou a Hela que deixasse Baldur voltar para casa com ele. Assegurou-lhe que nada, além de lamentações, seriam ouvidas entre os deuses. Hela respondeu que agora confirmaria se Baldur era tão amado como ele dizia ser. "Sendo assim", disse ela, "se todas as coisas no mundo, vivas e sem vida, chorarem por ele, então Baldur retornará à vida. Mas, se qualquer coisa falar contra ele ou se recusar a chorar, ele será mantido no Hel".

Então, Hermod cavalgou de volta a Asgard e relatou tudo que ouvira e testemunhara.

Os deuses enviaram mensageiros pelo mundo todo para implorar que todas as coisas chorassem para Baldur ser libertado do Hel. Todas as coisas obedeceram ao pedido de bom grado, tanto seres humanos como todos os outros seres vivos, assim como solos, pedras, árvores e metais. Do mesmo modo como vimos essas coisas todas chorarem quando são levadas de um lugar frio a um lugar quente. Quando os mensageiros retornavam, encontraram uma velha chamada Thaukt sentada em uma caverna e imploraram para que chorasse para Baldur sair do Hel. Mas ela respondeu:

"Thaukt lamentará
Com lágrimas secas
Sobre a pira de Baldur.
Que Hela o guarde."

Houve fortes suspeitas de que essa velha não era outro senão Loki, que nunca parava de semear o mal entre deuses e homens. Assim, Baldur foi proibido de voltar a Asgard.[39]

O FUNERAL DE BALDUR

Os deuses levaram o corpo do morto até a costa onde estava o navio de Baldur, *Hringham*, tido como o maior do mundo. O corpo de Baldur foi depositado em uma pira funerária a bordo do navio, e sua esposa Nanna ficou tão abalada ao vê-lo que morreu e seu corpo foi cremado na mesma pira, com o corpo do marido. Houve grande confluência, de vários tipos de pessoas, às obséquias de Baldur. Primeiro chegou Odin, acompanhado de Friga, as Valquírias e seus corvos. Frei chegou em seu carro puxado por Gullinbursti, o javali. Heimdall cavalgava Gulltopp. Freia conduzia sua carruagem puxada por gatos. Também havia muitos gigantes de gelo e da montanha. O cavalo de Baldur foi levado à pira totalmente aparelhado e foi consumido pelas mesmas chamas de seu mestre.

Entretanto, Loki não escapou do castigo merecido. Quando viu como os deuses estavam enfurecidos, ele fugiu para a montanha e construiu uma cabana com quatro portas para que pudesse ver por todos os lados se surgia algum perigo. Inventou uma rede para pescar, como aquela que os pescadores passaram a usar depois dele. Mas Odin descobriu seu refúgio e os deuses se reuniram para apanhá-lo. Quando viu o que estava para acontecer, Loki transformou-se em um salmão e ficou escondido entre as pedras do riacho. Mas os deuses pegaram sua rede e dragaram o riacho, e Loki, vendo que seria apanhado, tentou pular sobre a rede, mas Thor pegou-o pela cauda e apertou. Por isso os salmões, desde então, possuem essa parte extremamente fina. Amarraram Loki com correntes e suspenderam a serpente sobre sua cabeça, e o veneno dela caía sobre seu rosto, gota a gota. Siguna, sua esposa, sentou-se ao seu lado e apanhava as gotas com um cálice, conforme caíam. Mas, quando saía para esvaziar o cálice, o veneno caía em Loki, que gritava de terror e contorcia o corpo de forma tão violenta que toda a Terra tremia, criando o que os homens passaram a chamar de terremotos.

---

39. Entre os poemas de Longfellow, há um chamado "Tegner's Drapa", cujo tema é a morte de Baldur.

OS ELFOS

As Edas mencionam outra classe de seres, inferiores aos deuses, mas ainda assim possuidores de grande poder. Chamavam-se Elfos. Os espíritos brancos, ou elfos da luz, eram belíssimos, mais brilhantes que o sol e usavam trajes de textura delicada e transparente. Amavam a luz, eram gentis com a humanidade e, em geral, surgiam como crianças belas e adoráveis. Seu país chamava-se Alfheim, e era o domínio de Frey, deus do Sol, em cuja luz os elfos estavam sempre brincando.

Os elfos negros, ou noturnos, eram um tipo diferente de criaturas. Anões feios, com nariz comprido, de cor marrom-escura que surgiam apenas durante a noite. Evitavam o sol como seu mais mortal inimigo, pois sempre que os raios solares caíam sobre qualquer um deles, de imediato transformavam-se em pedras. Sua linguagem era o eco da solidão, e suas moradas eram cavernas subterrâneas e rachaduras. Surgiram supostamente como larvas produzidas pela carne putrefata do corpo de Ymir. Mais tarde, os deuses lhes concederam uma forma humana e grande entendimento. Eram particularmente famosos pelo conhecimento dos misteriosos poderes da natureza e pelas runas que entalhavam e explicavam. Eram os artífices mais habilidosos entre todos os seres criados, e trabalhavam com metais e madeira. Dentre seus mais notáveis trabalhos, estão o martelo de Thor e o navio *Skidbladnir*, que ofereceram a Frey, sendo tão grande que poderia conter todas as divindades, com suas armas e utensílios domésticos. O navio foi concebido de forma tão habilidosa que podia ser dobrado e colocado em um bolso.

RAGNAROK, O CREPÚSCULO DOS DEUSES

Havia uma forte crença entre as nações do Norte que chegaria o tempo em que toda a criação visível, os deuses de Valhala e Niffleheim, os habitantes de Jotunheim, Alfheim e Midgard, e também suas casas, seriam destruídos. No entanto, o dia temido da destruição não chegaria sem presságios. De início, viria um triplo inverno, durante o qual a neve cairia dos quatro cantos dos céus, o frio seria muito austero; os ventos, cortantes; o clima, tempestuoso; e o sol não transmitiria alegria. Três invernos destes passariam sem ser amenizados por um único verão. Três outros invernos semelhantes viriam em seguida, durante os quais a guerra e a discórdia se propagariam pelo

Universo. A própria Terra teria medo e começaria a tremer, o mar abandonaria seu leito, os céus se abririam e o homem pereceria de forma numerosa. E as águias do ar se deleitariam sobre seus corpos trêmulos. O lobo Fenris partirá suas correntes e a serpente Midgard sairá de seu leito no oceano. E Loki, livre de suas amarras, juntarár-se-á aos inimigos dos deuses. Em meio à devastação geral, os filhos de Muspelheim surgirão sob o comando de Surtur, com as chamas e o fogo ardente diante e atrás deles. Todos avançarão sobre Bifrost, a ponte do arco-íris, que se parte com os cascos dos cavalos. Mas eles, desprezando a queda, seguem seu curso em direção ao campo de batalha chamado Vigrid. Para ali também se dirigem o lobo Fenris, a serpente Midgard, Loki, os seguidores de Hela e os gigantes de gelo.

Haimdall agora se levanta e soa a trombeta Giallar para reunir os deuses e heróis para a disputa. Os deuses avançam liderados por Odin, que ataca o lobo Fenris, mas morre vítima do monstro que, por sua vez, é morto por Vidar, filho de Odin. Thor conquista grande renome ao matar a serpente Mitgard, mas recua e cai morto, sufocado pelo veneno que o monstro moribundo vomita sobre ele. Loki e Heimdall encontram-se e lutam até ambos serem assassinados. Enquanto deuses e monstros morrem na batalha, Surtur, que matou Frey, lança fogo e chamas sobre o mundo e todo o universo arde. O sol torna-se turvo, a Terra mergulha no oceano, as estrelas caem do céu e o tempo deixa de existir.

Em seguida, Alfadur (o Todo-Poderoso) criará um novo céu, e uma nova Terra surgirá do oceano. Essa nova Terra será repleta em suprimentos abundantes que produzirão, de forma espontânea, frutos sem a necessidade de trabalho ou cuidado. A maldade e a miséria não serão mais conhecidas, e deuses e homens viverão felizes juntos.

AS LETRAS RÚNICAS

Não se pode viajar pela Dinamarca, Noruega ou Suécia sem encontrar grandes pedras de diferentes formas, entalhadas com as chamadas letras rúnicas, que parecem, à primeira vista, muito diferentes de tudo que conhecemos. As letras consistem quase sempre de linhas retas na forma de pequenos gravetos individuais ou em conjunto. Alguns gravetos foram utilizados em tempos remotos pelas nações do Norte com o propósito de determinar acontecimentos futuros. Os gravetos eram sacudidos, e por meio das figuras que formavam surgia um tipo de adivinhação.

As letras rúnicas eram de vários tipos e utilizadas principalmente para propósitos mágicos. As nocivas, chamadas runas *amargas*, eram empregadas para causar diversos males aos inimigos. As favoráveis evitavam os infortúnios. Algumas eram medicinais, outras empregadas para conquistar o amor, etc. Em épocas posteriores, foram utilizadas com frequência em inscrições, e mais de mil foram encontradas. A língua é um dialeto do godo, chamado Norreno, ainda usado na Islândia. Portanto, as inscrições podem ser interpretadas com segurança, mas até hoje muito poucas foram encontradas capazes de esclarecer fatos históricos. Em sua maioria, são epitáfios em sepulturas.

A ode de Gray chamada "Descida de Odin" contém uma alusão ao uso das letras rúnicas para magia.

"Voltado para o clima do norte,
Por três vezes ele interpretou a rima rúnica;
Três vezes pronunciou, em voz medonha,
O comovente verso que desperta os mortos,
Até que de um buraco
Lentamente surgiu um ruído sombrio."

OS ESCALDOS

Os escaldos eram os bardos e poetas da nação, uma classe de homens muito importantes em todas as comunidades nos primórdios da civilização. São os depositários de todos os relatos históricos, ou seja, é seu ofício misturar algo de gratificação intelectual aos rudes banquetes dos guerreiros, recitando, de acordo com suas habilidades em poesia e música, as façanhas de heróis vivos ou mortos. As composições dos escaldos chamavam-se sagas. Muitas delas que chegaram até nós contêm material histórico valioso e retratam um panorama fiel do estado da sociedade do tempo a que se referem.

A ISLÂNDIA

As Edas e sagas chegaram até nós pela Islândia. O seguinte trecho das conferências de Carlyle sobre "Heróis e o Culto do Herói" fornece um relato animado da região onde surgiram as estranhas histórias que lemos. Deixemos que o leitor as compare, por um instante, com a Grécia, a mãe da mitologia clássica:

"Nessa estranha ilha, Islândia – que eclodiu, segundo os geólogos dizem, pelo fogo do fundo do mar, e era uma terra selvagem, estéril e de lava, engolida durante muitos meses do ano por tempestades negras, mas de uma beleza selvagem e reluzente durante o verão, erguendo-se austera e sombria no Mar do Norte, com suas yokuls [montanhas] nevadas, gêiseres [nascentes escaldantes] estrondosos, piscinas de enxofre e terríveis abismos vulcânicos, como o caótico e deserto campo de batalha do Gelo e do Fogo, onde, dentre todos os lugares, nós menos buscaríamos literatura ou memórias escritas –, o registro dessas coisas foi escrito. Na costa dessa terra selvagem existe um campo onde o gado pode subsistir e também os homens, por meio dele e do que o mar fornece. E parece que eles eram homens poéticos, com pensamentos profundos que exprimiam com musicalidade. Muito estaria perdido se a Islândia não tivesse eclodido do mar e não fosse descoberta pelos nórdicos!"

CAPÍTULO XLI

OS DRUIDAS - IONA

AS DRUIDAS

Os druidas eram os sacerdotes ou ministros da religião entre as antigas nações celtas da Gália, Bretanha e Germânia. A informação que temos sobre eles foi retirada de notas dos escritores gregos e romanos e comparada às remanescentes poesias galesa e gaélica.

Os druidas combinavam as funções de sacerdote, magistrado, sábio e médico. Eram reverenciados pelos povos das tribos celtas, assim como os brâmanes da Índia, os magos da Pérsia e os sacerdotes do Egito.

Os druidas ensinavam sobre a existência de um deus a quem chamavam "Be'al", que os especialistas celtas dizem significar "a vida de tudo", ou "a fonte de todos os seres", e que parece ter afinidade com o fenício Baal. O que torna essa afinidade ainda mais impressionante é o fato de que os druidas, assim como os fenícios, identificavam sua divindade suprema com o *Sol*. O fogo era visto como um símbolo de divindade. Os escritores latinos asseguram que os druidas também veneravam numerosos deuses inferiores.

Não usavam imagens para representar o objeto de sua adoração nem se encontravam em templos ou edificações de qualquer espécie para a realização de seus rituais sagrados. Um círculo de pedras (em geral pedras de grande tamanho) envolvia uma área de seis a 30 metros que constituía seu local sagrado. O mais célebre existente é Stonehenge, na planície de Salisbury, Inglaterra.

Em geral, esses círculos sagrados situavam-se próximos a um rio ou sob a sombra de um bosque ou de um frondoso carvalho.

No centro do círculo ficava o *Cromlech*, ou altar, uma pedra grande disposta como uma mesa sobre a qual ficavam as outras pedras. Os druidas também possuíam seus lugares altos, que eram pedras grandes ou pilhas de pedras no cume das colinas. Chamavam-se *Cairns* e eram utilizados na veneração da divindade sob o símbolo do sol.

Não há dúvida de que os druidas ofereciam sacrifícios às suas divindades. Mas há alguma incerteza acerca do que ofereciam, e não sabemos quase nada sobre as cerimônias relacionadas com seus serviços religiosos. Os escritores clássicos (romanos) afirmam que, em grandes ocasiões, ofereciam sacrifícios humanos para obter sucesso na guerra ou a cura de doenças perigosas. César forneceu um relato detalhado sobre a maneira como isso era feito: "Eles têm imagens de tamanho colossal, cujos membros são feitos de ramos torcidos e são preenchidas com pessoas vivas. Quando o fogo é aceso, os que estão dentro são envolvidos pelas chamas". Os escritores celtas fizeram muitas tentativas para abalar o testemunho dos historiadores romanos quanto a esse fato, mas sem sucesso.

Os druidas celebravam dois festivais por ano. O primeiro acontecia no início de maio e era chamado *Beltane*, ou "fogo de Deus". Nessa ocasião, era feita uma grande fogueira em um local elevado, em honra ao sol, cujo regresso benevolente eles recebiam dessa forma após a melancolia e desolação do inverno. Permanece um traço desse costume no nome *Whitsunday*, em partes da Escócia. *Sir* Walter Scott utiliza a palavra na "Canção do Barco" em "A Dama do Lago":

"A nossa não é uma árvore nova semeada perto da fonte,
Florindo em Beltane para desvanecer no inverno [...]."

O outro grande festival dos druidas era chamado "Samh'in", ou "fogo de paz" e realizava-se na Hallow-eve (1º de novembro), que até hoje tem essa designação nas Terras Altas da Escócia. Nessa ocasião, os druidas reuniam-se em um conclave solene, na parte mais central do distrito, para realizar as funções judiciais de sua ordem. Todas as questões, públicas ou privadas, todos os crimes contra pessoas ou propriedades, eram nesse momento colocados diante deles para adjudicação. A esses atos judiciais eram acrescentadas algumas práticas supersticiosas, especialmente acender o fogo sagrado, a partir do qual todos os fogos do distrito que foram extinguidos previamente de forma escrupulosa poderiam ser reacendidos. A prática de acender fogos em Hallow-eve manteve-se viva nas Ilhas Britânicas muito tempo após o estabelecimento do Cristianismo.

Além desses dois grandes festivais anuais, os druidas tinham o hábito de observar a lua cheia e, em especial, o sexto dia da lua. Nesse último dia, buscavam o visco que crescia em seus carvalhos favoritos, e atribuíam a ele e ao próprio carvalho uma virtude e santidade peculiares. Essa descoberta era ocasião de regozijo e veneração solene. "Eles o chamam", diz Plínio, "por uma palavra que em sua língua significa 'cura-tudo'. Após preparações solenes para o banquete e sacrifícios sob a árvore, levam para o local dois touros brancos como o leite cujos chifres são, pela primeira vez, amarrados. Em seguida, o sacerdote, vestido de branco, sobe na árvore e corta o visco com uma foice de ouro. O visco é colocado em um manto branco e eles, então, sacrificam as vítimas, ao mesmo tempo pedindo a Deus que seu presente traga prosperidade àqueles que o receberam". Depois, bebem a água na qual o visco fora colocado e que julgam ser um remédio para todas as doenças. O visco é uma planta parasita e nem sempre pode ser encontrado no carvalho; por isso, quando é descoberto, é considerado mais precioso.

Os druidas eram os professores da moralidade e da religião. De seus ensinamentos éticos foi preservada uma valiosa amostra nas Tríades dos Bardos Galeses. Desse exemplo podemos concluir que suas visões acerca da moral e da retidão eram justas e eles sustentavam e inculcavam princípios de conduta muito nobres e valiosos. Também eram os homens da ciência e conhecimento entre o povo da época. Há controvérsia se eram familiarizados com o alfabeto, embora seja forte a probabilidade de que fossem até certo ponto. Mas é certo que nenhuma de suas doutrinas, histórias ou poesia foi escrita. Seus ensinamentos eram orais e sua literatura (se tal palavra pode ser utilizada nesse caso) foi preservada exclusivamente pela tradição. Mas os escritores romanos admitem que "eles davam muito valor à ordem e leis da natureza, e investigavam e ensinavam aos jovens sob sua tutela muitas coisas a respeito das estrelas e seus movimentos, o tamanho do mundo e das terras, e também sobre o poder dos deuses imortais".

Sua história consistia de relatos tradicionais nos quais eram celebradas as façanhas heroicas dos antepassados. Aparentemente esses relatos eram em verso e, assim, constituíam parte da poesia, assim como a história dos druidas. Nos poemas de Ossian, temos se não as verdadeiras produções do tempo dos druidas, então aquilo que podemos considerar representações fiéis das canções dos bardos.

Os bardos eram parte essencial da hierarquia druida. O escritor Pennant diz: "Os bardos deveriam ser dotados de poderes semelhantes à inspiração. Eram os historiadores orais de todos os tratados do passado, públicos e privados. Também eram genealogistas de sucesso", etc.

Pennant oferece um relato minucioso dos Eisteddfods, ou reuniões dos bardos e menestréis, que se realizaram no País de Gales durante muitos séculos, muito depois da extinção do sacerdócio druídico em seus outros departamentos. Nessas reuniões, apenas bardos de mérito podiam recitar suas peças, e somente menestréis com grande aptidão podiam atuar. Juízes eram designados para decidir acerca de suas habilidades, e graus apropriados eram conferidos. No período inicial, os juízes eram designados pelos príncipes galeses e, após a conquista do País de Gales, necessitavam da licença dos reis da Inglaterra. No entanto, a tradição diz que Eduardo I, vingando-se da influência dos bardos em incentivar a resistência do povo ao seu domínio, perseguiu-os com grande crueldade. Essa tradição forneceu ao poeta Gray o tema de sua célebre ode, o "Bardo".

Ainda há reuniões ocasionais dos amantes da poesia e música galesas, realizadas com o nome antigo. Entre os poemas de Felícia Hemans, há um escrito para o Eisteddfod, ou encontro de bardos galeses, que aconteceu em Londres, em 22 de maio de 1822. O poema começa com uma descrição do antigo encontro, e os seguintes versos fazem parte dele:

"... no meio dos despenhadeiros eternos, cuja força desafiou
Os romanos de capacete em seu momento de orgulho;
E onde os antigos *cromlech* druidas franziam a testa,
E os carvalhos respiravam misteriosos murmúrios,
Ali se aglomeravam os inspirados de outrora! Na planície ou na montanha,
Diante do sol, por baixo do olhar da luz,
Revelando ao céu suas nobres cabeças,
Ficavam em círculo nos quais ninguém podia entrar."

O sistema druídico estava em seu auge no tempo das invasões romanas, sob o comando de Júlio César. Contra os druidas, assim como seus principais inimigos, esses conquistadores do mundo direcionaram sua fúria implacável. Atacados por todos os lados no continente, os druidas refugiaram-se em Anglesey e Iona, onde durante uma temporada encontraram abrigo e continuaram seus rituais, agora desonrados.

Os druidas preservaram seu predomínio em Iona, na ilhas adjacentes e no continente, até serem suplantados e suas superstições derrubadas pela chegada de São Columbano, apóstolo das Terras Altas, por quem os habitantes daquele distrito foram levados a professar o Cristianismo.

IONA

Uma das menores Ilhas Britânicas, situada perto de uma costa escarpada e estéril, cercada por mares perigosos e sem recursos de riqueza interna, Iona conquistou um lugar imperecível na história como sede da civilização e religião em uma época em que a escuridão e o paganismo imperavam por quase todo o norte da Europa. Iona, ou Icolmkill, fica na extremidade da Ilha de Mull, da qual é separada por um estreito de 800 metros de largura, e sua distância do continente, a Escócia, é de quase 58 quilômetros.

Columbano era um nativo da Irlanda ligado, por nascimento, aos príncipes desse país. Naquela época, a Irlanda era uma terra iluminada pelo evangelho, enquanto o oeste e o norte da Escócia ainda estavam mergulhados nas trevas do paganismo. Acompanhado por 12 amigos, Columbano desembarcou na Ilha de Iona no ano de Nosso Senhor de 563. Fizeram a travessia em um barco de vime coberto por peles. Os druidas que ocupavam a ilha empenharam-se para evitar que ele se estabelecesse ali e as nações selvagens das costas adjacentes o incomodaram com sua hostilidade e, em várias ocasiões, colocaram a vida de Columbano em perigo com seus ataques. Entretanto, com perseverança e zelo, ele superou todas as dificuldades e obteve do rei a ilha como presente. Ali, ele estabeleceu um monastério onde era o abade. Era incansável em seus esforços por disseminar o conhecimento das Escrituras ao longo das Terras Altas e ilhas da Escócia. Tal era a reverência dedicada a ele que, embora não fosse bispo, mas um simples presbítero e monge, toda a província com seus bispos ficou sujeita a ele e seus sucessores. O monarca dos Pictos ficou tão impressionado com sua sabedoria e valor que lhe conferiu a mais alta honra, e os príncipes e chefes vizinhos procuravam seus conselhos e valorizavam seu julgamento na resolução de suas disputas.

Quando Columbano desembarcou em Iona, estava acompanhado por 12 seguidores que formavam um corpo religioso que ele mesmo presidia. Conforme a ocasião exigia, outros seguidores eram acrescentados aos iniciais, assim o número original sempre se mantinha. Sua instituição chamava-se monastério e seu superior era um abade, mas o sistema tinha pouco em comum com as instituições monásticas de tempos posteriores. Aqueles que se submetiam às regras eram chamados *Culdees*, provavelmente do latim, *cultores Dei* – veneradores de Deus. Formavam um corpo de pessoas religiosas unidas pelo propósito de auxiliar uns aos outros no trabalho comum de pregar o evangelho e ensinar os jovens, assim como manter em si mesmos o fervor da devoção pelo exercício comum do culto. Quando entravam na ordem, certos votos eram praticados pelos membros, mas não aqueles que, em geral, eram impostos pelas ordens monásticas, que são três: celibato, pobreza e obediência. Os *culdees* só estavam comprometidos com o terceiro. Não se sujeitavam à pobreza, ao contrário, parecem ter trabalhado de maneira diligente para conquistar para si e seus dependentes os confortos da vida. O casamento também era permitido, e muitos deles parecem ter contraído matrimônio. Porém, não era permitido que as esposas vivessem com eles na instituição, por isso tinham uma residência designada a elas em uma localidade adjacente. Perto de Iona, há uma ilha que leva o nome de "Eilen nam ban", ilha de mulheres, onde parece que os maridos viviam com elas, exceto quando o dever exigia a presença deles na escola ou no santuário.

Em seu poema "Reullura", Campbell menciona os monges casados de Iona:

"Os puros Culdees
Foram os primeiros sacerdotes de Deus em Albínia,
Antes ainda que uma ilha de seus mares
A pé o monge saxão trilhava

Muito antes de os clérigos, por intolerância,
Terem sido proibidos de casar.
Foi então que Aodh, de grande fama,
Em Iona pregou a palavra com poder,
E Reullura, a beleza estelar,
Partilhava seus aposentos."

Em uma de suas "Melodias Irlandesas", Moore conta a lenda de São Senano e da dama que procurou abrigo na ilha, mas foi rejeitada:

"Oh, apressa-te e abandona a ilha sagrada,
Navio profano, antes que a manhã sorria;
Pois em teu convés, embora escura esteja,
Vejo uma forma feminina;
E eu jurei que este solo sagrado
Nunca seria pisado por pé de mulher."

Nesse e em outros aspectos, os *culdees* abandonaram as regras estabelecidas da Igreja Romana e, em consequência, foram considerados hereges. O resultado foi que, conforme o poder da Igreja Romana crescia, o dos *culdees* enfraquecia. Porém, foi apenas no século XIII que as comunidades *culdees* foram reprimidas e seus membros se dispersaram. Eles continuaram a trabalhar de forma individual e resistiram à penetração do poder papal da melhor forma possível, até que a luz da Reforma iluminou o mundo.

Por causa de à sua posição nos mares ocidentais, Iona estava exposta aos assaltos dos piratas noruegueses e dinamarqueses que infestavam esses mares e por eles foi pilhada repetidas vezes; suas habitações, incendiadas e os pacíficos habitantes foram mortos. Essas circunstâncias desfavoráveis levaram ao seu gradual declínio, que foi agilizado pela subversão dos *culdees* por toda a Escócia. Sob o reinado do papismo, a ilha tornou-se sede de um convento, cujas ruínas ainda podem ser vistas. Durante a Reforma, foi permitido às freiras permanecerem, mas vivendo em comunidade, quando a abadia foi desmantelada.

Hoje, Iona é principalmente visitada por turistas por causa de suas inúmeras ruínas eclesiásticas e sepulcrais que ali podem ser encontradas. As principais são a Catedral ou Igreja Abacial e a Capela do Convento. Além dessas ruínas da Antiguidade eclesiástica, há outras de uma época mais remota que apontam para a existência, na ilha, de formas de culto e crença diferentes daquelas do Cristianismo. São os *Cairns*, que podem ser encontrados em vários locais e parecem ter origem druida. É em referência a todas essas ruínas da antiga religião que Johnson exclama: "Pouco se deve invejar aquele homem cujo patriotismo não ganhará força nas planícies de Maratona ou cuja piedade não se tornou mais ardente entre as ruínas de Iona".

No poema "Senhor das Ilhas", Scott contrasta lindamente a igreja de Iona com a caverna de Stafffa, que fica em frente:

"A própria natureza, parece, ergueria
Uma catedral para louvar seu Criador!
Não para uso indigno sobem
Suas colunas ou curvam seus arcos;
Nem um tema menos solene fala
Das poderosas ondas que sobem e descem
E entre cada pausa reverente,
Da elevação extrai uma resposta,
Em vários tons, alta e prolongada,
Que imita a melodia do órgão
Nem em vão que à frente da entrada
Do santuário sagrado da velha Iona,
Aquela voz da Natureza parece dizer,
Trabalhaste bem, frágil criança de argila!
Teus modestos poderes que imponente santuário
Ergueram alto e forte – mas testemunhando o meu!"

Expressões Proverbiais

1. *Materiem superabat opus.* – Ovídio. O trabalho excedia a matéria.
2. *Facies non, ommbus una,*
   Neo diversa tamen, qualem decet esse sororum. – Ovídio.
   Seus rostos não eram totalmente semelhantes nem desiguais, mas como devem ser rostos de irmãs.
3. *Medio tutissimis ibis.* – Ovídio. Pelo meio irás mais seguro.
4. *Hic situs est Phaeton, currus auriga patterni,*
   Quem si non tenuit, magnis tamen excidit ausis. – Ovídio.
   Aqui está Faetonte, condutor do carro de seu pai, que não conseguiu controlar, mas caiu em um grande empreendimento.
5. *Imponere Pelio Ossam.* – Virgílio. Empilhar Ossa sobre Pélio
6. *Timeo Danaos et dona ferentes.* – Virgílio. Temo os gregos mesmo quando oferecem presentes.
7. *Non tali auxilio nec defensoribus istia tempus eget.* – Virgílio. Nem de tal ajuda nem de tais defensores necessita o tempo.
8. *Incidit in Scyllam, cupiens vitare Charybdim.*
   Ele corre para Cila, desejando evitar Caríbdis.
9. *Sequitur patrem, non passibus aequis.* – Virgílio.
   Ele segue o pai com passos desiguais.
10. *Monstrum horrendum, informe, ingens, cui lumen ademptum.* – Virgílio.
    Um monstro horrível, disforme, grande, cujo único olho fora arrancado.

11. *Tantaene animis coelestibus irae?* – Virgílio.
    Em espíritos celestes tanto rancor existe?
12. *Haud ignara mali, miseris succurrere disco.* – Virgílio.
    Sem desconhecer o sofrimento, aprendi a socorrer os desafortunados.
13. *Tros, Tyriusve mihi nullo discrimine agetur.* – Virgílio.
    Seja troiano ou tírio, não faz diferença para mim.
14. *Tu ne cede mahs, sed contra audentior ito.* – Virgílio.
    Não se renda perante a adversidade, mas avance com coragem.
15. *Facilis descensos Averm,*
    Sed revocare gradum, superasque evadere ad auras,
    Hoc opus, hic labor est. – Virgílio.
    A descida para o Averno é fácil. O portão de Plutão fica aberto dia e noite,
    Mas retornar pelo mesmo caminho até a atmosfera superior, esse é o trabalho árduo,
    Essa é a dificuldade.
16. *Uno avulso non deficit alter.* – Virgílio.
    Arrancado o primeiro, outro não falta.
17. *Quadrupedante putrem sonitu quatit ungula campum.* – Virgílio.
    Então os cascos dos corcéis bateram no solo com a força de quatro patas.
18. *Sternitur infelix alieno vulnere, coelumque*
    Adspicit et moriens dulces reminiscitur Argos. – Virgílio.
    Ele caiu, infeliz, com um golpe destinado a outro; olhou para o céu
    E, morrendo, lembrou-se da agradável Argos.

Índice Onomástico

A

Abidos 89, 119, 120, 248
Absirto 151
Acates 291
Acetes 177, 179
Ácis 223, 224
Admeta 160
Admeto 194, 195, 196
Adônis 80, 81
Adrasto 196, 197
Aerópago 247
Afrodite 20
Agamedes 306, 307
Agamenon 226, 227, 229, 230, 232, 235, 246
Agave 179
Agenor 106, 236
Aglaia 22
Agni 331
Ahriman 328, 329
Ajax 153, 226, 230, 232, 233, 234, 241, 297
Alceste 195, 196
Alcides 163, 164
Alcínoo 260, 261, 264
Alcíone 11, 84, 85, 86, 87, 88, 89, 90
Alcmena 159
Alecto 288
Alexandre veja, Páris 62, 328
Alfadur 340, 357
Alfeu 70, 71, 72, 160
Alteia 153, 154, 155
Amalteia 194

Amon 137, 194, 302, 306
Amrita 331
Anaxarete 93, 94
Anceu 154
Andrêmon 79
Andrômaca 227, 237, 271
Andrômeda 132, 134
Anfião 207
Anfiarau 196, 197
Anquises 269, 270, 276, 282, 283, 298
Anteia 139
Antero 20
Anteu 137, 161
Antígona 196, 198
Antíope 168, 169, 207
Anúbis 302, 303, 304, 305
Ápis 304, 305, 308
Apolo 17, 18, 20, 21, 26, 33, 34, 35, 36, 51, 52, 61, 82, 83, 84, 96, 106, 113, 116, 118, 126, 127, 129, 137, 142, 172, 176, 189, 194, 195, 200, 208, 210, 213, 220, 229, 230, 231, 233, 235, 236, 238, 240, 244, 264, 270, 275, 282, 285, 306, 307, 308, 310, 315, 316, 323
Aqueloo 192, 193
Aquiles 109, 153, 187, 188, 221, 226, 227, 229, 230, 231, 232, 233, 234, 235, 236, 237, 238, 239, 240, 241, 244, 246, 268
Aracne 122, 123, 124, 125, 126
Arcas 46
Ares 20
Aretusa 69, 70, 72
Argo 145, 146, 147, 148
Argonautas 145, 151, 153, 173
Argos 42, 43, 44, 145, 148, 159, 196, 246, 266, 267, 295, 299, 311, 316, 369
Ariadne 167, 168, 170, 179, 180
Arimanes 328
Árion 209, 210, 211, 212, 310
Artêmis 20
Asgard 339, 353, 354, 355
Aske 339
Astíages 135
Astreia 28
Atalanta 81, 153, 154, 155, 156, 158
Atena 20, 122
Atlântida 283
Atlas 19, 57, 132, 160, 161, 164, 220
Áulis 227
Aurora 16, 18, 37, 39, 40, 46, 54, 68, 86, 221, 222, 340

B

Bacanais 203
Baco 21, 24, 60, 116, 137, 175, 176, 177, 178, 179, 180, 194, 202
Baldur 352, 353, 354, 355
Bardos 362
Baucis 62, 63, 64
Belerofonte 139, 140, 141
Belona 23
Beltane 361
Bifrost 339, 341, 357
Birsa 273
Bóreas 190, 272
Bragi 341
Brahma 330, 331, 332, 333
Briareu 67, 137, 278
Buda 331, 335, 336

C

Caco 161, 162
Cadmo 47, 106, 107, 108, 109, 145, 188, 197, 311
Caduceu 62
Caico 57
Calais 147, 190
Calcas 227, 230, 243
Calíope 22, 200
Calipso 257, 258, 263
Calisto 45, 46
Camila 289, 296, 297
Caos 18, 25, 58
Capaneu 197
Caríbdis 255, 256, 257, 272, 368
Caronte 102, 278
Cassandra 244
Cassiopeia 132, 134
Castor 147, 172, 173, 216, 308
Cécrope 122
Céfalo 39, 40, 41, 109
Cefeu 132, 135
Ceix 11, 84, 85, 86, 87, 88, 89
Celeu 71
Cérbero 102, 162, 210, 279
Ceres 21, 67, 68, 69, 70, 71, 100, 157, 183, 184, 185, 186
Cibele 157
Ciclopes 137, 194, 223, 224, 250, 251, 252, 259, 271

Cinosura 46, 47
Circe 74, 75, 131, 179, 253, 254, 255, 256, 257
Cirene 204, 205, 206
Clície 118, 119
Clio 22
Clitemnestra 246
Cloto 22
Cornucópia 193, 194
Creusa 150
Criseida 229
Crises 229
Cromlech 361
Cronos 18, 19, 23, 157, 311
Culdees 365
Cupido 20, 34, 35, 67, 80, 95, 96, 99, 101, 103, 104, 118, 208

D

Dafne 34, 35, 36
Dalai Lama 336
Dárdano 220, 270
Dédalo 167, 170, 171, 172
Deífobo 236
Delfos 15, 35, 138, 170, 246, 247, 306, 307, 308, 309
Delos 51, 171, 177, 270
Deméter 21
Demódoco 216, 263
Deucalião 29, 30, 310
Diana 20, 34, 39, 43, 47, 48, 49, 51, 67, 70, 80, 115, 126, 127, 137, 142, 149, 153, 154, 155, 169, 218, 220, 227, 246, 247, 270, 275, 289, 296, 316, 323
Díctis 216
Dido 273, 274, 279
Diomedes 226, 232, 241, 242, 245
Dione 20
Dionísio 21
Dirce 207
Dis 19, 71
Dodona 306, 309
Dóris 57, 187, 188
Dríades 182, 184
Dríope 7, 79, 80

E

Éaco 109
Eco 115, 116, 117

Eda 338
Édipo 138, 139, 196, 198
Egéria 169, 189
Egeu 51, 88, 147, 151, 166, 167, 212
Egisto 246
Electra 220, 246, 247
Elêusis 68, 71
Elfos 341, 356
Elísio 210, 257, 280, 283
Elli 350, 351
Embla 339
Encélado 67, 137
Endimião 75, 80, 83, 218, 219, 255
Eneias 75, 227, 234, 235, 269, 270, 271, 272, 273, 274, 275, 276, 277, 278, 279, 280, 281, 282, 283, 284, 287, 289, 290, 291, 292, 293, 295, 296, 297, 298, 317
Eneu 153, 155
Enone 241
Éolo 89, 252, 253, 272, 311
Epimeteu 26, 30
Epopeu 177
Érebo – as regioões infernais 18, 70, 102, 168, 202, 284, 288
Erídano 58
Éris 225
Erisictão 182, 183, 184, 185, 192
Eros 18, 20
Esão 144, 148, 149, 150
Esculápio 142, 169, 189, 194, 231, 307, 308
Esfinge 137, 138
Esquéria 259
Estige 85, 117, 175, 200, 240, 284
Eta 163
Etéocles 197
Etes 144, 146, 151
Eufrosina 22
Eumênides 22, 215, 246
Eumeu 265, 268
Euríalo 293, 294, 295
Eurídice 200, 201, 202, 203, 206, 210
Eurínome 18, 19
Euristeu 159, 160, 161, 162
Europa 21, 106, 119, 124, 126, 144, 160, 337, 338, 345, 364
Euterpe 22
Evadne 197
Evandro 290, 291, 295

F

Faetonte 52, 53, 55, 56, 57, 58, 368
Fartura 193
Fauno 23, 181, 182, 223, 287
Feácios 8, 259, 260, 261
Febo 20, 36, 47, 51, 53, 54, 58, 83, 86, 105, 106, 183, 233
Fedra 169
Fênix 230, 320, 321, 322
Filoctetes 163, 241
Fineu 134, 135, 136, 145, 270
Flora 23, 190
Fome 184, 185, 277, 342
Freia 341, 343, 344, 355
Freki 340
Frey 341, 356, 357
Friga 352, 353, 355
Frixo 144
Fúrias 22, 155, 201, 213, 214, 247, 277, 278, 280

G

Galateia 8, 187, 211, 223, 224
Ganimedes 11, 164, 165
Gautama 335
Gêmeos 173, 174, 309
Gênio 24, 183
Geri 340
Gerião 160, 161
Gigantes
Glauco 73, 74, 75, 188, 227, 255
Górgonas 130, 320
Graças 18, 22, 182
Greias 130

H

Hades 162
Hamadríades 91, 182, 186
Harmonia 108, 197
Harpias 8, 190, 270, 287
Harpócrates 302
Hebe 17, 149, 164, 165
Hécate 146, 149, 277
Hécuba 236, 237, 238, 244
Hefesto 19
Heidrum 340

Heimdall 341, 355, 357
Heitor 227, 228, 230, 231, 232, 233, 234, 235, 236, 237, 238, 239, 240, 271
Hela 342, 352, 353, 354, 357
Helas 16
Hele 120, 248
Helena 92, 168, 172, 225, 226, 236, 241, 245, 246
Heleno 271, 272
Helesponto 120, 144, 229
Helíades 58
Hêmon 198
Hera 19, 176
Hércules 8, 142, 145, 147, 148, 159, 160, 161, 162, 163, 164, 165, 166, 168, 180,
    192, 193, 194, 195, 207, 241, 290, 310
Hermes 21, 30, 302
Hermod 353, 354
Hero 119, 120, 121
Hespéria 270, 284
Hespérides 60, 160, 161
Héspero 68, 84, 160, 161
Héstia 24
Híades 175
Hidra 159, 164, 280
Higeia 189
Hilas 148
Himeneu 34, 200
Hiperbóreos 16
Hipocrene 139
Hipodâmia 141
Hipólita 160, 169
Hipólito 169
Hipômenes 156, 157, 158
Hodur 353
Homero 17, 142, 216, 225, 229, 241, 248, 257, 264, 283, 314, 316, 317, 318
Hórus 302, 305
Hugi 348, 349, 351
Hugin 340

I

Iaso 153
Íbico 8, 209, 213, 215
Icário 198
Ícaro 171, 172
Ida 56, 165, 225
Idade da Prata 27

Idade do Bronze 27
Idade do Ferro 27
Idade do Ouro 27, 28, 291, 311
Idas 173
Iduna 341
Ifigênia 224, 227, 247
Ífis 93, 94
Ífito 162
Ilíada 229, 240, 314, 316
Ilioneu 127
Indra 331
Ino 108, 188
Io 42, 43, 44, 46, 311
Ióbates 139, 140
Iolau 159
Iole 79, 162
Iona 364, 365, 366, 367
Ísis 302, 303, 304, 305
Ismeno 127
Ítaca 198, 226, 249, 264, 265
Íxion 201, 281

J

Jacinto 82, 83, 241
Jano 24, 288, 291
Jasão 144, 145, 146, 148, 149, 150, 153, 154, 167
Jocasta 139, 196
Jogos Ístmicos 188
Jogos Olímpicos 170
Jogos Píticos 33, 170
Jotunheim 339, 344, 356
Jove 18, 22, 30, 31, 95, 104, 112, 114, 132, 133, 173, 175, 187, 192, 193, 194, 196, 197, 223, 230, 233, 239, 245, 252, 257, 261, 279, 319
Juno 11, 19, 20, 24, 42, 44, 45, 47, 49, 51, 86, 87, 95, 109, 115, 127, 137, 157, 159, 160, 163, 164, 175, 192, 225, 229, 231, 233, 272, 288, 290, 292, 297, 299
Júpiter 13, 17, 18, 19, 20, 21, 23, 26, 27, 28, 29, 31, 35, 42, 43, 44, 45, 51, 53, 57, 58, 62, 64, 67, 70, 103, 106, 110, 111, 122, 123, 124, 130, 132, 137, 138, 140, 142, 144, 159, 163, 165, 168, 170, 172, 173, 175, 188, 194, 197, 202, 207, 218, 220, 221, 222, 225, 230, 231, 233, 234, 238, 244, 252, 258, 270, 274, 280, 285, 297, 302, 306, 313, 314, 315

L

Lama 336, 337
Laocoonte 129, 242, 243, 244
Laodâmia 228
Lares 24
Larva 24
Latino 287, 288, 289
Latmos 218, 219
Latona 20, 49, 50, 51, 126, 127, 128
Lauso 289, 295
Lavínia 287, 297
Leandro 119, 120
Leão de Nemeia 159
Leda 124, 172, 216
Lêmure 24
Lestrigões 253
Lete 87, 275, 282, 283, 284
Leucoteia 188
Lícabas 177
Licas 162, 163
Lico 207
Licômedes 169
Linceu 173
Lino 207
Logi 348
Loki 341, 343, 344, 346, 347, 348, 349, 350, 351, 352, 353, 355, 357
Lótis 79
Lótus, comedores de 8, 249
Lucina 23

M

Macaão 231, 232, 241
Mahadeva 332
Maia 21
Manu 331
Maro 317
Mársias 208
Marte 20, 108, 122, 146, 229, 236
Meandro, beja Homero 117, 170
Medeia 131, 145, 146, 148, 149, 150, 151, 152, 167
Medusa 130, 131, 132, 139, 322
Megera 22
Melampo 48, 208
Melanto 177

Meléagro 153, 154, 155
Melicertes 188
Melisseu 194
Mêmnon 134, 221, 222, 240
Meneceu 197
Menelau 225, 226, 232, 233, 245, 246, 299
Mentor 258
Mercúrio 21, 26, 43, 44, 62, 70, 103, 131, 138, 141, 144, 162, 207, 228, 238, 254, 257, 262, 274, 310
Mérope 219
Metanira 68
Métis 19
Mezêncio 289, 291, 295, 296
Midas 60, 61, 62
Midgard 339, 342, 352, 356, 357
Milo 302
Minerva 17, 18, 20, 21, 26, 63, 67, 122, 123, 124, 130, 131, 138, 139, 140, 162, 168, 169, 172, 197, 208, 225, 229, 242, 243, 247, 258, 259, 260, 261, 262, 265, 266, 314, 315
Minos 109, 113, 114, 115, 167, 169, 170, 171, 179, 279
Minotauro 167, 168
Mirmidões 232
Mnemósine 18, 21
Moiras, veja Parcas 22
Momo 23
Monstros 8, 137
Monte Ossa 138
Morfeu 87, 88
Mulcíber 24
Musas 17, 21, 139, 141, 189, 207
Museu 8, 170, 207, 208, 314, 315

N

Náiades 49, 58, 181, 189, 193, 257
Narciso 115, 116, 117, 118
Nausicaa 260, 261, 265
Nefele 144
Nêmesis 22, 247
Nepente 245
Nereidas 57, 181, 187
Nereu 57, 187, 188, 223
Nésso 162
Nestor 145, 153, 154, 221, 226, 230, 231, 232

Netuno 18, 19, 29, 57, 122, 123, 146, 159, 169, 185, 186, 187, 188, 204, 212, 213, 219, 230, 231, 235, 242, 256, 264, 272, 273, 274, 275, 306
Nidhogge 339
Niffleheim 339, 342, 344, 356
Ninfas 222
Níobe 7, 10, 126, 127, 128, 129
Niso 113, 114, 293, 294, 295
Nornas 339, 340
Numa 24, 189

O

Oceano 16, 17, 18, 45, 57, 73, 187, 188, 221, 283
Odin 339, 340, 341, 342, 344, 352, 353, 355, 357, 358
Odisseia 17, 240, 249, 264, 265, 316
Olimpíadas 170
Ônfale 162
Ops 18, 157
Oréade 184, 185
Orestes 246, 247
Orfeu 145, 147, 173, 200, 201, 202, 203, 206, 207, 208, 281
Órion 137, 219, 220, 301
Oromasdes 328
Osíris 302, 303, 304, 305
Ovídio 12, 112, 123, 124, 285, 299, 318, 319, 320, 368

P

Pã 22, 43, 44, 61, 91, 181, 182, 183, 313
Pactolo 61
Paládio 242, 245
Palamedes 226
Palas Atena 20
Palêmon 188
Pales 23, 24
Palinuro 274, 275, 278
Panateneia 169
Pandora 26, 27, 30
Parcas, veja Moiras 11, 70, 81, 153, 184, 195
Páris 11, 225, 226, 229, 231, 240, 241, 245, 272
Parnaso 29, 33, 34, 56, 306
Partenon 169, 170, 314
Pátroclo 231, 232, 233, 234, 235, 237
Pégaso 139, 140, 141
Peleu 153, 188, 225

Pélias 144, 146, 150, 195
Pélion 138, 147
Penates 24
Penélope 8, 92, 198, 199, 217, 226, 265, 267
Peneu 34, 35, 160
Pentesileia 240
Penteu 108, 176, 178, 179
Péon 189
Péplos 169
Periandro 209, 210, 211, 212
Perifetes 166
Perséfone 21
Perseu 130, 131, 132, 133, 134, 135, 136, 139, 216
Pigmalião 77, 78, 273
Pílades 246
Píramo 36, 37, 38, 39
Pirítoo 141, 142, 153, 168, 172, 180
Pirra 29, 30
Pirro 244
Pitágoras 8, 298, 299, 300, 301
Pítia 306
Píton 33, 34, 36, 316
Plêiades 220, 221, 222
Pléxipo 154
Plutão 19, 21, 23, 67, 68, 69, 70, 71, 73, 102, 142, 149, 162, 168, 194, 201, 208, 276, 278, 369
Polidectes 130
Polido 139
Polidoro 269, 270
Polifemo 187, 223, 224, 250, 251, 271
Polinices 196, 197, 198
Polites 244
Polixena 240, 244
Pólux 147, 172, 173, 216
Pomona 24, 39, 91, 92, 94
Portuno 188
Poseidon 19
Preste João 337
Príamo 221, 226, 227, 230, 235, 236, 237, 238, 239, 240, 244, 248
Prócris 39, 40, 41
Procusto 166, 167
Prometeu 25, 26, 29, 30, 31, 46, 145, 165, 188
Protesilau 228
Proteu 139, 182, 187, 188, 204, 205

Psiquê 95, 96, 97, 98, 99, 100, 101, 102, 103, 104, 105
Puranas 332

Q

Quimera 137, 139, 140
Quirino 23
Quíron 142, 148, 188

R

Radamanto 280, 283
Reco 186
Reia 18, 19, 21, 157, 176, 194

S

Sabrina 188, 206
Safo 51, 217
Sagitário 54, 142
Sakyasinha 335
Sarpedão 227, 233
Sátiros 22, 23, 91, 313
Saturno 18, 19, 21, 23, 287, 291, 311
Sêmele 21, 108, 175
Serápis 302, 305
Sereias 254, 255, 257
Shiva 330, 332
Síbaris 302
Sibila 275, 276, 277, 278, 279, 280, 281, 282, 283, 284, 285, 286, 287
Sileno 60
Silvano 91, 181, 182
Simônides 215, 216
Simplégades 145
Sinon 242, 243
Siqueu 273
Siringe 43, 44
Sirius 220
Sísifo 201, 281
Skidbladnir 356
Skirnir 345
Skrymir 346, 347, 348
Sleipnir 353
Sono 86, 87, 233, 274, 275
Stonehenge 360

Surtur 357
Surya 331

T

Tamiris 8
Tântalo 126, 201, 281
Tártaro 19, 57, 67, 68, 88, 201, 202, 280, 302, 336
Tebas 106, 108, 126, 138, 139, 176, 196, 197, 207, 306, 322
Télamo 111, 153, 154
Telêmaco 226, 245, 258, 265, 266, 267, 268
Telo 149
Têmis 18, 20, 22, 28, 306
Término 23
Terpsícore 22
Terra 13, 15, 16, 17, 18, 19, 21, 25, 26, 28, 29, 30, 31, 33, 40, 42, 43, 49, 52, 53, 54, 55, 56, 57, 58, 67, 69, 70, 71, 81, 87, 90, 104, 105, 109, 114, 123, 126, 132, 143, 149, 160, 161, 163, 164, 173, 176, 182, 183, 188, 201, 204, 208, 212, 228, 234, 235, 277, 283, 284, 300, 302, 303, 306, 307, 322, 326, 328, 329, 331, 333, 336, 337, 338, 339, 341, 342, 351, 355, 357
Tersites 240
Teseu 145, 151, 153, 154, 162, 166, 167, 168, 169, 170, 172, 173, 179, 180, 192
Téstio 155
Tétis 45, 53, 73, 187, 188, 225, 226, 230, 234, 235, 238, 240, 241
Thor 341, 343, 344, 346, 347, 348, 349, 350, 351, 355, 356, 357
Thrym 344, 345
Tialfi 346
Tirésias 197
Tiro 273
Tisbe 36, 37, 38, 39
Tisífone 22, 280
Titãs 18, 19, 26, 67, 187, 280
Titono 221
Touro 54, 304
Toxeu 154
Triptólemo 71
Tritão 29, 182, 187, 188, 194, 272
Trofônio 306, 307
Troia 109, 153, 168, 172, 188, 199, 220, 221, 225, 226, 227, 228, 229, 230, 231, 236, 237, 239, 240, 241, 242, 243, 244, 245, 248, 249, 250, 264, 269, 270, 271, 279, 299, 316
Turno 287, 288, 289, 290, 292, 296, 297

U

Ulisses 74, 75, 92, 198, 199, 225, 226, 230, 232, 241, 242, 245, 249, 250, 251, 252, 253, 254, 255, 256, 257, 258, 259, 260, 261, 262, 263, 264, 265, 266, 267, 268, 269, 271, 272
Urânia 22, 140
Urdur 339
Utgard 347, 348, 349, 350, 351
Utgard-Loki 347, 348, 349, 350, 351

V

Valhala 339, 340, 342, 353, 356
Valquírias 340, 355
Vedas 330, 331, 333, 335
Velo de Ouro 7, 144, 148
Ventos 221, 329
Vênus 13, 20, 24, 26, 34, 67, 77, 78, 80, 81, 91, 92, 94, 95, 96, 100, 101, 102, 103, 108, 119, 137, 156, 157, 179, 223, 225, 229, 231, 245, 274, 276, 315
Verdandi 339
Vesta 24
Via Láctea 28
Vulcano 18, 19, 20, 24, 52, 54, 108, 138, 166, 197, 220, 234, 235, 297, 310
Vyasa 330

W

Woden 340

X

Xátria 333

Y

Yama 331
Ygdrasil 339
Ymir 338, 339, 356

Z

Zéfiro 83, 97, 98, 99, 190, 283
Zendavesta 328
Zetes 147, 190
Zeto 207
Zeus 18, 157, 302
Zoroastro 328, 330